JN085554

擬傷の鳥はつかまらない

荻堂顕

新潮社

擬傷の鳥はつかまらない　目次

装画＊秋野コゴミ
装幀＊新潮社装幀室

その門が現れた時、あの男を刺したナイフは、私の手の中で鍵へと姿を変えた。

プロローグ

「不思議ね」

地面に寝そべったまま、彼女は独り言のように呟いた。

初めて耳にする、穏やかな声。

「こんなに美しい場所なのに、昔から知っているような気がする。いつか自分はここに来るって、知っていたような気がするの」

隣に腰を下ろし、空を見上げている彼女の顔を覗き込む。

「決めたんですか?」

私が訊ねると、彼女は小さく頷いた。

「もう二度と、元の世界には帰れない。分かってますね?」

「ええ。わたしは、ここで生きていきたい」

彼女の言葉には、一切の迷いがなかった。不安も後悔も、絶望さえも瞳から消え失せていた。もう彼女には、何も残されていなかった。家族も友人も失い、見つかれば陵辱の末に殺される。待っているのは、死ぬまで逃げ続けるだけの日々。だからこそ、彼女は世界を否定した。

「じゃあ、お別れですね」

「これ、約束のお金よ。もうわたしには必要のないものだし」

水色の紙袋が差し出される。

それを受け取り、彼女の肩をそっと叩いてから立ち上がった。

「……ねえ、どうしてあなたはここで暮らさないの？」

理解しかねるといった表情で、彼女は私を見つめている。

「わたしなら、あんなところに戻る気にはなれないわ。ずっとここにいればいいのに」

「私はここにはいられない。そういうルールなの」

これまでに、何十人もの人間を逃がしてきた。誰もがその問いを口にしたし、誘いを受けるのも初めてではなかった。納得してもらえる答えはひとつだけで、彼女は酷く悲しそうな眼で私を見据えた。そして、静かに腕を持ち上げると空を指差した。

「それを外して見てみるといいわ。あなたも考えが変わるはずよ」

「……お元気で」

彼女に背を向け、歩いてきた道を足早に戻る。サングラスをしっかりとかけ直し、ワイヤレスのイヤホンを耳に付けた。アリシア・キーズの『イフ・アイ・エイント・ガット・ユー』を再生し、煙草に火を点けた。

ひたすらに歩き続け、一曲を聞き終える頃には、彼女が寝そべっていた丘は見えなくなっていた。もうしばらく進むと、地震で崩落した聖堂のような建物が現れた。

ふたつの異なる世界を結ぶ門は、その内部にある。門番である私がここにいる間は、出入り口たる門は、消えることなく存在し続ける。そして、私が去るのと同時に消滅する。今からでも追いかけて来ない限り、彼女は元の世界に帰る手段を永遠に失う。しかし、彼女がそうしないことは分かっていた。

折れた柱が見えた。そこが聖堂の入り口だった。

色の濃いサングラスを外し、私は空を見上げた。

プロローグ

時折、ずっとここにいたいと思ってしまう。

ここは、痛みも苦しみもない美しい世界。

私たちの世界とは違う場所にある、何処か。

子供の頃から、私の人生は祈りと共にあった。幾度となく、助けて欲しいと願った。こんな場所、今すぐにでも逃げ出したいと思っていた。しかしながら、その祈りは神を持たず、ただ救済だけを望むものだった。私が求めたのは楽園だった。私が存在することを許してくれる、ここではない何処かを夢見ていた。

きっと、私にはその資格があったのだと思う。

だからこそ、あの男を殺した私の前に門は現れた。

縋るように、ネックレスをぎゅっと握り締める。

愚かな女だと、自分でも思う。

苦しいと分かっているのに、忘れることを拒んでいる。

第1章　偽称

1

大人びているのは格好だけ。化粧を取れば、そこに残るのはあどけない子供の顔だ。

在籍歴は店側から聞かされていた。現在の年齢を考えれば、中高生の頃から働いていたことになる。どうやって誤魔化したのかは想像が付くし、店の人間も、分かったうえで知らぬふりをしていたはずだ。

彼女は視線を下に向けていたが、書類を読んではいなかった。緊張しているようで、彼女はマールボロのメンソールを立て続けに六本も吸っている。二、三口だけ吸って、灰皿に擦りつけ、新しいものに指が伸びる。吸い殻は新品のように長い。

「……とにかく、絶対にバレないんですよね？」

長い足を組み替えながら、彼女が尋ねる。

「大きなトラブルになったことはないかな。バレる時は大抵、自分から喋っちゃう時」

彼女は私を一瞥すると、再び手元の書類に視線を落とした。

「何の会社ってことになるんですか？」

「スマートフォン向けアプリの制作会社。あとで渡すファイルの中に事業内容を説明した書類があるから、帰ってから目を通しておいて。美咲さんは、プランナーをしていることになってる」

システムエンジニアやデザイナーのように、ある程度専門的なスキルが要求される職種の場合、同業者に出くわした際に、深掘りされてボロが出る可能性が高い。ウェブ系の会社ということにしておけば、ピンクの髪や露出の多い派手な私服も問題はないし、在宅勤務が許されていると言えば、平日に出社していないことも説明がつく。

「仕事はどうなのとか、何をしてるのかって、親が口うるさく聞いてくるんです」

「書類の内容さえ覚えれば、ご両親を誤魔化すことは簡単よ。必要なら、毎月の給与明細はもちろん、源泉徴収票も発行する。名刺も、これも」

ポーチの中からカードケースを取り出し、そこに入れていた一枚を彼女に手渡す。プラスチック製の社員証には、事前に撮らせておいた証明写真がプリントされている。

「すごい！　本物みたい」

「裏に書いてある番号が本社の番号、ということになってるの。転送サービスを経由して私の携帯電話に繋がるから、何かあれば、私が上司として対応する」

わざわざ訂正はしなかったが、その社員証は紛れもなく本物だった。記載されている社名は実在のもので、きちんと登記もされている。ただし、私が所有しているペーパーカンパニーのうちのひとつだ。案件次第では、実態のある会社から社員としての名義を貸してもらうこともある。

「今更だけど、これって犯罪とかじゃないんですよね」

「もちろん、大丈夫。ただ、クレジットカードを作ったり、消費者金融を利用する時は、絶対にこの身分は使わないでね。最悪、詐欺罪で逮捕される可能性もある。その場合は別途対応を考えるから、連絡して」

意外にも、身分詐称自体を取り締まる法律は存在しない。また、源泉徴収票も給与明細も私文書であるため、公文書偽造には相当しない。賃貸契約に使用すれば詐欺罪が成立する可能性もあるが、発覚したとしても契約が解除されるだけで、訴えられることはほぼない。その時は、また新しい物件を探すだけ。私たちの仕事がグレーな商売と揶揄される所以だ。

美咲は食い入るように手元の社員証を見つめている。渡された人間は、ほとんどが同じ反応を見せた。彼女たちは、偽物の身分に何を思うのだろう。

あり得なかった未来。

今とは別の自分。

「……でも、嘘をつかなきゃ家も借りられないなんて、なんかおかしいですよね」

まだ半分以上残っている煙草を灰皿に押し付けながら、彼女は独り言のように呟いた。

不動産屋は風俗産業に従事している人間に物件を貸さないことが多い。収入の不安定さや、人間関係のトラブルを敬遠しているのだ。明らかな入居差別だが、国籍ではなく属性による排除は、契約の自由の範囲内として処理されてしまうことがほとんどである。美咲は同じデリヘルで働く先輩から私のことを紹介され、風俗嬢ではない身分を用意するべく、ここを訪れていた。

偽物の身分を与えること、それが私の仕事だった。

各々に相応しいものを考え出して提供する、いわば嘘の仕立て屋。

「悪いことをしてるって思うの？」

「いや、そうじゃないですけど。何ていうか、ズルしてるみたいじゃないですか？」

「社会の方が間違っているなら、こっちだって、正しくない手段を使っていい。……私はそう思ってる」

出自や職業に対する差別は、今もなお根強く残っている。まとまった収入があり、こうした方法を頼れるのだから、彼女はまだ幸運な方だ。私の返答を聞いた美咲は、納得したように頷いてくれた。書類の隣にあるコーヒーを飲んでから、話を続ける。

「最初にも言ったけど、所定の金額を月初めに引き落とすから、口座にはお金を入れておいてね。前回伝えた番号が直通だから、何かあったら掛けて。ここまでの話を踏まえて契約に問題がなければ、付箋の箇所に捺印してもらえる？」

彼女がバレンシアガのバッグの中から判子を取り出している間にデスクへと戻り、今後の流れや手引きが記されている書類が入ったクリアファイルを手に取った。

「本当に助かりました。これで家も借りれるし。涼香（すずか）さんが言ってた通り、神様みたいですね」

「神様？」

「救いの女神。あなたのこと、そう呼んでましたよ」

判子を押しながら、彼女は初めて安堵したような表情を見せた。決して安くはない額を、少なくとも今の仕事から足を洗うまで支払い続けてくれるのだから、手厚く保護するのは当然だ。慈善事業などではないし、私は無料で水をワインに変えるような善人ではなかった。捺印された契約書と引き換えにクリアファイルを手渡し、彼女を事務所の外まで見送った。

今日のアポは、この一件だけ。電話の応対を除けば店仕舞いだった。

私は紹介制を売りにしていて、それゆえに、訪れる人数は決して多くはない。性質上、一度登録してしまえば長く太い客になってくれるため、集客に奔走する必要はなかった。ひとりでやっていることも、小規模な営業方針に拍車を掛けていた。

契約書を手に、デスクの奥にある扉を開ける。

私が事務所として使っているこの物件は、以前は飲食店として使われていた。応接間兼デスクとして使っている広いスペースはフロアで、奥の部屋は厨房だったようだ。四階と五階を同じ飲食店が借りていたそうだが、経営不振で撤退してからは別々に貸し出されていた。

かつての厨房に入り、扉を閉める。

部屋の端から端まで架かったポールに、大量の衣服が吊るされている。ポールの本数はシーズンが変わる度に増えている。その下には、箱に入ったままの靴が無数に置いてあった。箱の上には山積みのバッグ。寝室にするつもりが、気付いた時にはウォークインクローゼットと化していた。あと半年もすれば、寝るためのスペースもなくなってしまうだろう。吊るされた服を掻き分けながら部屋の奥へと歩き、壁面に掛けてあるグレージュのロングコートを捲り上げた。

ダムウェーター、配膳用のエレベーターが姿を現す。

カバーを開けると、クリアファイルの山が雪崩れてきた。落ちてきた分を一旦床に置き、顧客記録が入っているファイルを探し、手に持っていた書類を差し込んだ。今度は崩れないよう慎重に積み上げてから、そっとカバーを閉めた。

コートを元に戻し、服のジャングルから脱出する。

部屋に鍵を掛けてから、ロエベのバッグを片手に事務所を後にした。長く急な階段を降りて、四階の入り口で「準備中」の札が掛けられたドアをノックする。一四時、まだ寝ている時間だろうか。しばらくノックを続けると、部屋の奥から苛立ったような声が聞こえてきた。ハイヒールの足音が、それに続く。

「……不要吵（うるさい）」

扉を少しだけ開けた女性が、実に眠たげな様子で言った。

「あ、サチ姐姐」

「ごめんね、思涵。起こしちゃった？」

羽織っているブランケットで丸く大きな目を擦りながら、思涵は穏やかに微笑んだ。仕事が終わってそのまま眠っていたのか、ブランケットの下は黒のホルターネックのドレス一枚だった。

「ちゃんと着替えてから寝なよ。服に皺が付いちゃうよ」

「大丈夫、お客さんはおっぱいしか見ないから」

「そういうことじゃないの。服は自分のために着るんだから、雑に扱ったらダメ」

「姐姐、ママみたいなこと言う。ママも『サチは私に似てる』って言ってた」

「あんな風になれたら嬉しいよ。それより、出掛けるから頼んでいい？」

私が上の階を指差しながら言うと、彼女は大きく頷いた。

思涵は不法入国者の娘だった。

親は既に死んでいて、祖国には帰れる場所はないと聞いていた。三年前、思涵と偶然知り合った私は、幾つかの条件と引き換えに彼女を助けた。在留カードや戸籍、健康保険証など、この国で生きていくのに必要なものを与えた。在留カードに至っては、偽造ではなく本物を用意した。特殊なツテを持っていなければ、絶対に入手できない代物だ。

思涵は今、私の事務所の下にあるチャイナパブで働いている。半ば住み込みのような形で、それも条件のひとつだった。チャイナパブと私の事務所は、元は同じ飲食店として使われていたため、室内のダムウェーターによって繋がれている。私が思涵に頼んでいたのは、私の留守に事務所を訪ねてきた人間がいないかを見張ること。そして、それが警察やヤクザだった場合、ダムウェーターでファイルを階下まで運び、持って逃げるか、燃やして処分することだった。

無論、多大なリスクが伴う。証拠隠滅の共犯として警察に目を付けられれば、せっかく手に入れた身分は剝奪され、強制送還されるかも知れない。相手がヤクザなら、殺されることもあり得る。しかし、思涵は二つ返事で承諾した。事の重大さを理解していないのではない。彼女には、リスクを負ってでも手に入れたいものがあったのだ。

「言われなくても分かってるよ」

「お願いね。夜には帰ってくると思うから」

思滷に手を振ってから、階段で一階へ向かった。

彼女はまだ子供だ。私に全幅の信頼を寄せてくれている。異国の地で身寄りのない自分を助けてくれた恩人、そう思っている。時折、彼女の好意を重荷に感じることがあった。

階段が急だが手摺りはなく、壁に触れながら一段ずつ降りる。ビルは六階建てで、エレベーターは付いていない。後ろ暗い商売をしている人間は、こういうビルを好んで借りるらしい。警察がせかせかと階段を登っている間に本当にまずい証拠を処分し、溜飲を下げてもらえるようなプレゼントだけを残す。要は、時間稼ぎにもってこいなのだ。

廊下にエアコンは付いておらず、まだ外に出てもいないのに、すっかり汗だくになっていた。薄暗い雑居ビルを出ると、照りつける日差しが眩しく、反射的に顔を伏せる。

今日はまだ何も食べていなかった。とりあえず、風林会館を通り過ぎて靖国通りに出る。昼間の歌舞伎町は、大きな買い物袋を抱えた中国人観光客でごった返している。通り沿いのサイゼリヤに入ろうとしたが、つい先日全面禁煙になったことを思い出し、隣のルノアールに入った。しかし、喫煙席が満席ですぐに踵を返した。消去法で残ったバーガーキングへ行こうとした時、背後から名前を呼ばれた。

「サチ、何してるの」

道路沿いにフードトラックが停まっていて、人懐っこそうな笑みを浮かべた男がカウンターの向こうから手を振っている。

「カリム、元気にしてた？」

バッグから財布を取り出しながら、フードトラックの方へと歩く。

「元気よ。サチ、久しぶり。お仕事？」

「今日は休み。サンドひとつお願いししていい？　ビーフ、野菜少なめ、辛口、あと……」

「肉が多めでしょ。もう覚えたね」

回転している肉の塊に包丁を当てながら、彼は得意げな表情を浮かべた。カリムはパキスタン人の青年だ。ヒゲも濃く、中東系の男性特有の貫禄を備えているが、私よりも歳下だそうだ。父親は中古車の輸出に関わっているという。在日パキスタン人たちは同胞意識が強く、カリムは友人のツテを頼って今の仕事を見付けたのだと、通っているうちに聞かされた。

「暑いけど売れてる？」

「今日だけでも一万人は買ってくれたよ。このままだと、明日には家を買えるよ」

「すごいね。じゃあ、私はタダでもいい？」

「ダメダメ。別問題。紙じゃなくてパック？」

「うん、ありがとう」

カリムはケバブサンドをプラスチックの容器に入れ、赤色の輪ゴムで閉じた。プラスチックのフォークと共に差し出されたケバブを受け取り、代金を支払う。

「また夜に買いに行くわ」

「待ってるよ。今度一緒に飲みに行こうね」

聞かなかったことにして、軽く手を振ってカリムの元を去った。

免税店を通り過ぎて左に曲がり、花園神社に足を踏み入れる。歌舞伎町周辺には、テイクアウトしたものを食べられるような場所は少ない。大久保公園は騒がしいし、歌舞伎町公園は汚い。腰を下ろすなら、花園神社の境内が最適だ。夜になると、外国人観光客や泥酔した大学生の掃き溜めになってしまうが、昼間に限っては、隣に歌舞伎町があるとは思えないほど静かだ。

境内の階段に座り、容器を留めている輪ゴムを外す。ケバブにフォークを突き刺し、口へ運ぶ。チリソースの刺激を干涸びた野菜が台無しにしていた。もう一口食べるが、まだ肉に辿り着かない。どうやらカリムは、肉ではなく野菜を多めにしていたようだった。

半分ほど食べ進めたところで一旦フォークを置き、煙草に火を点ける。

仕事は夜になってから、それまではオフだ。ここ最近は副業が忙しかったこともあって自分の時間を全く作れなかった。久しぶりに羽根を伸ばせるのだから、今日は心ゆくまで買い物をしようと決めていた。まずは伊勢丹に行く。取り置きしていたルブタンのサンダルを迎えに行かなくてはならない。その後は、好きなブランドを回る。マックスマーラ、クロエ、ロエベ、ジミーチュウ。稼いだ金の大半は、服と靴に使っていた。食にこだわりはなく、車や家にも興味がなかった。借金でもしない限り、着道楽というのは至って健全な趣味だ。

吸い殻を携帯灰皿に入れ、残りのケバブに手を付ける。

私の妹は服が大好きだった。新しい服を着るたびに新しい自分になれる、そう言っていた。悲しいことに、私は未だ、その価値観を理解できずにいる。私にとっての服は、自己実現の手段ではなく、本来の姿を覆い隠してくれる第二の肌だった。新しい服を着るたびに、かつての自分を消してしまえるような、そんな錯覚と期待があった。


九年前、本物の私はこの世界から消えた。

それ以来、他人の身分を騙って生きている。

2

思涵から電話があったのは、夜中の三時を過ぎた頃だった。

十数件に及ぶ夜回りを済ませ、私はゴールデン街にあるバーで夜食を取っていた。アポがない時間帯は、顧客たちの様子を確認するために情報収集を行う。賃貸契約に際しての審査は年々厳しくなっていて、契約締結後も、不審な点があれば調査が入ることもある。ひとりでも疑われれば、そのペーパーカンパニーは使えなくなる。私には、彼女たちの嘘を真実にし続ける義務があった。

このバーも、そんな顧客のひとりがやっている店だ。前々から飲みに来て欲しいと言われていたので顔を出してみたものの、肝心の彼女は今日店に立っておらず、劇団員だという青年を相手に他愛ない世間話をしていた。烏龍茶を頼み、ソフトドリンクだけでは申し訳なかったので、彼に数杯酒をおごった。

「もしもし」

〈サチ姐姐、今どこにいる〉

「外」

〈知ってるよ。まだ帰らないの？〉

「そろそろ帰るかも。どうしたの」

電話越しに騒ぎ声が聞こえる。チャイナパブはこの時間が本番だ。二次会や三次会、既に出来上がっている連中を相手にする。思涵も仕事中のはずだ。

〈言われてたこと〉

「え？」

〈部屋の外に人がいるよ〉

グラスに巻いていたハンカチは、水滴を吸ってぴったりと張り付いている。

「……制服？　それともスーツ？」

〈違う。警察じゃない。女の子たち〉

「たち？　何人？」

〈ふたり。ドアの前に座って話してる。ママにおつかい頼まれて外に出た時に見たの。それがさっき。多分、もっと前からいると思うよ〉

「どんな感じの子？」

〈夜の仕事してる。雰囲気で分かる〉

　同業者の勘は確実だ。顧客には、有事の際には連絡するようにと直通の電話番号を伝えている。事務所の前まで来ているにもかかわらず私に連絡をしていないということは、電話では話したくない類の用件なのだろう。

「教えてくれてありがとう。今から戻るわ」

〈伝える？　サチ姐姐が帰ってくるまでに帰っちゃうかも〉

「それならそれでいいわ。思涵は仕事に戻って。ママに怒られちゃうでしょ？」

〈サチ姐姐と話してたって言えば大丈夫〉

　後で私が怒られるのよ、と返して電話を切った。

　グラスからハンカチを剝がし、飲み口を拭き取る。会計を済ませ、私は店を後にした。

　信号を渡ったところにあるコンビニでセブンスターを買い、深夜の歌舞伎町を早足で歩く。スカウトの男たちが道のあちこちに立っているが、声を掛けられることはない。彼らの多くは私の仕事を知っていて、目が合えば会釈を交わすこともあった。この街では、知られていることは溶け込んでいることを意味する。見知らぬ人間の方が目立つ。隠れることを望むのなら、なおのこと顔を知られるべきだ。

　小道を曲がって雑居ビルのエントランスに入り、階段を登る。チャイナパブを通り過ぎると、思涵が言っていた通り、事務所の前にふたりの少女が座っているのが見えた。海外旅行にでも行くような、大きなスーツケースが隣に置かれている。

「悪いけど、今日はもう店じまいなの」

壁にもたれるように座っていた少女が顔を上げる。グッチのキャップ。目尻からはね上げたアイラインが目立ち、マットな質感の赤いリップがその印象を大人びさせていた。メイクの上手な子だと思った。男の眼は誤魔化せても、私には通用しない。昼に会った女性よりも若く、確実に未成年だった。もうひとりは黒いマスクをしていたが、肌質を見る限り同い歳くらいだろう。

どちらにも、顔に覚えがない。

「お姉さん、ここの人でしょ」

「そうかもね。あなたたちは？」

「ここってアリバイ会社だよね？」

黒マスクの子が急くように尋ねる。

アリバイ会社というのは、私がしている仕事の俗称だ。他人の人生にアリバイを用意することから、そう呼ばれる。もっとも私は、表立った宣伝活動を一切していないし、実際に契約するまでは事務所の住所は教えないようにしていた。ここも、登記上はネイルサロンということになっている。

「……あなたたち、誰の紹介？」

「愛佳（まなか）」

五ヶ月ほど前に顧客になった女性だ。以前在籍していた店で問題を起こして辞めさせられ、現在は『プリズム』というデリヘルで働いているはずだった。彼女を知っているということは、同僚なのだろうか。

顧客たちには、紹介していいのは連絡先だけで、直接事務所には来させるなと口酸っぱく言い聞かせていた。立て続けに支払いが遅れたこともあり、愛佳が約束を守れないタイプの女性だと分かってはいたが、こういうことをされると頭が痛くなる。

「必要なものを教えるから、別の日に出直してもらえるかな。今日はもう遅いし」

未成年の少女がふたり。店で知り合ったのだとすれば、大方、家出少女同士でルームシェアをしようという魂胆だろう。未成年は単独で賃貸契約を行えず、親権者の同意が必要になる。そのため、事情があって親族を頼れない場合、同意書を用意できずに借りられないケースが多い。

もっとも、未成年の顧客というのは、前例がないわけではない。正社員として雇用されていることにして、法人契約した物件に住まわせれば、親権者同意書は回避できる。

「違うの。そういうのじゃない」

キャップの子が立ち上がる。

やけに興奮していた。

「違う？　どういうこと？」

「噂で聞いたの。アリバイ会社の中に、失踪を請け負っている人がいるって。あなたなんでしょ？」

「……何のことか分からないな」

「逃がして欲しいの、〈雨乳母(あめおんば)〉さん」

彼女は私を見つめながら、はっきりとそう言った。

表情を変えないよう意識しながら、キャップの彼女を見返す。

それに関しては、愛佳は何も知らない。私の方から持ち掛けるか、取引している人間から依頼されるか、経路はそのふたつだけだ。

雨乳母とは、雨の夜に子供を拐(さら)うとされている妖怪である。雨の日に失踪させることから、いつの間にかそう呼ばれるようになった。噂されるのは構わない。私は誰にも想像することのできない方法で顧客を逃がしている。仮に私を拷問したところで、すでに消えた人間を捕まえることは絶対にできない。むしろ、その手の話は、失踪を請け負う人間の信頼を高めてくれる。

しかし、噂と私を結び付けられては困る。当然ながら、過去に逃がした人間が何かを喋るはずはない。関わりのある誰かが秘密を漏らしているとしか考えられなかった。

「どんな噂かは知らないけど、私は力になれない。タクシー呼んであげるから帰りなさい」

ふたりの足元に目を遣ると、やけに真新しいスニーカーを履いていた。サンダルでは長時間歩き回れない。おそらくは、そこらの店で慌てて買って履き替えたのだろう。大きなスーツケースは年季が入っているものの、セキュリティシールや、それを剝がした跡も見受けられない。どこからどう見ても、わけありだ。

「お金ならある」

キャップの子は背負っていたピンクのリュックを前に持ってくると、ファスナーを開けて中身を物色し始めた。リップやマスカラ、ポーチにしまう時間もなく慌てて詰めたと思しき小物が床に落ちる。彼女は深く腕を突っ込むと、くしゃくしゃになったルイ・ヴィトンの紙袋を取り出した。切れかけている白い蛍光灯の下で、鮮やかなオレンジ色の紙袋が浮いて見える。

「中を見て」

半分に畳まれた紙袋が突き出される。

訝しみながらも、中を覗き込む。そして、すぐに離れた。しわだらけの紙幣がぐしゃぐしゃに散らばっていたが、大体の厚さで推測できる。三〇〇万円ほど入っていた。

「ここにはないけど、もっと持ってる」

「お願い。他に頼れる人がいないの」

詰め寄って来たふたりが、大きな声で懇願する。これまでのやり取りさえ他人に聞かれたくなかったが、幸い、私たちの話し声はチャイナパブの騒がしさに掻き消される。

三〇〇万円は逃亡資金としては悪くない額だ。もっと持っているというのもブラフではなさそうだ。しかし、愛佳の同僚だとしたら、そこまでの稼ぎではないはずだ。服や持ち物に掛けているお金を考えれば、コツコツと貯金ができるタイプとも思えない。

濃厚なのは、持ち逃げの線。接触してしまった以上、下手に見逃せば、後々面倒事に巻き込まれかねない。ひとまずは、事情を聞き出す必要がある。『プリズム』の店長と直接の面識はないが、知り合いを通じて連絡を取ることはできる。

「……一応、話は聞く。でも、その後のことは保証しない」

私はドアの鍵を開け、ふたりを事務所の中へと通した。

電気を点け、ソファを指差して座るよう促す。昼に散財した分のショッパーをガラステーブルの上に置きっぱなしにしていたので、デスクの足元へと片付ける。

「コーヒーは？」

「ふたりとも飲めない」

ウォーターサーバーから紙コップに水を汲み、テーブルの上にふたつ並べる。マスクの子は、外したマスクをショルダーバッグに突っ込むと、紙コップを口に運んだ。

「あなたたちの名前は？」

「私はメイ。こっちはアンナ」

キャップの子がメイ、マスクをしていたのがアンナ。おそらく、本名ではないだろう。メイは少し面長でぱっちりとした二重。唇は薄く、意思の強さを感じさせるはっきりとした眉が印象的だった。アンナは丸顔だが、大人っぽい顔立ちをしている。切れ長の奥二重で、少しつり目なのもあって、きつそうに見えた。

「ここに来ることを誰かに話した？」

セブンスターのビニールを剝がしながら、私は質問を続ける。

「話してない。愛佳に聞いたのも結構前だから」

「愛佳の知り合いってことは、ふたりとも『プリズム』で働いてるの？」

メイが頷いた。

『プリズム』は、いわゆる格安店に分類されるデリヘルだ。夜の世界では、悪評がすぐに広まる。愛佳のようなトラブルメーカーが働ける店は限られていて、『プリズム』はそれに当てはまる曰く付きの店だった。しかし、このふたりは彼女とは違う気がする。

「正直に答えて欲しいんだけど、ふたりとも未成年だよね？」

「……うん。私は一八で、アンナは一個下」

納得がいった。メイもアンナも容姿は優れていて、高級店でも充分に通用するレベルである。だが、まともな店は一七歳を雇ったりはしない。その点、『プリズム』のような格安店は、多少のリスクには目を瞑る。ふたりは稼ぎ頭なのかも知れない。そう考えれば、大金を持っていることの説明も付く。

「ありがとう。それで、どうして逃げたいの？」

紙コップに伸ばした手を止めたメイが、探りを入れるように私を見つめる。彼女たちの口からは、まだ要求しか語られていない。

「単刀直入に聞くわ。あなたたち、誰に追われてるの？」

「追われてるわけじゃない。私たちはただ、ここからいなくなりたいの」

抗議するような口調でメイが答える。

「いなくなる?」

「……過去を消したいの。誰も私たちのことを知らないところに行きたい」

煙草に火を点け、静かに吸い込む。

街を散歩して、思う存分に買い物をし、夜は賑やかな飲み屋で久しぶりに喧騒を味わった。良い一日だった。それが、すっかり台無しだ。

「簡単に言うのね。それがどういう意味なのか、分かってる?」

「分かってるつもりだから、こうして会いに来たの」

「どうかな。過去を消すって、SNSをリセットするのとはわけが違うのよ」

「うちらのことバカにすんなよ」

これまで沈黙を貫いていたアンナが、精一杯凄みを利かせた声で威嚇してみせた。

「あんた、『シルバー』にいた野口っていうボーイを飛ばしたでしょ?」

「野口?」

「とぼけても無駄だから。あの店にいた香帆って女、今『プリズム』にいるんだけど、あいつ野口とデキてたの。それで、消える二日前にラブホで会ったらしいんだけど、見たことないガラケー持ってたから、怪しいと思って、野口がシャワーを浴びてる時に中を見たんだって。写真もメールも無いのに着信履歴だけ残ってたから、香帆はその画面をこっそり撮ったの」

私を睨みながら、アンナは続ける。

「香帆と会った二日後、野口は東京から消えた。野口を探してた半グレの奴らが空港とか新幹線のホームを張ってたみたいなんだけど、あいつはどこにも引っ掛からなかった。……履歴に残ってた番号は四つ。その中のひとつが、愛佳が使ってるアリバイ会社の番号と同じだったの。これが偶然なわけないよね?」

勝ち誇ったような表情でアンナが身を乗り出す。灰皿に手を伸ばしながら、その隣のメイを盗み見ると、彼女が小さく溜め息をついたのが分かった。

アンナにしてみれば私を牽制したつもりなのだろうけれど、今このタイミングで手札をオープンにしてしまうのは相当な悪手だ。情報の入手経路は、私と交渉するうえで重要な材料になり得た。見た目こそアンナの方が大人びているが、落ち着いているのはメイの方だった。電話番号を照らし合わせたのも、失踪の計画を立てたのも、おそらくはメイだろう。

野口を失踪させたのは半年以上前。門が開く条件が整うのに時間が掛かるため、数日前から私が指定した宿に身を隠させるのが通例だったが、「半日だけ、どうしても外出したい」と懇願され、仕方なく応じた。失踪することは誰にも教えない。携帯電話は肌身離さず持つ。このふたつだけは絶対に守るようにと忠告していたが、野口は最後の最後で油断したようだ。

「……ふたりとも、アリバイ会社の仕事内容は知ってるよね？」

そう呼び掛けながらも、視線はメイに向ける。

彼女が頷くのを待って、私は続ける。

「普段私がやっているのは、社員証や源泉徴収票の発行。部屋を借りたり保育園に子供を入れたりする時に、ちゃんとした会社で働いていないと審査が降りないから、日常生活を送るのに必要な身分を提供しているの」

「知ってる。愛佳も、あなたのおかげで家を借りれたって言ってた」

「そう。私が提供できるのは、この世界で生きて行くための嘘。でも、あなたたちが欲しがっているのは、全く違うもの。……偽造の免許証は簡単に手に入るわ。保険証もマイナンバーカードも、中国人からなら二万も出せば買える。でも、そういうのは一時的な使い方しかできない。番号は本物じゃないから、照会されれば終わり。二度と医者の世話にはならず、警察の職務質問を一生避け続ける自信があるなら、偽造屋を紹介してあげる」

「私とアンナは、野口みたいに完全に消えたいの。どうすればいい？」

「その三〇〇万円の出処が説明できるのなら、教えてあげる」

こちらを睨みながら舌打ちをしたアンナの膝に、メイがそっと手を乗せる。

「ヤバいお金じゃない。ふたりで貯めたの」

「『プリズム』の仕事だけで？」

「店を通さずにやったり、客の財布から抜いたりもしてた。これで納得してもらえる？」

「分かった。答えてくれてありがとう」

「それで、どうすればいなくなれるの？　愛佳は、あなたは信用できるって言ってた。野口のこと、どうやって逃したの？」

最後の一口を吸い、ゆっくりと煙を吐き出した。

彼女たちは、私がしていることを理解していない。この世界に居場所を失った人間を門の向こう側へと逃がすのが〈雨乳母〉としての私の仕事である。そしてそれは、この世界を捨てることと同義だ。

命以外の全てを失った人間だけが選ぶ、最後の希望。

「あと幾ら出せる？」

「……二〇〇万。それ以上は無理」

あからさまに顔をしかめたメイが、絞り出すように答えた。

できれば避けたかっただろうけれど、聡明な彼女なら予想はしていたはずだ。ある程度は掛かると見越し、堅実に金を貯めてきた。当然、失踪後の生活費も残しておかねばならない。苦しそうな表情は演技だ。資金面では、もっと余裕があると見て間違いない。

「でも、どうしてそんなに高いの？　偽造の免許証は二万で買えるんだよね？」

「私はあなたたちを、ここではない場所へと連れて行くことができる。誰もあなたを傷付けることのない、痛みも苦しみもない場所。あなたが犯したどんな過ちも、無関係になる。あなたを血眼で探している人間とも、永遠に決別できる。そう考えれば、安いものじゃない？」

　門には、開くためのルールが幾つか存在する。彼女たちがそれを満たしているかどうかは分からないが、もしクリアしているのだとすれば、金さえ払われれば逃がす気でいた。今までもそうだった。失敗したことは一度もなかった。

　圧倒されたように息を呑んでいたふたりだったが、ここで立ち止まってはいけないと思ったのか、メイは紙コップの中の水を一気に飲み干した。

「逃がすのに、時間はどのくらい掛かる？」

「今からなら、十日くらい。その間は、準備に協力してもらう必要がある」

　私がそう言い終えた瞬間、メイは顔を曇らせた。焦っているのは知っている。香帆が携帯電話を盗み見たのは半年以上前。野口の失踪を知り、アリバイ会社と結び付けたのだとすれば、数ヶ月以上前から動いていたはずだ。それが、ここに来て突然場当たり的になっている。計画を前倒しにしなければならない出来事があったのだ。今すぐにでも行方をくらませたいはずだ。次に言うことは、その曇りをさらに濃くするだろう。

「それと、ふたりはできない。料金は、ひとり五〇〇万」

「ふざけんな。そんなん詐欺だろ！」

　今にも飛び掛かって来そうな剣幕でアンナが吠える。

「詐欺だと思うなら、警察へ相談に行けばいいんじゃない？　どちらにせよ、私が乗せられるのはひとり。急いでるのなら今決めてもいいし、後で出直してもいいのよ」

箱の上をとんとんと叩き、飛び出てきた煙草を咥える。

置き時計に目を遣ると、あと数分で四時になるところだった。

「そろそろ店を閉めたいんだけど、どうするの？」

ソファから立ち上がり、微かにブラインドが開いている窓の方を眺めた。始発の時間が近付けば、チャイナパブの客たちが店から出てくる。それまでに結論を出させたかった。

「……出せる」

「ちょっと、メイ」

「仕方ないよ。どっちみち、やらないといけなかったんだから」

「でも、もしかしたら――」

アンナの制止を振り切るようにして、メイが身を乗り出す。

「一〇〇〇万出せる。それで、私たちの新しい人生を用意できるんだよね？」

「無理なんじゃなかったの？」

咄嗟に聞き返す。この展開は予想していなかった。

彼女は首を横に振り、説明を続ける。

「あと数日以内にまとまったお金が手に入る予定なの。それで何とかなる。……だから、準備に時間が掛かるなら、今からやってもらえない？　お金は絶対に払うから。約束する」

「そんな大金、どこから入るの？」

「あなたには関係ないでしょ」

「そうね。料金さえ支払うなら問題ないわ。でも、全額揃うまでは着手しない」

「信用できないなら、前金で三〇〇万、今あげる。それでもできないの？」

私は無言で拒絶を示した。高跳びをする前に最後の一稼ぎとして強請りか窃盗を企てる人間は多い。大抵の場合、そこから足が付く。門が開く前に捕まったら、そこで終わりだ。当然ながら、持ち出された金も追跡の対象になる。懐に入れれば、こちらの身も危うい。

「死ねよ、お前」

我慢の限界が訪れたのか、アンナがガラステーブルを蹴飛ばした。紙コップが倒れ、中の水がタイルカーペットに溢れる。ショルダーバッグから取り出したマスクを着けると、彼女はメイの腕を引っ張った。

「行こう、メイ。この女クソだよ」

罵声は浴び慣れている。

今更何も感じないし、むしろ、悪意に縋る相手が憐れに思えた。

メイはアンナの手を軽く払い除けると、改まるようにキャップを脱いだ。細く柔らかそうな髪は、度重なる脱色のせいか傷んでしまっている。

「本当にできないの？」

「悪いけど、条件は変わらない。全額揃ったら、また来なさい」

「……やっぱり、あなたもお金なのね」

初めて私を睨むと、メイは憤然と立ち上がり、事務所の出口へと歩いて行った。スーツケースの取っ手を摑んだアンナが、慌てて彼女の後を追い掛ける。

「ここからいなくなることを望むのなら、あなたたちは二度と会えなくなる。……本当にそれでもいいの？　大切な友達を捨ててでも、違う場所へ行きたい？」

独り言を聞かせるように呟く。ドアノブに掛けられていた手が止まるのを見ながら、肺に溜めた煙をゆっくりと吐き出す。

「……どうして」

「ここではない何処かへ行くためには、ここで今持っているものは、全て捨てなければならない。消え去るって、そういうことよ」

それを聞いたメイとアンナは、どんな眼でお互いを見つめたのだろう。叩き付けるようにドアを閉め、ふたりは事務所から出て行った。ぶつけられた怒りは、私に対してだけではないように感じられた。

デスク下の冷蔵庫からエビスを取り出し、奥の部屋に入った。折り畳み式のマットレスが直で床に敷いてある。プルトップを開け、三分の一ほど流し込んでから、体を横たえる。視界は吊り下げられている服で埋め尽くされていて、電気を消さなくても充分に暗い。

彼女たちは、どうして消えたいと思ったのだろう。

今までに私が逃がしてきた者たちは、ひとり残らず全員が、この世界にいる意味を失っていた。尊厳を失い、居場所を失い、生きる意味を失い、それでも、命だけは諦め切れずにいた彼らは、私という可能性に偶然出会った。

この世界から見放された者だけが、門を開くことができる。

しかし、まだ十代の彼女たちなら、いくらでもやり直しが利く。最後の手段に縋るにしては、持っている物が多過ぎるように思えた。

缶を床に置き、ポケットに入れていたカードケースから免許証を取り出す。

沢渡幸(さわたりさち)、私の名前だ。

無論、違う。

実際の沢渡幸なる女性は故人だが、死亡届は出されていない。どんな経緯があったのかは知る由もないが、彼女は生きたことにされたまま、免許証が売りに出ていた。

私は九年前にこれを手に入れた。本籍も移し、更新まで行っている。今の私は、完璧に沢渡幸だった。最近は、本当の名前を思い出せないことがあるほどだ。

ダムウェーターで繋がっているせいか、この部屋にいると、チャイナパブの笑い声が微かに聞こえてくる。うるさいとまでは言えないが、一度気になりだすと入眠に支障が出てしまう。私はワイヤレスのイヤホンを耳に付け、スマートフォンで音楽を再生した。瞬く間に声は消え、グリーグの『春に寄す』が流れ始める。眠る時はいつも、この曲を聴いていた。グリーグは旅行中にホームシックに陥り、故郷の美しい自然に思いを馳せながらこの曲を書いたそうだ。私には到底許されない贅沢だ。どこへ行こうとも、私はあの頃を思い出してはならなかった。沢渡幸として生きて行くことを決めた時に、私は過去を捨てたのだから。

枕に頭を埋め、暗闇に身を委ねる。

川の流れる音が、私の耳を優しく揺さぶる。

3

チャイムが鳴った。デスクでファッション誌を読んでいる最中だった。ドアの上に設置しているカメラと連動していて、スマートフォンに来客が映し出される。

スーツの男がふたり。目付きで警察の人間だと分かった。ガサ入れなら、もっと大人数で押し掛けてくるはずだ。雑誌とスマートフォンをデスクに置き、ドアを開けた。

「はい。……えっと、どちら様でしょう?」

「突然お伺いしてすみません。こういう者です」

そう言うと、男は警察手帳を義務的に掲げた。

名前は吉井。五十代半ばくらいで、腹の肉がベルトの上に乗っている。もうひとりの若い刑事は名乗ることなく、ただ軽く頭を下げた。

「あ、失礼しました。警察の方がどういったご用件でしょう?」

わざと怯えた声色を出す。

「そう身構えんといてください。実は少し伺いたいことがありましてね、沢渡さん」

吉井は私を安心させるような笑顔を作ってみせたが、その視線は、私の背後に向けられていた。

「こちらは会員制のネイルサロンですよね?」

吉井とバトンタッチするようにして、若い刑事が口を開く。

この事務所はネイルサロンとして登記されている。客に嘘を用意する会社なのだ、本来の看板を掲げておくわけにはいかない。

「ええ。プライベートサロンです」

私はネイルスペシャリスト技能検定のPA級を持っている。つまり、全てが嘘というわけではない。言い換えが気に食わなかったのか、若い刑事は、わずかに不愉快そうな顔を浮かべた。

「なるほど。それで、こちらのネイルサロンを利用されている会員の中に、この女性はいましたか?」

そう言って差し出された写真を、私は何の心構えもなしに見てしまった。

息を飲んだ。

顔に出そうになった驚愕を何とか抑え込む。目の前にいるのは人間観察のプロだ、一瞬でも気を抜けないし、一瞬で答えを出さなければならない。

「はい。知っています」

掌中のメイを見つめたまま、私は首を縦に振る。

あの夜から五日経っていた。

「何度も来ていた？」

「いえ、一度だけです」

若い刑事が吉井と顔を見合わせる。

おそらくは、何かしらの事実確認が行われている。

分かることはふたつ、メイが何かに巻き込まれたこと、そして、彼女がここを訪れたのが警察にまで知られていること。この雑居ビルに一番近い監視カメラは、通りの入り口までしか映していない。周囲のテナントをローラー作戦で当たっているのか、それとも、すでに私の副業が知られているのか。仮に後者だとすれば、先程のやり取りは気分の悪くなる茶番だ。

「あの、刑事さん。彼女がどうかしたんですか？」

「加藤彩織さんは亡くなりました。二日前のことです」

写真を引っ込めながら、若い刑事は淡々と言った。指先の感覚が、すうっと遠のいていく。自分で考えた源氏名なのかは分からないが、彩織よりもメイの方が、彼女のアンニュイな表情に合っていると思った。

「亡くなる数時間前、加藤さんは複数の番号に電話を掛けています。ほとんどの番号は相手の身元が確認できています。……ですが、一件だけ不明なものがあったんです」

写真を見せられた瞬間から悪い予感がしていた。

本人は否定したが、誰かに追われているのは明らかだった。

「その番号には十回以上掛けているのですが、応答はなし。調査の結果、使われていない番号であることが判明しました。どうして加藤さんは、使われていない番号に何度も掛け続けていたのか。あり得るのは、番号を間違えていたという線です。そこで、似た番号が存在しないかを調べたところ、沢渡さんのネイルサロンの番号が引っ掛かったんです」

若い刑事はメモ帳を広げると、ボールペンの先で左側のページを指し示した。私のネイルサロンの名前と固定電話の番号が書かれている。その下には、メイのスマートフォンの履歴に残っていたものと思しき番号。ほとんど同じだが、末尾の一桁だけ違っている。

7と1、よくある写し間違いだ。

「確かに、この番号はうちのものです」

「どういう要件だったと思いますか、沢渡さん。十回っていうのは、並大抵の数じゃない。そりゃあ、急用なら出るまで掛け続けることもあるでしょう。でも、普通は二、三回で一旦諦めますよ。まるで、縋り付いているような必死さを感じませんか？」

割って入るようにして、吉井が尋ねた。声色自体は穏やかだが、目の奥では鋭い疑念が首をもたげている。若い刑事も、私の挙動の一切を見逃すまいと目を見開いていた。

「……返金、だと思います」

「返金？」

「ネイルサロンは合う合わないが大きい業態なので、お試しという形で、初回の施術は半額で行っているんです。加藤さんもお試しでいらしたお客様なのですが、どうやら気に入っていただけなかったみたいで」

他人を騙すための嘘を売って生計を立てているのだから、もっともらしいストーリーを考えるのは造作もない。淀みなく喋れば怪しまれると思い、一旦区切りを入れて、ふうと息を吐く。

「加藤さんには、お会計の時に『ここって返金とかしてくれるの？』と聞かれたので、お試しのご利用に限っては返金はお断りさせて頂いている、とお伝えしました。あまり納得されていなかったご様子でしたので、少し嫌な予感はしていたんです」

「なるほど。お金を返して欲しくて、深夜に何度も掛けた。そう思われるんですね？」

「……ええ。それ以外には見当が付かなくて」

「分かりました。長々とすみませんね。最後に、あと一点だけ確認させてください」

腕時計に目を遣りながら、吉井は続ける。

さっきまでの威圧感が弱まっているように思えた。

「彼女はひとりで来ましたか？　それとも、誰かと一緒に？」

上手いやり方だ。安心しかけた自分を叱りつけたくなる。終わったような雰囲気を醸し出しているが、ふたりにとっては、この最後の質問こそが本命だったのだ。

とはいえ、私にとっては何の不都合もない質問である。彼らの捜査対象は私ではないのだから、正直に答えればいい。メイが亡くなったとすれば、その死には何らかの形でアンナが関わっているはずだ。真実を隠蔽する必要は、どこにもない。

「いいえ、ひとりでした」

「なるほど。……ご協力ありがとうございます、沢渡さん。もしかしたら、またお話を聞くことになるかも知れません。その時は、お手数ですがよろしくお願い致します」

反射的に出た言葉だった。義務的な所作で頭を下げた吉井は、若い刑事を引き連れて階段を降りて行った。どうして嘘をついたのか、自分でも判然としなかった。

ドアを施錠し、デスクに戻ってスマートフォンを手に取る。ブラウザで国内の事件を検索する。亡くなったのは二日前、記事が出たとすれば昨日か今日のはずだ。ニュースのタブをスクロールすると、それらしい記事が目に留まる。

――家出少女が飛び降りか　池袋雑居ビル転落事故

――一六日午前二時ごろ、東京都豊島区池袋の雑居ビル屋上から女性が転落死した事故で、亡くなった女性は加藤彩織さん（一八）であることが判明した。加藤さんは四年前から愛知県の実家に戻らず、母親（三六）がブログで情報提供を呼びかけていた。警察は事件と事故両方の可能性があるとみて調べている。

中国人から偽造の身分証を買うことができると教えたのは、他でもないこの私だ。彼らを頼ろうとして池袋をさまよっていたところで追手に見付かり、必死に逃げながら、藁にもすがる思いで電話を掛け続けたのかも知れない。

スマートフォンを手にしたまま、デスクの引き出しから折りたたみ式の携帯電話を取り出し、電話帳を開く。愛佳、『プリズム』で働いているデリヘル嬢。メイとアンナは、愛佳からここの住所を聞いたと言っていた。電話を掛けると、すぐに繫がった。警戒しているのか、向こうから口を開く気配はない。

「もしもし、愛佳さん？」

〈……どちら様ですか？〉

「私、サチ」

電話越しでも、愛佳がほっと胸を撫で下ろすのが分かった。彼女が消費者金融から多額の借金をしていることは知っている。大方、取り立て屋が掛けてきたのではと怯えていたのだろう。

〈ごめんなさい。電話だと声が低いから気が付かなくって〉

「いいよ。よく言われるから。それより、ちょっと確認したいことがあるんだけど」

〈あの、料金はちゃんと引き落とされてると思いますけど〉

安心したのも束の間、愛佳は再び警戒するような声色で言った。顧客から相談の電話が掛かってくることはあるが、こちらから掛けることはまずない。掛けるとすれば、引き落としがなされなかった時に催促の電話をするくらいだ。

「その件じゃないの。あなたに教えて欲しいことがあって」

〈何ですか？〉

「愛佳さん、同じ店にいる子にうちの住所を教えたでしょ」

〈覚えてないです。もしかしたら、そういう話をしたかも知れないですけど〉

「一昨日亡くなった女の子、メイって名前で働いてたよね。その子とは仲良かった？」

メイの名前を出すと、愛佳は途端に押し黙った。

同僚なら、事件のことを知っているはずだ。

〈今、大事な時期なんです。大きなところじゃないけど、芸能事務所に入れるかも知れなくて。昨日もオーディションがあって〉

「分かってる。そのために仕事を頑張ってるんだもんね」

〈はい。だから、そういうのに巻き込まれるのは……〉

「メイさんと仲良くしてたアンナって子と連絡を取りたいの。教えてくれない？」

〈店長に聞いた方がいいですよ。勝手に教えたら怒られるかも知れないんです〉

「あなたに迷惑は掛けないから安心して」

〈……本当に困るんです。『プリズム』も辞めようかと思ってたし〉

「私のことを紹介していいとは言ったけど、事務所の住所は教えちゃダメって何度も言ったよね？　前の延滞もそうだけど、約束を守ってくれないと、こっちもあなたを守れなくなるんだよ。オーディションを受ける時は、うちで作った身分を使ってるよね。風俗で働いてるのがバレたら受からないって言ってたの、愛佳さんだよね」

愛佳は移り気で自堕落だが、損得勘定は出来る。これ以上言わずとも伝わるはずだ。彼女の決断には時間が掛かりそうだったので煙草を吸おうとした矢先、スマートフォンを握り締めたままだったことに気付いた。もう一度、頭から記事を読む。

　飛び降り自殺。

　一八歳という若さ。

　奇しくも、メイの母親が彼女を産んだのと同じ年齢だ。

〈……厄介事はイヤなんです、サチさん〉

「厄介事はこれから起きる。さっき私の所に警察が来たの。もっと説明して欲しい？」

　わざとらしい溜め息が聞こえてきたものの、愛佳がそれ以上を尋ねてくることはなかった。知ることは、関わることを意味する。

〈ラインしか知らないので、そっちに送ります。私はもう履歴とかも全部消すので〉

「ありがとう、助かる」

　閉じた携帯電話をデスクに置き、ノートパソコンの電源を入れる。複数持っているアカウントのひとつに、愛佳からラインが届いていた。「ＲｅＮＡ」というアカウントの連絡先が貼られている。これがアンナの本名なのだろう。

「ＲｅＮＡ」を友だちに追加し、自分の電話番号をメッセージで送った。送り主が私だと分かるように「野口の件」と付け加える。それ以上のことは書けない。これで察してもらえなければ、手を引く他ない。

　煙草を吸って待っていると、メッセージの隣に「既読」の文字が浮かんだ。初期設定のままの着信音が鳴り響き、私は携帯電話に手を伸ばす。

「今、どこにい――」

〈てめえ、マジで許さねえから〉

金切り声が鼓膜を殴りつける。思わず耳から携帯電話を離す。発作的な怒りでは、こうはならない。抑え込んでいたものが爆発したかのような苛烈さだった。

「どうしたの」

〈どうしたのじゃねえだろ。何回も電話したのにシカトしやがって〉

アンナの息は荒かったが、私への怒りだけが原因ではなさそうだった。後方からは、スーツケースを引き摺る音が聞こえる。

「ついさっき、私の所に警察が来たの。あなたたち、私の番号を間違って登録していたみたいよ。繋がらないのも無理はないわ」

〈そんなこと言うために電話してきたのかよ？　自分は悪くないってか？〉

「私のせいでメイさんが死んだとでも言いたいの？」

彼女は親友が自殺したという事実を受け止めきれず、何かに責任を押し付けたいのだ。その気持ちは理解できるが、私に八つ当たりするのはお門違いだろう。

〈お前があの時助けてたら、メイは殺されなかったんだ〉

驚くほど静かな声色で、アンナはそう呟いた。

怒鳴り声が飛んでくると思って身構えていた私は、つい呆気に取られた。

「殺されたって、どういうこと？　ニュースでは転落して死んだとしか――」

〈追われてんだよ。……あたしもヤバい。きっと、すぐに殺される〉

「今、どこにいるの？」

〈お前には関係ないだろ。……ああ、もう。どうしてあたしばっかり〉

灰皿に煙草を立て掛け、パソコンを操作する。いざという時の為に、顧客を匿（かくま）うことのできる部屋を幾つか持っていた。チェーンのホテルは潜伏に向かない。公的な身分証の提示を義務付けているし、ロビーには監視カメラもある。私が使っているのは個人経営のラブホテルだった。

「ホテルクラウンの四〇六号室」

〈え？〉

ゆっくりと息を吸う。

踏み込んでいる、そう感じた。この道には硝子の破片が散らばっている。一歩踏み出す度に破片が突き刺さる。そして、流れ行く血は確かな痕跡となって、私の存在を誰かに知らせる。

「四谷三丁目にある『クラウン』ってラブホテルの四〇六号室に行って。清掃中の札が出ているけど、気にせず入っていい。後から私も行くから」

〈信じるわけねえだろ。うちらを見捨てたクソ女〉

「気が進まないなら構わない。でも、頼みの綱は私だけでしょう？」

舌打ち。

だが、その直後にスーツケースを引く音が止んだ。

アンナは、私に頼るべきか否かを考えている。もっとも、悩むのに費やせる時間はほとんどない。彼女の口ぶりから察するに、追跡者はアンナをメイと同じ目に遭わせようとしている。

〈……タクシーに乗る。その部屋は安全なの？〉

「保証する。三〇分以内に合流するわ」

〈嘘だったら殺すから〉

そう喚(わめ)くなり、耳元でぷつりと通話が切れた。

バッグに携帯電話と煙草を放り込み、私は椅子から立ち上がる。

日本の警察は優秀だ。遺留品のスマートフォンの履歴から、メイとアンナの接点はすぐに洗い出される。聞き込みと監視カメラの映像から、ふたりが行動を共にしていたこともすぐに明らかになる。そんな状況でアンナと接触すれば、間違いなく疑われる。もちろんメイの死には無関係だ。身の潔白を証明することは容易い。しかし、私自身に疑惑の目が向けられるのは困る。あれこれと嗅ぎ回られるのは、絶対に避けなくてはならない。

だからこそ、どうしてあんなことをしたのかと自問する。

どうして、アンナを助けようとしている？

私が何もしなければ、アンナは確実に死ぬ。警察の保護など期待できないし、頼れない事情があるからこそ、今でも身を隠しているのだろう。この仕事を始めてから、メイのような最期を遂げた人間を数え切れないほど見てきた。私が逃がしてきたのは、その上澄みに過ぎない。

だからこそ、改めて自分に問う。

どうして、アンナを助けようとしているのか。

それは、彼女がこの世界の理不尽さを憎んでいるからに他ならない。親友を殺され、自身も追われようとも、自暴自棄にならず、必死に生き続けようとしている。自分に何ひとつ与えてくれなかった、何もかも奪われるだけの世界を恨みながらも、その命に縋り付いている。

彼女には、門を開く資格があるかも知れない。

私はそう考え始めていた。

ブラインドを下ろそうとした時、鳥籠に布を被せたままであることに気付いた。夜でも電気を点けていることが多いため、寝やすいように布を掛けてあげていた。帰ってきたら水を取り替え、餌を与えなければならない。

4

フロントの客室パネルを素通りして、エレベーターに乗り込む。四階に着くと、雑巾や殺菌スプレーの詰まったカゴを携えた清掃員が待機していた。バッグから封筒を取り出し、彼に手渡す。その場で中身を確認すると、彼は一礼してから階段の方へ歩いて行った。四〇六号室には「清掃中」の札が掛かっている。あらかじめ預かっていた鍵を使って扉を開けた。室内には香水の匂いが漂っていたが、ソファにもベッドの上にも、アンナの姿はない。

「出てきて大丈夫よ」

ソファに腰掛け、煙草に火を点ける。

ややあって浴室のドアが開き、その隙間からアンナが顔を覗かせた。マスクもメイクもしていない素顔が私を睨む。泣き腫らした赤い眼に視線が行った。

「ひとり?」

「誰もいないわ。安心して」

「……なんで、あの時追い返したんだよ」

助け舟には乗ったものの、アンナは未だに私を信用していないようだった。

「辛いのは分かるけど、私を責めるのは止めて。事情を説明しなかったのはあなたたちよ」

やり場のない怒りを舌打ちという形で発露させると、スーツケースを抱えながらアンナが浴室から出てきた。私が座っているソファを素通りすると、彼女は靴のままベッドに上がった。

「なんであたしを助けるの?」

「話を聞くためよ」

煙草を吸いながら、私は続ける。

「電話でも言ったけど、私の所に警察が来たの。……メイさんのことを訊かれたわ。表向きには、あの事務所はネイルサロンということになっているの。だから、メイさんのことは『ネイルをしに来たお客さん』ということにした。『誰かと一緒だったか』とも訊かれたけれど、あなたのことは伏せておいた。あなたが警察の事情聴取を受けて、私のことを色々と喋ったら困るの」

「自分のためかよ」

アンナは吐き捨てるように呟いた。

察しが良くて助かる。

「まずは、メイさんに何があったのか教えてもらえる？」

そう訊ねると、あぐらをかいていたアンナは反り返るように天井を見上げた。

「交換条件」

「何と？」

「ここから逃がして」

「こちらとしては困るけど、逆の立場なら警察に保護を求めるわ。悪いけど、私は命の保証まではしてあげられない」

「警察はダメなの」

「どうして？」

「言えない。それも条件のひとつ。あたしも、あんたのこと警察には話さない」

おそらくは、メイの死以外でも警察に関わりたくない事情があるのだろう。ニュースには、メイが数年前に家出をしていたと書かれていた。もしアンナが同じ境遇なら、未成年である彼女は親権者の元へ戻される。それが一番嫌なのかも知れない。

「分かった。もう訊かないでおく」

「それで、何話せばいいわけ？」

「メイさんは本当に殺されたの？　報道では自殺か事故だって――」

「飛び降りさせられたんだよ」

私の言葉を遮り、アンナが答える。

「とりあえず、私の事務所を出て行ってからのことを順を追って教えて」

クローゼットの下側に付いている客室冷蔵庫からミネラルウォーターを取り出し、アンナへと手渡す。

「あんたに頼るのが無理だって分かって、メイは池袋に行くことにした。中国人からなら身分証が買えるって、あんたが言ってたから。手に入れたら、夜行列車で高松まで行く計画だった。持ち歩いている分とは別のお金をコインロッカーに隠してて、それも取りに行かなくちゃいけなかった。あたしたちは一旦別れて、あとで東京駅で合流することになってた」

アンナはキャップを捻ろうとしたが、手汗で滑るのか中々上手くいかず、見かねた私が代わりに開けた。彼女はよく冷えている水を、少しだけ口に含んだ。

「……時間になっても、メイは来なかった。何度連絡しても返事がなくて、何かあったのかも知れないと思って池袋に行こうとしたけど、乗車券はあたしが持ってて、入れ違いになったら乗れなくなるから、駅で待ってたの。列車が行っちゃってからも、ずっと。そしたら、知らない番号から電話が掛かってきた。それが、あいつだったの」

滴った水がベッドに染みを作る。

アンナの右手は力なく揺れ、その度にボトルの中の水が溢れた。苦しさを緩和させるように、彼女は息を大きく吸った。サテン地のキャミソールから出ている肩が震えていた。

「電話に出たら、『今からこいつに、お前を連れてくるか、それとも飛び降りて死ぬかを選ばせる』って言われた。でも、嘘だった。あいつは嘘をついてた。最初から殺すつもりだったんだ。あたしは、そっちに行くからメイを殺さないで、って言ったの。でも、電話の向こうで悲鳴が聞こえて、それで……」

そこで声を詰まらせると、アンナは何かを否定するような所作で首を横に振った。

何度も。

その度に、頬を涙が伝った。化粧で守られていない素肌を流れていく、剝き出しの感情。私は視線をアンナから外し、七色に光っている滑稽な照明を眺めた。

新しい人生を手に入れれば、もう二度とお互いに会うことはできないと伝えた時のメイの声が、今でもはっきりと耳に残っている。

どうして。

たったそれだけの弱々しい訴え。

一八歳でその生涯を終えたメイは、その虚しい抵抗を幾度となく口にしてきたのだろう。あらゆる理不尽に理由の存在を望み、答えなど得られないまま、次の理不尽に沈められる。

もしも私が中国人のことを教えなければ、ふたりは別行動を取らなかったのだろうか。そうすれば、メイは捕まらずに済んだのだろうか。

煙草を吸いながら、彼女が再び口を開くのを待った。

「……メイが飛び降りたのは分かった。でも、本当に死んだって知ったのはニュースだよ」

「あなたを守ったのね？」

目元を拭いながら、アンナは頷いた。

奇しくも、逃亡資金はアンナが持っていた。警察沙汰になれば、彼女たちを追い掛けていた男は危険を感じて諦めるかも知れない。これ以上は逃げられないと悟ったメイは、アンナひとりでも助かることを望んだのだろう。

「申し訳ないけど、質問を続けるわ」

「……大丈夫。話せるから」

「ありがとう。それで、あなたたちは誰に追われているの？」

「拈華会（ねんげかい）の奴。名前は佐伯（さえき）」

私は、彼女たちが『プリズム』か売春絡みでバックにいる連中と問題を起こしたのだろうと推測していた。半分は予想通りだったが、もう半分が腑に落ちない。拈華会は愛知県を拠点にしているヤクザであり、歌舞伎町での揉め事に関与しているとは考え難い。

「何をしたの？」

おそらくは、もっと根深い部分が関係している。

彼女たちの過去。

大金を積んででも遠ざかりたい過去。

アンナは泣き止んでいたが、またしても口を噤んでいる。この沈黙は種類が違う、そう感じた。感情ではなく計算が働いている。

「話してくれないと、あなたを助けられないわ」

「……あたしとメイが持ってるものを、佐伯に買ってもらうことになってたの」

あと数日以内にまとまったお金が手に入る予定がある。

メイが言っていたのはこのことだ。

「商談がまとまらなかったのね。それで、あなたたちが持ってるものって何なの？」

「証拠。バレればあいつがヤバくなる証拠」

「犯罪の証拠ってこと？」

「うん、そう」

強請りは最も難しい交渉のひとつだ。

大金を必要としていた彼女たちは危ない橋を渡り、失敗した。

「どんな証拠なの？」

「……ねえ、あたしを助ける、ちゃんと逃がしてくれるって、約束して。五〇〇万はあるから」

「分かっているわ。追手の正体が分かっていれば、対処法を考えることができるの」

縋り付くように頼んだアンナを諌める。ただでさえ優れているとは言えない彼女の判断力は、恐怖によって一層鈍っている。懇願すればするほど、交渉における優位性が失われていくことに気付いていない。

正直なところ、助けるかどうかは証拠の内容次第だった。遅かれ早かれ、警察はアンナに辿り着く。彼女が私のことを喋らないという確証はない。その前に、拈華会の人間がアンナを見付け出して消してくれれば、全ては丸く収まる。

「……地元にいた頃、佐伯と一緒に住んでいた時期があったの」

やがて、アンナは意を決したように喋り始めた。

「同棲とかじゃない。家出した子が集まって住んでるアパートがあって、そこに佐伯もいたの。……四部屋を借りている子とその彼氏、その子の友達ふたり。メイとあたしはあとから入った。……四ヶ月くらい居たかな。すごく楽しかった。みんなでいたから、寂しくなかったしね。あたしには親がいなかったから、あのメンツがあたしにとっての〈ホーム〉だった。……でも、佐伯が来てから、少しずつ変になっていった。最後は、みんなバラバラになっちゃった。それで、メイとふたりで地元を出て東京に来たの」

七人の子供たち。

〈ホーム〉。

その言葉が、やけに浮いて聞こえた。まるで、白黒の写真の中に一箇所だけ色鮮やかな部分があるかのような違和感。その言葉を口にした瞬間だけ、アンナの表情が安らぎを取り戻すのを見逃しはしなかった。

「あたしとメイは、佐伯がその時にやった犯罪の証拠を持ってる。写真、動画、ラインのスクショ、会話の録音、全部ある。メイが何かあった時のために集めていたの」

本当に賢い子だ。

だからこそ、報われない。

「でも、メイさんのスマートフォンは警察に押収されたんじゃないの？」

「あれは、もう一台の方。見られても大丈夫なやつ。あいつの狙いはこれ」

そう返しながら、アンナはリュックの中からスマートフォンを取り出した。ケースは付けられておらず、液晶も割れている。

「中身を見せてもらえる？」

「ダメ。次はあんたの番。どうやって助けてくれるの？」

傷だらけのスマートフォンを握り締めながら、アンナが私を見返す。今の彼女にとっては失うことの許されないカードだ、やすやすと内容までは教えたくないのだろう。

「お金は？」

「ここにある。今は、あの時あんたに見せてない分も持ってる」

前回も目にしたくしゃくしゃの紙袋。

アンナは折り畳まれている袋を広げ、私の位置からでも見えるように向けてみせた。少なくとも、五〇〇〇万円以上あることは確かだった。費用の面はクリアしている。

「準備が必要だと言ったのを覚えてる？」

「うん。十日くらいって」

「あれから時間が経ったから、四日後には出発させられる」

「本当？」

「ええ。必要な準備は私の方で進める。詳しい説明は後でするから、とりあえず、今日はここに泊まって。いいわね？」

不承不承の面持ちでアンナは頷いた。

「外出は控えて。欲しいものがあれば、フロントに言えば清掃員に届けさせる。それ以外に誰かが来ても、絶対に扉を開けないで。出発までに捕まれば、全てが無駄になる。明日以降は別のホテルに移動してもらうわ。……あと、あなたのスマートフォンを預からせて」

彼女に向かって手を伸ばすと、訝しむような視線が返ってきた。

「何もしないから。中を見たりしないし、ロックも掛けたままでいいわ。スマートフォンから居場所を特定する方法はごまんとあるから、預かりたいの。今後はこの携帯を使ってもらうけど、連絡は極力避けること。私の番号も入れてあるから、何かあればすぐに掛けて」

飛ばしの携帯をベッドに投げる。

匿われているＤＶ被害者の身元は、逃走中に連絡を取っていた友人などから漏れることがほとんどである。いくら念押ししようとも、彼女はそのミスを犯してしまう可能性が高そうだ。

「……本当に信じていいの？」

虚勢が削げ落ちた、弱々しい声。

庇護を求めるような眼。

彼女が一般的な一七歳の少女よりも過酷な人生を送ってきたことは想像がつく。きっと、メイといる時だけは、アンナは本当の自分でいられたのだろう。メイが傍にいたからこそ、強くいられたのだろう。その親友を失い、次は自分が殺されるかも知れないという状況に置かれ、彼女の心は追い詰められている。失意の底で、信頼できる何かを欲している。

「人間は、自分のためにしか生きられないのよ」

愛をねだるような視線を受け止めながら、突き放すように答えた。

私の胸元には、鳥の羽根を象ったネックレスが下げられている。

鳥の中には、敵に襲われた時に、弱っているふりをすることで捕食者を引き付け、他の仲間を逃がすという習性を持つものがいるそうだ。

擬傷。

擬い物の傷。

子供の頃、その言葉を私に教えてくれた友達がいた。彼は私に、自分もその鳥のように、傷付いている誰かのことを逃してあげられるような優しい大人になりたいと言った。まだ幼かった私は、その理想に心の底から憧れた。そのように考える人間がいると知っているだけで、この先の人生にどんな不幸が起きようとも、絶望せずに済むと思った。かつて私は、人間にも擬傷があるのだと信じていた。

「……少なくとも、五〇〇万円分の働きはする。プロとして、あなたを逃がす」

あれから十数年の月日が流れ、私は知った。

人間は、他人のためには生きられない。

「金が全てってわけ？」

「子供が嫌いなベビーシッターがいないと思うの？」

「やっぱり、クソ女だ」

これまで通りの生意気な口調でアンナは言った。口元には、初めて目にする笑み。新しい人生に思いを馳せているうちは、正気を保てるはずだ。

アンナはデニムのポケットに入っていたスマートフォンを取ると、私に差し出した。ジェラトーニのケースが付いていた。

「今更だけど、あなたの本名を教えて。私は沢渡幸。サチでいい」

「玲奈(れな)。……でも、あんまり好きじゃない」

「分かった。アンナって呼ばせてもらうわ」

「ありがと、サチ」

「お礼にはまだ早い。それと、ひとつだけ忠告があるから先に言っておく」

灰皿の上の吸い殻をビニール袋に包んでバッグに入れる。

すでに背を向けていて、それを聞く彼女の表情は見えない。

「地元のこと、友達のこと、〈ホーム〉のこと、メイさんのこと、あなたの中に残っている全てを、もう二度と思い出さないように努めた方がいいわ」

「……どうして？」

「今のうちに忘れないと、後で苦しむことになる」

サングラスを掛け、部屋を出た。

どうして。

幼気(いたいけ)な怨嗟は棘のように、私の心に突き刺さった。

5

アンナは、警察が押収しているメイのスマートフォンを「渡してもいいやつ」と言っていた。聡明なメイは、用途に合わせて使い分けていたのだろう。もしかしたら、万が一の際に迷惑を掛けないように、アンナの連絡先さえ登録していない可能性も考えられる。仮にそうだとすれば、警察がメイとアンナを結び付けるのには、まだ時間が掛かる。捜査が始まったばかりのタイミングでアンナが失踪すれば、余計な詮索を招いてしまう。彼女の痕跡を完璧に消し過ぎると、かえって怪しまれる。

それを避けるためには、彼女の行動履歴を作る必要があった。メイの死後も、普段通りに生活を続ける。産婦人科に予約を入れ、ツタヤでＤＶＤを借り、適当なタイミングで新幹線のチケットか何かを購入する。ヘンゼルとグレーテルは、迷子にならずに引き返せるように、道にパンくずを落としながら歩いた。ならば、私が行うのは正反対の行為だ。アンナを探している人間を間違った道へと誘うために、パンくずよりも魅力的な証拠を落としていく。この手の工作も得意分野だった。他ならぬ私自身がそうやって消えたのだ。

不意に電話が鳴った。

アンナからだと思い慌てたが、未登録の番号だった。顧客の誰かが、別の携帯電話から掛けているのかも知れない。

「もしもし」

〈あ、沢渡さん？〉

知らない男の声。

引き出しからボイスレコーダーを取り出し、録音を始める。

「……どなた？」

〈『プリズム』の久保寺です。この番号は愛佳から訊きました〉

名前は知っていた。『プリズム』の店長で、歳は三十代前半。従業員を厳しく管理するタイプのようで、愛佳は店長である彼を恐れている節があった。

風俗店の多くは、従業員の安全を確保するために、アリバイ会社が行うような業務を自前でやっている。偽の社員証を用意したり、部屋を借りる手続きを代行したりなど、高級店になればなるほど保護は手厚くなる。しかし、『プリズム』は違う。欠勤や遅刻に対して厳しいペナルティを科すものの、従業員を保護することも、アリバイ会社を紹介することもない。愛佳は以前働いていた店の後輩から私を紹介されていた。

「用件は？」

〈悪いんすけど、今からうちの事務所まで来てもらえます？〉

久保寺はビルの名前を告げ、「おたくの事務所からなら徒歩圏内だ」と付け加えた。高圧的な口調で、悪びれている様子は皆無だった。

電話を掛けてきた理由は分かり切っている。問題は、一介の店長に過ぎない彼がどうしてこの件に首を突っ込もうとしているのか、である。

「予定があるの。また別の日にしてもらえる？」

〈松寿会（しょうじゅかい）の岡野さんが、沢渡さんと話がしたいそうです〉

レコーダーを止めた。その名前を記録に残すべきではなかった。

私の知らないところで、何かが起きている。

関わらざるを得ない、最悪な何かが。

「……すぐ出るわ」

〈どうも〉

携帯電話を閉じ、バッグを摑んで事務所を後にする。

風林会館を通り過ぎて、新宿バッティングセンターの手前で曲がる。そのまま少し歩くと、久保寺が言っていたビルが見付かった。私の事務所が入っているのと同じような古い雑居ビル。テナント看板を見ると、六階と七階に同じ名前が出ていた。片方が待機所、もう片方が事務所だろう。エレベーターはなく、薄暗い階段を上がって七階に向かった。

ノックをしてからドアを開ける。

室内の蛍光灯はやけに明るく、思わず目を細めた。奥にスチールデスクがあり、手前に簡素な応接セット。男がふたり、向かい合うように座っている。

「この方が？」

上座にいる男が、私を見つめながら口を開いた。三十代後半で、これでもかと言うほど丁寧に髪を撫で付けている。ナイキのスウェットのセットアップに身を包んでいるが、脇に抱えているセカンドバッグはプラダ。最近のヤクザはスポーティな格好を好むことが多い。この男が松寿会の岡野だろう。

岡野の問いは私ではなく、対面に座っている男に向けられていたが、男は曖昧に頷いただけだった。こっちが久保寺か。

「沢渡です」

「はじめまして、岡野です。お噂はかねがね」

掌中の電子タバコを弄びながら、岡野が丁寧な口調で挨拶する。昔は違ったのかも知れないが、彼らは絶対に組を名乗らない。特に交渉事の際は、名前を出したが最後、暴対法でしょっ引かれかねない。

軽く会釈を返すが、私が口を開くことはない。司会進行は、私を呼び付けた久保寺が務めればいい。そう思いながら、岡野の向かい側にいる久保寺に視線を向けた。無造作に伸びている黒髪。若さが残る顔立ちを隠すように髭を生やしている。ハイビスカス柄のアロハシャツは、無愛想な表情に少しも合っていない。唇と眉が切れ、凝固した赤黒い血が滲んでいるのが、表情の硬さに拍車を掛けていた。

「やだなあ、俺じゃありませんよ、久保寺、お前からも言ってくれ」

私の視線に気付いた岡野が、弁解するように左手を上げた。

「昨日の深夜、待機所に若い男が来て、アンナはいないか、って暴れ回ったんです。キャスト全員に詰め寄って、止めに入った従業員を殴って。自分が駆け付けたら、このザマです」

「近くにあった保温ポットで殴られたそうです。運が悪けりゃ大怪我ですよ」

自身のこめかみを電子タバコでコツコツと叩きながら、岡野は続ける。

「俺の部下が来た時には、もう逃げてしまったあとでしてね。幸い、女の子のひとりが写真を撮っていたから、それを元に総出で探してるんです。ただ、顔は分かっても、それ以外のことは何も分からない。警察ならポットの指紋から前科者を割り出せるかも知れませんが、俺たち一般市民には、手掛かりなしに正体不明の人間を見付け出すのは至難の業です。……そんな時、偶然にもアンナを探してる人間が他にいると久保寺から聞きましてね」

合点の行く説明だ。少なくとも、呼び付けられた理由は明確になった。久保寺はメイたちと交流があった女性を片っ端から当たったのだろう。

「数日前、加藤彩織という女性が飛び降り自殺をしました。うちのキャストで、店ではメイという名前でした。メイにはアンナという友人がいて、やはり、うちで働いていたんですが、事件があった日から無断欠勤が続いていているんです。……自分は、メイの死にはアンナとあの男が関わっていて、沢渡さんが何かを知っているんじゃないかと考えています」

「どうです、沢渡さん。こいつ、想像力の豊かな男だと思いませんか？　デリヘルの店長にしておくのは勿体ないくらいですよ」

身を乗り出して久保寺の肩を叩きながら、岡野はさも愉快そうに笑った。久保寺の怪我などお構いなしという乱暴な手付きだった。

「メイさんは死ぬ数日前に私の事務所に来ていたの。アンナさんと一緒にね」

頃合いだと判断して、私は言った。

部屋の空気が急速に張り詰めていくのが分かった。

「その後、自殺の件で警察が私のところに来たの。私はアンナさんから詳しい事情を聞き出そうと思って、ふたりと面識があった『プリズム』の従業員から連絡先を教えてもらったの」

「どうして連絡を取ろうなんて思ったんですか？」

「警察と関わりたくないから、私に被害が及ばないよう手を回しておきたかったの」

「なるほど、その気持ちはよく分かりますよ。それで、ふたりはどうしてあなたの事務所に？」

「私の仕事はご存知でしょう？」

そう返すと、岡野はわざとらしく肩を竦めた。

「多少はね。だが、詳しくは知らない。お手間でなければ、ご教授願いたいですね」

「家を借りるのに風俗嬢では審査に通らないから、会社員としての身分が欲しいと言われたの」

電子タバコを咥えながら、岡野は大きく頷いてみせた。微塵も信じていないという眼だった。

言い終えてから、私も失敗したと思った。これから自殺しようという人間が、家を借りる準備をするのは不自然だ。

「分かった。それで、男のことは？」

追及するよりも話を進めるべきだと考えたのか、岡野は表情から疑念を引っ込めた。無意識にしているらしい貧乏ゆすりは、苛立っている証だった。『プリズム』の待機所でアンナを探して暴れた男というのは、間違いなくメイを殺した佐伯という男だろう。

「ひとつ聞いてもいい？」

「質問に質問で返されるのは嫌いなんだが、あんたは美人だから特別だ」

「あなたはその男をどうするつもり？」

松寿会が新宿で幅を利かせていることを考えれば、岡野が『プリズム』のケツ持ちをしていることは容易に想像がつく。待機所で暴れ回り、従業員に危害を加えたとなれば、相応の罰を与える気でいるはずだ。ずっと下を向いていた久保寺が、反応を確かめるように岡野の顔を盗み見た。

「……さあ、どうかな。ただの痴話喧嘩なら少しお灸を据えて終わりだが、どうもそうじゃねえみたいだしな」

あからさまに言葉を濁すと、岡野は口角を上げて微笑んでみせた。

これは立派な暴行事件だ。さっき岡野が言った通り、警察に被害届を出せば、彼らは保温ポットに残った指紋を採取し、前科者のデータベースと照合してくれるだろう。しかし、分かっていながらも、岡野はそうしない。警察には知られたくないやり方で、この問題を解決する気でいる。ならば、彼と私の利害は一致している。彼らが佐伯を処理してくれれば、アンナを逃がすうえでの安全度がぐっと高くなる。

「男の苗字は佐伯。下の名前は分からない。拈華会の人間だそうよ」

「拈華会？　愛知の？」

「ええ。あなたの同業者の」

「面倒なことになったなあ。おい、久保寺。どうするつもりだ？」

　組んでいた足をローテーブルの上に投げ出すと、岡野は大声を上げた。大体の事情は摑めてきた。同時に、事態が私にとって良くない方向に転がっているのを悟った。

「アンナから訊いたんすか？」

「ええ」

「あの子は今どこに？　居場所は分かりますか？」

「話を聞き出しただけ。それ以来、連絡は取れないわ」

　質問はするものの、久保寺は私の方を見ない。手元を眺めるように俯き、考えを巡らせている。こうして現場に顔を出しているということは、岡野の地位はさほど高くない。だからこそ、自分より下の人間に対する当たりが強い。佐伯探しの最前線に立たされるのは久保寺だ。

「佐伯はどうしてアンナを探しているんです？」

「メイさんが突き落とされるところを目撃したから。……アンナさんがそう言っていたわ」

　我ながら精度の高い嘘だった。案の定、その説明は効果てきめんで、久保寺と岡野は沈痛な面持ちで顔を見合わせている。薄い煙を吐き出しながら、岡野が口を開く。

「つまり、余所から来た筋者がうちの店の女の子を殺して、それを見たもうひとりも始末するために、うちの待機所で暴れ回ったってわけだ。……最悪だな」

「でも、ニュースでは自殺だと言ってましたよ」

「馬鹿か？　その佐伯って奴が上手いことやったか、警察が犯人を油断させるために情報を伏せてるに決まってんだろ。いずれにせよ、遅かれ早かれ警察もそいつに辿り着いちまう。それじゃあ困るんだよ」

　そこで一旦区切ると、岡野は貧乏ゆすりを止めた。

「警察に捕まる前に佐伯の身柄を押さえたい。沢渡さん、あんたも協力しろ」

これが申し出ではなく決定事項であることを、岡野の眼が物語っていた。

「……どうして私が？」

「いちいち質問の多い女だな。てめえの立場が分かってんのか？」

面子を潰された怒りは、たまたま居合わせてしまった私にまで飛び火していた。

断ればどうなるか。

反射的に、事務所の奥の部屋にある服の山を思い浮かべた。服は箱詰めしやすい。気は進まないが、お気に入りの数着だけ持っていく手もある。私はひとりだ。姿を消すことは容易い。

「思涵、だったか？　全く、中国女の名前ってのはどうしてこう言い辛いのばっかりなんだ。にしても、ガキの癖にかなりの上玉じゃねえか。仕込めば楽しめそうだ」

あえて私を見ずに、岡野は言った。私の心を読んだかのような絶好のタイミングだった。この短時間で私のことを周辺まで調べさせたのだろうか。思涵との仲まで知っているとなれば、出処はママかも知れない。

「脅しのつもり？　生憎だけど、思涵は人質にはならない」

「なるんだよ。てめえはその中国女を守るために、俺たちに協力する。そういうことにしとけよ。別に、本心じゃなくていい。分かってんだろ？」

首を持ち上げた岡野が、目を細めて私を見つめた。睨むような目付きだが、そこに敵意はなく、軽蔑も感じられない。彼は、私の奥底にある何かを覗き込もうとしている。

「何年いた？」

以前にも同じ質問をされたことがある。やはり、彼のような男だった。

「……前科はないわ」

「じゃあ、逃げ切ったんだな。何やった？」

「あなたの想像は間違っていると思うけれど」

「上品ぶってんじゃゃねえぞ。中国女の名前を出した時にはっきりした。てめえはこっち側だ。何も感じてないんだろ？」

徐々に語気を強めていった岡野が、不意に席を立つ。

「四日やる。それまでに佐伯を見付けろ。もちろん、ひとりでやれとは言わねえ。久保寺が一緒だ。頼りになる男だし、何より、殴られた時に顔を見てる」

名前を出されてもなお、我関せずといった具合で顔を伏せている久保寺を余所に、岡野は扉の前に立っている私の所まで歩いてきた。仄かな甘さを含んだサンダルウッドの香りが鼻孔を通って私の中に入ってくる。シャネルのエゴイストプラチナム。香水を付けている男は嫌いだったが、その中でも特に嫌いなのがこの香水だった。

「他人を守るために必死になってみろよ、なあ？　自分がまだ人間だって実感できるぞ」

私の耳元でそう囁くと、岡野は事務所を去って行った。

着心地の良いレーヨンのシャツの内側で、びっしりと鳥肌が立っている。鼓膜にまであのムスクの匂いが張り付いているような気分にさせられた。

断るという選択肢は、すでに二重線を引いて消していた。決して、思涵を心配しているわけではなかった。この街で築き上げた人脈は捨ててしまうには惜しい資産だ。何も、人を殺せと言われているのではない。命じられたのは、単なる人探しだ。解決の仕方によっては、松寿会に恩を売ることもできるかも知れない。ひとつだけ気が進まない点を挙げるとすれば、あの男が、私を従わせたと思っていることだ。

とりあえずは、タッグを組まされた久保寺と相談をすべきだ。岡野が座っていた場所に触れたくなかったので、私はローテーブルに腰掛けた。

「……それで、久保寺さんはどうするつもりだったの？」

　岡野を前に萎縮しているのだと思っていたが、ふたりきりになっても、久保寺は私と目を合わせようとしない。より一層、食い入るように手元を見つめていた。

「俺は、アンナと佐伯が共謀してメイを殺し、その後に何かしらの事情で仲違いをしたんじゃないかと考えていました。佐伯はアンナを追っている。けれど、佐伯に繋がる手掛かりはない」

「アンナを見付ける方が簡単だって思ったのね」

「事件後に連絡を取ったあなたなら、アンナの居所を知っていると踏んだんです」

　私よりも二、三歳上のはずだが、久保寺は敬語を崩さない。

「残念だけど、居所は分からないわ。あれ以来、連絡も取れなくなった。久保寺さんは？」

「店にいるキャスト全員にラインを送らせましたが、何の反応もありません。携帯を捨てたか、もう開く気はないんでしょう」

　アンナはかつて、佐伯と共に暮らしていたと言っていた。傍から見れば、深い関わりを持っていると言えるだろう。佐伯の『プリズム』での狼藉はアンナのせい、そういう穿った見方もできる。岡野の怒りの矛先が彼女に向けられる可能性は、決してゼロではない。

「アンナの履歴書ってある？」

「ないっす。そもそも、アンナは在籍名簿にも載せていませんから」

「どうして？」

「一七のガキ働かせてたらまずいでしょう」

　久保寺は即答した。

　かなり前に愛佳から聞いた話によれば、『プリズム』はいかにも格安店らしく、本来なら禁止されている本番行為が売りなのだという。嬢からは、あくまでも裏オプションとして持ちかけられるそうだが、実際には、そこから四〇パーセントが店に抜かれる。アンナが本番をしていたかは分からないが、ほとんどの客は、一七歳の少女を抱けるのなら喜んで高級店を超える額の大金を積むだろう。おそらく久保寺は、一際若いメイとアンナを稼ぎ頭として重宝していたはずだ。

「メイの方は？」

「ありますよ」

「見せてもらえない？　あと、身分証のコピーがあるなら、それも」

ソファから立ち上がった久保寺は、部屋の奥にある事務机の引き出しを開け、私が使っているのと似たようなクリアファイルを手に戻ってきた。びっしりと貼られた付箋が、そこかしこから飛び出ている。久保寺は私に見られないようファイルを捲り、中に入っていた二枚の書類をこちらに差し出した。

一枚目は、手書きの履歴書。

加藤彩織という名前と電話番号、週にどのくらい働けるか以外は空欄で、何も書かれていない。採用することは決まっていて、形式的に書かせたのだろう。二枚目が身分証のコピーだった。顔写真付きだが、見慣れない形式のものだ。

「住基カードね」

「はい。珍しかったんで覚えてます」

脱色とは無縁の、絹糸のような黒髪。

コピー用紙を蛍光灯の明かりに翳(かざ)し、私が知っているものよりも幾らか幼い顔写真を眺めた。

「メイは生活保護受給者だったのかもね」

そう呟くと、久保寺は訝しむようにこちらを一瞥した。

「どうして分かるんです？」

「受給者は健康保険証を持てないの。運転免許証もね。本人確認書類が必要になった時に困るから、住基カードを作る人が多いのよ」

　十代で家を飛び出したという事情を考えれば、充分にあり得る話だ。住基カードに記されている住所は、愛知県一宮市。友人同士で集まって一緒に住んでいたということは、アンナとメイの地元は同じはずだ。おそらくは、佐伯も。

　アンナのことを諦めていないのであれば、佐伯が都内に潜伏している可能性は高い。詳しい話をアンナから聞き出す必要があるが、それでも、居所に繋がるような情報は持っていないだろう。現時点では、佐伯を捕まえられるような手掛かりはない。

「それで、どうやって佐伯を探しますか」

「少し、ひとりで考えさせて。明日また連絡するわ」

「いいですけど、あんま時間はないっすよ」

「もし佐伯を見付けられなかったら、どうなると思う？」

「岡野さんは、自分が軽んじられることを絶対に許さない。余所の組の店を荒らしたんだから、まずは、上の人間にけじめをつけさせようとする。それから、おめおめと逃がした俺にも責任がある、っていうことになるでしょうね。……あの人たちには、理屈は通じない。名前が出てしまった時点で、あなたも責任を負うことになる」

　つまり、私と久保寺は一蓮托生というわけだ。

　一七歳の女の子を平気で働かせる、他人と目を合わせようとしないデリヘルの店長を相棒にして、メイを突き落とした殺人犯を見付け出さねばならない。

「ちなみに、岡野は何で捕まっていたの？」

「あの人は入ってませんよ。二人殺して、懲役は組の若い奴に行かせたんです」

訊ねたことを後悔しつつ、ローテーブルを離れて出口へと歩く。

「とにかく、やれるだけのことはやるわ」

「そうしてください」

それ以上の言葉を、久保寺は口にしなかった。

扉を開け、私は事務所の外に出た。

久保寺は馬鹿ではない。佐伯探しにおいて、大なり小なり役に立ってくれるだろう。しかし、元は岡野の息が掛かった人間だ。匿っているのを知られれば、岡野に報告され、アンナを逃がせなくなる。門が開く日まで、あの男を上手く使いつつ、彼女を守り続けなければならない。

6

コーヒーを淹れようとしたが、たまには紅茶を飲もうと思い、マリアージュフレールの缶を開けた。紙コップにティーバッグを入れ、電気ケトルでお湯を沸かす。温度もお湯の量も適当だが、マルコポーロは適当に淹れても美味しい。お気に入りなので、顧客には出さず、自分ひとりで楽しむことにしていた。

デスクの上には、アンナから預かったスマートフォンがあった。

電池の残量は九パーセント、待ち受けの画像は、メイと一緒に写っている写真だ。ゴンドラに乗っていて、ふたりの背後にはアーチを描く大きな橋が架かっている。海外旅行の一幕のように思えるが、ふたりはウサギの耳の形をしたカチューシャを付けていた。海が見えるということは、ディズニーシーだろう。

スマートフォンに充電コードを挿し、ホームボタンに触れる。

暗証番号は六桁。

パソコンを開き、「ＲｅＮＡ」のラインアカウントを表示する。誕生日は二月九日。水瓶座だ。一七歳ということは、九九年生まれ。試しに「９９０２０９」と入力してみたが開かなかった。さすがにそこまで単純ではないかと苦笑しつつ、今度は「１９９９２９」と打ち込む。ロックが解除された。今後の人生では絶対に控えるよう言い聞かせなければならない。

インストールされているアプリの数は少ない。トークアプリにソーシャルゲーム、画像加工アプリ。佐伯に繋がる手掛かりがあるかも知れないと写真を開いたが、三万枚という表示を目にして、後回しにすることを決めた。一番見たかったラインには、さらにロックが掛かっていた。こちらは四桁。「０２０９」も「１９９９」も違うようだった。ひとまずは諦めよう。紙コップにお湯を注いでから、私は通話履歴を開いた。

アンナは、メイが殺される直前に佐伯から電話が掛かってきたと言っていた。

案の定、メイが亡くなった一六日の午前一時四七分に登録されていない番号から着信が入っていた。通話時間は五分程度。状況は一致している。この番号が佐伯のものと見て間違いない。実際にアンナに電話をさせてもいいが、岡野が私に監視を付けている可能性を考慮すれば、この夕イミングで会いに行くのはリスキーだ。私がアンナのふりをして、佐伯から情報を引き出すのが一番安全だろう。

〈取り引きがしたい〉

佐伯の番号に宛ててショートメッセージを送った。

紅茶を飲みながら待っていると、しばらく経って電話が掛かってきた。拒否をタップすると、すぐにもう一度掛かってきた。再び拒否し、紙コップを口に運ぶ。それ以降は反応せずに無視し続けた。こちらが絶対に出ないと判断したのか、電話は鳴り止み、私は紙コップにお湯を注ぎ足した。果実の甘い香りが広がっていった。

〈どこにいる?〉

ショートメッセージが浮かび上がった。

佐伯はどこかに身を潜め、スマートフォンを握り締めている。電話を掛けられるということは、一応は安全な場所を見付けたのだろう。

〈証拠はまだ持ってる。取り引きがしたい〉

〈無理だ〉

一瞬で返事が来た。本心なのだろうけれど、賢明な判断ではない。罠だと思ったのかも知れないが、アンナを探しているのなら、この機会を逃す手はないはずだ。

〈他に選択肢はないでしょ。警察はあんたを探してる。買い取ってくれたら、何も話さない。あんたは逃げればいい〉

アンナが使いそうな言葉に寄せたつもりだった。

今度は、すぐには反応がなく、私はスマートフォンを置いて煙草に火を点けた。

佐伯を探し出すためには、彼がどのような男なのかを知りたい。『プリズム』での狼藉からして、後先考えずに行動する粗暴な人間であることは想像がつく。すでにひとり殺しているのだ、アンナへと辿り着くのに、どんな手段もいとわないだろう。取り引きを餌にできないのなら、わざとアンナの痕跡を残し、食い付いたところを捕まえるのが最善だ。

〈お前のせいだろ〉

佐伯のメッセージを見て、息を飲む。

どういう意味か尋ねようとして、スマートフォンを手に取る。私が親指を動かす前に、佐伯から続けざまにメッセージが届く。

〈お前が彩織を殺さなければ、こうはならなかった〉

〈この人殺しが〉

視線が釘付けになった。

感情的な言葉ではなく、熟考の末に送信されている。メイを飛び降りる状況に追い込んだのは佐伯だとアンナは言った。しかし佐伯は、アンナこそがメイを殺した犯人だと糾弾している。どうやら事態はそう単純ではないようだ。暗く重い何かが、私を引き摺り込もうとしている。

メイが死んだ時の状況は、アンナから聞かされたに過ぎない。一方的な情報であり、なおかつ、彼女が私に信じさせたい情報だ。

人間は、自分のためにしか生きられない。追い詰められた人間は、生き残るためならどんなことでも平然とやってのける。助けて欲しいと縋った相手にさえ、平気で嘘をつく。

アンナは私に、何かを隠している。

断章　I

母がおかしくなった日から、私は家族を支えるために働き始めた。中学二年生、一四歳だった。年齢を偽ってアルバイトをし、バレる度に店を変えた。時給は安く、夜勤もできない。何個も掛け持ちし、働ける時間の全てをシフトで埋めた。

突然に社会へ放り出されたことへの不安と、妹の人生を支えなければいけないという焦り。眠っている時間だけが安らぎだった。私にとって眠りは、この世界を離れられる唯一の方法だった。けれど、体に蓄積した疲労が心にも影響していたのか、夢を見ることがなくなった。

再び夢を見るようになったのは、門が現れてからだ。

それ以来、私の眠りは、同じ夢を何度も繰り返すようになった。

私は中学の制服に身を包んでいる。

卒業式には一応出た。ろくに通っていなかったが、最後くらいは自分と同じ学年の子たちの顔を見てみたかった。あり得たかも知れない時間を感じたかった。一ヶ月後には、妹がこの服に袖を通すことになる。だから私は、この制服をくたびれさせないよう、常に細心の注意を払っていた。新しい制服を買う余裕など私の家にはなかった。

川の流れる音が、私の耳を優しく揺さぶる。

革が擦り切れ、下地の灰色が見えているローファーで、私は川べりを歩いていた。

そう尋ねてきたミソラに、その時の私は何と答えたのか。全てを完璧に覚えている私は、優れた役者さながらに暗記していた台詞を読み上げる。

まっすぐに歩き続けた私があのブランコの前まで辿り着くと、追憶の肖像は、待ちくたびれたように再生を開始する。何百回、何千回と繰り返し見た夢だ。

「ギショウって知ってる？」

「聞いたこともないなあ。どんな字なの？」

「難しい字。擬態するの擬に、傷付くの傷で、擬傷」

中学校さえまともに通っていなかった私は、説明に使われた擬態という言葉の方も理解できなかった。当のミソラも、賢い部類に入る子供ではなかった。私の愚かさが無知に起因するものだとしたら、ミソラのそれは純真さによるものだった。まともに学校へ通っていても、教育熱心な親に家庭教師を付けてもらっていても、それでも、中学の授業に付いていくのも難しかった。しかし、ミソラには誇れるものがひとつあった。

「鳥の中には、子供が襲われた時に、怪我をしているふりをする親がいるんだって」

「へえ。どうしてそんなことするの？」

ミソラは、よくぞ聞いてくれたという具合に顔を輝かせる。

彼は鳥が大好きだった。

鳥に関しての知識なら、誰にも負けなかった。何でも、理科の先生でさえも舌を巻くほどに詳しかったという。ブランコに乗っているミソラは、脱ぎかけのローファーをぶらぶらとさせていた。彼が身に着けているものは、どれも新品のように輝いている。

「野生の生き物は、弱っている方を優先して攻撃するんだ。だから、傷付いているふりをして、自分のことを追いかけさせて、その隙に子供を逃がすんだって」

それは反撃するという手段を持てなかった小さな鳥たちが辿り着いた、弱者であることを最大限に活かした生存戦略に過ぎない。大人になった今なら、理解できる。

「鳥って頭が良いんだね」

「ううん。優しいんだ」

優しい。

幼い頃の私は、その言葉を聞くのが好きだった。

自分に向けられた言葉でなくとも構わなかった。この世に優しいと形容される何かが存在していて、なおかつ、それを優しいと思える心を持った誰かが見てあげているという事実が嬉しかったのだと思う。

ミソラの隣に立った私は、川の流れる音に耳を澄ませる。

「でも、それは単なる習性で、感情があるわけじゃない。襲う側と同じ合理的な判断。子供が逃げたのを確認したら、親鳥も怪我しているふりを止めて逃げるらしいけど、もし逃げるのに失敗して殺されてしまったとしても、若い方を逃がすことが結果的には種の存続に繋がるから、やっぱり合理的な判断なんだろうね」

「……あたしは、そういう考えは好きじゃない」

正誤によって全てを割り切ってしまうような価値観は、私自身がそこからはみ出してしまった人間だったからこそ、受け入れることはできなかったのだと思う。

「擬傷はね、全ての鳥がするわけじゃないし、他の動物には見られない行動なんだって。きっと、進化の過程で、これはあんまり役に立たないと思われて、みんな捨てちゃったんだと思う。……だから、今でも擬傷をする鳥がいるっていうのには、習性とは別の意味があるんじゃないかな」

「別の意味？」

「そう。合理的な判断じゃない、他の理由」

「ふうん。よく分かんないや」

あの時のミソラは、自分が言っていることの矛盾に気付いていたのだろうか。

単なる習性であり、感情に起因するものではないと口にしたにもかかわらず、彼はそこに生命に課せられた存続という義務以外の理由があるのではないかと示唆した。種の保存や、冴えた二者択一ではなく、ましてや合理的な判断でもない行動基準。私たちの身体を突き動かす熱量。

「……人間はどうなんだろう。誰かを逃がすために、傷を負うことができるのかな」

私には、その言い方が酷く怖いものに感じられた。子を逃がす親鳥は、必ずしも襲われるわけではないし、できることなら、自身も傷付かないことを望んでいるはずだ。

「ねえ、ミソラ。親鳥は本当に怪我してるんじゃないよね？　傷付いたふりをしてるだけなんでしょ？」

「そうだね。……うん、そうだ。……でもさ、子供を逃した後の親鳥は、ちゃんと逃げられるのかなあ。騙されて怒ってる動物に追い掛けられるんだから」

返すべき言葉が見当たらず、私は押し黙ったまま彼の背後へと歩いた。ブランコの鎖を両手で引き、数歩下がってから離す。

「ゆーちゃんはさ、誰かに助けて欲しいと思ったことはある？　ここから逃して欲しいって、神様にお願いしたことはある？」

爪先で地面を擦り、ブランコが動くのを無理矢理に止めた後で、ミソラは突然にそう呟いた。

ぼんやりと投げ出された視線は、砂上に刻まれた長い傷に注がれている。

「……ないよ」

穏やかに流れ続けている川を見つめながら、私はミソラの頭を撫でた。

嘘だった。

幾度となく助けて欲しいと思った。

こんな場所、今すぐにでも逃げ出したいと思っていた。

けれど、それでも私は、ミソラの前だけでは普通の人間でいたかった。

純真無垢な彼もいずれは、私がぼろぼろのローファーを履き続けている理由を知るだろう。私より一回りも小さい妹が、私が三年も着たお下がりの制服を着なければならない理由を。

だからこそ、今だけは、私は普通の女の子でいたかった。

「そっか。……それじゃあさ」

まだ子供だと思っていた少年は、もうすでに撫でられることを恥じる年頃なのか、ほんの少しだけ恥ずかしそうに俯いている。

ミソラの身体の揺れに合わせて、ブランコの左右の鎖が均等に音を鳴らす。それだけがやけに際立って響き、いつからか、川の流れる音も聞こえなくなっていた。やがて、金属の嬌声が止み、私は手を引っ込めてミソラの言葉を待った。

「おれたちだけは、傷付いている誰かのことを逃してあげられるような優しい大人になろうね」

顔を上げたミソラが、穏やかな夢を見ているかのような瞳で、私を覗き込む。

切なくなるほどに無垢で、危なっかしい表情を、私は静かに見つめ返す。

この思い出だけは、いつまで経っても消えてはくれなかった。

過去を捨てたはずの私の元に残った、力強く尊い光。

未来のことを希望と呼ぶ人がいるが、私にとっては、この思い出こそが希望だった。それゆえに、私は何時でも、何処にいても、あの光を思い出すことができる。

かつてそうであったように、私は何も答えずに、唇をそっと噛んだまま彼を見つめている。ミソラは、その沈黙に満足したように頷くと、私よりも高い場所へと視線を向けた。

「本当に広いね」

私はミソラの視界を遮らないように立ち位置を少しずらし、同じ場所を眺めることにした。

「世界中が、ひとつの同じ空で繋がっているなんて信じられないなあ。それって、羽根が生えていたら、何処にでも行けるってことだよね？　……おれは此処しか知らないし、飛ぶこともできないけどさ」

あの時、私は何も言えなかった。

諦めたようにそう呟いたミソラは、何度かブランコを漕いだ後で、いつものように公園を出て行ったのだ。繰り返される忠実な回想は、無言のまま別れることを、幾度となく私たちに繰り返させた。今回だって、そうなるべきだった。

彼は、私とは違う問題に苦しめられていた。そのことを知るのは、もっと後だった。両親からは失敗作の烙印を押され、優秀な兄弟たちから見下されていた少年。愛を理解するよりも先に、苦痛との向き合い方を覚えてしまった彼だから、丸っきり育ちの違う私と仲良くなれたのだろう。

これが過去であったならば、既に刻み込まれている線を曲げることは許されない。しかし、夢は世界の記憶ではなく、あくまでも、私だけが有する局所的な記憶に過ぎない。だからこそ、私はそれを変えてしまえる。事実に対する明確なルール違反だと理解してはいたが、こうでもしないと気が済まなかった。

私はわずかに身を屈め、目の前にいるミソラのことを抱きしめた。

「空だけじゃない。地面だって、そうだよ。歩き続ければ、何処へだって行ける。……本当だよ。……だから、いつか、きみに見せてあげる。あたしがきみのことを、ここじゃない何処かに連れて行ってあげる」

この嘘は、自分を誤魔化すためのどうしようもない欺瞞で、私を苛む苦しみは、誰かのための擬傷にはなれない。一度だってミソラを抱きしめたことがなかった私の追想は、その温度を再現することなどできないはずだった。

だとすれば、この胸に伝わってくる透き通るような温かさは、一体何なのだろう？

涙を堪えるために、息を大きく吸う。

その代わりに、言っておかなければならない言葉が、あとひとつだけ残っていた。

「……約束する」

無意識の世界に対して意識的に行われた改竄は、この空間にとってのエラーであり、本来ならば、私の夢はそこで醒めてしまうはずだった。だからこそ、動いたように見えたのは、何かの間違いだったのだろうか。

「一緒に行くって約束するよ、ミソラ」

夢の中の彼は、私の言葉を聞いて、心の底から安堵するように微笑んだ。

第2章　戯笑

1

交通量の多い新東名を走り続け、一宮・名神方面の出口で降りる。一六号一宮線から国道二二号線へと進むと、カーナビが一宮市に入ったことを告げた。

東京を出てから四時間半が過ぎていた。細切れになって点在している積雲が日光を遮っている。愛知県の降水確率は三〇パーセントとなっていたが、私は降る方に賭けていた。偏頭痛持ちは低気圧に敏感だ。

「愛知に来たことは？」

「ないっすね。ここからもナビ頼りです」

ハンドルを操作しながら久保寺が答えた。

あれから、佐伯からの連絡は途絶えた。彼が送ってきたメッセージは、私の心に確かな疑念を植え付けていた。

アンナから得られる情報には偏りがある。佐伯に辿り着くためには、彼とアンナの繋がりを洗うのが最善に思えた。彼女たちが同郷の出身であることを踏まえれば、地元の人間が何かを知っている可能性が高い。加えて、佐伯が所属する拈華会は愛知県を拠点にしている。拈華会の人間と接触できれば、佐伯の居所が分かるかも知れない。

佐伯とのやり取りを終えてからすぐに、久保寺に電話を掛け、明日はメイの実家に行くと告げた。理由を求められたので手短に説明したところ、そのまま保留にされ、しばらく経って「同行する」と告げられた。岡野にお伺いを立てていたらしく、もし拈華会の人間と会うことがあれば、現時点では松寿会の名前は絶対に出すなと厳命された。

「多分、そろそろですよ」

カーナビには、住基カードに載っていたメイの実家の住所が入力されている。事前にネットで、そのアパートの情報も調べてあった。愛知県一宮市丹陽町にある築一三年の木造アパート。間取りは2DKで五二平米、家賃は管理費込で四万三〇〇〇円。

生活保護受給者には、家賃に相当する額が住宅扶助として支給されている。金額は住んでいる地域によって異なるが、調べたところ一宮市では、生活保護等級がふたりなら四万四〇〇〇円。家を出るまでメイが母親と二人暮らしだったとすれば、辻褄が合う。

「あの建物ですかね?」

白と橙、上下が別々に色分けして塗られているアパートを指差し、久保寺が車の速度を落とす。入り口前に駐車スペースと駐輪場。原付二台とママチャリが枠線をはみ出して停められている。スマートフォンに保存していた画像と、目の前のアパートを比較した。

「合ってるわ」

「手前に駐車場がありました。迂回して入れます」

「路駐でいいよ。そこまで長くはならないだろうし」

そう返すと、久保寺は自販機の前で停車した。シートベルトを外して先に降りる。エアコンが効いた車内では膝に乗せていたブルーのニットを肩に掛けた。今日は手袋もしている。車内は禁煙だったので、降りてすぐに煙草を吸った。

「それで、何を訊くんです?」

久保寺は、両方の胸に豹がプリントされた濃い緑色のボウリングシャツを着ていた。舐められないように派手な柄を選んでいるのだろう。

「アンナとは、電話で少しだけ話ができたの。彼女は以前、家出をして地元の友達たちと共同生活をしていたらしいの。そこにはメイもいた。……そして、途中から佐伯も加わったそうよ」

久保寺が調査に加わるからには、ふたりと佐伯の繋がりを隠すことはできない。岡野が私を信用していない以上、久保寺を同行させたのは監視も兼ねているはずだ。

「メイの母親が、そいつらについて知っていると？」

「地元の友達ということは、少なからず、この辺にいた子でしょう？　ひとりくらいは面識があってもおかしくはないわ。その子なら、佐伯について詳しく知っているはずよ。メイの母親とは私が喋るから、あなたは話を合わせて」

久保寺が頷く。

携帯灰皿に吸い殻を押し込み、敷地に足を踏み入れる。建物のドアを開けると、床に散らばっているチラシが私たちを出迎えた。廊下には、チューハイの缶や吸い殻も散乱している。

住基カードの住所は、このアパートの一〇二号室になっていた。メイの苗字は「加藤」だが、一〇二号室に表札は出ていない。私はチャイムを鳴らした。カメラが付いているような物件ではない、玄関まで来てドアスコープ越しに確かめるはずだ。

しかし、誰かが近付いてくる気配はなかった。

回転の速さからしてエアコンではないものの、電気メーターは回っている。日当たりが良さそうなアパートであり、何もなしに夏は過ごせない。おそらくは扇風機だろう。居留守を決め込んでいるようだった。もう一度チャイムを鳴らしたが、やはり反応はなかったのでノックに変えた。立て続けに五回ほどドアを叩くと、スリッパが床を擦る音が室内から聞こえてきた。

「昨日も言いましたけど、娘の話なら取材はお断りしています」

酷く疲れた声だった。メイの母親は三六歳と報じられていたが、中から聞こえてきた声だけでは、五十歳のようにも感じられた。

「突然伺ってしまい、申し訳ありません」

彼女の警戒心を解くために、私は努めて優しげな声を出す。

「私どもは、テレビや週刊誌の記者ではありません」

「……では、どちら様ですか」

「とある女性の親族の依頼を受け、彼女を捜索している者です」

バッグから取り出した名刺をドアスコープの方へとかざす。無論、書いてある情報は全て出鱈目だ。状況に応じて使い分けられるよう、こういうものを何十枚と持ち歩いている。

「その女性は彩織さんと親しくしていたそうです。もしよろしければ、お話を聞かせて頂けないでしょうか」

「捜索って、いなくなったってこと？」

「はい、そうです。先週から連絡が取れないんです」

「……うちの子も、ずっとそうだった。警察に行っても、取り合ってもらえなかった」

メイの母の声からは、矛先を失った非難が感じられた。

ニュース記事によれば、メイの母親は、一四歳で家出をした娘についての情報提供を求めるブログを立ち上げていた。これを読んでいたら帰ってきて欲しい、そう懇願していたという。

チェーンが外された。

鍵の開く音がそれに続いたので、ドアから離れる。

「あがってください。お力にはなれないと思いますけど」

何よりも先に、ドアを支えるのがやっとというくらいの細い腕が目に留まった。グレーのスウェットに、肌着のように薄い白のＴシャツ。襟周りはよれよれになっていて、青いブラジャーの肩紐が覗いている。メイに良く似て、どこかあどけなさを感じさせる綺麗な顔立ち。化粧をしていないのも相まって、彼女の抱えている弱さのようなものが余計に際立って見えた。

「ありがとうございます。こちらは、同僚の小野寺です」

そう紹介すると、メイの母親は久保寺を一瞥して小さく会釈した。「どうぞ」と促され、私たちは彼女の後に続いて部屋に入った。

足を踏み入れてすぐに、物が多い家だという印象を受けた。廊下には、子供用と思しきおもちゃやお絵かきセット、補助輪付きの自転車が無造作に置かれていた。ダイニングには、家具と呼べるものが小さなカラーボックスしかなく、うずたかく積み上げられた段ボールが部屋を埋め尽くしていた。辛うじてテレビはあったが、テレビ台の代わりに段ボールが使われている。壁が隠れてしまっているせいで、実際の平米数よりも狭く感じられた。

「下にもお子さんが？」

久保寺が訊ねる。

「ひとりだけですよ」

彼女の声色からは、わずかに不快感が垣間見えた。きっと彼女は捨てられない人間なのだろう。物への執着なのか、それとも、思い出に対する未練なのかは分からないが。

部屋にテーブルはなく、中央に置かれているこたつが食卓の役目を担っているようだった。メイの母親がそこに座ったので、私も腰を下ろす。立ったままの久保寺にも座るよう促す。

「加藤さん、突然押しかけてしまい申し訳ありません。先程の話ですが、マスコミの方が来られるんですか？」

「ニュースになった日から、しつこい記者が毎日訪ねてくるんです」

メイの母親は、心底鬱陶しそうに答えた。娘を喪った悲しみに暮れているところに、連日記者が押し掛けているとなれば、彼女の心労は計り知れない。しかし、単なる若者の自殺で、そこまで熱心に取材するものなのか。

こたつの上には、布巾と昆布茶の缶が置かれている。蓋には灰がこびり付いていて、灰皿代わりに使っていることが察せられた。

「よければ、吸ってください」

その方がリラックスしてもらえると思ったが、彼女は首を横に振った。

「今、ちょうど切らしていて」

「私のでよければ、どうぞ」

セブンスターとライターを机に置いた。彼女は軽く頭を下げると、中から一本を取り出し、火を点けた。

この家には、男の存在を匂わせるものが一切ない。靴箱には女物の靴しかないし、洗面台を覗き込んでみたが、シェーバーの類は置かれていなかった。母子家庭なのだろう。

「もう一度名刺を見せて頂けますか？」

ドアスコープ越しに見せた名刺を手渡すと、彼女は怪訝そうな表情でそれを眺めた。

「調査会社って、要するに探偵ってことですか？」

「ええ、そう思って頂いて構いません」

「彩織の友達を探しているの？」

「はい。彩織さんとはかなり親しかったようで、東京でも一緒にいたことが分かっています。こちらの女性に見覚えはありますか？」

スマートフォンを取り出し、アンナとメイのツーショットを彼女に見せる。アンナのスマートフォンの待ち受け画像だったものだ。

「杉浦玲奈ちゃん、よね？　知ってるわ。……じゃあ、飛び降りた時も一緒に？」

「そこまでは分かりません」

彼女の眼に一瞬だけ浮かび上がった期待は、私の答えを聞くのと共に消えて行った。落胆している彼女には悪いが、私にとっては吉報であった。彼女はアンナを知っている。

スマートフォンをバッグにしまい、私は続ける。

「彩織さんの交友関係について、何かご存知ですか？」

「悪いけど、あの子のことは何も分からないの。一四歳の時に家出して、それっきり。警察の人に説明されるまで、何をしてるのかも知らなかった」

「家出の原因は何です？」

割って入るように久保寺が訊ねた。何も言うなと釘を刺しておけばよかった。

「私が彩織を虐待していたから。……あの子はそう言い回っていたそうよ」

彼女は非難するような視線を久保寺に向けていたが、久保寺はやはり、彼女を見ようとはせず、組んでいる自分の手を眺めていた。

「実際にはどうだったんですか？」

「はっきりと訊く人なのね。あなたはどう思うの？」

「俺には分かりません」

「私だってそう。女手ひとつで頑張って育ててきたつもりよ。他の家の子に見下されないように。父親がいないから仕方ないって馬鹿にされないように」

溜め息のように煙を吐き出すと、彼女は昆布茶の缶の縁に吸い殻を押し付けた。

久保寺の聞き方では、まるで警察の事情聴取だ。私たちは、あくまでも協力してもらっている立場だ。彼女を傷付けるような質問は避け、こちらが知りたいことだけを話してもらえればいい。

「彩織さんからは、連絡はなかったんですね？」

「東京にいることも知らなかったわ」

「家を出てから、彩織さんは地元の友人たちと同居していたそうですね」

「そうよ。まさか同じ市内にいるなんて思ってもみなかった。バカみたい」

彼女は自嘲気味に笑った。

私はセブンスターのソフトパッケージから数本を出し、彼女の手元に置いた。

「その友人たちの連絡先などはご存知ないですか？」

「え？　知ってるも何も、みんなまだ入ってるでしょう」

理解が遅れたのは、彼女の言い方があまりにも自然過ぎたせいで、その言葉の意味を図りかねたからだ。

入ってる。

昨日の夜、岡野は懲役を受けていたという文脈で、その表現を使っていた。私は思わず振り返り、久保寺の反応を確かめた。彼は眉を顰め、判然としない面持ちで髭を撫でている。

「もしかして、あの事件のことは聞いてないの？」

「あの事件？」

「彩織が友達何人かで一緒に暮らしてたっていうのは知ってるでしょう？　その子たちの間で喧嘩が起きて、ひとりが殺されて山に棄てられたの。ほぼ全員が、殺人と死体遺棄で捕まったわ。彩織と玲奈ちゃんは、『少し脅すから付き合って』と言われてただけで、殺すとは思っていなかったみたいだし、直接的に加担はしなかったから不起訴になった。事件の後、裁判所の判断で彩織は家に帰ってきたけど、何も話さないまま、突然またいなくなったのよ」

　一息に話をすると、彼女は煙草に手を伸ばした。洗練されていて、何度もしてきた話という印象を受けた。そのせいか、込められている感情も薄い。だが、初めて聞いた私は違う。鼻筋に浮かんでくる汗は、決して部屋の暑さが原因ではなかった。

　当時同居していた友人たち、アンナが言ったところの〈ホーム〉は、全員が服役している。話を聞くためには面会を取り付けなくてはならないが、岡野から言い渡されていた期限を考えると難しそうだ。

　しかし、一緒に暮らしていたはずの佐伯が、なぜ塀の外にいる？

　ひとりだけ出所が早かったのか。不起訴になっていたアンナとメイを逆恨みし、東京まで追い掛けて来たのかも知れない。

「もしかして、記者がしつこく来るのは、その事件があったからですか？」

「どこから漏れたのか、その記者、死んだのが当時の加害者だって知ったみたい」

「ネットにも情報が出てるんですか？」

　久保寺が訊ねると、メイの母親は不愉快極まりないという顔になった。

「事件の名前で検索するだけで、関係者全員の名前と顔写真が出てくるわ。加害者として晒されてるの。裁判の後、私は彩織のために籍を抜いて、苗字を変えたの。……あの時の記事をまとめたやつがあるから、持って行っていいわよ」

　まだ火を点けていない煙草を机に置くと、彼女は立ち上がり、部屋の奥にあるテレビを持ち上げた。テレビ台として使っていた段ボールは封がされておらず、彼女はその中からＡ３サイズの茶封筒を取り出した。

「これ。新聞や週刊誌の切り抜き、ネットの書き込みを印刷したのも入ってる」

「頂いてしまっていいんですか？」

「来月に引っ越すの。荷物が多いとお金が掛かるから、少しでも減らしたくて。……あの子がいつ帰ってきてもいいようにこのままにしていたけど、もう、それもないから」

痩せた座布団にあぐらをかくと、メイの母親は煙草を吸った。

「ねえ、どうして彩織は飛び降りたの？　あなたは何か知ってるの？」

「……そればかりは、私どもには分かりません」

「まだ一八歳なのよ。これからよ。何も、死ななくていいじゃない。確かにあの子は悪いことをしたかも知れないけど、そんなに責められることなの？　あの子を責める人たちは、今まで何ひとつ悪いことをしたことがないって言うの？　彩織は死ぬべきだったの？」

「本当にすみません」

「謝らないで。あなたが謝ることじゃないのは分かってる」

何かを振り払うように、彼女は首を横に振った。

受け取った茶封筒の重みを左手に感じながら、胸元をそっと撫でる。銀の羽根の感触が、ブラウスの生地越しに伝わってくる。その輪郭に人差し指で触れながら、小さく息を吐いた。

「……彩織さんは、東京でネイリストになるための勉強をしていました。夜はバーでバイトをしてお金を貯めながら、スクールに通っていたんです。玲奈さんも同じスクールに通っていたようです。玲奈さんの無断欠席が続き、不審に思った講師が親族に連絡し、私どもに調査の依頼が入ったんです」

「あの子が？」

「はい。スクールにも話を聞きに行きましたが、真面目で向上心があると評判でした」

スマートフォンで神宮前にあるネイリストスクールのホームページを表示し、メイの母親に見せた。以前私が、半ば道楽で通ったところだった。彼女は食い入るように画面を見つめていた。

煙草を吸い、薄煙を吐き出すと、彼女は柔らかな笑みを浮かべた。

「彩織はね、コツコツやるのが得意な子だったの。夏休みの宿題も毎日やるタイプだったし、欲しいものがある時はお小遣いを貯める子だった。友達からもらったディズニーランドのお土産の缶にお金を入れてね。……結局、一度も連れて行ってあげられなかった。行きたいって何度も言われたのに、我慢しなさいって」

声が震えていた。

途中から、はっきりと聞き取ることができなかった。

メイの母親は溢れ出す涙を指先で拭き取りながら、急くように煙草を吸い続けた。私は久保寺に、先に外へ出ているように顎で指示した。彼は何も言わず、足早に部屋から出て行った。もう少し必要だろうと思い、三本だけ机に残して、ソフトパッケージとライターをバッグにしまった。

「加藤さん、今日はありがとうございました。またお話を伺うかも知れません」

「……こちらこそ、教えてくれてありがとう」

見送りのために立ち上がろうとした彼女の肩を軽く押さえ、私は深く頭を下げた。部屋に何も残していないのを確かめてから、メイの実家を後にした。

ドアの外に久保寺の姿はなく、廊下を進んでアパートを出ようとすると、集合ポストを物色している彼が視界に入った。一〇二号室のポストの蓋を開け、中の郵便物を漁っている。

「実家に帰っていないんだから、そこに手掛かりがある可能性は低いでしょう」

「どうしてあんな話をしたんです？」

物色を続けながら、久保寺は言った。

これまでの感情に乏しい抑揚のない声から一転して、微かな嫌悪が感じられた。

「調べればバレる嘘っすよ」

「彼女は調べないわ。あの話で、彼女は少しは楽になる」

「偽善ですよ。曲がりなりにも母親なら、真実を知るべきだ。東京まで来てウリをやっていた挙げ句、ヤバいことに首を突っ込んで殺された。……何がネイリストだ」

「あの人には、もう何もない。これ以上苦しめても仕方ないでしょう」

郵便物を漁る手が止まった。

久保寺は私の方へ向き直ると、四通の封筒を掲げた。表には、赤い文字で「督促状」と書かれている。差出人は消費者金融だった。

「まっとうな生活をして、ちゃんと娘を育てていれば、こんな結果にはならなかった。責任が取れないなら産むべきじゃない。彼女に被害者ぶる権利なんてないんです」

そう言い終えると、久保寺は封筒をポストに押し戻した。

彼の言っていることは正論だ。この手の悲劇に完全な被害者など存在しない。だが、そのことが悲しみを否定する理由にはならない。

「止めましょう。意味のない会話だわ。……それに、その仕事が長いなら、誰もが自分の責任を取れるわけじゃないって分かってるでしょう?」

久保寺は何かを言い掛けたが、うんざりしたように口を閉じた。その時、初めて彼と目が合った気がした。私は脇に抱えていたバッグを肩に掛け、アパートの扉を開けた。日は出ているが、空気が湿っている。久保寺がロックを解除するのを待って、エリシオンの助手席に乗り込む。

メイの母親は、このアパートが加害者の自宅としてネットに晒されていると口にしていた。こういうことをする連中は、義憤とも呼べない稚拙で邪悪な正義感に駆られて動いている。陰湿だが、徹底的だ。おそらくは、アンナの実家も載っているはずだ。

「沢渡さん、次はどこに行きますか？」

「アンナの家。……でも、その前に、どこかでこれを読む必要があるわ」

2

カーナビの地図を頼りに、一番近くのファミレスに入った。朝から何も食べていなかったが、さほど寝ていないこともあって空腹感はない。コーヒーを頼んだが、店員からドリンクバーを勧められたので、言われた通りにドリンクバーを単品で注文した。久保寺はチキン南蛮定食を頼むと、ご飯を特盛りにするよう付け加えた。

茶封筒は分厚く、ひとりでは到底読み切れなさそうだったので、適当なところでふたつに分けて片方を久保寺に渡した。メイの母親が言っていた通り、中身は新聞や週刊誌の記事をコピーしたものだった。日付が右上に書いてあったが、順番はばらばらになっている。私は紙の右端を捲り続け、最も古いものを探した。

「多分この記事ね」

日付は六月三〇日。

その一枚を引き抜き、久保寺にも読めるようテーブルの中央においた。


――未成年の少年少女らによる暴行死か　東谷山（とうごくさん）死体遺棄事件

――名古屋市東谷山山中で少女の遺体が発見された事件で、愛知県警は六月二八日、自首をした元同級生の少女（一七）を死体遺棄の容疑で逮捕した。供述から少女のほかに四人の男女が暴行に加わったことが判明し、県警は強盗殺人と監禁の容疑で計五人を再逮捕した。


「強殺ってことは、何か盗ったんすかね？」

「遺体を捨てる前に、財布からお金を抜き取ったのかもね」

「そんなことしなきゃ、もう少し軽く済んだのに」

記事を見下ろしながら、久保寺はコップの水を飲んだ。

事件の概要は、メイの母親が説明してくれていたものとほとんど同じだ。記事内で言及されている四名の男女の中には、メイとアンナも含まれているのだろう。一旦席を離れ、ドリンクバーでコーヒーを注いでから書類の整理を続けた。日付が進むのにつれて、「死体遺棄事件」という見出しが「殺人事件」に変わっていく。


——東谷山少女殺人事件　被害者少女は加害者らと共同生活

——矢野望美さん（一六）が元同級生の少年少女らによって暴行を受け死亡、死体が遺棄された事件について、矢野さんと少年少女らは愛知県一宮市のアパートで共同生活を送っていたことが判明した。捜査関係者によると、容疑者少女（一七）は月額約一一万円の生活保護を受給し、二月から市内の単身者向けアパートに入居していたという。アパートには容疑者少女の交際相手の少年（一八）を含む、今回の事件で逮捕された少年少女らが入り浸っており、矢野さんは三月ごろから同アパートに出入りしていた。同捜査関係者によると、ほとんどの少年少女らが家庭環境の問題によって家出をしており、騒音などで他の入居者とのトラブルも絶えなかったという。

ざっと目を通してから、記事を久保寺に渡す。共同生活を送っていたことを明かしたものの、アンナは私に事件の話をしなかった。自分たちが逮捕されたことは伏せ、最後はみんなバラバラになったと言い換えた。

どうして隠したのだろう？

真実を知られれば、私の心象が悪くなると思ったのだろうか。

なおかつアンナは「佐伯が当時に行った犯罪の証拠を持っている」と口にしていた。その犯罪というのは、この殺人事件のことなのか。それとも別のものなのか。薄いコーヒーを流し込みながら、最初の記事をもう一度読む。ふと、辻褄の合わない点を見付けた。

「……ねえ、逮捕されたのは五人？」

「そう書いてますね」

訊くまでもない質問だ。

気のない返事をした久保寺は、もう半分の書類を整理している。

「アンナから共同生活の話を聞いたって、さっき話したわよね」

「ええ。途中から佐伯も加わった、って」

「数が合わないの」

チキン南蛮定食が運ばれてきたが、久保寺は箸に手を伸ばそうとはしなかった。

書類を捲る手を止め、私の話の続きを待っている。

「アンナは、アパートには家出をした子が集まって住んでいたと言っていた。一緒に住んでいた友達たちのことを〈ホーム〉と呼んでいたわ。〈ホーム〉は、部屋を借りている子とその彼氏、その子の友達がふたり。そこにメイとアンナが加わり、最後に佐伯が入った」

アパートに身を寄せていたのは合計七人。記事によれば、被害者の少女も同じアパートに住んでいたという。メイの母親も、彼女たちの間で喧嘩が起きて、その中のひとりが殺されたと言っていた。つまり、七人から被害者を引いた六人が事件の関係者ということになる。しかし、逮捕されたのは五人だ。

「……逮捕されていない人間がひとりいる？」

「そう。メイとアンナは不起訴になっただけ。そのひとりは、逮捕すらされていない」

「佐伯、ですかね」

「可能性は高いと思う」

灰皿を手元に近付け、煙草に火を点ける。

強盗殺人の共犯者として逮捕されていたのなら、こんなにも早い段階で仮釈放が認められることはまずない。どのような理由かは分からないが、佐伯だけが逮捕を逃れているのは間違いない。

「入ってたなら、不起訴になったメイとアンナがのうのうとシャバにいるのを恨んで、出所後に復讐を企むこともあり得ます。でも、逮捕されていない佐伯がどうしてふたりを狙うんです？」

「そこが私にも分からないの」

「アンナと話したんすよね。何か言ってませんでした？」

「聞く前に切られたわ」

佐伯は自身の犯罪の証拠を取り戻したうえで、アンナの口を封じようとしている。動機は判明していた。しかし、岡野と繋がっている以上、久保寺に全てを打ち明けることはできない。アンナが握っている証拠の話は伏せておくべきだ。

「最初に出頭した少女の供述がきっかけで、一緒に住んでいた連中は全員が逮捕されてます。つまりは、取り調べで名前を吐いている。裁判で不起訴が認められるほど犯行への関与が薄いメイとアンナのことも、共犯として挙げたはずです。なのに、佐伯だけが捕まっていないのはおかしくないすか」

「本当に、佐伯は殺人には関わっていないとか？」

「一緒に住んでて、ひとりだけ関わらないなんてことがあり得ますかね」

久保寺は箸を手に取ると、タルタルソースがたっぷりと掛けられている鶏肉を口に運んだ。やけに大きめにカットされている肉を丸呑みするように平らげ、まだ湯気が立っている白飯を掻き込んでいく。食事を楽しんでいるというよりは、栄養補給という表現が相応しい食べっぷりで、見ているだけで、こちらが満腹になってくる。

「……出頭した少女は、佐伯の名前を吐かなかったんじゃないすかね」

箸を持った手で味噌汁のお椀を持ち上げながら、久保寺は言った。

「佐伯を守ったたってこと？」

「売れない理由があったんじゃないですかね。それこそ、脅されていたとか」

「何を材料にして脅すの？　本当の家族からは見捨てられているのよ。この子たちには何もないはずだわ」

「推測に過ぎないっすよ。それに、俺たちの仕事は、あくまでも佐伯を探すことです」

暗に脇道に逸れるなと釘を刺し、久保寺は味噌汁を一息に飲み干した。私は吸い殻を灰皿に擦り付け、膝の上に置いていた資料を手に取った。

この事件は加害者の自供がきっかけで逮捕を迎えている。警察は犯行の手段や時系列を整理したうえで、動機の解明に注力したはずだ。記事をぱらぱらと捲っていると、興味を引く見出しが飛び込んできた。記事の日付は、逮捕から十日後だ。

——東谷山少女殺人事件、「サービス業」でトラブルか

――東谷山に少女の遺体が遺棄された事件で、強盗殺人と監禁の容疑で再逮捕された少女(一七)が被害者の少女(一六)とサービス業を行なっていたことが明らかになり、一宮署捜査本部は少女らの間に利益配分を巡った金銭トラブルがあったとみて調べを進めている。容疑者の少女は一月ごろからSNSアプリ「ライン」を通じてサービス業を行なっており、一宮市内のアパートで共同生活を送っていた少女たちと共にサービス業での収入と生活保護費によって生計を立てていたという。

「このサービス業って、何だと思う?」

見出しの部分を指差す。

特盛りの定食をわずか数分で完食した久保寺が、テーブルに顔を近付ける。

「ラインを通じてってことは、まあ、闇デリでしょうね。メイもアンナもやけに手慣れてたから、援交の経験があるとは分かっていましたが、闇デリだったんすね」

「闇デリ?」

「援デリっていうのがあるんすよ。出会い系とかで素人を探してる男に女を斡旋する連中がいるんです。早い話がデリヘルの素人版ですね。でも、うちみたいに営業届を出していないので、完全に違法です」

無造作に伸びている髭を撫でながら、久保寺は続ける。

「闇デリは、援デリの一種です。援デリの方は、俺の元同業者や半グレがバックにいることが多いすけど、闇デリは、高校生とか、ガキが遊び半分でやってることもあります。クラブとかで集客して、ラインで連絡を取って女を派遣する。未成年は需要があるから客は絶えない。この子たちも、相当稼いでたはずです」

「真っ当に商売してるあなたからしたら、かなりの商売敵でしょう？」

『プリズム』が一七歳のアンナを秘密裏に雇っていたことを思い出しつつ訊ねたが、久保寺は即座に首を振って否定してみせた。

「この商売で最も大切なのは、どれだけまともな客を囲い込めるかなんです。まともな客は、不要なリスクを犯さない。風俗が人生の一部だから。でも闇デリは、客も、やっている側もヤバい。後から金を強請られたなんて話はザラです。仕切る人間も、ルールもないから、どんなことだって起こり得る。大方、主犯の少女が胴元役をやっていて、金の分配をケチったってところでしょう。それか、殺された子の方が売り上げを隠していたか」

「〈ホーム〉は、お金で崩壊したってことね」

「店のキャストと同じっすよ。やたらと友達ごっこをしたがる女の方が、金や物の貸し借りでいざこざを起こしたり、売り上げの差に嫉妬して嫌がらせに走るんです」

分担した書類を整理しながら、久保寺はつまらなさそうに答えた。ふと、私が依頼を撥ね除けた時、軽蔑するように「やっぱり、あなたもお金なのね」と言ったメイの表情が脳裏をよぎった。

この記事にも、佐伯の影は見られなかった。

彼女たちに何があったのか。事件の全容は摑めてきたが、依然として糸口は見付からない。長らく家出していたことを考えれば、アンナの実家に行っても大した話は聞けないはずだ。全員が住んでいたというアパートにも行ってみるが、当時の住人は残っていないかも知れない。

「ああ、探してたのはこれっすね」

出し抜けに言った久保寺が、一枚の紙を差し出す。今までに読んだ記事とは異なっているレイアウトで、個人が書いたブログのようだった。日付は、最初に事件が報道されてから三ヶ月以上後のものだ。

――〈未成年者の凶悪犯罪を許すな〉東谷山未成年売春婦殺人事件を追う

――逮捕されたのは五人の少年少女、一宮市今伊勢町のアパート「メゾン今伊勢」で共同生活。単身者向けのアパートなのに大人数で住んでいたり、夜遅くまで馬鹿騒ぎしたりで、近隣の住民からは苦情が絶えなかったけれど、大家は高齢の女性で、派手な格好をしている彼らを注意するのが怖かった。

・矢野望美（一六歳）はリンチされた被害者。妹と母親のふたりと暮らしていたが、今年の三月から家に寄り付かなくなり、メゾン今伊勢にて寝泊まりをするようになった。

・本間智子（一七歳）は最初に逮捕された主犯格。父親の借金が原因で私立高校を退学し、親戚中をたらい回しにされていた。家出をしてからは、サービス業の元締めをしていた。

・今井咲希（一七歳）は本間智子の友人で、いじめを理由に専門学校を中退。サービス業で生計を立てていた。

・西東純也（一八歳）は本間智子の交際相手で、唯一運転免許を持っていることから、同グループの運転手的な役割を担っていた。

・水野彩織（一七歳）は被害者である矢野望美の友人であり、一時期は高校生向けファッション誌の読者モデルとしても活動していた。

・杉浦玲奈（一六歳）は咲希の友人で、サービス業で生計を立てていた。

記事の最後には、全員の名前と略歴が書き込まれた写真が数枚掲載されていた。おそらくは、彼女たち自身か友人のブログに載っていたプリクラを持ってきて加工したのだろう。写真の下には、それぞれの住所も記載されている。メイは雑誌に出た時の写真が載せられていた。書かれている苗字は旧姓なのだろう。

〈未成年者の凶悪犯罪を許すな〉というのが、このブログのタイトルだ。この事件に関心を寄せ、ネットに転がっているありったけの情報を集めたに違いない。

「こういうのって、一体誰がやってるんだろう」

「知り合いが流すんですよ。週刊誌に売るならまだ可愛げがある方で、一円にもならないのにネットの掲示板に書き込む連中が沢山いるんです」

「面白半分で？」

「正義のつもりなんですよ。個人情報を晒すことが社会罰だと本気で考えているんです」

個人情報を晒されれば、加害者の家族も攻撃の対象になる。メイの母親も、正しさを自任する人間たちの苛烈な攻撃を受けていたのだろう。まるでプレゼンの資料でも作るような熱心さで整理された写真を見ていると、暗澹とした気分にさせられた。

「やっぱり、佐伯の名前がないわ」

「関係者からも名前が出てないとなると、逮捕された全員が口を割っていない線が濃厚ですね。脅迫されているっていうのも、あながち見当外れじゃないかも知れない。不起訴になったメイとアンナが当時の秘密を漏らすことを恐れて、口封じのために殺そうとしている。……そんなところすかね」

顔を伏せたまま、平坦な口調で久保寺が言った。

『プリズム』の事務所に呼び出された時にも思ったが、久保寺の推理力には目を見張るものがあった。私はコーヒーを飲み干し、ブログに記されていた住所をスマートフォンにメモした。

「メイを突き落として殺したんだから、どのみち佐伯は終わりだわ」

「それで、どうします？　まだ聞き込みを続けます？」

言外に、行っても無駄だと聞こえた。

「どうせ市内にあるんだし、一応行ってみましょう。彼女たちが共同生活を送っていたアパートの方も。何も出てこなければ、その筋の人間に会う他ないでしょうね」

佐伯の強みは、社会との接点を持っていないことだ。アンナになりすまして呼び出すことに失敗した今、最も確実なのは、佐伯が属している拈華会の人間から話を聞き出すことだった。

「何か策があるんすか？」

「ないわけじゃないけど、久保寺さんにも手伝ってもらうわ」

「……岡野さんの命令ですから、それで佐伯が見付かるなら、何でもやりますよ」

席を立った久保寺は、「トイレに行ってくる」と言って店の奥へと歩いて行った。久保寺がいなくなるのを見届けてから、ハンカチでコーヒーカップの飲み口を拭き、灰皿にある吸い殻を携帯灰皿へと移した。広げていた書類をひとまとめにして封筒にしまい、伝票を手に取った。レジに行って会計を済ませ、久保寺が戻ってくるのを席で待った。

「行きましょう。住所はメモしたから」

「分かりました。金、払ってきます」

「もう払ったからいいよ。運転してもらってるし、ここは私が出す」

伝票を差し込む透明な筒を見ていた久保寺の眉がぴくりと動いたのが分かった。

「そういうわけにはいかないです。沢渡さんは飲み物だけ、ほとんど俺の分でしょう」

「たいした額じゃないからいいよ」

私の言葉を無視して、久保寺はメニューを広げる。チキン南蛮定食が載っているページで手を止めると、尻のポケットから財布を取り出し、じゃらじゃらと小銭を数え始めた。

「ちょうどっす」

断れば、かえって頑なに渡そうとしてくるだろうと思い、仕方なく手を伸ばす。一三七八円。チキン南蛮定食は一二六八円で、特盛はプラス一一〇円。くしゃくしゃの千円札の上で、きっちり三七八円が狭そうに並んでいる。

「じゃあ、高速代とガソリン代は私に出させて」

「……後で計算します」

使い古されているグッチの長財布をしまうと、久保寺は私の横を通り抜けて、出口へと向かった。女に借りを作るのが嫌いな男なのか、それとも、生真面目なだけなのか。メイの母親に対して向けられていた憎悪のようなものが、私にその判断を迷わせた。受け取った金を財布に入れ、店を後にした。

外では、湿り気を帯びた微温い風が吹いていた。まだ、雨は降っていない。

3

ブログによれば、アンナの実家は一宮市森本にある一軒家のようだった。カーナビに住所を打ち込み、案内通りに進むと、わずか数分で目的地に到着した。似た外観の一軒家が密集している住宅街。平日の昼下がりは車通りも少なそうなので、適当な所に車を寄せてもらい、先に降りた。

目の前にある四軒のうち一番左がアンナの実家のはずだ。

玄関の手前に駐車場があり、日産のワゴン車が停まっていた。犬を飼っているのか、水を入れる金属製の皿が車の近くに置いてあるのが見える。カードケースを物色し、訪問の理由に相応しいものを探しつつ玄関へと近付く。表札には、ローマ字で「柴田」と書かれていた。アンナの本名である「杉浦」ではない。番地を間違えたのかと思い、念のために四軒全ての表札を調べたが、どれも違っていた。

「どうしたんすか？」

道を引き返していると、こちらに向かってきた久保寺に声を掛けられた。

「杉浦の表札が出ていなかったの。メイの母親みたいに苗字を変えたのかしら」

「ブログの記事は一年前のものです。もう引っ越したか、そもそも情報自体が間違っていたか」

「とりあえず話を聞いてみるわ」

久保寺には車内で待っているよう伝えた。

私は身分証を入れた名札を首から吊り下げ、アンナが住んでいたはずの家のインターホンを鳴らした。平日の一時過ぎ、勤め人は家にいない時間だ。空振りを覚悟したが、すぐに反応が返ってきた。

〈どちら様でしょうか〉

「お忙しいところ大変申し訳ございません。私、新宿区役所福祉部保護担当課の今井と申します。こちら、杉浦玲奈様のお住まいでしょうか？」

〈いえ、違いますが〉

中年と思しき女性は、強い口調で否定してみせた。インターホンにはカメラが付いている。私は脇に抱えていた封筒の中身を覗き込むふりをする。

「あれ、本当ですか。こちらの書類には、そう登録されていたのですが」

〈何かの間違いだと思いますよ〉

「すみません。……今後はこのようなことが起きないよう書類を訂正するので、お話を聞かせて頂いてもよろしいでしょうか？」

〈大丈夫ですよ。今、開けますね〉

女ひとりであれば、警戒されることは少ない。鍵の回る音が聞こえ、扉が開かれる。四十代前半の女性が、私を見て軽く頭を下げた。いかにも部屋着という感じの、綿で前開きのワンピース。美容院に行く時間が作れないのか、ボブカットのシルエットが崩れ始めている。おそらくは主婦なのだろう。洗濯の最中だったのか、微かに柔軟剤の香りが漂ってくる。

「散らかっていて申し訳ないんですけど、上がってください」

「いいえ、お時間は取らせませんので、こちらで結構ですよ」

後ろ手で扉を閉めてから、彼女にも見えるように、ネックストラップを外して名札を差し出した。中国人の業者に作らせた精巧な偽造身分証。調査会社を名乗ってしまうと、相手の態度がこわばってしまうことも多い。ケースワーカーという職業は、情報収集の際に重宝するのだ。とはいえ、公務員の身分を騙ることは軽犯罪法違反に当たるため、慎重に使わねばならなかった。

「東京の区役所の方がどうして愛知まで？」

「先程も申し上げた通り、私は現在、杉浦玲奈さんという女性の生活支援を担当しております。杉浦さんはご家族との間にトラブルを抱えておりまして、以前から解決を手伝って欲しいと相談されていました。書類によれば、ここが杉浦さんのご実家の住所となっていたんです」

私が住所を復唱すると、女性は首を縦に振った。

「でも、うちがここを買ったのは、もう五年以上も前ですよ」

納得がいかないという口ぶりで女性は言った。

五年前ということは、アンナは一二歳だ。彼女がまだ幼い時期に両親は実家を手放したのか。

「以前こちらに住まれていたのが杉浦さん一家ということでしょうか？」

「そうですよ。きっと転居届とか、そういう手続きをしていなかったんでしょうね」

「杉浦さんについては、何かご存知ですか？」

「何も知りません。ここを買う時も、不動産屋さんが間に入ってたから、顔を合わせたこともないんです。……でも、あの事件についてなら知ってますよ」

　そう付け加えながら、彼女は不快そうな表情を浮かべた。

　あの事件。

　杉浦という名前を出した時に、彼女が強く否定した意味が分かった。

「何かあったんですか？」

「事件の後、杉浦さんの家としてここの住所がネットに出たんです。嫌がらせみたいな手紙とか、週刊誌の記者とか、本当に迷惑で……。警察に相談してパトロールしてもらったから、そこまで困りはしなかったけど」

　私の足元に目を遣りつつ、彼女は「とんだとばっちりだわ」と呟いた。

　持ったままでいた名札を首に掛けていると、奥から犬の鳴き声が聞こえてきた。小型犬だろう。急にいなくなってしまった家族を探しているような、寂しげな声だった。

「お時間を取らせてしまって申し訳ございません。お話、ありがとうございました」

「お隣の太田さんなら、杉浦さんを知っていると思いますよ。二十年近く住んでるっておっしゃってたから」

　思わぬ収穫だった。

　もう一度頭を下げてから、私は柴田家を後にした。その足で隣の家に行き、インターホンを鳴らす。駐車場には、四つ葉マークの貼られたプリウスが停まっている。

〈はい〉

険しさを感じさせる声。

老齢の男性だった。

「突然申し訳ございません。私、新宿区役所福祉部保護担当課の今井と申します。五年前、お隣に住んでいた杉浦さん一家について、お話を伺わせて頂け――」

〈どうしてですか〉

言い終わらないうちに、男が訊ねた。

〈どうして今更、杉浦さんのことを。それも、東京の人が〉

「私は、杉浦玲奈さんの生活支援を担当しています」

〈生活支援とは？〉

「玲奈さんは現在、東京で自立した暮らしをしています。私どもは、玲奈さんが安心した生活を送れるように支援を行っていました。数ヶ月ほど前から、玲奈さんのご家族が玲奈さんの身に危険が及ぶような言動を繰り返しており、私どもは警察と連携して調停を行っています。そのうえで、ここにお住まいだった頃の杉浦さん一家の様子をご存知の方を探しているんです」

筋の通った説明のはずだったが、インターホンの向こう側から反応が返ってくることはなかった。隣人として杉浦家と直接的に関わっていた時期がある太田は、当時のことを思い出したり、関係者として尋問を受けることに抵抗があるのかも知れない。無理に問い詰めれば、通報されることもあり得る。

ここは退くしかないと思った矢先、扉がゆっくりと開いていった。

「あの子が……」

ドアノブを握り締めている手が、わずかに震えていた。

私は柴田にしたように、区役所の職員としての身分証を彼に向けた。

「お話を聞かせて頂けませんか」

「……私から聞いたとは言わないでもらえるか」

「もちろんです。被害が及ぶようなことはないとお約束します」

私を招き入れると、男性は靴箱からスリッパを一組取り出し、マットの上に並べた。彼に続いて廊下を進み、左側のドアからリビングに入る。テレビが点いていて、NHKの将棋番組が放映されている。リビングのテーブルの上には、大量の領収書と電卓、キャンパスノートが置かれていた。それらを手早く片付けてテーブルの脇に追いやると、彼は椅子を引いた。

「座ってください。妻は今フラメンコ教室に行っているので、私ひとりです」

お茶を淹れると言って、彼はキッチンに入っていった。私は椅子に座り、名人同士の対局の解説に耳を傾けながら、彼が戻ってくるのを待った。

薬缶が沸騰すると、彼はルマンドとガラス皿を持ってきて、皿の上に並べた。茶請けのつもりなのだろう。七福神の描かれた湯呑みが目の前に置かれ、シンプルな朱色の急須から緑茶が注がれていく。薬缶でお湯を足し、自分の分を淹れ終わると、彼は椅子に腰を下ろした。

「太田武志と申します。鋳造工場を営んでいましたが、今は半分隠居の身です」

そう言うと、太田は頭を下げた。彼が過ごしてきた時間の濃密さを感じさせる、折り目正しい所作だった。私も頭を下げ、もう一度自己紹介をした。

「それで、一体何を話せばいいのでしょう」

「杉浦さんのご家族についてご存知のことを、できる限り教えて頂きたいんです。玲奈さんは昔のことを話そうとしないので」

「あの子は今、東京にいるんですか？」

「保育士の資格を取るために勉強しています。友人もいて、元気に過ごしています」

スマートフォンを取り出し、アンナがメイと一緒にディズニーシーで撮った写真を見せる。女性は成長と共に顔の造形が変わるし、化粧をしていれば尚更分からない。太田は骨董品の鑑定でもするように画面を睨んでいたが、しばらくして、安らいだような顔付きになった。実際のところ、どちらがアンナなのかを見分ける必要はない。写真の中では、ふたりともが心の底から幸せそうに笑っている。

「……そうか。ちゃんと生きてるんだな」

スマートフォンを返される。

太田はゆっくりと腰を持ち上げると、椅子に深く座り直した。

「あの子は母親の連れ子だったようです。義理の父親は金貸しの真似事をやってるチンピラでした。昔からこの辺では有名な悪ガキで、両親が頭を下げて回っているのをしょっちゅう見掛けました。あの家は、元々は彼の叔父の持ち物で、結婚を口実に無理矢理に移り住んだと聞きました。親には結婚したから出費がかさむと言って金の無心をしていたそうですが、実情は内縁関係に過ぎなかったようで、彼は相変わらず遊び歩いていました」

緑茶を一口すすってから、彼は続ける。

「あの子の面倒も見ないどころか、しょっちゅう怒鳴り声が聞こえてきて、夜遅くに家の外に出されている姿を何遍も見ました。警察や児童相談所に通報しましたが、何も変わらない。それどころか、私が通報したと気付いたのか、嫌がらせのように煙草の吸殻が庭に投げ込まれました」

将棋が終わり、子供向けの教育番組が始まったのが分かった。太田は腕を伸ばすと、竹で編まれた入れ物からリモコンを取り出した。電源ボタンが押され、音が止む。

「母親が出て行ったのは、彼らがあの家に移り住んで二年くらい経ってからのことだったと思います。まだ若い、それこそあなたくらいの歳でしたし、まともな男を見付けてやり直そうと考えたんでしょう。けれども、その計画にあの子は含まれていなかった。あの子は、義父ですらない男の元にひとりで残された。それからしばらくして、また新しい女がやってきた。その女にも連れ子がいたのですが、どういう風の吹き回しか、あの男は連れ子を可愛がっていました。車に乗せたり、家の前の道路でキャッチボールをしたりね。……あの子にとっては、父親も、母親も、兄弟も、全員が赤の他人なんです。それを『家族』だと言われても、無理があるでしょう。新しい母親にとっては、前の女が引き取らなかった捨て子です。ふたり一緒になってあの子を殴っている光景を、窓越しに見ました。虐待は日増しに酷くなっていった。あの子にとっては地獄の日々だったと思います」

淀みなく話し続ける太田の声は、思いのほか落ち着いている。

「ちょうど今くらいの時期だったかな。水晶文旦の入った段ボールを玄関の前に置きっぱなしにしていたことがあったんです。高知にいる知り合いが毎年送ってくれるんです」

「水晶文旦？」

「ああ、大きい蜜柑みたいなものですよ」

私は頷き、話を続けるよう手で促した。

「工場で怪我人が出たって言うんで急に呼び出されて、それで、戻ってきたら、食べ散らかした文旦が二、三個落ちていたんです。野良猫やカラスの仕業じゃなかった。ちょっと剝こうとした跡があって、でも、文旦は皮が硬いから、諦めて齧り付いたんだと思います。……すぐに『あの子だ』って分かりました。きっと、腹を空かせていて、持って帰る余裕もなかったんです。不憫に思いました。本当に、不憫で仕方なかった。その件があって以来、玄関の前に食べ物を置いておくようにしたんです。本当はちゃんとしたものをあげたかったけど、それじゃ不自然だから、果物とかスナック菓子とかをビニール袋に入れてね」

眉間に刻まれた深い皺が目に留まった。

こうして話をすることによって、太田は自らの感情を整理しているのかも知れない。

「ある日、いつものように袋を置いている時に、ふと視線を感じたんです。朝仕事に行く前に置いていたのが、その時は妻が病院に行くのに合わせて家を出ようとしたから、いつもより遅かったんです。あの子が向こうの車の陰からこちらを見ているのが分かりました。……眼が合ってしまった。その眼は、私が何をしているのかが分かっている眼でした」

「玲奈さんのためにわざと置いていると？」

「ええ、そうです。それまでは、ずっと盗んでいると思っていたんでしょう。でも、その方が気が楽だったはずです。私は、あの子の自尊心を傷付けてしまった。それから、姿を見ることも声を聞くこともなくなり、どこかに行ってしまったんだと分かりました。玲奈さんがいなくなった半年後に、あの男は家を引き払って出て行きました。金貸しの癖に色々なところから金を借りていたとかで、その返済に充てたと聞いています」

アンナには家族と呼べる存在がいない。帰れる家もない。庇護されて育つべき時期を暴力と飢餓の中で過ごした。〈ホーム〉という言葉を口にした時、どうして彼女があんなにも穏やかな表情をしたのか、分かったような気がした。

「あの事件のことは？」

冷めた緑茶を飲んでから、私は口を開いた。

「ニュースになってすぐ、警察の方がいらっしゃいましたよ。直接は関わっていないと聞かされたので、今したような話をしました。少しでもあの子の罪が軽くなれば、と」

「杉浦さんの家族がどこに住んでいるかは、心当たりはありませんか？」

「ほとんど夜逃げに近かったそうです。相場よりもずっと安く手放したと、不動産屋が話していました。警察の人なら知っていると思っていましたが、分からないもんなんですね」

「県を跨いでしまうと情報の共有に支障が出るようで、こちらにある書類には、未だにお隣の家が杉浦家として登録されていました」

さほど気になることでもなかったのか、太田は相槌を打つと、緑茶をぐいと飲み干した。

「そう言えば、あなたはさっき『調停をしている』とおっしゃったが、具体的にはどういうことなんですか。あの男が、玲奈さんに何かしているんですか？」

「詳しいことは守秘義務があるのでお話しできませんが、簡単に言ってしまえば、お金をせびるような電話を何度も掛けているんです。金を渡さなければ家まで押し掛ける、って」

濡れ衣を着せることになるが、アンナの義父は、そうされても文句の言えない人間だろう。太田は私を見つめていたが、やがて、何も言わずに席を立つとキッチンに入って行った。薬缶に水を入れると、彼はコンロのつまみを捻った。

「突然お伺いして申し訳ありませんでした。貴重なお話、ありがとうございました」

太田がこちらを見ていないのを確認してから、手袋の指先で湯呑みの口元を拭いた。

テーブルに置いていた封筒を片手に席を立つ。

「今井さん」

まだ沸騰していない薬缶の火を止めて、太田がキッチンから出てきた。

「はい、なんでしょうか？」

「……どうか、あの子を守ってあげてください」

そう言って、太田は深く頭を下げた。

まるで自分のことのように。自らの幸福を祈るような切実さで、アンナの人生に平穏が訪れることを願っていた。この優しさを、もっと早くに、もっと近くで与えてあげられる誰かがいれば、彼女の人生は変わっていただろうか。会釈をし、目を逸らすようにして背を向けた。

家を出てすぐ煙草に火を点けた。乱暴に吸ったせいか、白い灰が宙を舞う。携帯灰皿に吸い殻を押し込み、エリシオンの助手席に戻った。

「何か分かりました？」

スマートフォンをポケットにしまいながら、久保寺が訊ねてきた。

「アンナの家庭環境がどれだけ悲惨だったか、ってことだけ」

「収穫ゼロってことっすね」

反射的に久保寺を睨む。

彼の口調は今までと何ら変わりなく、何の感情もこめられていなかった。

「母親が蒸発して、アンナは義父と新しい母親から虐待を受けて育った。食事も与えられず、その家の玄関先から果物を盗んで食べていたそうよ」

私は太田家を指差したが、久保寺は俯いたまま、組んだ自分の手を見つめている。

「よくある話ですよ。うちのキャストに聞いて回れば、もっと悲惨な話がわんさか出てきますよ」

「同情しろとは言わないわ。でも、彼女の痛みを蔑ろにする必要はないでしょう？」

「沢渡さん、やけにアンナに肩入れしますね。一度電話で話しただけなのに」

見え透いたその揺さぶりは、彼があくまでも監視役として同行しているという意思表明に感じられた。

「これは肩入れじゃない。人間としての敬意よ」

「敬意、ね。……沢渡さんは、佐伯を捕まえた後にアンナがどうなると思います？」

「今からでも遅くないわ。人生をやり直すでしょう」

「まさか。あの女はまたデリヘルに戻りますよ。うちには戻れないから他の店に行く。東京で働き口が見付からなければ、埼玉か茨城か。あの態度じゃ指名は取れないから、もっと稼ぎのいいソープに移る。若いし見た目も悪くないから、はじめのうちは大金が手元に転がり込む。金遣いが荒くなって、贅沢が習慣になる頃には、段々とお茶を引くようになってくる。稼ぎは減っていくのに生活レベルは下げられないから、借金をする。最初はまともなところでも、すぐに闇金から借りざるを得なくなる。最近は、キャストに金を貸してやる店もあります。生かさず殺さず、死ぬまで利用する。逃げられないんです」

「岡野が怖いからって、当て付けのつもり？」

軽蔑の念を込めてそう返すと、久保寺は一瞬私に目を遣った。

盗み見るような挙動だった。

「皮肉を言うほどの関心はないっすよ。俺が言ってるのは事実です。……人間は変われない。辿るべきだった運命は変えられないんです。その家で死んでいた方がずっと楽だったでしょうよ」

ハンドルに両手を乗せると、久保寺は「そんなことより」と呟いた。

「これからどうするんですか。もう寄り道している余裕はないっすよ。拈華会の人間に会うつもりなら、何を訊こうとしているのかを教えてください。場合によっては、岡野さんに話を通しておく必要があります」

封筒をダッシュボードに置き、ヘッドレストに頭を預ける。

今は、目の前の出来事に集中すべきだ。

メイの母親に話を聞いたのも、アンナの実家まで来たのも、佐伯探しではなく、アンナの過去を知るための調査に近かった。彼女はどのような人間なのか。何を望み、何を奪われてきたのか。門を開く資格があるのか。佐伯探しを口実にすれば、久保寺を使うことができた。しかし、岡野から提示された期限までに佐伯を見付け出さねばならないのも事実だ。

「こういうのはどうかしら」

そう切り出してから、昨日のうちに立てていた計画を説明する。

確証はないが、現時点では最も高い可能性で佐伯に迫ることができる方法。奇しくもそれは、岡野たちの協力なしには実現できないものだった。私が話をしている間、久保寺は髭を撫でながら窓の外に視線を向けていた。

「久保寺さんの負担が大きいと思うけど、やれそう？」

「……二、三本電話します。確認が取れれば、今のでいきましょう」

スマートフォンを取り出すと、久保寺はドアを開けて車から降りていった。彼が電話をしている間、私はメイの母親から渡された書類を読むことにした。紙がぎっしりと詰まっている封筒の中から一枚を適当に選ぶ。第一報から二週間後、週刊誌の記事だった。

――「耳に根性焼き」「ヘアアイロンで火傷」東谷山少女殺人事件の異常な残虐性

――一宮市在住の矢野望美さん（一六）が複数人から暴行を受け死亡、その遺体が名古屋市守山区の東谷山に遺棄された事件で、司法解剖の結果、矢野さんは死の直前まで凶行の現場となったワゴン車内で執拗なリンチを受けていたことが明らかになった。逮捕された少年Ａ（一八）の供述によると、矢野さんが気絶するまで耳の穴の中にタバコを押し付ける「根性焼き」を行い、少女Ｂ（一七）が持参していたコードレス式のヘアアイロンで指を挟み、全員に謝罪をするまで熱し続けたという。六月二八日に自首をした少女Ｃ（一七）は供述の中で「殺すつもりはなかった」「謝れば終わりにしようと思った」と繰り返しており、矢野さんと少女Ｃは親友同士だったという証言もあることから、捜査関係者は「ささいな口論がエスカレートし、ヒステリックな集団心理の中で、突発的な殺意に変わってしまったのではないか」と推測している。

彼女たちが闇デリをやっていたのであれば、金で揉めた可能性が高い。久保寺はそう推測した。殺人の動機としては筋が通っているが、自分たちを〈ホーム〉と呼び、身を寄せ合っていた少女たちが、お金のためにここまでやるだろうか。親友をリンチし、殺してしまえるのだろうか。

久保寺は「人間は変われない」と口にした。おそらくは、一度堕ちた人間は二度と這い上がれないという意味だろう。堕ちた後の人間ばかりを相手にしているからこそ、彼はそう捉える。私は「人間は変わってしまう」と考えていた。堕ちて行く人間を目の当たりにしてきたからだ。

――制止する警察官を振り切って見た死体。

ベッドに散乱している黒い布切れは、辛うじて残っていたタグのおかげで、彼女のお気に入りだったワンピースの成れの果てだと分かった。痣と傷だらけの赤黒い身体。お腹と太腿には、ダーツの矢が四本刺さっていた。

私の妹は、何処か遠くを見つめるようにして息絶えていた。

涙の跡はあったが、不思議と悲しげな眼ではなかった。人間の脳は、耐え切れないほどの強い痛みを受け続けると、持ち主を守るために、思考と意識を放棄することがあるという。最期の瞬間には、彼女はこの世界を抜け出せていただろうか。そうであって欲しいと私は願った。せめて、幸せな夢を見ながら眠りについていて欲しかった。

人間は簡単に一線を越えてしまうということを私は知っていた。知っているからこそ、過去の事件であるにもかかわらず、〈ホーム〉の子供たちはそうではなかったと思いたいのだろう。

だが、現実は違う。

私たちは平気で家族を虐待する。巻き込まれたくないから見て見ぬふりをして、次の標的になりたくないから加担する。幼い子供だろうと、友人だろうと、親友だろうと関係ない。自分のためなら何だってする。誰だって傷付けるし、誰だって殺してしまえる。

私もそうだ。

九年前、私は人を殺した。

過去を消して、新しい身分を手に入れたのは、その罪から逃れるためだった。

4

アンナたちが共同生活を送っていたアパートの前で私を降ろすと、久保寺は去って行った。準備に時間が掛かるようで、それが終わるまでの間、私が別行動を取ることを了承してくれたのだ。

「メゾン今伊勢」は、一宮市今伊勢町にある総戸数一二戸の木造三階建てのアパートである。間取りは１ＤＫで単身者向けの物件、ネットの賃貸情報サイトにはそう書かれている。ひとりで住むのには充分な広さだが、七人の男女が暮らすとなれば、かなり支障が出てくるはずだ。

彼女たちがどんな生活をしていたのか、正直、私には想像もつかない。

アンナは、「すごく楽しかった」と言っていた。みんなでいたから寂しくなかった、と。記事には、共同生活を送っていた全員が家庭に深刻な問題を抱えていたと書かれていた。〈ホーム〉は彼女たちにとって、存在することを許される初めての居場所だったのかも知れない。

親元を離れて未成年者だけで暮らすことを私は否定しない。学校に通わないことも、正業に就かないことも、私にとってはどうでもいい。ただひとつ、ここに安心があったのならば、それで構わないと思う。ふたりには、安らかな人生を望み、実現させる権利がある。その幸福に、他人が口を挟む余地などない。

しかし、結果的に共同生活は長くは続かなかった。闇デリで生活費を稼ぎながら、狭い部屋の中で馬鹿騒ぎをしていたという彼女たちは、いつか終わってしまうと思っていたからこそ、刹那的な享楽に幸せを見出していたのだろうか。それとも、永遠に続けばいいと思っていたのだろうか。

彼女たちは三〇二号室に入居していた。アパートの外からベランダに干された洗濯物が見えたので、すでに新しい住人が入っているようだった。東谷山少女殺人事件の関係者を糾弾するブログには、彼女たちが深夜まで騒いでいて、他の住人から苦情が出ていたという情報が載っていた。騒音問題で一番被害を受けるのは隣の部屋の住人だ。

一階にある集合ポストの郵便物を調べ、三〇一号室と三〇三号室の住人の名前を確認してから三階に向かった。新しい名刺を用意しながら三〇一号室のインターホンを押してみたが、反応はない。電気のメーターも回っていないので、居留守でもないようだ。今度は三〇三号室を鳴らしてみる。

「……何？」

二十代後半くらいの男性が扉を開けた。チェーンは掛かっている。慌てて着たのか、タイダイ柄のTシャツは後ろ前になっていた。

「お休みのところ、突然申し訳ございません。週刊明朝の西野と申します」

一礼し、男に名刺を手渡す。

「以前お隣に入居されていた方々について、お話を伺いたいと思いまして」

「悪いけどさ、あのガキどものことなら、もう散々話したよ。テレビにも警察にも」

名刺に目を通しつつ、男は毛量の多い髪を鬱陶しそうに掻いている。

「てかさ、もう随分前のことでしょ。なんでまた」

「三〇二号室には数名の男女が同居していました。長部さんは全員をご存知でしたか？」

「なんでおれの名前知ってんの？　怖いって、お姉さん。そりゃあ、暮らしてればすれ違うこともあるから、顔を覚えてるのはいたよ。もういい？　夜勤明けで寝てたの」

「同居していた男女の中に、逮捕されていない人間がいるという情報が入ったんです」

スマートフォンを取り出し、長部に佐伯の写真を見せる。

『プリズム』の待機所にいた女性が隠し撮りしたものを、久保寺から共有してもらっていた。多少ぼやけてはいるが、本人か判断するには充分な写真だ。

「こちらの男性に見覚えは？」

「ないよ」

「佐伯、という名前です。聞き覚えは？」

「……知らない」

ないよ、ではなかった。

何よりも、長部の目が一瞬泳いだのを見逃しはしなかった。

「謝礼をお支払いしますし、長部さんの名前は絶対に出ません」

「知らないものは知らないって。帰ってくんない？」

「隣の部屋の住人たちは、深夜まで大騒ぎをしていたそうですね。注意したことはありますか？普通に働いている人間からしたら、たまったものではないでしょう」

長部の言葉を無視して、質問を続ける。

苦虫を噛み潰したような顔で「強引な人だなあ」と呟くと、彼は再び頭を掻いた。

「……何度も注意したよ。でも、全然ダメ。何も変わんない」

「大家さんには？」

「言わないよ。気の弱そうなバアさんだから、ビビって何もできないだろうし」

「では、警察に通報したりは？」

「警察？　するわけないじゃん」

「どうしてですか？」

そう訊ねると、長部は途端に笑みを浮かべた。

「隣人がうるさいくらいじゃ、警察は動いてくれないよ。週刊誌の記者さんなら分かるでしょ」

「確かに、事件性がなければ警察は介入しませんが、連日うるさければ、悪質なケースと判断して警告はしてくれます。未成年者だけで住んでいれば、なおさらです。私が長部さんの立場なら、何かしらの事情があるんじゃないかと心配して、児童相談所か警察に相談しますよ」

笑顔が硬直していた。

こういう男は、女に意見されるのが大嫌いだ。

「……とにかく、しなかったんだよ。別にいいじゃん」

「警察には関わりたくない理由があった？」

「関わりたい奴なんていないだろ。てか、早く帰ってくれよ」

「長部さん、佐伯と話をしたことがありますよね？　今話してくださらなければ、後で長部さんが不利になるような形で記事が出るかも知れませんよ」

無理矢理に閉められないように、ドアの隙間に右足を突っ込む。こんなことなら、ミュールではなく頑丈なブーツを履いてくればよかった。

「他の奴らじゃなくて、なんでその人のことばっか訊くの？　何したの、その人」

「佐伯は今、東京で殺人の容疑者として指名手配されています。逮捕されるのは時間の問題でしょう。私としては鮮度が高いうちに早く記事を出したいんです」

殺人という言葉を耳にした瞬間、長部は目を見開いた。

彼は佐伯と関わったことがある。だからこそ、私を突き飛ばして扉を閉めることはしない。佐伯の動向を知りたい気持ちがあるからだ。

「……ああ、思い出したよ。そいつは隣に住んでた。ずっとマスクしてるから、顔はよく分からなかったけど。話したとかじゃなくて、脅されたことがあんの。騒音の件で通報するな、って」

「脅されたというのは、通報したら痛い目に遭わせるぞ、ということですか？」

「そう。だから通報しなかったの」

「それは災難でしたね。……でも、どうして佐伯に脅されたことを警察に話していないんですか。長部さんは先程、事件絡みで警察に話をしたとおっしゃっていました。私ならその時に相談すると思います。でも、長部さんは黙っていた。もし話していれば、佐伯は脅迫罪で逮捕されていますから」

「終わったことだし、厄介事に関わりたくないから言わなかっただけだよ」

苛立ったように早口で言うと、長部は持ったままでいた名刺をハーフパンツのポケットに入れた。きっと、その中で握り潰しているはずだ。

「本当のことを教えてください、長部さん。私は警察の人間ではないし、あなたを咎めることはしません」

「……何もねえよ。もういいだろ」

「じゃあ、私から警察に話します」

突っ込んでいた右足を戻し、バッグからスマートフォンを取り出す。

「は？　どういうことだよ？」

「長部さんは立派な被害者です。あなたが脅迫を受けていたことを警察に伝えます」

一歩後ろに下がり、画面のロックを解除する。

電話を掛けるふりをしていると、長部は慌てたようにチェーンを外し、私の手からスマートフォンを奪おうと摑み掛かってきた。重そうだが、鍛えている体付きではない。がら空きの股間に膝蹴りを入れ、握り締めたスマートフォンの底部で顎を殴り付ける。痛みに悶絶して蹲った長部の肩を蹴飛ばし、部屋に入って扉を閉めた。

バッグの中のバタフライナイフを引っ張り出し、留め金を外して片側のグリップを軽く持つ。勢い良く手首をスナップさせると、一二センチの刃ともう片側のグリップが振り子のように飛んで行く。回転しているグリップが頂上を越えて手元までやってきたところで刃が下側に来るように持ち直し、揃ったグリップを強く握り締める。一連の動作には、二秒も掛からない。

私は長部の髪を摑み、刃先を首筋に当てた。

「……お、お前、記者なんかじゃねえだろ」

「だったら何？　どうしてそんなに嫌がるわけ？」

「やめろ。洒落になってねえぞ」

呟き込みながらも、長部は私を睨んでいた。男らしい口調で、精一杯に虚勢を張っている。この男は、何かを突然に奪われる経験をせずに生きてきた。だからこそ、死の恐怖を前にしても実感が持てない。やめろと言えばやめてもらえる世界で生きてきたのだ。

「冗談だと思ってるの？」

左手で長部の耳を摑み、ナイフの刃を耳の付け根に押し当てる。鋭い刃が薄い肉にすっと食い込み、前後に動かすと、切れ目から赤い血が流れ出した。

「分かった！　何でも話すから、やめてくれ！　頼むよ」

「佐伯と何があったのか、話してもらえる？」

　動かすのを止めただけで、ナイフを下ろしはしない。長部は私から目を逸らし、スニーカーが脱ぎ散らかされている玄関に視線を落としていた。

「注意したのは本当だよ。深夜、下手したら朝の四時くらいでもお構いなしに騒いでたから。壁を叩いたり、静かにしろって書いた紙を投函したり、直接怒鳴り込んだこともあるよ。そうしたら、あいつがおれの部屋に来たんだよ。『うるさくして悪かった』って、煙草一カートン持って謝りに来たんだ。やけに腰が低かったから、いけると思って、『そんなもん要らないから、黙らねえと警察に通報するぞ』って言ってやったんだ」

「あいつ、っていうのは佐伯のこと？」

「そうだよ。そうしたら、あいつ、『ちょっと待っててくれ』って言って、女を連れておれの部屋に戻ってきたんだよ。四人も。それで……」

「それで？」

　長部は口ごもったが、耳に当てているナイフを微かに動かしてやると、諦めたように溜め息をついた。

「……ヤっていい、って言われたんだ。これからも好きな時にヤっていいから警察には絶対言うな、って」

「あなたは条件を飲んだの？」

「悪いかよ。男なんて、みんなそんなもんだよ」

「相手は未成年よ」

「だからだよ。そんな機会、滅多にあるもんじゃねえから」

「事件後も佐伯のことを警察に黙っていたのは、未成年とセックスしたことがバレるのが怖かったから？」

「まだニュースになる前、隣の部屋に警察が来る前に、バイト先にあいつが電話してきたんだよ。全然気付かなかったけど、あいつ、女にビデオカメラを持たせて隠し撮りしてたんだ。お前が一六歳の女とヤってる動画を持っている。犯罪者になりたくなかったら、警察に自分のことは話すな。……頭がキレる奴だって分かったから、大人しく従うことにしたんだ」

　自分が被害者であるかのような物言いが、たまらなく不快だった。

　怯えた眼でナイフを盗み見ている長部を見下ろしながら、彼に犯された少女のことを考える。佐伯は一体何と言って、長部とセックスすることを了承させたのだろう。この暮らしがなくなってもいいのか。お前が我慢すれば、みんなで住み続けられる。少しはお金も渡したのだろうか。それとも、無理強いしたのか。初めて、佐伯の影を踏んだ気がした。

「佐伯について、もっと詳しく話して」

「いつもマスクして、フードを被ってた。そんくらいしか知らねえよ。佐伯って名前も、あいつが名乗ったわけじゃなくて、部屋にいた他の男があいつをそう呼んでいるのを聞いたんだ」

「他には？　耳が大事なら頑張って思い出して」

「……そう言えば、やたらと同じ女と一緒にいた気がする。部屋を出るのが被った時に、連れて出掛けて行くのを何度も見た。その女のことはおれの部屋に連れて来なかったから、てっきりあいつの女だと思ってた」

「どの子？」

　ブログに載っていた全員の写真を見せながら、私は訊ねる。

「多分、こいつ。……多分だよ。分かんねえ。昼間は化粧してなかったから」

長く伸びた不潔な爪は、アンナを指し示していた。

メイとアンナは犯罪の証拠で佐伯を強請り、金を得ようとしていた。佐伯とふたりの関係は、弱みを握った側と口封じを目論んだ側に過ぎないと考えていたが、どうやら違うらしい。メイは分からないが、佐伯がアンナを特別扱いしていたことは間違いない。長部の元へは連れて行かず、そればかりか、彼女を連れて出歩いていた。そこには、殺意以外の執着が感じられた。

「話は終わりよ。私にされたことを警察に言う？」

刃に付いた血を長部のTシャツの肩口で拭い、さっきと同じ動作でナイフを畳む。長部の持っている情報は、これで全部だろう。左の手袋を外し、バタフライナイフを包んでバッグに入れた。

「……言わねえよ。もう関わりたくねえ」

「賢明ね」

携帯電話が鳴っていた。久保寺からだ。丁度いいタイミングだと思いながら、靴に視線を落とす。ドアに挟んだせいか、右足の側面が白っぽく汚れているのが分かり、少しだけ落ち込んだ。

「事件のことを知って、どう思った？」

あぐらをかいて座り込んでいる長部を見つめながら、私は尋ねる。

「あの子たちには、まともな家族がいなかった。誰も頼れなくて、誰も助けてくれなくて、逃げ出した先で同じような境遇の子供たちが集まった。どうやって生きればいいのかも分からない中で、子供たちだけで生きて、身体を売って生活費を稼いで、夜中まで馬鹿騒ぎをして、明日が来る恐怖を紛らわせていたの。それを知った時、あなたは何を感じた？」

あなたの場合はタダだったみたいだけど、と付け加えた。もう解放された気分になっているのか、長部はリラックスしたような様子で頭を掻いている。

「そりゃあ、可哀想だなとは思うよ。……そんだけだよ。おれだって、親父に絶縁されてる。実家に居場所がないから、したくもない仕事をして、狭いアパートに住んでる。女だったら、股開くだけで金稼げるから楽だろうなって思ったかな。そんなもんだよ。みんなそうだろ？　頼れる奴なんていないし、誰だって逃げてえって思ってる。特別なことじゃない。実際、三ヶ月くらい経ったら全然騒がれなくなったしな」

長部の「可哀想」という思いは、おそらく本物だ。彼は普通の人間で、悪人ではない。ただ、弱いだけ。弱いからこそ、さらに弱い人間を傷付ける。

右手でドアを開け、部屋を後にした。

建物の外側にある階段は道路と垂直になっていて、塀の前に停まっているエリシオンが上から見えた。手すりが錆び付いた階段は、降りる度にカンカンと甲高い音が響いた。久保寺は車体にもたれかかり、コンビニのおにぎりを頬張っていた。

「またボウズでした？」

「釣れたわ」

久保寺の顔色は変わらない。私が佐伯探しに繋がる情報ではなく、アンナたちの情報を集めるのに躍起になっていると気付いているからだろう。煙草に火を点け、彼の隣に立つ。

「佐伯は、部屋にいた少女とセックスさせるのと引き換えに、騒音を通報しないよう隣人に持ち掛けていたみたい。事件の後は、未成年とセックスしたことを材料に、自分のことを警察に言うなと脅していたそうよ」

「取引をした隣人から話を聞き出したんですか？」

「ええ、全部教えてくれたわ」

「よく喋りましたね、そいつ。沢渡さん、何したんすか？」

久保寺の方を見ることなく、軽く微笑んでみせる。それで察したのか、彼は「俺は知らないっすよ」と呟いた。車体に肩を預けながら、私は続ける。

「あと、佐伯はいつもマスクとフードをしていたみたい。会って話したことがあるのに、隣人は写真を見せても佐伯だと分からなかった」

「マスクとフード？　自分の家にいるのに？」

言われてみれば、自宅にいるのに顔を隠しているというのは不自然だ。一緒に住んでいる人間は、佐伯の素性を知っているはずなのだから。

「いつもってことは、そいつと話をする時だけじゃなくて、部屋から出入りする時もフードとマスクだったってことですよね。顔を知られたくないっていうよりも、自分がここに出入りしているのを知られたくなかったんじゃないすかね？」

アパートを見上げながら、久保寺はおにぎりを包んでいたビニールをくしゃくしゃに丸めた。

「誰かに見付かったらまずい事情でもあったんすかね」

相槌を求められていなかったので、特に反応はせず煙草を吸った。結果的に別行動になって正解だったと思う。長部の証言によって明らかになった佐伯とアンナの関係は、久保寺には黙っておくべきだ。もし知られれば、彼女まで岡野の制裁の対象になりかねない。

「ところで、準備はどう？」

「終わったから迎えに来たんすよ。会ってくれるそうです。事務所は避けたいみたいで、向こうが所有しているスナックで待ち合わせです。沢渡さんは俺のビジネスパートナーってことになってます」

「ありがとう。話は合わせるから、手筈通りに行きましょう」

吸い殻を携帯灰皿に詰め、ドアを開けて助手席に腰を下ろす。持っていたゴミを側道に捨てると、久保寺は運転席に座り、キーを挿してエンジンを掛けた。スマートフォンを確認しながら、カーナビに住所を打ち込んでいる。

「アリバイ会社って儲かるんですか？」

車を発進させた久保寺が、思い付いたようにそう訊ねる。

昨日まで、彼と私に直接の接点はなかった。『プリズム』の従業員の中で顧客なのは愛佳だけであり、なおかつ、アリバイ会社を使っていることを店に報告する義務もない。しかし彼は、以前から私のことを知っているような節があった。普段から積極的に情報を集めるタイプの人間なのだろう。

「残念だけど、あなたたちほどじゃないわ」

「どうすかね。大勢の人間が金脈を掘り当てて一攫千金を狙おうとしていた時に、一番儲けたのは、スコップを売っていた人間らしいっすよ。あなたは良い商売を見付けた」

「楽に稼げると本気で思ってるなら、やり方を教えてあげる。几帳面みたいだし、向いていると思うけど？」

「くだらない嘘をつく手伝いなんか、俺はご免です」

強い口調で久保寺が言った。

「生きていくのに必要な嘘よ。久保寺さんだって、昔からの友達には自分の仕事を隠してるでしょう？　それと同じよ」

「知り合いは皆、俺が『プリズム』の店長だって知ってますよ。どうして、風俗嬢であることを隠して、違う職業だと偽ることが必要なんです？」

「選べない人間もいるわ。そうするしかなかった人間もいる。そういう子たちが、自分を否定しないために折り合いの付け方を模索するのは当然でしょう」

「他の誰でもない自分の運命なんだから、受け容れるしかない。……沢渡さん、あなたも俺と同じように、彼女たちで金を稼いでいる人間だって認めるべきですよ。鉱夫を雇う人間も、鉱夫にスコップを売る人間も、鉱夫を商品として見ていることに変わりはない」

「しがないデリヘルの店長に収まったのも運命ってわけ？」

私は久保寺の方へと体を向けたが、彼は一瞬たりとも私を見ようとはしなかった。

「ええ。これでも楽しくやってますよ」

「ケツ持ちのヤクザの顔色を窺って、犬みたいにこき使われて、溜まった鬱憤は店の女の子に厳しく接することで晴らして、随分と楽しそうな人生ね」

「そう言う沢渡さんは、何やったんですか？」

「何って？」

反射的に訊き返してしまったものの、すぐに彼の言葉の真意を理解する。

「……くだらない。岡野が言ったことを真に受けてるの？」

「唾液の付いた吸い殻を絶対に残さない。グラスの飲み口は拭き取る。指紋が付かないように、こんな暑いなか手袋までしている。そこまで徹底する人間は少ないっすよ。沢渡って名前も本名じゃないですよね？　アリバイ会社の人間なら、偽造の身分証くらい簡単に用意できる。相手は警察で今も時効じゃないとすれば、でかい詐欺か殺人だ」

急に車線を変更してきた車にクラクションを鳴らしながら、久保寺は淡々と告げた。詮索する余地を与えないために、一連の行為は彼の目の届かないところでやっていたつもりだったが、すっかり見抜かれていたようだ。

一五歳の時に、私は深夜徘徊と喫煙で警察に補導されたことがあった。注意だけで帰されたが、その時に写真と指紋を取られていた。そして、あの男を殺した現場にも、私の指紋が残っている。

「辿るべきだった運命は変えられない、だっけ？」

前に聞いた言葉を引用してやると、彼の注意が運転から離れるのが感じられた。

「自分が店の子たちや岡野と同じ世界にいることを、今でも認められないんでしょう。本当はここにいるような人間じゃない、って。でも、今の暮らしから這い上がる気力も、勇気もない。自分の人生を諦め始めている。幸い、それなりに金は入ってくるでしょ。運命は変えられないって言い聞かせて、自分の弱さを正当化している。変えられないものだと思い込みたいのね」

「ここが俺の居場所です。……俺は、自分の意思でここに来ることを選んだ」

左折すべきところで直進レーンに入ってしまったらしく、久保寺は乱暴な手付きでハンドルを切り、左に曲がった。後続車が怒声のようにクラクションを鳴らしたが、彼の顔色は変わらない。

「ここには欲望しかない。性欲、支配欲、金銭欲、誰しもがシンプルな動機で動いている。店の女は金のために自分の体を商品にして、客の男はそれを買う。俺は商品を管理して、厄介事を片付けてもらう代わりにヤクザに金を収める。全員が欲で繋がっているんです。その繋がりを、俺は気に入っています。欲は尽きないし、嘘をつかない」

ドリンクホルダーに入っていたレッドブルで喉を潤してから、久保寺は続ける。

「でも、あなたはそこに違う何かを持ち込もうとしている。何か良いものがあると思い込もうとしている。他人の人生を助けている、そう思っているはずだ。俺たちとは違って、自分は善行をしている。……でも、所詮はスコップです。握っている限りは、穴を掘るしかない」

「場所さえ変われば、人間は違う生き方を見付けられるわ。スコップで花壇を作ることもできる。あなたが憎む嘘のお陰で、違う人生を想像できる。可能性を与えられるのよ」

「金を掘るためにスコップを手にした人間は、花壇なんか考えもしないですよ。どこにも行けないし、行ったとしても、また同じ生き方を繰り返すだけだ」

「アンナたちにも可能性なんてなかった？」

「なるべくしてなったんです。メイやアンナだけじゃない、他のキャストだってそうです」

身分詐称者である私は、現在進行形の嘘つきだ。おそらくは、死ぬまで自分を偽り続ける。生きているだけで嘘に慣れていき、いつからか、この長所を活かす方法を考えるようになった。

あの場所から離れて前に進むために。

私自身が嘘を肯定するために。

「……顧客の身分を考える時、私はいつも、彼女たちのあり得たかも知れない未来を考えるわ。風俗嬢の仕事を下に見ているつもりはない。ただ、そうせざるを得なかった人間が手に入れられなかった、別の未来に思いを馳せるの。そして、彼女たちが望むのなら、少しでもその未来に近付いていけるように、支えになりたいと思った」

初めて私の顧客になった女性は、アリバイ会社が提供する身分のことを、明日を迎えるための嘘と呼んだ。家を借りる。子供を保育園に入れる。社会的な信用を得る。この世界に無数に存在している当たり前を、自分にとっても当たり前にするための、切実な祈りのような嘘。

「だとしたら、あなたは残酷な人間ですよ。どうして、そのあり得たかも知れない未来とやらが、永遠に失われてしまったものかも知れないと考えないんすか」

静かに呟くと、その言葉を最後に久保寺は口を閉ざした。微かに感じられた非難は、怒りではなく、憐憫に近かった。

胸元に手を伸ばし、ミソラがくれたネックレスに触れる。羽根の形をしたトップ。ハクトウワシという鷲の羽根を模したものなのだと教えてもらった。この羽根の輪郭をなぞることが、心を落ち着けたい時の私の癖になっていた。

「ここっすね。準備はいいですか？」

狭い路地の手前で、久保寺は車を停めた。私は頷き、肩に掛けていたカーディガンの袖口を押し当てながらドアを開ける。細い線のような雨が降り始めていた。明日から一週間は、東京でも雨が続くらしい。予報通りなら、三日後の新月の夜も雨が降るのだろう。

それで、条件は満ちる。

新月と雨が重なった時に、あの門は開く。

5

日が暮れたばかりで、看板にはまだ電気が点いていない。ドアの隣にある小窓にはシェードが下ろされている。手櫛で髪を整えると、久保寺がドアをノックする。待ち構えていたかのような速さで鍵が開けられたが、内側からドアが開かれることはなかった。久保寺の後に続いて、店内に入る。

カウンター数席にテーブル席が三つ、カラオケも設置されているごく普通のスナックだった。テーブル席の方にふたり、カウンターの中にひとり、座席側にひとり、計四人がいる。一目で極道と分かる風貌の人間ばかりで、ほぼ全員の視線が私と久保寺に向けられていた。カウンター席に座っている眼鏡の男だけが例外で、ブックカバーが掛かった文庫本を読みながら、ショットグラスを傾けていた。

「最近の本は文字が小せえなあ」

本から顔を上げることなく、男は言った。

鍵の閉まる音で咄嗟に振り返ると、背後にもうひとりいた。

「そうは思わねえか、久保寺くん？」

「……はい」

「はい、じゃねえよ。俺が歳取ったんだよ」

眼鏡の男が読んでいた本を閉じる。白髪混じりの頭に、下がり気味の眉。税理士でもやっていそうな穏やかな顔付き。到底ヤクザには見えなかった。

「お忙しい中ありがとうございます、伊藤さん」

「座れよ。おい、何か飲ませてやれ」

久保寺が先に座るのを待って、カウンター席に腰を下ろす。カウンターの中にいる男はぞんざいな手付きでショットグラスに白州を注いだ。この場だけ、伊藤のために給仕役をやらされているのだろう。

「たわけ。そっちのお嬢さんにも出せ」

「すみません」

私の前にもショットグラスが置かれる。軽く会釈するが、無視された。

何の前置きもせず、伊藤が訊ねる。

「それで、『この辺りに店を出したい』っていうのは、どういうことなのよ？」

佐伯が属している拈華会の人間からなら、佐伯の情報を引き出せるかも知れない。しかし、ヤクザが身内の情報を易々と明かすとは考え難い。そこで思い付いたのが、拈華会と敵対している組織から話を聞き出す、というものだった。

佐伯は頭が回る男だが、時折、稚拙で粗暴な面を覗かせる。メイを突き落とした時も、待機所で暴れ回った時も、窮地に陥ることが理解できているはずなのに、自身の感情を優先する節がある。私は、佐伯が地元でも似たような問題を起こしている可能性があると踏んだ。暴力と無縁でいられない人間なら、一度や二度、他の組の人間と揉めていてもおかしくはない。

一連の考えを久保寺に説明したところ、我逢組という組織が拈華会と対立していると教えられた。しかも、我逢組の事務所はここ一宮市にあり、市内のシノギを巡る争いで、過去に二度抗争が起きているという。話を聞く価値は充分にあると思えたが、肝心の我逢組の方に、私たちと会う理由がなかった。だからこそ、その理由を作ってやる必要があったのだ。

「自分が店長をしている歌舞伎町の『プリズム』というデリヘルの姉妹店を、一宮に出したいと考えています。それに当たって、まずはご挨拶をしたいと思って、友人づてに伊藤さんを紹介してもらいました」

「ご挨拶って何だよ。お前、手土産ひとつ持ってきてねえだろ」

「店を出した後は、伊藤さんに筋を通そうと思ってます。余所者なので、それが当然です」

久保寺は明言を避けたが、みかじめ料を収めるということだろう。

ショットグラスの酒を飲み干すと、伊藤は煙草に火を点けた。

「お前のとこ、誰が面倒見てんの？」

「松寿会の方です」

「へえ。そりゃあ災難だな。きついだろ？　俺たちはもっと紳士的だよ。少なくとも、筋を通す奴に無理は言わねえからな」

伊藤は気の利いた冗談を言ったかのように笑ったが、店内にいる他の組員たちは、強張った表情のまま直立不動を貫いている。

「名前は覚えてやるよ、久保寺くん。それで、話は終わりか？」

「もしよろしければ、一宮の事情を教えていただきたいんです」

「教えるのは構わねえけど、そもそもお前、なんでこっちに出そうと思ったんだ？」

「彼女の親戚が住んでいるそうなので、何かと融通が利くんです」

そう答えると、久保寺は私を手で示した。

伊藤の視線がこちらに向けられる。

「お嬢さん、名前は？」

「沢渡です。沢渡幸」

「じゃあ、さっちゃんだ。小さい頃、そう呼ばれてただろ？」

小さい頃は違う名前だったが、私は黙って頷いた。

「さっちゃんの親戚はどこに住んでるの？」

「今伊勢町です。遠縁なので関わりはありませんでしたが」

「彼女は自分の共同経営者です。今回の出店にあたり、出資もしてくれます」

久保寺が口を挟むと、私と話がしたかったらしい伊藤は顔を顰めた。

「お前には聞いてねえよ、たわけ。東京の男はせっかちでつまらねえな。さっちゃんもそう思うだろ？」

罵倒するならひとりでやれと思ったが、反応しなければ伊藤が機嫌を損ねかねないので、「そう思います」と答えた。やはり、久保寺の表情は変わらない。

「だってよ。お前みたいな堅物はどうでもいいけど、さっちゃんが損するのは可哀想だから教えてやる。ここでデリヘルやりてえなら、厳しい結果を覚悟した方がいい」

伊藤がカウンターをコツコツと叩くと、給仕役の男が空のグラスに白州を注いだ。

「援デリって分かるだろ？　最近は半グレの連中が仕切ってて、真面目に商売やってる奴らの食い扶持が減ってるんだよ。売る側も買う側も素人だから、一度問題を起こすと、あっというまに火がでかくなる。こっちは関わってねえのに、警察は俺たちを締め上げれば解決すると思ってる。おまけに、一三、四歳の子供まで売春をやってるんだ。世も末だろ？」

「援デリのグループが台頭しているのは、東京も同じです」

「だから、俺は考えを変えた。うちのシマでやってる半グレの連中がいたから、少しばかり追い込んで、いくらか収める代わりに見逃してやることで手打ちにしたんだ。まあ、やってることは店舗を経営するのと同じだしな」

「闇デリをシノギにしてるってことですか？」

その言葉が出た途端、伊藤の表情が硬直した。

性急過ぎたか。組員たちに目を遣ると、一様に顔から血の気が引いているのが分かった。グラスに残っていた酒をゆっくりと呷ると、伊藤は久保寺の方へと体を向け、ぐっと顔を近付けた。そして、破顔した。

「冗談が下手だなあ、久保寺くん。まっとうな商売人は子供に売春なんかさせねえよ」

「他の組、たとえば拈華会もそうですか？」

「あいつらなら尚更だ。拈華会は、お前の面倒を見ている連中と一緒で、昔気質のヤクザだ。俺たちは援デリに一枚嚙むことにしたが、あいつらはそれさえ許さねえ。上納金があるのにシノギはねえんだから、下っ端連中はひんひん泣いてるだろうよ」

「……もし組員が闇デリに加担していたとしたら、どうなりますか？」

「黙ってやってたなら、俺たちの場合はけじめをつけさせる。と言っても、ちゃんと金さえ持ってくれれば手打ちだ。けど、拈華会の連中なら容赦なく取るだろうな。エンコじゃ済まねえ」

こともなげに言われたことが、かえって、伊藤の説明が真実であると裏付けているように感じられた。私はバッグからスマートフォンを取り出す。

「伊藤さん、佐伯という男をご存知ですか？」

「佐伯？」

「ええ。二十代前半で、その拈華会の組員だそうです」

佐伯の写真を表示させたスマートフォンを、久保寺を介して伊藤に渡す。

ここからは私の出番だった。

「知らねえなあ。おい、こいつ見たことある？」

テーブル席に座っていた二人組の片方が立ち上がり、伊藤からスマートフォンを受け取った。ドアの近くに佇んでいた男も近付いてきて、ひとりずつ回し見している。

「さっちゃん、どうして拈華会の若い奴なんか知ってるの？」

「さっき話した遠縁の親戚、若い女の子なんですけど、数ヶ月前からその男に言い寄られているんです。彼氏もいるのに『俺の女になれ』って言って、急に家まで押し掛けたり、彼氏に暴力を振るったり。止めなければ警察に相談すると伝えたら、『自分は拈華会の人間だから、そんなことをしたらただじゃ済まないぞ』って脅されたみたいなんです。親戚の家は普通の家庭で、そういう世界に縁がないから、歌舞伎町で働いている私なら何かできるんじゃないかと思ったみたいで、久しぶりに連絡が来たんです」

「ひでえ男だな。さっちゃんは会ったことあるの？」

「ないんです。一宮に店を出したいっていうのも、私がこっちに来る機会ができれば、彼女にもしものことがあった時に助けてあげられると思ったんです」

「家族想いなんだな。いい娘だ。お前ら、何でもいいから知らねえのか？」

伊藤は身を乗り出し、久保寺の奥にいる私を見つめている。

回し見していた組員のひとりが、私のスマートフォンをカウンターの中にいる男に手渡した。反応から察するに、三人は佐伯を見たことがないようだ。そもそもが低い可能性に賭けた思い付きなのだ、期待するべきではなかったのかも知れない。

「こいつ、知ってますよ」

太い指でスマートフォンを握りながら、給仕役の男が言った。

「え、本当ですか？」

「拈華会の人間だとは知らなかった。本町に『ナクソス』ってクラブがあるんですが、自分が行く度に、店のカウンターにひとりで座ってたんです。飲んでもないし、誰とも喋らないで煙草を吹かしてた。酔った客がママに触った時に、こいつがその客をぶん殴ったのを見たから、よく覚えてます。てっきり、ママの若い恋人だと思ってました」

「それは最近のことですか？」

「小さな店なんですが、ママを目当てにして市議やら信金のお偉方やらが来るから、飯の種になるかと思って一時通ってたんです。半年以上前だから、今もそいつがいるかは分からない」

「知ってどうするの？　さっちゃんひとりじゃ危ないだろ？」

伊藤が口を挟んだ。

どのような関係性であれ、簡単に情報が得られるとは思えない。警戒心を解くという意味では、太田の時と同じように、区役所のケースワーカーを騙って話を聞き出すのが最善だろう。

「ママに会ってみます。懇意にしているなら、ママの方から説得してもらえるかも」

「それがいい。直接会うのは止めときな。本当に困ってるなら、おじさんが解決してあげるよ。愛知はね、この国で一番交通事故が多いから」

やけに嬉しそうに言った伊藤に寒気を覚えた。

私は深々と頭を下げ、男から返されたスマートフォンをバッグに戻した。

「それで、久保寺くん。こっちにはいつ店を出すの？」

「二、三ヶ月後を考えていました。キャストはいるので、事務所さえ用意できれば」

「本当に出すなら物件くらい紹介してやるよ。お前が俺に筋を通すなら、俺もお前に義理を果たしてやる」

　酒を口に運び、伊藤は続ける。

「お前、家族はいるの？」

「嫁や子供ってことですか」

「当たり前だろ。いるのか？」

　膝に置かれていた久保寺の手が、ぎゅっと握られたのが見えた。

「……いません」

「だろうと思ったよ。だからお前には覇気がねえんだ。若くて頭の回転が早いのかも知れねえが、そういう奴は見切りを付けるのも早い。損だと分かれば、平気で逃げちまう。俺は独り者を信用しない。所帯を持ってない奴のことを一人前だと思わねえからだ」

　伊藤は手に持っていた文庫本で久保寺の頭を軽く叩いた。岡野にも同じことをされていたのを思い出す。対等な人間として扱っていないような仕草を見せられると、相手が久保寺でも気の毒に感じられた。

「俺と一緒に商売したいなら、さっさと嫁見付けてガキを作れ。相手がいねえなら、面倒見てやるよ。顔は悪くねえんだから、冗談のひとつでも言えるようになれば、すぐに引っ掛かる。そうしたら、お前のことを信用してやる。家族がいる奴は逃げないからな」

　椅子から立ち上がると、伊藤は歯を見せて笑った。

「じゃ、そろそろお開きにしようか」

「お時間取らせてしまって申し訳ありませんでした。今後もよろしくお願いします」

「いいよ。今の話、忘れんな。それと、出した酒は飲め。礼儀だろ」

伊藤はカウンターの上のショットグラスを指差した。二人分用意されたが、私も久保寺も口を付けていない。こっそりと手袋をはめながら、私は伊藤に向けて笑みを作った。

「失礼しました。久保寺さんは運転があるので、私が……」

ショットグラスに手を伸ばそうとした矢先、久保寺の右手が伸びて、私の前に置かれていたグラスを奪った。逆さまになるくらいまでグラスを傾けると、久保寺は白州を一気に飲み干した。そして、自分の前にあるグラスを掴むと、もっと早く空にしてみせた。

「ご馳走さまっす」

呆気に取られたような顔をしている伊藤を余所に、久保寺は椅子から立ち上がると、ドアに向かって歩いて行った。私は伊藤に頭を下げ、姉妹店の話がまとまり次第、また挨拶させて欲しいと伝えた。記憶を遡り、スナックの中の物品に一切触っていないことを確かめてから、手袋をした手でドアを開けた。

先に外へ出た久保寺は路駐しているエリシオンへと歩いていた。わずかな時間で雨は強さを増していて、今ではもう、傘なしには出歩けないほどになっている。スマートキーでロックを解除すると、久保寺が運転席のドアに手を掛ける。呼び止めるのと同時に、彼の腕を引いた。

「何すか、いきなり」

「ここからは私が運転するわ」

「大袈裟っすよ。あんなの、飲んだうちに入らない」

「朝からずっと運転してるんだし、少しは休んだ方がいい」

「これは俺の仕事です。あなたが気を遣う必要はない。くだらない心配をしている暇があったら、佐伯を捕まえる算段を考えてください」

私の手を振り払って、久保寺は車に乗り込んだ。

心配していたのは飲酒運転のことだけではなかった。伊藤から家族を持っているかどうか訊ねられた時の彼の反応が、眼に焼き付いていた。怒りに震える拳と、それを覆い隠すように乗せられた手が。

助手席に座り、窓を開ける。

煙草を咥えると、咎めるような視線が飛んで来た。

「禁煙だって言いましたよね」

「雨が降ってるんだから仕方ないでしょう」

火を点けると、薄煙が車内に広がっていった。風はなく、地面を目掛けて降る雨が車内に入ってくることはなかった。久保寺は後部座席の窓をわずかに開け、エアコンの風量を強めた。

「後でクリーニング代請求しますよ」

「……あんな奴の言うこと、気にする必要ないわ」

「どういう意味すか？」

「家族のこと。奥さんや子供がいるろくでなしなんて、いくらでもいる。気にしなくていいよ」

久保寺が車を出す。道は狭く、大通りに出るまでは徐行しなければならなかった。左側にファミリーマートがあり、中学生ぐらいの二人組が軒先で雨宿りをしていた。女の子はずぶ濡れの制服を気にしていて、男の子は手のひらの上の小銭を数えている。傘でも買うつもりなのだろう。

「言われなくても、俺は何とも思ってないです。酒といい、一体何のつもりですか。俺のことが可哀想にでもなりましたか？」

「ああいう奴が嫌いなだけ。それに、あなたに同情はしないわ。嫌なんでしょう？」

全ては自分の責任だと割り切って生きている人間にとって最も惨めなのは、「あなたのせい」ではないと慰められることだろう。

「沢渡さんは結婚してるんですか?」

私の問いを無視して、久保寺が訊ねる。

「してないわ」

「じゃあ、家族は?」

「あなたはどうなの。妹か弟がいるんじゃない?」

「いませんよ」

「そう。私は父親がいない。母親は狂って、妹は死んだ」

煙を吐き出したあとで、できる限り静かに、事実を述べる以上の何かが入り込まないように答える。車は大きく右折し、片側三車線の大きな道路に出た。視界は悪く、周囲の車はすでにライトを点けている。

「なら、昔の自分を捨てるのに何の支障もなかったわけだ。どんな気分なんですか? 過去をなかったことにして、違う人間として生きるのは」

「私が身分を偽っている前提なのね」

「あなたは否定しなかった。あれこれ言い返したのは事実だからだ」

「仮にそうだとしたら、晴れやかな気持ちでしょうね。思い出したくもない過去だから捨てるんでしょう」

「目を背けて、忘れたふりはできても、人間は過去からは逃げられない。名前を変え、外見を変えても、自分の身に起きたことだけは変えられない。過去は永遠につきまとって、俺たちを定義するんです」

バックミラーを調整しながら、久保寺は言った。赤信号に合わせて止まった瞬間、車体が大きく揺れ、ダッシュボードに置いていた封筒が落ちてきた。

永遠につきまとう過去。

メイとアンナも、自身の過ちが生み出した苦しみに苛まれていた。加害者のひとりになった瞬間、彼女たちの未来は決まった。いくつもの可能性が閉ざされた。それは、殺された少女も同じだ。お互いの寂しさを埋め合う〈ホーム〉として共同生活を送らなければ、彼女たちの未来は違うものになっていただろうか。あるいは、あの家族の元に生まれた瞬間に、アンナの人生は決まっていたのだろうか。

この世界は、薄汚い部屋と万華鏡でできている。筒を覗き込めば、きらきらと輝く光が視界に広がっていく。しかし、私たちにできるのは、ただ眺めることだけ。万華鏡を下ろせば、私が座っているのは、狭く暗い、薄汚い部屋だ。私たちは、ここに縛り付けられている。だからこそ、ここではない何処かを夢見る。

「……逃げられるわ。少なくとも、私は逃げてみせる」

あの門が現れた時、終わったはずだった私は、もう一度生きる意味を与えられた。神様が授けてくれた使命だとは思わなかった。嘆きと共に亡くなっていった人々の怨念が私に与えた憐れみ、そう捉えた。

時間を掛けて少しずつ門の仕組みを理解していき、他人を門の向こう側へと連れて行くことができると知った時、私の中にひとつの考えが浮かんだ。

私と同じようにこの世界に絶望した人間を、痛みも苦しみも存在しない美しい世界へと逃がす。それから私は、他人のために生きることを誓った。数年後にアリバイ会社を起こしたのも同じ理由だった。

沢渡幸は、他人のために生きている。

そんな人間に、過去はいらなかった。

「俺たちはどこにも行けない。ここで生きるしかないんです」

「苦しいだけの人生ね」

「この世界そのものが苦しいんです。……こんな世界、誰も生まれてくるべきじゃない」

久保寺はパワーウィンドウのスイッチを押し、換気のために開けていた窓を閉めた。彼がメイの母親を嫌悪していた理由が、何となく分かった気がした。

「これまで分かったことを整理しましょう」

そう前置きしてから、久保寺は続けた。

「メゾン今伊勢に住んでいたガキたちは、生活費を稼ぐために援交を行っていた。はじめのうちは普通にやっていたのが、稼げることが分かって、規模を大きくすることを思い付いた。出会い系のアプリや掲示板から見付けてきた客を、自分たちのグループラインに招待する。金に困っている女の子を勧誘し、自分は斡旋役になり、売り上げの何割かを収めさせる。こうして、闇デリの仕組みが構築されていった。佐伯は、そこに目を付けたんです。上納金を収めないといけないし、自分も金が欲しい。他の誰も手を付けていない闇デリは、最高の資金源だったはずです。佐伯はアンナたちに取り入り、闇デリを管理し始めた」

同じく素人の商売である援デリには関与している比較的柔軟そうな我逢組も、闇デリだけは許容していない。そして伊藤は、拈華会もそうだと口にしていた。昔気質のヤクザであり、組員が加担することを絶対に許さないだろう、と。久保寺の推測が正しければ、佐伯はかなり危ない橋を渡っていたはずだ。

「四六時中マスクとフードをしていたのは、アパートに出入りしているところを万が一同じ拈華会の人間に見られたらまずいからってこと?」

「そうっすね。殺人での逮捕をきっかけにして闇デリの件が露見してしまうのを恐れた佐伯は、全員を脅迫することで隠蔽を計った。だが、メイとアンナだけは不起訴になり、真実を知っている彼女たちは行方をくらませた。佐伯は口封じのために、メイを探し出して殺したんです」

「〈ホーム〉を支配してたのね」

「女に運転手、役者は全員揃っていた。いないのは、頭だけ。最初は、もっと稼がせてやるとか、耳ざわりの良い言葉を並べてたんでしょう」

佐伯は、金のために彼女たちを利用した。使うだけ使い、利用価値がなくなれば、ゴミのように捨てた。彼女たちから人生と居場所を奪った。

「急に羽振りが良くなれば、組の人間から怪しまれる。佐伯は今でも闇デリで稼いだ金を持っているはずです。身柄と一緒に押さえれば、岡野さんは手打ちにしてくれる」

メイとアンナが証拠と引き換えに受け取ろうとしていた大金だ。そして、元々は彼女たちが稼いだものである。そのお金が手元にあれば、私に頼らずとも遠くに行けたかも知れない。

久保寺は片手でハンドルを操作しながら、時折スマートフォンを見つめていた。『ナクソス』の住所を検索した際に、カーナビに入れるのが面倒で、そのままスマートフォンのナビアプリを使っているのだろう。

時刻は一八時過ぎ。

開店したばかりか、準備の真っ只中だろう。

「ママとは私が話をする。多分、あなたのことを警戒すると思うから」

「もし、佐伯を見たって男が言う通り、ママの愛人だったとすれば、自分の男を売るような真似はしないいんじゃないですか？」

「分かってる。少し考えさせて」

腰の位置をずらし、座席に浅く座る。

自分の店ならいざ知らず、ただ通っている店で、ママが客に触られたというだけで暴行に及ぶのは異常だ。よほどの強い好意がなければ、そんな真似はしない。しかし、ママにとってはどうだろう。まともなクラブなら、多少の色恋営業はあったとしても、本当の愛人を店に来させたりはしない。不要なトラブルを招くのは目に見えている。佐伯が一方的に惚れ、頼まれもしないのに用心棒を気取っていたという可能性も考えられる。

もしそうであれば、ママから証言を引き出すことは決して難しくない。知りたいのは居所に繋がる情報だ。なにも、プライベートに踏み込む必要はない。やはり、ケースワーカーを名乗って話を訊くのが最善だろう。

着信音用にアレンジされた「アメイジング・グレイス」が流れ、思考が中断される。私の携帯電話のものではなかった。久保寺は手に持っていたスマートフォンをドアポケットに放り込むと、ポケットから折りたたみ式の携帯電話を取り出した。

「もしもし。……はい、お疲れ様です」

岡野からだろうか。

考え込んでいるふりをしつつ、聞き耳を立てる。

「はい。……いや、無理っすね。本人に代われますか?」

断れるということは、電話の相手は岡野ではない。

久保寺はハンドルを握る手を変え、左手で携帯電話を持ち直した。

「面接の段階でうちに生理休暇はないって説明してあります。その条件に納得しているから、うちで働いてるはずですよね。ドライバーから海綿渡させて、絶対に出勤させてください。もし出たくないなら、ペナルティで罰金を払うことになるのを、もう一度伝えてもらえます? それでもゴネるなら俺から掛けます。俺と話したくないとか関係ないんで」

察するに、生理だから休ませて欲しいと言ってきたキャストがいるのだろう。

大抵のデリヘルは、一週間程度の生理休暇を設けている。出勤日数が減ったとしても、キャストの女性を労ることは、長い目で見れば店の利益に繫がる。しかし久保寺は、キャストのことなど考えてもいない。

愛佳やアンナがそうだったように、『プリズム』は他の店では働けない事情を抱えた女性たちの受け皿になっている。他に行き場がないからこそ、彼女たちはどんなに悪い条件でも飲まざるを得ない。久保寺は彼女たちの弱みに付け込み、利用している。

「進展があったら、その都度教えてください。あと、今日は戻れないかも知れないんで、また餌やるの頼んでもいいですか。……いや、暑いんで大丈夫です。なくなってたら、水もお願いします。鍵は、いつものところにあるんで。……じゃあ、諸々よろしくお願いします」

通話が終わると、久保寺は携帯電話をドリンクホルダーに立て掛け、何事もなかったかのように運転に戻った。相手は『プリズム』のスタッフだったのだろう。風林会館の前までエリシオンを運転してきた青年かも知れない。内容は単なる業務連絡だったが、久保寺は最後に気になることを口にしていた。

「餌やりって、どういうこと？　久保寺さん、猫でも飼ってるの？」

義務的な気遣いで「聞こえてしまったから」と付け加える。

久保寺は私を一瞥すると、軽く息を吐いた。

「犬です。家に帰れない時、たまにスタッフに頼むんです」

「どんな犬？　犬種は？」

「雑種っすよ。でかくて黒い老犬です」

意外だった。彼のような人間でも、寂しさを覚えることがあるのだろうか。頭の中で、ソファに寝転がって食事をしながら、足元にいる黒い犬を適当な手付きで撫でる久保寺を想像した。

「名前は？」

「ジジ」

「猫の名前じゃない。黒いからそれにしたの？」

思わず笑ってしまったが、隣にいる久保寺は、苦虫を噛み潰したような表情を浮かべていた。

「……俺が付けたんじゃないっす」

大方、昔付き合っていた女性が置いていったとか、そういう話だろう。それっきり、久保寺は口を噤んでしまった。私はワイヤレスのイヤホンを取り出し、耳にはめた。アリシア・キーズの『ライク・ユール・ネヴァー・シー・ミー・アゲイン』を再生し、背もたれに頭を預ける。他人の運転する車に乗っている時は、絶対に目蓋を閉じないことにしていた。昔から、目を開けたまま体を休めるのには慣れている。

岡野からの命令と、アンナの安全。

佐伯を捕まえようとしている動機はふたつあったが、私は今、何よりも彼と話がしたかった。どうして彼女たちでなければならなかったのか。アンナとはどんな関係なのか。彼女たちから居場所を奪うことに何の罪悪感も覚えなかったのか。私は、単なる捜索の対象として以上の感情を佐伯に抱いていた。確かな怒りが生まれているのを感じていた。

メイの擬傷を無意味なものにしないためにも、必ず佐伯を捕まえる。真実を聞き出し、彼が裁かれるべき人間であることを確かめる。そのあとは、久保寺が片を付けてくれるだろう。大金を隠し持っていると踏んでいる以上は、在り処を吐かせるために拷問も辞さないだろうし、最終的には殺すはずだ。

窓の外に目を遣ると、低い位置にある太陽が街の輪郭を赤く染めているのが見えた。晴れていれば美しい夕暮れだったのかも知れないが、黒く塗り潰された空の下で滲んでいる焼け爛れた赤色は、この世界に悪意を撒き散らしているように感じられた。雨は激しさを増している。まるで、私たちの怒りを宥めるかのように。

6

偽造の身分証を首から下げ、手袋を外す。

公務員がミニバンで店の前まで乗り付けるのは不自然だと思い、近くの駐車場に停めさせ、歩いて『ナクソス』へと向かった。正面が吹き抜けになっていて、入り口脇にネオンの点いた案内板がある。並んでいる店名を見る限りでは、スナックやクラブが集合したビルなのだろう。車から持ち出した傘を畳む。

入り口すぐにある曲がりくねった階段を上り、二階に向かう。建物は五階建てで、『ナクソス』は三階にあるようだった。二階から上は、廊下の奥にある階段を使わねばならないようで、ドアの近くに出されているアサヒビールのケースやおしぼりの詰まった大きなポリ袋を避けながら進む。踊り場に吸い殻が散乱している階段を登り、三階に辿り着く。『ナクソス』は一番奥にあった。一見の客がふらっと来るような店ではないように思える。

カーディガンの袖で手を覆い、ドアをノックする。音がくぐもってしまうため、普段よりも力を入れて二、三回叩いた。

「ごめんなさい、うちは二十時からなんです。もう少しだけ待って頂けますか」

「突然申し訳ありません。新宿区役所福祉部保護担当課の今井と申します。いくつかお伺いしたいことがありまして、ご訪問させて頂きました」

若干の間を置いて、ドアが開いた。

　着物に身を包んだ三十代前半と思しき女性が顔を覗かせた。頭を下げ、彼女に身分証を見せる。怪しい人物ではないと判断してくれたようだが、それでも、腑に落ちないと言いたげな表情は変わらない。

「東京の区役所の方が、どうしてうちの店に？」

「こちらに来ていたお客さんのことで、いくつか質問があります。オーナーの方はいらっしゃいますか？」

「ええ、いますけれど」

　そう言うと、彼女はドアを押さえたまま振り返った。

「由紀恵さん、こちらの方が……」

「通して差し上げて」

　舞台女優のように堂々とした発声だったが、不思議と緊張感はない。例えるなら、親しい友人の母親から招かれているような安心感を抱かせた。

　着物の女性に案内され、中へ通される。

　店内は縦に長く、花の模様が描かれた赤色の絨毯が目を引いた。天井の照明は消され、点々と配置されている間接照明が仄かな明かりを与えている。部屋の中央にある大きな花瓶には、カサブランカや大輪のダリアなど、季節の花を集めた活け込みが飾られている。

　ママは奥にある客席に腰掛けていた。藤色の訪問着をさらりと着こなしていて、一目で上等な品だと分かった。白基調の帯には螺鈿（らでん）が織り込まれ、淡く輝いている。彼女は私と視線を合わせると、にっこりと微笑んでみせた。歳は四十代後半くらいに思えるが、外見は先程の女性よりも若く見える。下がっている目尻と厚い唇が、彼女の表情に優しげな印象を与えている。

「はじめまして。オーナーの由紀恵と申します」

ゆっくりと立ち上がった由紀恵が、凛とした声で言った。深く頭を下げてから、私は再び、自らの身分を説明した。念の為に、首から外した身分証も手渡す。由紀恵はソファに座ると、私にも席を勧めた。一礼してから、座席に腰を下ろす。

「今井葉子さん、綺麗なお名前ね。福祉部ということは、生活の支援をご担当されているの？」

「はい。よくご存知ですね」

「昔からの友達の中には、今でも葉子さんたちのお世話になっている方がいるの。立派なお仕事だわ」

煙草を吸ってもいいかと訊ねられたので、構わないと答える。由紀恵はパーラメントを咥えると、ジッポーのライターで火を点けた。

「聞きたいことがあるのなら、できる限りご協力するわ」

「私は現在、とある女性の保護を担当しています。彼女は生活保護を受給しながら、自立した生活を送るために就職活動に励んでいました。しかし、今年の三月頃から精神的に不安定になり、体調を崩すことも多くなりました。その原因は、以前交際していた男性から復縁を迫られたことで、過去のトラウマが蘇ってしまったことにあります」

「その男から暴力を振るわれていたの？」

「ええ、そうです。彼女は一宮市の出身で、地元にいた頃にその男性と交際していたようです。金銭を巻き上げたり、売春を強要するなど、かなり酷いＤＶを行っていました。彼女はその男性から逃げるためにも東京にやってきたのですが、今年に入ってから、その男性が彼女の前に姿を見せるようになりました。時折上京しては、彼女に近付いているようです。警察とは既に連携しているのですが、現段階では犯罪にあたる行為が行われていない以上、過去のＤＶを理由に捜査をすることは難しいそうです。警告書を送ろうにも、彼女が知っている住所にはもう住んでいないようなので、正直に申し上げると、手詰まりに近い状況なんです」

長い煙を吐き出すと、由紀恵は目を細めて私を見つめた。

「なるほどね。……その男性が、この店によく来ていたってこと？」

「はい。警察の方が動けない以上、私が情報を集めるしかないんです」

理解の早い女性だと思いながら、そう答える。

由紀恵は口元をわずかに綻ばせると、陶器の皿にそっと灰を落とした。

「残念だけど、それはできない協力だわ」

「お客様の個人情報を口外できないのは知っています。私どもは警察ではありませんから、断られてしまえば、それ以上訊ねることはできません。ですが、それでも教えて頂きたいんです」

「その人が何という名前で、どこに勤めていて、どのくらいの地位にいて、どこに住んでいて、誰と暮らしているのか。話をしているうちに、嫌でも分かってしまうの。名刺を頂くから、連絡先も知っている。でも、葉子さんが知りたいと思っているお客様のことは、多分、私も知らないわ。その男性は多分、自分の話を正直にしていない。嘘をつくか、見栄を張っている。……だからね、どちらにせよ、役に立てないと思うの」

由紀恵の言っていることは一理あった。佐伯の名前や顔を知っていても、それ以外のことは何も知らない可能性もある。

カウンターに置かれているヘネシーの瓶を眺めながら、私は佐伯がこの店を訪れた理由について考えを巡らせた。我逢組の人間は、佐伯とママが愛人関係にあると思っていたようだが、途中からそうなることはあっても、通い始めた段階での動機は異なっていたはずだ。二十代前半の男が、「美人なママがいる」という評判を聞いて足を運んだとは考えにくい。

「佐伯さん、という方に心当たりはありますか？」

視線を由紀恵へと戻すと、彼女は薄っすらとした笑みを浮かべて私を見つめ返していた。

「どうかしら。うちには佐伯さんという苗字の方が何人もいらっしゃるから」

「以前、この店で他のお客さんを殴った佐伯さんです。何人もいらっしゃるとは思えませんが」

私が話し終えるのと同時に、先程の女性がこちらを一瞥したのが分かった。由紀恵はパーラメントの箱を開けると、二本目の煙草に火を点けた。

「葉子さん、その話はどなたから聞いたの？」

「私の質問にちゃんと答えてくだされば、お答えします」

「見た目は可愛らしくても、お国の方はやっぱり強引なのね。……美里ちゃん、飲み物をお出しして」

由紀恵が声を掛けると、スタッフの女性、美里はカウンターの中へと向かい、氷を一個だけ入れたロックグラスに水を注いだ。それを二人分用意すると、美里は漆塗りのお盆を手にこちらへ歩いてきた。彼女は律儀にコースターを敷き、その上にグラスを置いた。美里がテーブルから離れると、由紀恵は口を開いた。

「あまりそういう話を吹聴されるのは困るの。放っておくと、知らない間に尾鰭が付いてしまう。だから、葉子さんがどんな話を聞いたのか教えてもらえないかしら？　そうすれば、私からも話せることがあるかも知れないでしょう」

つまりは、交換条件だ。

私は背筋を伸ばしながら、何を省くべきかを考える。

「……佐伯さんはこの店の常連で、いつもひとりでカウンターに座っていたと聞きました。ある時、酔った客があなたに触ったところ、その客のことを殴った、とも。この話を教えてくれた方は、佐伯さんがあなたの若い恋人だと思っていたそうです」

「若い恋人、ね。葉子さんはどう思う？」

「佐伯さんとはお会いしたことがないので分かりません」

「直感でいいわ」

穏やかな口調に反して、逃げることを許さない頑なさが感じられた。由紀恵は私に、何を言わせたいのだろう。何を求められているのか、見当が付かなかった。

「由紀恵さんはプロだと思います。プロは、自分の店に恋人を呼んだりはしないのではないでしょうか」

結局、頭の中にあった推論をそのままに伝えることにした。

火の点いた煙草を持ったまま呆けたような表情で私を見つめていた由紀恵が、突然に顔を背ける。気の利いた答えではなかったかと悔やんだ瞬間、彼女は至極楽しそうに声を上げて笑った。

「あなた、面白いことを言うのね。もしも私が何かのプロだとしたら、強いて言えば、人生を失敗するプロよ」

灰皿の縁に煙草を立て掛けると、由紀恵は長い指の先で涙を拭いた。片手で口元を覆いながら水を飲んだ彼女は、開店の準備に勤しんでいる美里を一瞥してから話を続けた。

「佐伯くんについて知っていることは、多くないわ。ひとつめは、彼はこの店に仕事を探しに来ていたということ。うちには、経営者だとか、政治家だとか、社会的な地位の高いお客様もいらっしゃるの。彼はそれを知って、ここに通い始めたみたい。……たまにいるのよ。クラブを人脈作りの場としか考えていない、風情のない男って。若いうちはまだ許されるけど、いい歳になっても分からない男もいるわ」

「佐伯さんは、人脈を作るために『ナクソス』に通っていたということですか？」

「そうなんじゃないかしら。と言っても、店の中で話し掛けたりはしなくて、その人たちが帰る時に一緒に出て、外で声を掛けていたみたい。私たちに話を聞かれたくなかったのかもね。それがふたつめと関わってくるんだけど、私の知る限りでは、彼は女嫌いだった。クラブに来ているのに、うちの子たちが話し掛けても相手にしないの。はじめのうちは人見知りなだけかと思ったけど、次第に、大人の女が嫌いなんだって分かったわ」

「どうして分かったんですか？」

「印象的だったのは、恨むような目付き。苦手とか、生理的に嫌いとかじゃなくて、心の底からの強い憎悪を感じたわ」

ここで見たものを思い返すように、由紀恵はゆっくりと言葉を紡いだ。単なる客というだけで深くは関わっていないはずであり、その想像力は驚嘆に値した。

先程、どうして由紀恵が彼女と佐伯の関係性を私に推測させたのかが、何となく分かった気がした。彼女は私が物事をどういう風に考えるのかを知りたかったのだ。どのような女なのか、興味があったのだろう。

ゆっくりと煙草を吸うと、由紀恵は溜め息をつくように煙を吐いた。

「みっつめは、彼は孤児だってこと」

「佐伯さんが自分でそう言っていたんですか？」

「ええ、そうよ。彼は私とだけは話をしてくれるの。まあ、そんなに弾むわけじゃないけど。佐伯くんはこの街の出身だけど、家族はいないと言っていたわ。実の父親のことは知らなくて、母親は、再婚相手と一緒になるのに邪魔だからという理由で彼を捨てたそうよ。……こういうことを言いたくはないのだけど、彼が私を助けてくれたのは、私が彼のお母さんに似ていたからなんじゃないか、って気がするの」

〈ホーム〉の子供たちと同じだ。

アンナがそうであったように、佐伯は家族に見捨てられている。彼女たちと同じ痛みを抱えている。なのに、どうして佐伯は〈ホーム〉を利用したのか。頭が回るのだから、他の人間を食い物にできたはずだ。それこそ、この店に来ていた有力者たちから金を掠め取ればいい。

「由紀恵さんは、佐伯さんの現住所をご存じではありませんか。連絡先などでも構いません」

私は由紀恵を見つめながら言った。

佐伯は筋者だ。そう易々と身の上話をしたりはしない。嘘を言っている可能性も捨て切れないが、彼女の反応を見る限りは、真実を口にしたのだと思う。理由はどうであれ、佐伯は由紀恵を信頼している。ならば、連絡先を交換していてもおかしくはない。

由紀恵は、顔に浮かんでいる朗らかな笑みを小さくすると、私から視線を逸らした。

「……ひとつ、お願いがあるの」

おおかた、佐伯の狼藉について誰から話を聞いたのか教えろ、ということだろうか。出所が我逢組の人間だとは言えないので、適当な話を作ってはぐらかすしかない。

「何でしょうか」

「葉子さんは、佐伯くんに暴力を振るわれていた女の子のために動いているわよね。彼がどこにいるのかを突き止めて、近付かないよう警告する。場合によっては、警察沙汰になるかも知れない。……それは正しい行いよ。その女の子には、その子の人生がある。今の生活から抜け出したいと思って、一生懸命頑張っている。佐伯くんはその邪魔をしていて、あなたは彼女を守ろうとしている」

「それが私の仕事です。プロとして、彼女を守る義務があります」

「そうね。だからこそ、あなたには佐伯くんのことも守ってあげて欲しいの」

由紀恵は私を強く見据えた。

たじろぎそうになるほど真剣な眼差しだった。

「彼は弱い人間よ。他人と上手く繋がれない。自分に近付いてくる手は、暴力しか知らない。今まで誰も彼のことを助けようとはしなかった。きっと、これからもそう。だから、あなたにお願いしたいの」

由紀恵の声は誠実で、何ひとつ聞き逃しはしなかった。

だからこそ、信じられなかった。

彼女は佐伯が何をしたのかを知らないし、おそらくは〈ホーム〉の事件自体を知らないのだろう。それゆえに、佐伯の残忍さを知らない。だが、彼女は佐伯と直に関わり、そのうえで、彼のことを助けるべき人間だと捉えていた。

佐伯は搾取する側の人間だ。岡野や久保寺と同じで、弱い人間を傷付け、私利私欲のために利用し、最後は死に追いやる。佐伯を見付け出すことは、彼の死を意味する。してやれることなど、何もない。せいぜい、素直に吐けば苦しまずに殺してもらえると助言するくらいだ。

「確約はできませんが、善処します」

「固い言葉は苦手なの。分かって頂ける？」

「……最優先は彼女です。ですが、助けを必要としてるのであれば、佐伯さんのことも助けたいと思います」

彼女を見返したまま、嘘をついた。

私の言葉に何を思い、感じ取り、どのような結論を出したのかは知る由もない。煙草を置いた由紀恵は、静かな微笑みと共に、私の手を包み込むようにそっと握った。

「ありがとう。……あなたのこと、信じるわ」

そう言って手を下ろした由紀恵は、プラダのポーチから名刺入れを取り出した。中の名刺をメモ代わりに何かを書き始める。

「二週間くらい前、店を開けてすぐに彼が来たの。東京に知り合いがいないかって訊かれたわ。それも、数日泊めてくれるような知り合いを。……深くは問いただささなかった。すぐに昔同じ店で働いていた友達に連絡を取ったわ。その子は東京で雇われママをしていて忙しくてほとんど家に帰らない。事情を説明したら、受け入れてくれると言ってくれたから、彼に紹介したの。これが名前と住所。電話番号も書いておく？」

「お願いします」

携帯電話の番号を書き足すと、由紀恵は名刺を差し出した。

住所は港区元麻布。やはり佐伯は頭が良い。こういう事態を想定して、特定されない宿泊先を用意したのだろう。私は受け取った名刺をバッグの中にしまった。由紀恵の友人が家に帰らないというのは、私たちにとっても好都合だ。佐伯を捕まえる際にトラブルに巻き込んでしまうこともない。

「本当にありがとうございます。今回由紀恵さんからお話を伺ったことは絶対に口外しませんので、ご安心ください。ご友人にも迷惑を掛けないように努めます」

「気にしないで。私も、あなたとお話できてよかったわ」

ソファから立ち上がり、頭を下げた。

愛知の旅は終わりだ。

このまま東京へと向かい、佐伯を捕まえる。

「葉子さん」

「はい？」

「あなたの本当の名前は？」

努めて動揺を押さえ込んだ。

意外な相手だから戸惑っただけで、こういう状況は幾度となく経験している。

「どういう意味でしょうか」

「隠さなくていいのよ。その不思議な眼、役所の人とは思えない」

ライターをこめかみに押し当てながら、由紀恵は可愛らしく首を傾げてみせた。

「あなたが何をしている人なのかはどうでもいいの。善人なのかどうかもね。嘘か本当かなんて、この世界では大した価値はない。大切なのは、実際に何が行われたかどうかなのよ。あなたは本当に、その女の子を助けようとしている。少なくとも、私はそう感じたわ。だから、あなたなら、佐伯くんのことも助けられるかも知れない」

「……佐伯さんが悪人だったとしても、ですか」

「誰もが救われるべきよ。たとえそれが、憎むべき相手であったとしてもね。だって、憎しみの先に残るのは、後悔と悲しみだけ。そんな人生は虚し過ぎると思わない？」

救うことは、許すことと同義だ。

私は、妹を殺したあの男を許せなかった。憎しみに支配され、簡単に一線を越えた。その先の人生がどうなろうと構わなかった。

「私には分かりかねます。……では、失礼します」

「ねえ、次はお客さんとして飲みに来てちょうだい。サービスするから」

その申し出に返事はせず、義務的に一礼してから背を向けた。わざわざ店の名刺を手渡してくれた美里にも頭を下げ、『ナクソス』を後にした。

廊下に出ると、建物全体が来た時よりも騒がしくなっていた。もう営業している店もあるはずだ。傘を手に早足で歩き、階段を降りてビルを出た。

チェーンの居酒屋の前で騒いでいるサラリーマンの集団を横目に進み続け、エリシオンが停まっている駐車場に辿り着く。私を視認すると、久保寺はロックを解除した。

「思ったより長かったっすね」

久保寺は開口一番にそう言った。私は窓を開け、煙草に火を点けた。もう諦めているのか、彼が咎めてくることはなかった。本当にクリーニング代を請求してくるだろう。

「話が長いママだったの」

「それで、何が分かったんですか？」

組んでいた腕をハンドルに乗せると、久保寺はうんざりしたように目蓋を閉じた。一日中休みなく動いているのだ、さすがに疲れて見える。長時間待たされた上に収穫もなければ、苛立つのも無理はない。

「私たちの勝ちよ」

「え？」

由紀恵からもらった名刺を久保寺の方へと向ける。

「佐伯はあの店の常連で、ママのことを信用していた。二週間前にも店を訪れていて、東京で泊めてくれる知り合いがいないか訊いてきたそうよ。これが、ママが佐伯に紹介した友人の住所」

啞然とした表情で久保寺が名刺を見つめる。私ひとりでは、佐伯を見付け出すことはできなかっただろう。しかしそれは、久保寺にとっても同じことだ。

「罠の可能性は？」

「ママには私たちを嵌めるメリットがないわ。これで佐伯は詰みよ」

名刺を手に取った久保寺は、即座にカーナビを起動させ、書かれている住所を打ち込んでいった。新東名を使って四時間半、ルートも時間も、行きとほとんど変わらない。あともう少しで二十時、向こうに着く頃には日付が変わっている。

佐伯は今も、アンナを探し出そうとしている。手段も方法も分からないが、あらかじめ宿を用意しているとなれば、捜索を中断して休むこともあるはずだ。寝に帰るのは何時頃だろう。何となくだが、朝だと思う。アンナも佐伯も、私たちと同じ夜の世界の住人だ。陽の光を避けるように眠り、暗くなるのを待って動くはずだ。

車体が大きい割に、エリシオンはかなり速い。久保寺はアクセルを強く踏み込み、車線変更を繰り返しながら前の車を追い抜いていく。ようやく佐伯の居場所を突き止めたことで気が急いているのか、運転がかなり荒い。

「休まなくて大丈夫？　何か食べた方がいいんじゃない？」

「これが終わったら休みますよ」

赤信号で足止めされるのに合わせて、久保寺はドリンクホルダーに立て掛けていた携帯電話を手に取った。

「もしもし、荒井さんに代わってもらえますか。……はい、久保寺です。おはようございます。例の件、ヤサが分かりました。これから住所言うんで、入り口で張っててもらえますか？　俺も向かってますが、着くまでに時間掛かるんで」

そう言って、久保寺は元麻布の住所を読み上げた。

「……はい、よろしくお願いします。着き次第連絡ください」

電話が切られるのと同時に、信号が青になった。久保寺は左手で携帯電話をドリンクホルダーに戻そうとしたが、急に加速したせいで車体が揺れ、ホルダーの枠にぶつかった携帯電話が私の足元に落ちてきた。咄嗟に手を伸ばそうとしたが、素手であると気付き、カーディガンの袖口を使って拾い上げる。

「岡野の手下？」

「違いますよ。まだ確実じゃないのに、あの人たちを動かすことはできない。今のは俺の知り合いです。荒っぽいことが得意で、金を払えば色々やってくれる」

「佐伯は頭が回るし粗暴よ。一筋縄ではいかないかも知れないわ」

「岡野さんからは『生きて連れて来い』と言われています。……でも、人間はそう簡単には死なない。どんなことをしてでも捕まえますよ」

久保寺の声は、いつにも増して小さくなっていた。これからのことに集中したいがために、会話には意識を割いていないのだろう。岡野の手下ではないにせよ、外部の人間が入ってくるのは厄介だ。久保寺には早めに釘を刺しておかないと、佐伯と話をするのが難しくなりそうだ。

座席を倒し、足を伸ばして体をリラックスさせる。このまま行けば、佐伯の件はもうじき片が付く。そうなれば、私が考えなければならないのはアンナのことだ。久保寺に見られないようにスマートフォンを開き、彼女にショートメッセージを送った。次の移動先と、四時間後に会いに行くという短い内容。すぐに「わかった」と送られてきたので、安堵と共に画面を閉じる。

十代の間に私が身に着けたのは、空腹を忘れる方法と、目を開けたまま休む方法だった。他にも色々なことを覚えたが、もう思い出したくもない。沢渡幸になるのよりも前から、私は全てを失っていた。人間としての尊厳も、矜持も、美徳も、愛も、何もかも。

首を傾け、空に視線を向ける。

そこに何かを見出そうとしなくなった私の意識が、闇に溶けて行く。

祈るのを止め、願いを捨てた。

なんて、醜い世界なんだろう。

擬傷した親鳥はどうなるのか。自身も逃げることができたのか。それとも、捕食者に捕まって本物の傷を負わされてしまったのか。私は、彼女たちの結末を知らなかった。分からないまま、この体に残っている無様な傷を撫でていた。

7

由紀恵の友人が住んでいるのは、元麻布一丁目にあるタワーマンションだった。もう終電のない時間で、出歩いている人間の多くは住民のはずだ。近くにはコンビニが二軒、さほど遠くない所に交番もあった。捕物を行うには相応しくない立地だ。ガソリンを入れるためにわずか数分サービスエリアに寄っただけで、久保寺は文字通り休みなく運転を続けた。うらぶれた外見からは想像もできないタフさだった。

タワーマンションの周囲には、いわゆる提供公園が整備されている。そのため、付近の道路とマンションとの間にはかなりの距離があった。公園の入り口に路駐されたハイエースの後ろに付けるように久保寺は車を停めた。エンジンを切るなり飛び出して行ったので、ドアを開けて彼を追い掛ける。

到着を待っていたらしく、少し遅れてハイエースから男が降りてきた。襟を立てたポロシャツに黒のジーンズ。久保寺と同い歳くらいで、サイドを刈り上げた長髪を後ろで結んでいる。

「荒井さん、遅れてすみません。状況はどうなってますか？」

久保寺が声を掛けると、荒井と呼ばれた男はマンションの方を指差した。

「電話でも言ったけど、出口は三箇所。正面玄関と通用口、あと駐車場。地下だけど、出庫の時は地上に出るしかない。三箇所とも張ってるけど、なんせ開けた場所だから人目に付く。通報されると厄介だね」

「とりあえず、朝まで待ちましょう。何も動きがなければ、中に入ります」

「どうやって?」

由紀恵の友人は、できる限り巻き込みたくない。思わず口を挟むと、こちらに視線を向けた荒井が「どちら様?」と訊ねた。久保寺は私の方を振り返ることなく「協力者です」と答えた。

「部屋の持ち主にガス漏れがあったと連絡します。火災の恐れもあるため、急いで戻るようにと。俺たちは彼女と共にマンションに入り、いるなら佐伯の身柄を抑えます。いない場合は、適当な理由を付けて佐伯を呼び出すよう伝えて、部屋で待機します」

「準備もしてあるから、心配はいらないよ」

そう言って、荒井はハイエースのバックドアを開けた。数着の作業着と工具が積まれている。作業着にはご丁寧に社名までプリントされているが、十中八九ダミーだろう。

「室内で佐伯を捕まえたら、手足を拘束して清掃用のカートで外まで運び出します。激しい抵抗が予想されるので、こちらも武装した状態で臨みます」

「彼女には手荒な真似はしないで」

「残念ながら、もう関係者のひとりです。約束はできません」

グレーの作業着を手に取りながら、久保寺は切り捨てるように言った。由紀恵の友人も夜の仕事が長い女性だ。彼女が妙な同情心を発揮しないことを祈るしかない。

「俺はここで佐伯を待ちます。沢渡さんは帰っていいっすよ」

お役御免というわけだ。どうやら、歌舞伎町まで送ってもくれないようだった。

ハイエースの車内に戻ってタブレットを操作している荒井を横目に、私はエリシオンの方へと歩きながら、久保寺に向かって手招きをした。怪訝そうな表情でこちらを見返しながらも、彼は付いてきた。

「何すか」

「佐伯を捕まえたら、岡野よりも先に私に連絡して」

「どうしてですか？」

久保寺の暗い眼差しに疑念が宿る。

「あいつはすぐに殺すでしょう？　その前に、佐伯に聞きたいことがあるの」

「俺は岡野さんの命令で動いてます。あなたの個人的な興味を優先する理由がない」

「久保寺さん、佐伯が闇デリで稼いだ金を献上したいんでしょう？」

わざと声を小さくして、私は続ける。

「佐伯を拷問しても、金の在り処を聞き出せなかったらどうするつもり？　怒りが収まらない岡野は、あなたにもけじめを求めるかもね。……まだ、協力してあげる。その代金と思えば安いはずよ」

急場凌ぎの提案だったが、魅力はある。

その証拠に、即座に断られることはなく、久保寺は唇を噛んで押し黙っている。飼い主の機嫌さえ取れれば、それでいいはずだ。求められているのは結果だけで、手段は重要ではない。

「悪い話じゃないと思うけど」

「……ふたりきりにはしない。俺が立ち会うのが条件です」

「信用できない？」

「ええ。あなたは何かを隠している」

作業着を摑んだまま、久保寺はそう断言した。否定しようかと思ったが、この男には何を言っても無駄な気がして、曖昧に笑ってみせた。愛知での豪雨が嘘のように東京は晴れていて、べたついた空気が肌にまとわりついてくる。線のように細い月が、幽かな光を落としている。

「連絡を待ってるわ。今日は私も寝ないから」

エリシオンのドアを開け、ダッシュボードの上の茶封筒を回収してから久保寺たちの元を後にした。マンション沿いの道路ではタクシーを拾えそうになかったので、もう一本向こう、大きな通りまで出る。空車の表示を出している車が見え、手を上げた。

「どちらまで？」

「国分寺駅まで」

「お急ぎでしたら、高速使いますか？」

「お願いします」

私が告げると、運転手はカーナビを操作し始めた。

次にアンナを匿うなら、より新宿から離れた場所にした方がいいと考え、新しい部屋を用意していた。走行中、何度も後方を窺い、尾行されているかを確認した。久保寺は私がアンナと繋がっている可能性を捨てていない。もしも私が監視されていれば、彼女の居場所も突き止められてしまう。バッグの中も確かめたが、発信機の類は入っていなかった。

元麻布から国分寺までは一時間以上掛かった。アンナに伝えていた合流時刻を過ぎている。駅からは歩き、『ホテル・トゥールヌソル』に辿り着く。黄色に塗装された扉をノックし、名前を告げた。

「……ひとり？」

「ひとりよ。安心して」

鍵が外されたので、すぐに中に入り、再び鍵を掛けた。アンナはシャワーを浴びていたらしく、アメニティのボディソープ特有の安っぽい甘い香りがした。目元の隈がひどい。

「遅かったじゃん」

「用事が長引いたの」

椅子に腰を下ろし、煙草に火を点ける。

「何の用事？」

「仕事よ。私、こう見えても働いているの」

「その仕事って、あたしを逃がしてくれることよりも大事なの？」

扉の近くに佇んだまま、アンナは身構えるように腕を組んでいた。佐伯の居所に繋がる情報を集めるために愛知まで行ったことを、彼女には伝えていない。この状況でひとり取り残されたことも併せれば、不審がるのも無理はない。だが、疑念を持っているのは私も同じだ。彼女は何かを隠していて、それを知られないために嘘もついている。

〈ホーム〉の間で起きた事件。

佐伯との関係。

そして、メイの死の真相。

「……話をしましょう」

門番として、私には彼女という人間を見定める義務があった。

眉を顰めたアンナは、私を見返しながら壁に寄り掛かった。

「いいけど、何の話？」

「本当のことを教えて。たとえば、なぜ東谷山の事件で佐伯だけが捕まっていないのか、とか」

私を見つめている瞳が恐怖の色に染められていった。

無慈悲な真実は、アンナになることを望んだ少女の嘘を剝ぎ取り、杉浦玲奈へと引き戻す。逃れることの許されない、この場所へと。

「……調べたんだ？」

「ええ。必要だから」

「全部デタラメだよ。あたしたちのことを嫌いな奴らが嘘を書いてるの」

「あなたの実家に行ったわ。隣に住んでいたおじいさんを覚えてる？　あなたに水晶文旦をくれた人」

ただでさえ白いアンナの肌から、より一層血の気が引いていくのが分かった。彼女が私の事務所でガラステーブルを蹴飛ばしたことが脳裏を過ぎった。あの時のように癇癪を起こすと思ったが、睨むことさえせず、彼女は静かに私を見つめていた。

この怒りを、私は知っている。

自尊心によって抑制された怒り。自分をこれ以上惨めにしないために平静を装っている。

「あそこまで行ったんだ。あたしのことが信用できなくて、調べに行ったの？」

「理由のひとつ、とだけ言っておく」

「じゃあ、それ以上何が知りたいの？」

「あのとき何があったのか、真実はあなたしか知らないわ」

入り口近くにあるキャビネットの隣に設置されている冷蔵庫を開け、ペットボトルを一本抜き取ると、アンナは私の対面に座った。

「信用できないのは、あたしも一緒。あたしもサチのことを信じてない」

「こうして安全な宿にいるのに、それでも足りない？」

私がそう返すと、アンナは鼻で笑った。

「野口が消えたのは事実だよ。沢山の人間が必死に探し回ってる中、野口は本当にいなくなった。まさに失踪を遂げた、ってやつだよね。だから、あんたが〈雨乳母〉だっていうのは本当だと思ってる。……でも、一体どうやったのかは分からないし、教えてくれてないよね」

ポカリスエットをごくごくと飲んでから、アンナは続ける。

「サチはあたしたちを、ここではない場所に連れて行くことができるって言ったよね。誰もあたしを傷付けることのない、痛みも苦しみもない場所。……あたしもバカじゃないから、そんな場所なんかないって知ってる。……ねえ、どこに逃がすつもり？　離島？　それとも海外？　それを教えてくれるなら、全部話してあげてもいいよ」

身を乗り出したアンナから目を逸らし、煙草を灰皿に擦り付ける。

抱いて当然の疑問だ。事実、今までに逃してきた人間たちも、ほぼ全員が同じ質問を私に投げ掛けた。あらゆる希望を幾度となく失ってきた彼女たちだからこそ、今更、そのような夢物語を信じられるわけがない。

「……いいわ。教えてあげる」

椅子の背に体を預けながら、握り締めた拳を少しだけ開き、空っぽの手の中に凶器を想像する。あの男の胸に刃を突き刺した時の感触を思い出す。そして、呼ぶ。声に出すことはない。心の中で、必要だと考える。

「……今の、何。それ、どうやってるの？」

目の前に座っているアンナが、吐息のようにか細い声で訊ねた。私の挙動を注視していたからこそ、何の前触れもなく起きた現象に驚いている。

円筒状で、先端に四角形の歯が付いたシンプルな鍵。

手のひらには、光でできた鍵が現れていた。親指と人差し指で何の装飾も施されていない持ち手を挟み、私は鍵を見つめる。

あの時、あの男を刺したナイフは、私の手の中で鍵へと姿を変えた。

どういうわけか、手のひらに伝わっている感触だけはそのままだった。柄を握っていたはずなのに、そこにあったのは、ライターよりもわずかに大きい程度の鍵だった。鍵は私の掌中で光り輝いていた。正しくは、光そのものだった。鍵と言っても、形状と機能が鍵のそれを満たしているだけで、実物と大きく違うのは、常に存在している物体ではないという点だ。普段は姿が見えず、私が必要とした時だけ現れる。

私が呼び出せるものは、これだけではない。

鍵は、それによって開くものとセットだ。

「そこを見てて」

ベッドの前にあるスペースを指差す。

アンナが振り返るのよりも早く、それは始まっていた。

私が鍵を意識するのに合わせて、カーペットの上に光源が現れる。無数の点が結び合わさり、幾重にも折り重なった線は、燃え広がるようにして面積を獲得していく。正確な時間を計ったことはなかったが、少なくとも、一瞬ではなかった。鱗粉のように輝きを舞い散らせながら、徐々に収束していく光が、門を象る。紙の角に火を点けると、着火した部分を起点にして炎が広がっていき、一欠片(ひとかけら)の炭だけを残して赤色に飲み込まれる。門の出現は、その光景によく似ている。

縦は二メートル、横は一・五メートル程度、厚さは一〇センチにも満たない。その存在が条理から外れたものであることを裏付けるように、地面からわずかに浮いている。中央に鍵穴があるだけの質素な造り。光に覆われているが、なぜだか眩しいとは感じない。

「どういうこと？　それ、何が――」

「落ち着いて。ちゃんと説明するから」

左手に鍵を持ったまま、右手で煙草を口元に運び、ライターで火を点ける。アンナの視線は門に釘付けになっていて、私の言葉が届いているかどうかも怪しかった。

この門が何なのかは、私にも分からない。ただ、何を与えてくれるのかだけは完璧に理解していた。鍵が触媒になっているのか、最低限の知識は、初めて門を見た瞬間には備わっていた。

「九年前、私はこの門と出会った。詳しい経緯は省くわ。正直に言うと、私にだって分からないから。確かなことはふたつだけ。ひとつは、私は門番として、門を呼び出せるようになった。もうひとつは、門は別の世界に繋がっている」

「別の世界？」

「私たちのいる世界とは完全に切り離された別の世界。私は〈ここではない何処か〉と呼んでいるわ」

「そこには何があるの？」

「門の向こうには、美しい世界が広がっている。誰からも傷付けられることのない、痛みも苦しみもない優しい世界。私は今まで、何十人もの人間を門の向こうへと逃してきた」

「サチは見たの？」

体を正面に戻しながら、アンナが訊ねる。実際に目にしていなければ、こうして説明できない。何を意図した質問だろうと思いつつ、首を縦に振る。

「じゃあ、どうしてここにいんの？」

アンナの視線は敵意を帯びていた。

「美しい世界なんでしょ？　痛みも苦しみもない。……それってさ、天国ってこと？　門をくぐると死んじゃうの？　だから、サチは連れて行くだけで、向こうには行かないんじゃないの？　本当にいい場所なら、まっさきに自分がそこで暮らすはずだよね」

「私は門番だから、案内することはできても永住はできないの」

「なら、今見せてよ。今すぐ連れて行ってよ！」

恫喝でもするように語気を強めたアンナを余所に、手元の鍵を眺める。煙草を吸い込んでから左手に顔を近付け、ふうと煙を吐き掛ける。光の鍵は瞬く間に消え、少し遅れて門も消滅していった。今のは、特別必要な動作ではない。実際は消えろと念じるだけで消えるが、アンナの怒りを紛らわせるためには凝った演出が必要だと思った。

「出すだけなら、門はいつでも出せる。でも、開くのにはルールがあるの」

「ルールって何？　ちゃんと説明して」

「この門は、雨が降っている新月の夜にだけ開く。そして、門番である私と一緒に向こう側に行けるのは、この世界に絶望している人間だけ。この世界を生きていくことに対して一切の価値を見出せなくなった人間だけが、門を開く資格を得るの」

「……だから、あの時『十日後』って言ったんだ」

思い出したように言ったアンナを見つめ、私は頷く。

門が現れたその日から、自分なりに検証を重ね、その仕組みを把握していった。私が知る限り、あの門には四つのルールが存在する。

開くための三つの条件と、犯してはならない禁忌。

ふたつは、今アンナに説明したものだ。もうひとつの条件は裏技とでも言うべき例外的な開け方であり、わざわざ彼女に教える必要はなかった。

「それで、具体的にはどんな場所なの？」

「言葉で説明するのは難しいわ。門を開けた人間が求めているものによって、向こうの世界は姿を変えるから。……ただ、私が連れて行った人たちは、全員が向こうの世界を選んだわ。誰ひとりとして、躊躇(ためら)いはしなかった。全員が喜んでこの世界を捨てた」

生じた沈黙が、小さな冷蔵庫から鳴っている駆動音を際立たせた。

美しい世界という言葉から、アンナは一体何を想像するのだろう。たとえば、見渡す限りの草原と、自由気ままに走り回る動物たちとが調和している牧歌的な風景。朝は心地良い風が吹き、夜になれば綺麗な星が見える。私の貧相な想像力では、その程度の美しさしか思い描けない。

椅子から立ち上がったアンナは、スリッパを脱いでベッドに倒れ込んだ。

「ねえ、サチ。あたしにはその資格があるのかな」

「あなたはこの世界が美しいと思う？　生きて行く価値があるって、そう思う？」

目を合わせようと視線を向けたが、アンナはぼんやりとした表情で虚空を見つめていた。まさに今そうしているように、彼女は安いホテルの天井を幾度となく眺めてきたはずだ。お金のために。生きていくために。

「……分かんない。でも、ここにはいたくないと思う」

「あなたは若いし、今から人生をやり直すのは難しくないわ」

「どうかな。サチは知ってるんでしょ？　あたしたちの間で何があったのか」

「〈ホーム〉は、闇デリの売上金を巡って揉めて、ひとりが殺された。あなたとメイ、佐伯以外の全員が服役している」

体を起こし、手に持っていたポカリスエットを飲むと、アンナは力なく笑った。

「やっぱり、みんなにはそういう風に見えるんだ」

「事件のことを報じている記事を読む限りはね。でも、佐伯の名前はどこにも出ていなかった。あなたたちは意図的に、佐伯のことを供述していない。……脅されていたんじゃない？　あなたが持っているのは、佐伯が殺人に加担している証拠でしょう？」

かなり断定的に訊ねてみたが、アンナはあっさりと首を横に振った。

「とにかく、私はあなたの望みに応えたわ。次はそっちの番よ」

「分かってる。何から話せばいいのか、ずっと考えてたの」

ベッドの縁に腰掛けると、アンナは項垂れ、両手で顔を覆った。

「家を出たのは小六の時。親は、どっちも血が繋がってなかった。家に部屋はなくて、玄関とか廊下とか、邪魔にならないところで寝てた。学校も行かせてもらえなくて、家のことを全部やらされてた。ちゃんとできないと殴られて、できても殴られた。このままじゃ殺されるって思って、それで家出したの。補導されたら終わりだから、あの女の服と化粧品を盗んで、コンビニのトイレで着替えた。でも、どこ行けばいいかも分かんなくて、夜になるまでずっと外歩いてたの。そしたら、あたしと同じ感じの子たちが声掛けてくれて。まあ、あたしがぶっちぎりで歳下だったけどね。そこからは、新しく友達になった子とか、その先輩の家とかに泊めてもらってた。バイトはできないから、援交でお金を稼いだ」

アンナは、彼女が家を出てすぐに、義理の両親たちが家を手放してしまったことを知っているのだろうか。彼女には、帰れる場所がない。そこが帰りたくない場所だったとしても、一応は存在しているのと、本当にないのとでは大きく違う。そのことは、私自身がよく知っていた。

「そういう生活を何年か続けて、段々ひとりでも生きていけるようになったの。学校には行けなかったから、できるだけ同い年の子と遊ぶようにしてた。そうしないと、普通が分かんなくなると思ったから。一六歳になったばっかの時だったかな、咲希っていう子と知り合ったの。タメで、めちゃくちゃ気が合って、あたしと同じで家から逃げてきてた。だから、すぐに仲良くなった。しばらく経って、咲希が『うちに来ない？』って誘ってくれたの。家族がいない子が集まって住んでる部屋がある、って。……そこで、みんなと出会った。〈ホーム〉は、智子と望美と咲希っていう同じ中学だった三人が始めたみたいで、智子は『ここがあなたの〈ホーム〉だよ』って、何度も言ってくれた。それ聞いて、すっごく安心したんだよね」

　智子は最初に逮捕された主犯格の少女であり、望美は殺された少女だ。

　彼女たちは親友同士だった、という記事を思い出した。

「みんなでいると楽しかったけど、生きていくのにお金は必要だった。バイトより稼げるから援交は続けてたけど、智子が『デリをやろう』って言い始めたの。もっと稼げるし、客さえキープしとけば、自分たちがやりたくない時は、他の子を使えるし。智子の彼氏、純也が車持ってたから、ドライバーもいた。……なんか、自然と上手くいってたよ。月に四〇〇万くらい稼いだこともあった。みんなバカだったから、すぐにカラオケとかゲーセンで使っちゃったけど」

　終わりにする時期を決めて走っていれば、全員が自立できるだけの資金が貯められただろう。専門学校に入るのでも、何かしらの資格を取るのでもいい。自分の未来のためにできることがあったはずだ。しかし、アンナたちはそうしなかった。金で時間を早送りし、遊ぶことで焦りを紛らわせる日々を送った。

　もっとも、愚かだったから何もしなかったのではないし、怠惰だったわけでもない。純粋に、考え付かなかったのだ。未来とは、その言葉を知っている賢い人間たちが内輪で作っている代物でしかない。

「デリを始めてから何ヶ月か経って、純也が佐伯を連れて来たの。佐伯は、純也が車を修理に出してた板金屋の人と知り合いで、部屋に来る前に外で話をしてたみたい」

「仕切らせろ、そう言われたのね？」

「そう。客のひとりが喋っちゃったみたいで、佐伯はデリのことを知ってた。どういう仕組みで、誰が働いてて、どのくらい稼げてるか、怖いくらい知られてた。多分、もっと前から調べてたんだと思う。あいつは『自分は拈華会の組員だ』って言って、これが上の人たちにバレたら全員酷い目に遭う、って脅してきた。それで、『そうならないように俺が何とかしてやる』って言って、部屋に来るようになったの」

久保寺の推測通り、佐伯は闇デリを管理し始めた。アンナたちのことを拈華会というカードを使って脅しながら、自身はフードとマスクで顔を隠し、闇デリに関わっていることを悟られないように画策していた。

「仕切ると言っても、佐伯は具体的に何をしていたの？」

「全部だよ。お金と女の子の管理は望美と智子にやらせてたけど、最終的にチェックしたり、何かを決めるのは佐伯だった。あと、客も引っ張ってきてた。名前とか仕事とか、そういうことは一切教えてくれないけど、偉くてお金を持ってそうなおじさんばっかり。実際、前よりも稼げるようになった。佐伯が無駄遣いするなってうるさいから、貯金するしかなかったしね」

今の話で、腑に落ちていなかったことがひとつ解決した。

佐伯は、仕事に繋がる人脈を探すために『ナクソス』を訪れていたのではない。闇デリの客を探していたのだ。ひとりでカウンターに座り、店内の会話に耳を澄ませながら、十代の少女を抱くためなら喜んで大金を積みそうな男を物色していた。店内で声を掛けなかったのは、互いの身の安全のためだろう。

「……でも、ある日望美が『辞めたい』って言ったの。『もうウリはしたくない』って。佐伯は『ひとりだけ抜けるのは許さない』って無視しようとしたんだけど、望美は多分、そう言われるって分かってたから、『闇デリを辞めさせてくれないなら、客のことを警察に話す』って脅し返したの。望美は、客がシャワーを浴びてる隙に、そいつのスーツから名刺を盗んでた。その男は、一宮市の議員だった」

「望美さんに脅された佐伯は、何をしたの？」

アンナは私の反応を待っているようだったので、質問を投げ掛けた。

「毎週水曜日に、望美は妹のお見舞いで朝早くから出掛けてた。ふたつ違いなんだけど、体弱くてずっと病院にいるんだって。それで、望美ひとりだけいなくなった時に、佐伯が『あいつを懲らしめよう』って言い出したの。そうしないと、〈ホーム〉が壊れてしまうかも知れない、って。懲らしめるって言っても、本当に、ちょっと脅すだけ。危ないことは絶対にしない。嫌なこともあるかも知れないけど、みんなで一緒に頑張ろうって話せば、分かってもらえる。そう説明されたから、あたしは信じた。……正直、同じ気持ちだったから。望美がいなくなっちゃうのは寂しいし、ひとり欠けたら、すぐにもうひとり、どんどんいなくなっちゃう気がしたんだ」

一旦言葉を区切ると、アンナは腕を下ろし、大きく息を吸った。

「……でも、佐伯ははじめから、望美を殺すつもりだったんだ。車の中でみんなを煽って殺すように仕向けたの」

顔を上げたアンナが私を見つめた。微かに眼が潤んでいるのが分かった。

主犯とされている智子は、警察の取り調べで「殺すつもりはなく、謝れば終わりにしようと思っていた」と話していたという。親友だったからこそ、闇デリから抜けたいと言われた時に、裏切られたように感じてしまったのかも知れない。しかし、憤ることはあっても、殺意などなかったはずだ。怒りをぶつけ合っても、最後にはお互いを許す。そんな関係を望んでいたからこそ、彼女たちは自身を〈ホーム〉と呼んでいた。

佐伯は、その関係性を壊した。

穏やかに生きることを夢見た家族に、罰と死を持ち込んだ。

「だから、望美が息しなくなった時、『ヤバい』ってなった。どうしようって、見付からないとこ行かなきゃって話になって、死体を東谷山に捨てに行った。その後、コンビニで望美の財布に入ってたお金でお酒を買って、部屋に帰った。智子も純也も『あそこなら絶対に大丈夫』って言ってたけど、佐伯が智子に『自首しろ』って命令したの。今ここで警察に言えば、それで終わり。でも、捜査が始まったら、余計なことまで調べられて、いつかは闇デリのこともバレる。『これから先、何があっても、闇デリと自分のことは死んでも警察にチクるな』って、全員が言われた。もしバレるようなことがあれば、客だった奴らはあたしたちを絶対に許さない。出所したら殺されるし、親や兄弟、友達だって狙われる。そう、脅されたの。……大人になってるつもりだったけど、みんな子供だった。家出してるくせに、家族を人質にされたら何も言い返せなかった。だって、本当にいなくなっちゃったら、出た時に帰れる場所がなくなるから」

アンナは素足をぶらぶらとさせながら、「あたしは本当の親がいないから関係なかったけど」と呟いた。私はふと、メイの母親のことを思い出した。不起訴になったあと、メイは実家へと戻された。数年ぶりに再会したにもかかわらず、彼女が口を開くことはなかったと言っていたが、それでも、同じ屋根の下に寝ているというだけで、メイの母親はどれほど嬉しかっただろう。

「最初の質問の答えだけど、あたしとメイが持ってるのは、闇デリの証拠。客のリストとヤってる時の隠し撮り、佐伯が客とやり取りしているラインの履歴、電話の音声。望美が盗んできた名刺もある。警察に持っていけばアウトだけど、佐伯はそれ以上に、自分の組の人間に知られたくなかったみたいなの」

「拈華会は闇デリを認めていないわ」

「そう、よく知ってるね。あたしとメイは、あとになってから知ったんだ。これを拈華会の人に渡せば、佐伯は終わり。望美みたいに、リンチされて殺される。あたしたちは佐伯がやったみたいに、あいつのことを脅そうと考えたの。証拠を渡す代わりに、あいつが持ち逃げした闇デリの売り上げをもらおう、って」

「でも、強請りは上手くいかず、メイさんが殺された」

「ふたり殺しても、せいぜい十年くらい刑務所に入るだけ。拈華会の人間にバレるくらいなら、あたしとメイを殺して、警察を敵に回す方が楽だって考えたんだと思う」

「……どうして、メイさんだったのかしら」

あえて独り言のように呟くと、訝しむような視線が飛んできた。

そもそも佐伯は、どうやってふたりを探し出したのだろう。愛知から東京にやって来たのは、証拠を取り戻すため。おそらくは、ふたりが呼び出したはずだ。頭の良いメイなら自分たちの居場所は絶対明かさず、電話で話を進めていたのだろう。ところが、交渉は決裂し、ふたりは失踪することを決意した。土地勘のない佐伯が、東京で女性ふたりを見付けるのは至難の業だ。

「メゾン今伊勢で、あなたたちの隣に住んでいた男が、あなただけは自分の部屋に来なかったと言っていたわ。佐伯が頻繁にあなたを連れて出掛けていたともね。あなたは佐伯と特別な関係だったんでしょう？」

「あたしはあいつに好かれてた。……別に、隠すつもりはなかったよ」

「佐伯とそういう関係だったの？」

我ながら意地の悪い質問だったが、アンナは首を横に振った。嘘をついているようには見えなかったし、今更ついても仕方がないだろう。とはいえ、その答えは予想外だった。暴力でしか他人と繋がれない人間がアンナにだけは純粋な恋心を寄せていたとでも言うのか。

「あたしは好かれてたの。だから、メイが先だった。それだけだよ」

火を点けた煙草を吸いながら、考えをまとめる。

アンナの話は、辻褄が合っているように思えた。自身が無事に帰るつもりだったからこそ、佐伯は事前に宿を用意している。片道切符なら、そんなことはしない。もしかしたら佐伯は、アンナだけは殺さずに連れて帰ろうとしていたのかも知れない。

しかし、佐伯とアンナの間に密接な繋がりがあるとなると、メイはどうなる？　佐伯はメイを邪魔者だと判断して殺したのだろうか。だがそれなら、アンナのことを〈この人殺しが〉と罵ったりはしない。

「メイさんはあなたを庇って、自分から飛び降りた。そうよね？」

「本当は分かってたの。メイは強い子じゃなかった。でも、あたしのために強くいてくれた。ずっと、消えたいって言ってた。何度も死のうとしてた。……あたしは違う。まだ、こんな風に終わりたくない。生きてたいの」

「出所を待っていれば、またみんなで再会できる日が来るわ。でも、門の向こうに行ってしまえば、その機会も永遠に訪れない」

「……もう、戻れないよ。〈ホーム〉は〈ホーム〉で、家族じゃなかったんだ」

消え入りそうな声で言うと、アンナは再びベッドに倒れ込んだ。

彼女には、メイを殺す動機もメリットもない。けれど、メッセージを送ってきた相手をアンナだと思っている佐伯が嘘をつくとは考え難い。〈この人殺しが〉という一言が、私の疑念を確固たるものにしていた。

アンナはまだ、重大な何かを隠している。

しかし、彼女の抱えている絶望は、嘘偽りのない本物だ。彼女には家族がいない。一度は手に入れた家族も、親友も失っている。彼女には、もう何もない。この世界に自分の居場所などないと諦めながらも、それでも、生を望んでいる。

おそらく、門は彼女に資格を与える。

疑念は消えていない。けれども、やっていいと思う。私は彼女を門の向こう側へと連れて行く。

煙草を根本まで吸い終えてから、私は口を開く。

「門が開くまで、あと二日ある。もう少し耐えられる？」

「大丈夫。待つのは慣れてるから」

「分かった。ふたりで会った以上、ここはもう安全じゃない。今からすぐ、違う宿に移動してもらうわ」

携帯電話を取り出し、タクシー会社に連絡を入れた。次の宿の手配も済ませてある。備え付けの灰皿から吸い殻を拾い上げ、満杯になりそうな携帯灰皿に無理やり押し込む。

「車が来たら、フロントから連絡が来る。このホテルに向かってもらうけど、必ず駅で降りてから歩いて」

カードケースに入れている付箋に、別のラブホテルの名前と住所を書いた。アンナは私が手渡した携帯電話をローテーブルに置いていたので、そこに貼り付ける。

「サチ」

向日葵の描かれたベッドカバーに寝そべったまま、アンナは私を呼び止めた。

「どうしたの」

「あたし、間違ってたのかな？」

間違い。

間違いとは何だろう。

復讐などしなければ、私の人生はもっとましだったのだろうか。犯人を知ろうとしなければ、復讐など考えなかったのだろうか。妹とあの男を引き合わせていなければ、妹は死なずに済んだのだろうか。私があの男と出会わなければ、何かが違っていたのだろうか。

「……それを決めていいのは、私じゃないわ。とにかく、着いたら連絡して。そうしたら、ゆっくり休んで」

　彼女の反応を見たくなくて、足早に部屋を出た。ホテルを後にして、行きとは違う道で駅まで歩く。路駐しているタクシーの中から個人タクシーを選び、乗り込んでから行き先を告げた。

　事務所がある歌舞伎町。

　丸一日動いていたので、さすがに疲れがある。久保寺から連絡があるまでは、落ち着ける場所で休むのが最善だろう。目蓋を閉じたら眠ってしまいそうなので、スマートフォンを取り出してファッションブログを開いた。来月になれば、半年前に展示会で予約していた秋冬の服が届き始める。新しい服を買うという楽しみが、私を生き永らえさせていた。

　空いている道路をのろのろと走る車に揺られながら記事を読んでいると、突然、通話の画面に切り替わった。思涵からだった。

〈もしもし、サチ姐姐？〉

「おはよう、思涵。どうしたの？」

〈変な人たちが部屋の前にいるよ〉

　チャイナパブの店内から掛けているようで、背後で酔客の笑い声が響いている。思涵は勘の鋭い子だ。だいたいの見た目や雰囲気で、警察なら警察、ヤクザならヤクザだと推測してくれる。メイとアンナの時も、自分と同じ夜の仕事をしていると見抜いていた。しかし、今回は漠然としている。

「変な人？」

〈うん。下に降ろす？〉

「……まだいいわ。今から戻るから心配しないで」

〈分かった。サチ姐姐、大丈夫？〉

「大丈夫よ。教えてくれてありがとう」

スマートフォンをバッグに戻し、入れ替わりで携帯電話を取り出す。このタイミングで事務所を訪れたのだとすれば、相手は限られている。

久保寺に掛けると、すぐに繋がった。

〈沢渡さん、今どちらすか？〉

「悪いけど、事務所には戻ってないの。家は別にあるから」

〈そういうのは先に言っておいてください〉

電話越しに、急いで階段を降りる音が聞こえてきた。それも、思涵が言っていた通り複数の足音。おそらくは、荒井とその手下だろう。

「何かあったら連絡をくれる約束だったでしょう？　どうして事務所に行ったの。というか、佐伯は――」

〈捕まえました〉

こともなげに言われたせいで、少し遅れて驚きが訪れた。

〈うちの事務所に連れて来ました。話がしたいなら、機会は今だけです〉

私が事務所に戻っていると考え、佐伯を捕まえたことを直接伝えに来たのだろう。すぐに向かうから待って欲しいと伝え、電話を切った。行き先は変わらない、どちらにせよ歌舞伎町だ。もっと飛ばすよう運転手に頼み、シートに体を預ける。空が微かに明るくなり始めていた。

断章　Ⅱ

アパートの扉を開けるや否や、鳥籠とヘルメットを抱えたミソラが部屋に飛び込んできた。部屋の外にある洗濯機の前には、ミソラのバイクが見える。おそらくは、シートの後ろ側に無理やり括り付けて運んだのだろう。

餌入れと水入れが外れ、ぐちゃぐちゃになっている鳥籠の中で、綺麗で品の良い緑色をした雛鳥が怯えたように泣き喚いている。確か、ホオミドリウロコインコという難しい名前のインコだったと思う。以前、ミソラの部屋に遊びに行った時に説明してもらった覚えがある。

「急にどうしたの？」

「おれにはもう飼えないから、ゆーちゃんに面倒を見て欲しい。ゆーちゃんなら、大事にしてくれるから」

息を切らしながらそう言うと、ミソラは私に鳥籠を押し付けた。

「もう飼えないってどういうこと？」

「……遠くに行かないといけなくなった。そいつは連れていけないいんだ」

「遠くってどこ？　家族はどうするの？　学校だって――」

「とにかく時間がないんだ。落ち着いたら連絡するから」

ヘルメットを被ると、ミソラは玄関から出て行った。追い掛けなくてはと思い、鳥籠を抱えたままドアを開ける。

「待って、ミソラ」

バイクに跨ろうとしているミソラを呼び止め、私は続ける。

「お願い。あたしも連れて行って」

妹を失った私の世界には、ミソラしかいなかった。

お金を稼ぐために男に抱かれている時、痛みに耐えて、媚びるような嬌声を出しながら、いつもミソラのことを考えていた。そうすれば、私は壊れずに済んだ。彼の純真さが、私にとって唯一の慰めだった。彼のように優しい人間がいるというだけで、私はまだ、この世界を見切らずにいられた。ミソラの存在は私にとって、希望そのものだった。

多くは望まない。私はきっと、多くを望んでいい人間じゃない。

でも、許されるのなら、私はミソラの傍にいたかった。

「何があったのかは分かんないけど、あたし、役に立つよ。どこでもやっていけるし、ちょっとはお金もある。料理はダメだけど、それ以外の家事は全部やってるし」

一緒にいられるのなら、何でもいい。

ただ、離れたくなかった。

「だから、一緒に……」

「ダメなんだよ、ゆーちゃん」

私の言葉を遮るように、ミソラが言った。

「やっぱり、なかったんだ」

「え？」

「おれたちには、人間には、擬傷なんてないんだ。だって、人間は……」

その後に続いた言葉を忘れた日はない。

言われなくても、そんなことは知っていた。

それでも、私は希望が欲しかった。

この世界が美しいと思いたかった。だからこそ、擬傷があると信じたかった。妹のために生きていたのも、それが理由だった。妹のために生きることで、自分という人間には価値があると感じられた。私にとって、妹は私の擬傷そのものだった。

ここから逃げ出そうと羽ばたいたインコが、鳥籠に衝突する。阻まれると分かっているはずなのに、それでも、小さな体で衝突を繰り返す。

何度も何度も。

そうしていれば、いつか鳥籠に穴が開いて、空に飛び立てるとでもいうかのように。ぶつかる度に、抜け落ちた小さな羽根が足元に舞い散る。遠ざかっていくバイクの音を聞きながら、私はぎゅっと鳥籠を抱き締めた。

――人間は、自分のためにしか生きられないんだ。

第３章　偽証

1

靖国通りでタクシーを降り、『プリズム』の事務所が入っている雑居ビルへと急いだ。先の見えない急な階段を登り、七階に辿り着く。前に来た時と違い、室内の電気は点いていない。扉をノックしてみるが、何の反応もない。じっとりと噴き出してくる汗は、熱気のこもっている廊下のせいではなかった。

我ながら迂闊過ぎた。佐伯に気を取られ、普段なら絶対におかしいと思うことが意識から抜け落ちていた。引き返そうとした時、首の後ろに冷たいものが触れた。刃先や銃口ではない。二つの突起、スタンガンだ。

「……抵抗はしないわ」

私を呼びに来るなら、久保寺ひとりでいい。しかし彼は、荒井たちを引き連れて私の事務所を訪れた。その状況は、由紀恵の友人のマンション前で佐伯を待ち構えていた時と似ている。事前に連絡しなかったのは、油断している私を強襲するためだ。

「そのまま部屋に入ってください」

久保寺に背中を押され、私は扉を開けた。

室内に入ると、彼は鍵を掛けてから電気を点けた。真っ暗だった部屋が突然明るくなり、思わず目を細める。その瞬間、顳に強烈な痛みが走った。頭が前後左右に揺れ、階段を踏み外した時のように尻餅をつく。

一瞬遅れて、久保寺に殴られたのだと気付いた。

「急に何を――」

「茶番は終わりだ。金をどこに隠した？」

電気が点くまで分からなかったが、応接セットの位置がずらされていて、床にはブルーシートが敷き詰められていた。おまけに、久保寺は軍手を付けている。

「金ってどういうこと？　私は佐伯と話をしに来たのよ」

言い終えた瞬間、今度は蹴りが飛んできた。固い爪先が腹部に刺さり、声にならない呻きが漏れ出す。あまりの痛みで上を向くことができず、四つん這いになるようにして、どうにか体を起こす。どうやら、久保寺は本気のようだった。

「分かった。何でも、ちゃんと答える。だから、暴力はやめて」

「メイが盗んだ金をどこに隠した？　あんたの事務所か？」

久保寺が声を荒げた。私に対しての怒りよりも、現状に対する焦りが伝わってくる。メイが盗んだ金というのは、一体何のことだろう。私は這うように進み、壁にもたれかかる形で座った。肩に掛けているバッグを、久保寺から見えない位置に隠しながら。

「ごめんなさい。本当に分からないの。メイが盗んだって、どういうこと？」

「この期に及んでまだとぼけるつもりか？」

久保寺のボウリングシャツには返り血が付いている。佐伯を捕まえたというのは事実だろう。私の到着を待たずに拷問し、何かを聞き出している。

「メイはこの部屋の金庫から八〇〇〇万円を盗み出した。佐伯が共犯者だと思っていたが、あいつは完全なシロだった。最悪、闇デリの売り上げ金で補塡するつもりだったが、あいつが持っていたのは三五〇〇万だけ。半分近く足りない」

「嘘でしょう？　第一、どうしてそんな大金があるの？」

「この店の売り上げだけじゃない。系列店の売り上げも、うちの事務所で一括管理している。だから、月に一度大金が集まる。無許可で営業している店の金も含まれていて、監視カメラはあえて付けていない。……このことは、この店のキャストも知っている」

　壁で体を支えながら、ずきずきと痛む頭を動かし、久保寺を見上げる。あっさりと答えてくれるのは、私をここから帰すつもりがないからなのだろう。

「私が共犯ってわけ？」

「岡野さんも俺も、最初からあんたを疑っていた」

「メイがお金を盗んでいたことは知らなかった。本当よ」

「あんたがアンナと連絡を取り合っているのは分かってる。メイとアンナはグルで、メイが殺された今、八〇〇〇万円はアンナが持っているはずだ」

　カマを掛けられているのか、本当に証拠を摑まれているのか判別しかねた。しかし、どちらにせよ、久保寺を納得させない限り、私はここから出られない。

「……あなたの言う通りよ。私はアンナを匿ってる。連絡も取り合っているし、居場所も知ってる。でも、お金を盗んだことは知らなかった。騙されたのは私も同じよ」

「そんな嘘が通用すると思ってるのか？」

「取引しましょう、久保寺さん」

　壁に右手を付けながら、ゆっくりと体を起こす。臨戦態勢に入った久保寺は、立ち上がろうとしている私を見据えている。全体の動きに気を取られ、隠している左手には注意が行っていないようだった。

「あんたに交渉の余地はない。拷問して、金の在り処を吐かせる」

「八〇〇〇万円は、私がアンナから取り返す。それでいいでしょう？　そもそも、メイが犯人だっていう証拠はあるの？」

「金庫から金がなくなる前に、メイが事務所に行くのを見た人間がふたりいる。状況証拠だが、他に疑わしい人物はいない。それに、金がなくなった日からメイもアンナも出勤しなくなった」

「佐伯がシロだって言うのは、本人から聞き出したの？」

「あそこまでされて嘘をつける人間はいない。佐伯は盗みに関わっていない」

「でも、あなたはまだ、そのことを岡野には報告していないはずよ。だから、八〇〇〇万円を取り返す代わりに、佐伯が犯人で、アンナは巻き込まれただけだったと説明してもらいたいの」

どのみち、佐伯が殺されることに変わりはない。

苛烈な拷問によって情報を引き出せるのであれば、同じ要領で、自分が犯人だという自供を強要することも容易い。

「……意味が分からない。共犯じゃないなら、どうしてアンナにこだわる？」

久保寺は困惑したような表情を浮かべている。

切り札を出すなら、今がその時だ。

「久保寺さん、〈雨乳母〉って知ってる？」

「誰だろうと必ず失踪させる逃がし屋。……この街には、その手のくだらない都市伝説が多い」

「私がそうよ」

親指で弾いて留め金を外し、手首のスナップで刃を半周させる。銃刀法が改正されてから、日本では両刃のナイフを買うことができない。私が持っているのは、片刃のバタフライナイフを業者に持ち込み、両刃へと加工してもらった特注品だ。殺傷能力が格段に上がり、人を刺すのに半分の力もいらなくなる。

久保寺は一瞬だけバタフライナイフを見たが、すぐに視線を私に戻した。

「俺とやり合うつもりか？」

「私はアンナに失踪を依頼されているの。匿っていたのは、彼女を逃がすためよ。でも、あなたちからお金を盗んだのであれば、ちゃんと返させる。それで手打ちにして欲しい」

「その条件を飲むメリットがない。今からあんたを痛め付けて、アンナの居場所を聞き出しても、同じ結果になる。それに、女のあんたがナイフ一本で俺に勝つのは無理だ」

「応じる気がないなら、あなたを殺すわ。私はあなたを殺せるけど、あなたに私は殺せない。あなたが他人を殴ったり、拷問できるのは、目的意識があるから。命令されているからできるだけ。残念だけど、あなたは人を殺せるような人間じゃない」

滑り止めのラバーを貼ったグリップを、強く握りしめる。

「あなたの推理通り、私は人殺しよ。もうひとり殺すくらい、何ともない」

「外に仲間がいる。仮に俺を殺せても、この街からは逃げられない」

「でも、あなたは死ぬわ」

夜の世界に生きていて、岡野や伊藤のような人間たちと接していれば、嫌でも一線を越えてしまった人間を見させられる。久保寺は、私の言葉がハッタリではないと感じているはずだ。

「……取引をしたい人間の態度じゃない」

「分かってる。だから、あなたに私を信用させてあげる」

左手でバッグを開け、丸めたハンカチを久保寺の足元に投げる。

「その中のものに私の指紋が付いてる。警察に持っていけば、私は終わりよ」

「あんたが〈雨乳母〉だという証拠は？」

「何を見せれば信用してもらえるかしら」

　顔をこちらに向けたまま、久保寺はゆっくりと屈み、くしゃくしゃのハンカチをポケットに入れた。この譲歩は、彼に対する最大限の敬意だった。それが伝わるかどうかは別として、私は彼と争いたくなかった。ここで彼を殺せば、家で帰りを待っている飼い犬は飢えて死んでしまう。

「二〇一三年四月、ある詐欺師が失踪した。その男は――」

「高木啓成、本名は吉田啓晴。安居会の特殊詐欺に関わっていた。厳密には二月。もっと言うべき？」

　即座に首が横に振られた。納得させるのに充分な答えだった。

　盃を交わした組員ではなかった吉田は、一斉摘発を前にスケープゴートとして警察に差し出されることになっていた。久保寺がどうやって吉田のことを知ったのかは分からないが、消えた時期については、わざと間違えたのだろう。

「……これからの計画は？」

　軍手を外すと、久保寺は扉の近くへ移動されていたソファに腰掛けた。彼が戦意を鞘に収めていると感じ、バタフライナイフの刃をしまう。

　八〇〇〇万円が消えたというのは事実だ。しかし、聡明なメイが店の金に手を付けたというのは腑に落ちない。もしも久保寺の言う通りメイが犯人なのだとしたら、私が失踪に必要な金額を提示した時、即金で払えていたはずだ。何より、慎重に行動していた彼女が最後の最後で大きなリスクを背負うとは考えにくい。

　メイと犯行を結び付けているものは状況証拠しかないうえに、彼女はすでに亡くなっている。となれば、アンナを詰問する以外に手立てはない。強引な手段を使うことになってでも、真相を確かめる他ないだろう。

「アンナを私の事務所に呼び出す。あなたは手出ししないで」

「なら、おたくの事務所の外で待機します。万が一のことがあれば、その後は、俺のやり方でやらせてもらいます」

　久保寺の口調に敬語が戻っていた。おそらくは、彼にとっての冷静さのスイッチなのだろう。顎と腹に鈍い痛みが残っていたが、やるべきことがあるうちは、興奮がそれを抑え込んでくれる。踵に力を入れ、ゆっくりと歩き出す。

「あと、岡野のことは心配しなくていいわ。もしお金が戻らなかったら、その時はあなたのことも逃がしてあげる」

　扉の前で立ち止まり、私は言った。

　格安店である『プリズム』が繁盛店になったのは、ここ二、三年。店長である久保寺の手腕によるところが大きいはずだ。しかし、それほどの功労者でも、岡野たちにとっては代替可能な捨て駒でしかない。全額が戻らなければ、岡野は久保寺に何らかの形でけじめをつけさせる。

「……必要ないっす。金は、必ず取り返します」

　久保寺の虚ろな視線は、私の足元をさまよっていた。カーディガンの袖を使ってドアノブを回し、『プリズム』の事務所から出た。ビル内に荒井やその仲間の姿はなかった。久保寺のブラフだったのか、それとも、別の場所に潜んでいるのだろうか。

　無事に雑居ビルを後にし、事務所へと歩きつつ、バッグからスマートフォンを取り出す。不在着信が三件、全てアンナだった。次の宿に着いたら連絡を入れるよう指示していた。画面のロックを解除し、電話を掛ける。携帯を握り締めでもしていたのか、ワンコールで繋がった。

〈遅いよ。ずっと電話してたのに〉

「ごめんなさい」

〈もうホテル着いたよ。今までで一番綺麗な部屋だね。内装おしゃれだし、お風呂も広いし。さっきのところでシャワー浴びたけど、もう一回入っちゃおうか――〉

「悪いけど、また移動してもらえる？」

嬉しそうに話すアンナを遮って、そう告げた。

〈どうして？　来たばっかりなのに〉

「今から私の事務所に来て」

あの男を殺した日のことを思い出しながら、私は続ける。

「前倒しにするわ。今日、あなたを逃がす」

2

事務所に帰った私は、まっさきに奥の部屋に向かい、ロングコートを捲り上げてダムウェーターの扉を開けた。詰まっているクリアファイルを床に置き、着替えを突っ込んで昇降のボタンを押す。屈んだ時に、久保寺に蹴られた腹が痛んだ。

ミネラルウォーターを注いだ電気ケトルの電源を点けてから、階段を降りてチャイナパブに入る。営業を終え、店内は暗くなっていた。客席に横になって眠っている思涵を起こさないようにそっと歩き、更衣室でシャワーを浴びた。置いてあったタオルで体を拭き、洗面台の隣に取り付けられているダムウェーターから着替えを取り出す。マックスマーラのワンピース。黒色でノースリーブ、長めの丈が気に入っていた。脱いだ服をダムウェーターで上階へと送り、思涵にブランケットを被せて再び事務所に戻った。

インスタントの粉を紙コップに入れ、お湯を注ぐ。アーロンチェアに腰掛けてコーヒーを飲むと、まるで一日が終わったように錯覚しかけたが、じんじんと痛む顎が私にリラックスすることを許してくれなかった。

ブラインドの隙間から淡い光が差し込んでいる。昼夜逆転している歌舞伎町の中では曖昧だが、あと二時間もすれば朝の喧騒が始まる。煙草を咥えたものの、火を点けることはせず、窓の脇に置いたスタンドに吊るしてある鳥籠をぼんやりと眺めた。ホオミドリウロコインコの平均寿命は十歳だが、健康な個体は三十年以上生きることもあるという。布を被せた鳥籠は、私が帰ってきてもぴくりとも動かない。コーヒーで眠気を紛らわせながら、ただひたすらに待ち続けた。

スーツケースが階段にぶつかる音が廊下に響き、反射的に体を起こす。

鍵は開けてあった。音が止み、ドアがゆっくりと開かれる。アンナはマキシ丈のシャツワンピースに着替えていた。色は白で、今の私の格好と対照的だった。

「前倒しって、何かあったの？」

「いいから、そこに座って」

私の態度に異変を感じ取ったのか、アンナは素直にソファへ腰掛けた。

「どうしたの。なんか怖いよ」

「最初に案内したホテルで、私が警察に保護を求めるよう勧めた時、あなたは『警察はダメ』って言ったわよね。その理由も教えたくないって。自分が言ったことだけど、覚えてる？」

こちらを見ていたはずのアンナは、逃げるように顔を伏せると、小さく頷いた。

「言ったけど、それがどうしたの？」

「警察に助けを求められないのは、『プリズム』からお金を盗んだから？」

怯えたように硬直している表情が、年相応の幼さを感じさせた。

今から演技をしても間に合わない。残念だが、アンナはクロだ。

「……何それ。誰がそんなこと言ってたの?」

「質問しているのは私よ。ねえ、アンナ。お願いだから、私には本当のことを教えて」

私が椅子から立ち上がった瞬間、アンナの細い肩がびくりと揺れたのが分かった。刺激しないようにゆっくりと歩き、彼女の足元に膝をつく。

「あなたを助けたいの。だから、嘘や隠し事はもうやめて」

「違うの。あたしじゃない。あたしは、あたしはただ……」

「落ち着いて。ちゃんと聞くから」

「……警察に行ったら終わりなのは、それとは関係ない。でも、行けないの。あたし、捕まりたくない」

アンナの手は震えていた。

少なくとも、この恐怖は本物だ。右手を伸ばし、彼女の左手の甲にそっと触れる。久保寺は、もうしばらくは待ってくれるはずだ。

「どうして捕まるの?」

「……あたしが、あの時、あたしが」

左手を裏返すと、アンナは私の手を強く握った。

一七歳の命の温度が、私の奥深くまで染み込んでいく。

「あたしが望美を殺したの」

感情の高ぶりに反して、はっきりとした声色だった。

望美、東谷山少女殺人事件の被害者。佐伯に煽動された〈ホーム〉によって殺された少女。理解が追い付かずに困惑した私は、下から覗き込むようにアンナを見返した。

「どういうこと? 望美さんのことは、佐伯に唆(そそのか)されて全員で殺したんでしょう? あなたとメイさんは、加担せずに見ていただけだから不起訴になった」

「そうだよ。その日は、何もしなかった。嫌だったとかじゃなくて、分からなかったの。どうしてこんなことになったのか分からないっていうか、自分たちのことじゃないみたいに思った」

縋るような視線を私に向けたまま、アンナは続ける。

「望美が『やめたい』って言ったのは本当だよ。でも、それは『もうウリはしたくない』っていう意味だけじゃなかった。それだけなら、喧嘩にはならなかったと思う。……望美は、〈ホーム〉をやめたいって言ったの」

「闇デリをやめることと、〈ホーム〉をやめることは同じじゃないの？」

「望美がやめようとしていたのは、みんなで暮らすことだった。この生活には限界がある。ここにいたら、みんな腐っていく。辛いことから逃げて、お互いを慰め合ってるだけ。だから、まともになろう、って。まともになって、それから、胸を張って友達になろうって。……望美には、あたしたちと違ってちゃんとした家族がいた。お母さんと喧嘩した時に智子に誘われたからこっちに来ただけで、仲直りしたら、あっさり戻るつもりだったみたい。それで、妹の病院代が必要だから、元々もらえるはずだった取り分が欲しくて佐伯を脅したの。渡してくれないなら全部警察に話す、って」

私はずっと、佐伯が闇デリを仕切り始めたことが、〈ホーム〉が崩壊するきっかけになったのだと考えていた。悪意を持った存在が〈ホーム〉に入り込んだことで、辛うじて保たれていたバランスが崩れていったのだと。

しかし、実際に引き金を引いたのは、佐伯ではなく、紛れもない〈ホーム〉の一員だった。望美は美しい夢から覚めて、現実と向き合おうとしたのだろう。人生における他の可能性を掴み取ろうとして、飛び立つために。

「その日から、みんなおかしくなった。……分かってたの。このままじゃいけないって。言われなくても分かってたよ。でも、どうすればいいわけ。殴るか怒鳴るだけの親しかいなくて、学校にも行ってなくて、周りからは馬鹿にされて、ちゃんとした仕事なんか見付からない。できることって、キャバか風俗だけ。そんなあたしたちが、どうやったらまともになれるの？」

あなたは悪くない。

そう言ってあげることは極めて容易い。だがアンナは、慰めの言葉では救われないところまで来ている。私は何も言わずに、彼女の手をぎゅっと握り返した。

「佐伯は頭良いから、これが潮時だって分かったんだと思う。だから、デリのことをバラしそうな望美をリンチして、そのあとは、みんなを脅して口封じした」

「そこまでは聞いたわ。あなたとメイさんは呼び出し役をやらされただけで、殺人には関わっていない」

「……みんなで望美を殺した次の日、あたしは東谷山に行った。友達の原チャリを借りて、ひとりで。気になってたの。望美が本当に死んじゃったのか。もしかしたら生きてるんじゃないか、って。純也が望美の首を踏んだ時、ボキって音がしたって言ってて、それでみんな、殺しちゃったって思ってたけど、誰も冷静じゃなかったから、聞き間違いだったかも知れないし。智子と純也が『深いところまで運んだ』って言ってたから、石段を外れて林の奥まで登った。見られたらヤバいからジャージを着て。ずっと歩き続けたら急に開けた場所に出て、そうしたら、樹の下に丸めた布団みたいなのが転がってた」

一粒の涙が、アンナの白い頬を伝っていった。

彼女は右手で目元を拭うと、堪えるように深呼吸をした。

「毛布で包んだ死体だった。近くに落ちてた木の枝で上の方を捲ってみた。……当たり前だけど、望美だった。顔がパンパンに腫れてて、見た目だけじゃ分かんないくらい酷かったけど、ピアスで分かった。半分に割れたハートのピアス、智子とお揃いの。本当に殺しちゃったんだって、その時ようやく実感した。気持ち悪くて吐きそうになったけど、吐いたらあたしが来たってバレるから、必死に我慢した。木の陰に座って、ちょっと落ち着いたから帰ろうとした時、近くから変な音がしたの。自転車のタイヤに空気を入れるやつみたいな音。……もしかしたらって思って顔を近付けたら、望美は息をしてた。みんなからリンチされて、智子に首を絞められて、純也に踏まれたのに、それでも生きてたの」

　そんなはずはない。

　望美は事件から二日後に遺体で見付かっている。

「すぐに救急車を呼ぼうとした。その時はまだ、佐伯から自首しろって言われてなかったし、今助かれば、みんな警察に捕まらなくて済むかなって思ったの。……でもね」

「でも？」

「あたしは、望美を助けたくなかった」

　窓の方を見つめ、アンナは静かに答えた。

　ブラインドの隙間から伸びている光が、その横顔を照らしていた。

「望美は、あたしたちの居場所を壊した。あの子は一番恵まれてて、だから、あたしたちの気持ちが分からなかったんだ。なのに、自分が辛い時だけ頼って、利用するだけ利用して、家族のところに帰ろうとした。〈ホーム〉を壊して。……だから、あたしは望美が許せなかった」

　不意に、右手に感じていた温かさが遠のいていった。

　アンナの気持ちは理解できる。家族の一員に裏切られた悲しみ。自分の大切なものを侮蔑された怒り。本当の家族がいる望美への嫉妬。全てが痛いくらいに伝わってくる。

だが、望美の気持ちも理解できる。彼女は決して、〈ホーム〉を踏み躙ったわけではない。親友だったからこそ、このままではいけないと思ったはずだ。今よりも良い未来を一緒に築いていきたかったからこそ、ここからの別離を望んだはずだ。

ふたりの想いは、どちらも間違っていない。

だからこそ、決して交わらない。

「無意識だったの。……本当だよ。嘘じゃない。気付いたら、そうしてたの。毛布の端っこの部分で望美の鼻と口を塞いだ。暴れたりとかはなかった。多分、腕折れてたし。息がちょっとずつ弱くなっていって、ぱっと消えたのが分かった。その時、望美は本当に死んだ。全部元に戻して、あたしは逃げた。ジャージはコンビニのゴミ箱に捨てた。このことは誰にも、メイにだって話してない。不起訴になった時も、ずっと吐きそうだった。だって、本当に人殺しなのは、あたしなんだから。あたしが救急車を呼んでたら、望美は今でも生きてた」

アンナの眼から、涙が溢れていく。両手で必死に拭おうとするが、彼女が拭えば拭うほど、より激しく流れ続ける。破裂したような嗚咽に、私は思わず顔を伏せた。

わざわざ手を下さずとも、放っておくだけで息を引き取っただろう。しかしアンナは、自らの手で望美の死を確実なものにしようとした。〈ホーム〉を壊したことに対する復讐のつもりだったのだろう。それは、他の誰よりも家族を渇望していたアンナだからこそ決意できた復讐だ。

「……あなたのしたことは、私がどうこう言える問題じゃないわ。だから、私は何も言わない。責めもしないし、慰めもしない。その代わり、私がやるべきことをするだけ」

静かに立ち上がり、アンナの肩に手を置いた。

「盗んだお金を返して。そうすれば、すぐにでもあなたを門の向こうに連れて行くわ」

「新月の夜にならないと無理なんじゃなかったの？」

「裏技があるの。できれば使いたくなかったけど、そうも言ってられないから」

不安そうに私を見上げているアンナに向かって微笑みかける。

久保寺がアンナを庇う保証はないし、岡野が彼女を見逃す確率も極めて低い。共犯として認識されている以上、二日後の新月の夜を待つのは不可能だ。

まだ説明していない三つめの条件。正規の手段ではない、例外的な開け方。それに必要なものが揃っているのは今だけだった。

「お金がどこにあるのか、教えてもらえる？」

「アンナ！　その女、久保寺と組んでんぞ」

割り込んできた怒声を聞いて、咄嗟に体を反転させる。

声の主は、扉の隙間から顔を覗かせていた。

「誰よ、あなた。勝手に入って――」

「黙れ。こっちを向いたまま部屋の奥まで下がれ」

甲高い声の警告ではなく、こちらに向けられている銃口が、私に沈黙を選ばせた。

銃を構えたまま、若い男が後ろ手でドアを閉める。あざの残った顔に見覚えがあった。『プリズム』の店員だ。待機所で佐伯に殴られ、風林会館まで車を回してきた青年だった。

「どういうこと？」

アンナが声を上げた。

心配するなと言おうとした矢先、彼女が話し掛けたのが私ではないと気付いた。

「こいつは、久保寺とケツ持ちのヤクザに呼び出されてた。それで、次の日の朝に久保寺と車で出掛けて行った。変だと思って、車にＩＣレコーダーを仕込んでおいた。帰ってきたら回収して、こいつらの会話を聞こうと思ってな。……アンナ。こいつら、どこで何をしてたと思う？」

「あたしのことを調べるために地元に行ったたって……」

「嘘だ。こいつはヤクザの命令で佐伯を探してたんだ。こいつがマンションを見付け出して、久保寺は佐伯を捕まえた。けど、佐伯が金を持っていないことが分かると、久保寺はこいつを使ってお前を誘き出そうとしたんだ。分かるか？　お前はこいつにハメられたんだよ」

突き刺さるような視線を感じたが、今は男から目を逸らすべきではなかった。

男は意図的に、私に対する不信感をアンナに植え付けようとしている。車内での会話を聞いたのなら、私が盗まれた現金のことを知らないと分かっているはずだ。このタイミングで私の事務所に踏み込んできたことと併せて考えれば、おおよその見当は付く。

「あなたが八〇〇〇万円を盗んだ犯人ってわけね」

もし本当にメイが金を盗んだのだとすれば、常に行動を共にしているアンナは確実に共犯だと考えていた。だが、そうでないとしたら、あり得る可能性はふたつ。

ひとつは、メイが単独で犯行に及んだ場合。

そして、もうひとつは。

「……メイさんに濡れ衣を着せようとしたのね？」

そう切り出してみると、男は銃を持ったまま拍手の動きをしてみせた。

「あの女が怪しいと証言したのは俺だ。久保寺は俺のことを信用してるから、まず疑われない。他のキャストがメイを見掛けるように、メイには『給料を事務所に置いておくから上がって取っていっていい』と電話もしておいたしな」

「その前後で、あなたが金庫から金を盗んだ」

「メイが飛ぼうとしていることは、アンナから聞いてた。利用できると思ったのさ」

失踪の計画はふたりで立てていたはずだった。飛ぼうとしているだなんて、まるで他人事だ。

堪え切れずに私はアンナを睨んだが、彼女は俯き、誰とも視線を合わさないようにしている。

「バカだな、まだ分かんねえのか。アンナはな、俺と逃げることを選んだんだよ」

私の考えを悟ったのか、男は嘲るように吐き捨てた。

もうひとつの可能性。

それは、アンナが金を盗み、メイを犯人に仕立て上げたというものだ。

そんなはずはないと一蹴したかったが、アンナの反応を見る限り、男の言っていることは事実のようだった。一体いつから裏切っていたのだろう。この男に、メイを捨てるように唆されたのだろうか。初めて私の事務所を訪れた後、メイとアンナは別行動を取っている。思い返せば、それも布石だったのかも知れない。

男が持っている銃は、小口径のリボルバーだ。消音機能は付いておらず、いくら小さいとは言え、建物の中で撃てば銃声が響き渡る。それは、外で待機しているであろう久保寺の耳にも届くはずだ。あるいは、長引けば、しびれを切らしてこちらにやって来るかも知れない。今の私にできるのは、時間稼ぎをして久保寺の到着を待つことくらいだ。そう考えながら、一瞬だけ窓の方に目を遣った。

「愛しの久保寺さんなら、匿名の通報で待機所に来た警察の対応をしてる。当分は解放されないだろうな。俺がここにいることにも気付いてねえよ」

目敏く気付いた男は、至極楽しそうに種明かしをしてみせた。

粗野な喋り方とは裏腹に用意周到だ。

「私を殺しても不利になるだけよ。あなたもアンナも、ここからは逃げられない」

「あんた、〈雨乳母〉なんだってな。アンナから聞いたぜ。身分証だの航空券だの、逃げ道を用意できるんだろ？　俺たちはそれで逃げる。ご祝儀を持ってな。あんたが大人しくやることをやってくれれば、痛い思いをせずに死なせてやるよ」

どうやらアンナは、門の話まではしていないようだった。もっとも、仮に話したところで、普通の人間は信じない。男は私のことを、単なる逃がし屋だと思っている。

「岡野はアンナを追い続ける。このタイミングで飛べば、あなたも疑われるわ」

「俺はもう死んでる。久保寺に殺されたのさ。あんたを殺したのも久保寺だ」

「……どういうこと？」

「一〇〇〇万だけ、あいつの部屋に置いてきた。うちの売上金は、金庫に入れる時にペンで印を付けてるんだよ。ケツ持ちの連中が見れば一発で盗まれた金だって分かる。ついでに、俺の血が付いたペンチと免許証も置いてきた。……歯も抜いたんだぜ。すげえ痛かったよ。最後の仕上げに、アンナが岡野に電話して『犯人は久保寺で、自分は濡れ衣を着せられた。店の従業員とアリバイ会社の女が殺されて、次は自分も殺される』って喚けば一件落着だ」

下品に大口を開けて笑う男には、下側の犬歯と、その隣の歯がなかった。

自分で抜いたのだとすれば、たいした根性の持ち主だ。もっとも、一本三五〇〇万円だと考えれば、我慢の甲斐もあったはずだ。久保寺の部屋に出入りできるということは、ジジの餌やりを任されていたのはこの男に違いない。久保寺は彼のことを本当に信用していたのだろう。

「そんな杜撰な小細工で、久保寺を犯人に仕立て上げられると思ってるの？」

「あんたは知らないんだろうけどな、あいつは元から信用されてない。たったこれだけでも犯人にされちまうんだ。店を任された時だって、誰も下につかなかった。だから、ついていった俺を本気で信じてたのさ。気の毒だけど、まあ、自業自得だよな」

「メイさんも自業自得なの？」

「たまたま金庫番が病気でいない日があって、たまたまその時に飛ぼうとしていた子がいた。それだけだ。……けど、まさか自殺するとは思わなかった。あの子が死ななきゃ、久保寺を代役にすることはなかったよ。どちらにせよ、ふたりとも可哀想だ」

「本当にクズね」

「人聞きの悪いことを言うなよ。金を盗むことを考えたのは俺だけど、『メイを犯人にしよう』って言い出したのはアンナだ。なあ、そうだよな？」

ただ話題を振るような気楽さと共に男が訊ねる。同意を求められたアンナは、グロスが塗られた唇を強く噛み締めていた。その表情は、何日も放置された死体のように青褪めている。答えることを放棄した彼女を一瞥して舌打ちをすると、男は銃を両手で構えた。

「アンナもご機嫌斜めみたいだし、話は終わりだ。どうやって逃がすつもりだったのか教えろ。アンナの身分証と航空券はどこにある？」

「……奥の部屋の、金庫の中にあるわ」

口を開きかけたアンナを睨みながら、私はそう返した。

デスクの奥にある扉に視線を向けると、男は銃を横に振った。

「ゆっくり歩け。余計なことをしたら膝を撃つ」

「鍵が机の上にあるの。取ってもいい？」

「他のものには触るなよ」

手に取った鍵を挿し込み、時計回りに回す。外開きの扉なので、ドアノブを回しながら少しずつ後ろに下がる。男は左手でドアを支えると、交差するように伸ばした右手の銃で私を押した。

「中に入って電気を点けろ」

かつては厨房だったこの部屋は、窓から入る光が当たらない位置にあるため、電気を点けていない状態だと完全に真っ暗だ。もっと近付けば見えたかも知れないが、ドアを押さえている男の位置からでは室内の状態は全く分からない。私は指示通りに中へと入り、高く掲げられた銃口を意識しながらスイッチパネルに触れた。そして、明かりが点く瞬間を狙って、姿勢を低くして部屋の奥へと飛び込んだ。

「うわっ、何だこれ」

背後で男が驚きの声を上げる。

壁と壁とを繋ぐようにして渡した数本のポールと、そこから吊り下がっている五〇〇着を越える服。この部屋は、服で隙間なく埋め尽くされたウォークインクローゼット。身を隠すのにはうってつけの場所だ。

「おい、ふざけんな。すぐに分かるぞ」

「どうしたの？」

「あいつ、中に隠れやがった。……クソが。手間取らせやがって」

心配そうな声で訊ねたアンナに返事をすると、男は室内に入ってドアを閉めた。男の言う通り、遮る物が多いというだけで、部屋自体は狭く、出口も一箇所しかない。実際、一瞬面食らっただけで、男は冷静に行動している。

しかし、私が求めていたのは隠れ場所ではなく、その一瞬だった。

不意を突くことができる機会。

ブラウスを乱暴に掻き分けながら、男が私の前を通過していく。床まで届く丈の長いコートの裏側にしゃがみ込み、音を立てないよう慎重に靴の空箱を開ける。銃を隠しておくこともできた。だが、いざという時に頼りになるのは、昔から使い慣れた凶器だ。

「お前の歯も抜いてや――」

男の背中が見えたのに合わせて、無防備に曝け出されている脇腹へダガーナイフを突き刺す。

振り返ってくる前に体からナイフを抜き、右の上腕を目掛けて押し込んでいく。深く刺さったところで、削ぎ落とすように下側へと動かすと、男の手から力が抜け、銃が地面に落ちた。ダメ押しのつもりで膝の裏を刺すと、男は腹部を守るようにして前のめりに倒れた。巻き込まれたストールの束が、ポールから外れて床に散らばった。

「あ……う、ぐ」

「喋らない方がいいわ。すぐに抜いちゃったから、組織の損傷が酷い。傷口を抑えてないと、大量出血で死ぬわよ。右手は使えないだろうから、左手で頑張ることね」

チャイナパブから借りっぱなしのバスタオルを探し、ナイフにべっとりと付いている血を拭いてから男の前に投げた。リボルバーを拾って部屋を出ると、ソファの上で膝を抱えているアンナと視線がぶつかった。

「ねえ、何があったの？　中で何をしたの？」

絞り出すような声で訊ねた彼女を無視して、机の上の携帯電話を手に取る。久保寺に電話を掛けると、応答した瞬間に切られ、少し経って向こうから掛かってきた。

「もしもし、久保寺さん？」

〈すいません。事情があって、今話せないっす〉

「何も言わなくていいから聞いて。金を盗んだ犯人は、あなたの従業員よ。昨日、車を回してきた若い男。多分、そいつの家に金があるはず。それから、あなたに罪を着せるために、一〇〇〇万円だけあなたの部屋に置いたそうよ。誰か人を送って確認して」

〈……俺の部屋と馬場の部屋を探させます。馬場、その若い男は？〉

聞き取るのがやっとの小さな声で久保寺が訊ねる。男の計画通り、久保寺は警察の相手をしているようだった。電話の向こうからは、激しく口論する声が聞こえてくる。おそらくは、騒ぎを聞き付けた松寿会の人間も参戦しているのだろう。

「私が捕まえてる。こいつを引き渡す代わりに、アンナを自由にして」

〈あと三十分だけ待ってください〉

「待てない。先に佐伯に会わせて。どこにいるの？」

このチャンスを逃すつもりはなかった。

久保寺には悪いが、引き下がる気はない。場合によっては、直接岡野と交渉してもいいと考えた矢先、ひときわ大きな怒号が響き渡った。

〈ショートメッセージで住所を送ります。埠頭の入り口に荒井さんがいるので、指示に従って中に入ってください。俺も後から合流します〉

早口に説明すると、久保寺は電話を切った。画面を開いたまま待っていると、すぐに位置情報が送られてきた。

品川にあるコンテナ埠頭。

本来は港湾関係者以外は立ち入り禁止のはずだが、何かしらのコネを持っているのだろう。住所をスマートフォンに転送し、ある人物にメールを送ってから、携帯電話を机に戻した。ソファの上から動いていないアンナは、私が持っている銃を見つめている。

「……殺したの？」

「生きてるわ。まだ死なれたら困るから」

バッグを肩に掛け、銃とスマートフォンをしまう。男には脅すようなことを言っておいたが、急所は外してあった。適切な処置をすれば、あと数時間は保つ。

「さっきの話は本当？」

脈絡もなくアンナは言った。

どの話を指しているのか分からず、私は首を傾げる。

「久保寺と組んでた、って。あたしをハメようとしたの？」

「佐伯探しを命じられていたのは事実よ。でも、あなたがお金を盗んだことは知らなかった。私はあなたを匿っていることを知られないように努めていたわ。信じてもらえないなら、それでいいけど」

煙草に火を点け、冷め切っているコーヒーで喉を潤す。

アンナからは、他人を信じるという能力が欠落している。住むための家もなく、育ててくれる家族もおらず、ようやく手に入れた〈ホーム〉にさえ裏切られた彼女には、瞳に映る全てが敵に見えるのだろう。傍に居てくれる誰かを求め続けながらも、傍に来た誰かを疑い続ける。呆気なくメイを切り捨て、あの男も、いずれは切るつもりだったはずだ。

「今から、あなたを逃がすわ。門を開ける場所まで連れて行く。運転は私がするから、あなたは馬場を車に乗せて。そのあとは、着くまで静かにしていて」

「乗せるって、運ぶってこと？」

「察しがいいわね。部屋の中で蹲ってるから、こっちまで運んできてもらえる？」

怯え切った表情のまま立ち上がると、アンナはぎこちない足取りで奥の部屋に入っていった。

甲高い悲鳴を聞きながら煙草を吸い、ふたりが出てくるのを待った。腕に担ぐのは無理だったのか、アンナは馬場をおぶっていた。幸い、馬場は細身だ。そこまで重労働ではない。

「……岡野に突き出す気か？」

馬場は左手で脇腹を抑えていた。

厚手のバスタオルは、すでに半分以上が赤く染まっている。

「そう。惜しかったけど、あなたの旅はここで終わり」

「血まみれの男を乗せてくれる車はねえぞ」

しばらく私を睨んでいたが、痛みに耐えかねたのか、馬場が苦しそうに咳き込む。自分で自分の歯を引っこ抜くだけあって、見た目よりも遥かにタフな男だ。

バッグの中から着信音が鳴り、私はスマートフォンを取り出す。

「もしもし、カリム？」

〈言われたところまで持ってきたよ、サチ〉

久保寺から佐伯の居場所を聞いた直後、私はカリムにメールを送っていた。

内容は、今から少しだけ車を貸して欲しいというもの。

カリムは昨日、深夜まで歌舞伎町でケバブを売っていた。営業を終えると、どこか適当な場所に車を停めて、友人たちと飲み明かす。昼頃になって目覚め、車で家まで帰る。それがルーティンワークだと、前に聞いたことがあった。大方、今朝もカラオケかどこかで眠りこけていたはずだ。

「ありがとう。二、三時間だけ貸してくれる？」

〈いいけど、ぶつけたりはダメよ。怒られるのボクだから〉

「安全運転で行くわ。車のキーは座席の上に置いておいて。準備をしたら、すぐ下まで降りるから。メールにも書いたけど、お金は……」

〈お金はいらないよ。その代わり、今度飲みに行こうね〉

「いいわ。ふたりでデートしましょう」

デートという言葉を聞くや否や、カリムは母国語で嬉しそうに何かを言った。車を返す時にまた連絡すると伝え、電話を切った。

カリムの車はフードトラックだ。座席はふたつだけだが、調理場の部分に人を押し込むことができる。アンナと馬場は、そこに乗ってもらう。

「アンナ、準備はいい？」

昏い瞳が私を見つめ返す。アンナは、この世界が私たちに押し付ける理不尽さの被害者であり、加害者でもあった。望美を殺し、メイを陥れ、彼女を助けようとした私のことも騙していた。彼女はこの世界の全てに絶望している。ここで生きていくことに対して何ひとつ価値を見出していない。彼女を救うものがあるとしたら、それは〈ここではない何処か〉以外にはあり得ない。

今は雨が降っておらず、新月の夜どころか朝になってしまっている。二つの条件をクリアすることができない以上、彼女は第三の条件を選ぶしかない。その過酷な道を踏破できるかどうかは、彼女次第だが。

痙攣するように首を動かしたアンナを先に行かせ、事務所の扉を閉める。日中の運転に備え、サングラスを掛けた。私は手の中に、楽園へと至る鍵の輪郭を感じていた。

3

午前中の首都高は渋滞がひどく、途中から下道に降りたものの、ナビアプリでは三五分と表示されていたところが倍近く掛かった。品川埠頭に来るのは初めてだったが、コンテナを積んでいるトレーラーの後を追い掛けると、迷わずに辿り着くことができた。入場待ちをしているらしく、トレーラーの列が道路を埋め尽くしている。周囲に普通車は一台もおらず、並んでいいのか判断しかねたが、久保寺の言葉を信じて列に入った。

車列の進みは遅く、隣のトレーラーの運転手は退屈そうに煙草を吹かしている。私もそれに倣い、残り少ないセブンスターに火を点けた。

ただでさえ、フードトラックは目立つ。車体には怪しげなフォントで「本場のおいしいケバブ」と書かれているうえに、運転しているのは日本人の女なのだから、余計に胡散臭い。職質され、後部の調理場を確認されたら一巻の終わりだ。柄にもなくリスキーなことをしていると思いながら、煙草を吸い続ける。

不意に助手席側の窓がノックされた。

荒井、元麻布のマンション前で会った男だった。また作業着を着ているが、今度はガス会社のものではない。私はパワーウィンドウのスイッチに触れた。

「遅かったね。前の奴が進んだら、右の列に入ってもらえる？」

荒井がドアを開ける素振りを見せたので、ロックを解除する。助手席に乗り込むと、彼は手に持っていたヘルメットを被った。彼の服からは、不自然なほどに強く消臭スプレーの香りが漂っていた。そうでもしないと消えない匂いの中にいたのだろう。

「このまま進めばいい？」

「ああ。僕がいれば問題ないから」

はがきサイズの黄色の紙をフロントガラスに貼り付けながら、荒井は言った。私は彼の指示に従い、列が進むのを待って右側の車列に割り込む。どうやら、所属する運送会社によって列の左右が分かれているようだった。四本目を吸い終えたところで、目の前の一台が大きく左折していき、それに合わせてゲートが見えてきた。手前の入り口に目を遣ると、トレーラーの運転手が身分証か何かのチェックを受けている。

私たちの番がやって来ると、荒井は作業着の胸ポケットからカードを取り出し、ガードマンに手渡した。カードを機械で読み取ると、目の細いガードマンは何も言わずにそれを突き返し、あっさりと中へ通してくれた。

「このセキュリティカード、本物なんだよ。よかったら、君にも安く譲ろうか」

海運会社の名前が書かれたカードをひらひらとさせながら、荒井は得意げに言った。

先程まで前にいたトレーラーと再び合流し、コンテナのターミナルに入る。大型のフォークリフトが忙しなく行き交い、高く積まれたコンテナから伸びる影が埠頭全体を暗くしていた。東京湾に面しているせいか、時折、下水のような臭いが鼻をかすめた。

「まっすぐ行って、コンテナ五個先で左、曲がったら二個先で右。黒いマジェスタが停まってるから、その前に停めて。もう一台来るから、なるべく詰めてね」

速度を落としながら、言われた通りに進む。

車に傷を付けないよう慎重に曲がると、四段重ねのコンテナに囲まれ、完全な日陰になっているスペースにマジェスタが停まっているのが見えた。一旦追い越してからハンドルを切り、バックで距離を縮める。私がエンジンを切ると、荒井はズボンのポケットからラテックスのゴム手袋を取り出した。ひとつを手渡されたので、受け取って手に嵌める。

「馬場は後ろだね？」

「ええ。脇腹を刺されてるから、もしかしたら死んでるかも知れないけど」

「それは大変だ。誰がやったの？」

答えることはせず、キーを抜く。ゴム手袋を嵌めながら、荒井は薄く笑った。岡野は自らの手で金を盗んだ犯人に制裁を加えることを望んでいる。久保寺の指示で動いている荒井は、ひとまずは馬場を生かしておくために止血を試みるはずだ。

「佐伯はその赤いコンテナの中にいる。外で見張ってるけど、あんまり大騒ぎはしないでね」

「分かった。私が出てくるまでは、中に入ってこないでもらえる？」

「久保寺くんが来るまでは、そうするつもりだよ」

右側のコンテナに寄せる形で停めたので、先に荒井に降りてもらい、助手席側から車外に出た。後部ハッチを開けると、馬場はシンクに寄り掛かるように足を投げ出していて、アンナは彼の脇腹をバスタオルで押さえ付けていた。彼女の手当ての甲斐あって、まだ生きているようだった。

「降りて」

「どこに連れて来たの？」

「すぐに分かるわ。早く降りて」

座り込んでいるアンナの腕を強く引っ張り、車から引き摺り降ろす。わずかに抵抗を見せたが、きょろきょろと周囲を見渡すと、彼女は諦めたように従順になった。交代するように車内を覗き込んだ荒井は、「道具を取ってくる」と言ってマジェスタの方に向かっていった。

「馬場はどうなるの？　あのままじゃ死んじゃうよ？」

「彼は、彼がしたことの責任を取る。あなたは、あなたの心配をしなさい」

アンナを連れて、左側にある赤色のコンテナへと歩いた。ドアに付いている取っ手を持ち上げ、手前に引くとロックが外れた。摑む位置をバーに変え、重たいドアを少しずつ開けていくと、荒井と同じ消臭スプレーの匂いが隙間から漂ってきた。

「入って」

彼女を先に行かせ、ドアを閉めながらコンテナに入る。

内部に照明はなく、閉め切ると真っ暗になってしまう。バッグから手探りでスマートフォンを取り出し、ライトを点けた。外観から判断するに、このコンテナのサイズは四〇フィート。縦に長いことも相まって、かなり広々としている。

懐中電灯としては頼りない光を掲げながら慎重に進むと、部屋の奥に人影があるのが見えた。アンナの背中を押し続けながら、ゆっくりと近付いていく。私たちの存在に気付いたのか、人影が動く気配がした。鎖の揺れる音がそれに続く。くぐもった声は意味を持たない音として響き渡ったが、必死に喚いていることだけは伝わってくる。口を塞がれているのだろう。

アンナが急に立ち止まった。

顔を知らない私には分からないが、彼女は、それが誰なのか分かるはずだ。

パイプ椅子が一脚あり、座席の上に電池式のランタンが置かれている。ボタンを押すとＬＥＤの白い光が室内を照らしていった。スマートフォンのライトを消し、バッグにしまう。

久保寺か荒井の拷問を受けたのか、男の顔は血塗れだった。手足を結束バンドで拘束され、首に巻かれた自転車用のＵ字ロックが、コンテナの金具に鎖で繋がれている。

この男が佐伯だ。

探し続けていた男が、目の前にいた。

「……なんで、ここにいるの」

その一言を呟くまでに、アンナはひどく長い時間を要した。

闇デリを乗っ取ることで大金を稼ぎ、ひとり抜けようとした望美が殺されるように仕向け、〈ホーム〉を崩壊させた。自身に不利な証拠を持っているメイの口を封じ、アンナのことも殺そうとしていた。私が知っている佐伯という男は、この世界に悪意を撒き散らす卑劣な悪人だ。

佐伯がアンナを狙っている限り、彼女を逃がすのに支障が出るかも知れない。だからこそ、佐伯を捕まえようとしている岡野たちに協力した。しかし、佐伯に近付けば近付くほど、私の中にある動機は揺らいでいった。

依頼を受けたからには、〈雨乳母〉として顧客に失踪を遂げさせる。

今までに逃してきた数十人と同じように。

だが、私がプロとしての意識を越えてアンナに肩入れしているのは、彼女の過去が私のそれに似ているからに他ならない。それゆえに、どうしても確かめたかった。何よりも、佐伯を助けてあげて欲しいという由紀恵の言葉が頭から離れてくれなかった。

「テープを外して」

できる限り冷淡に命じた。

アンナは佐伯のそばにしゃがみ込むと、血で汚れているダクトテープにおそるおそる触れた。何重にも巻かれているため、彼女は左手で佐伯の後頭部を持ち上げながら、右手で灰色のテープを剝がしていった。

ようやく口元が現れると、佐伯は口に含んでいた何かを吐き出した。折れた歯が、どろっとした赤色の痰に混じって床に飛び散る。慌てて後ずさると、アンナは持っていたテープをその場に捨てた。

「……玲奈。お前、どうして」

「玲奈じゃない。あたしの名前はアンナよ」

突き放すように言うと、アンナは佐伯から目を逸らした。

私はランタンを退かし、パイプ椅子に腰掛けた。

「佐伯さん、初めまして。私はさっきまであなたと一緒にいた人たちの知り合いよ」

視線が合うのを待ってから、そう自己紹介した。佐伯の顔に怒りは浮かんでいない。むしろ、冷静な表情で対話に臨もうとしていた。

「もう分かっただろ。俺は金なんか盗ってない」

「ええ、分かってる。あなたの無実は証明された。……本当の犯人を捕まえたわ」

一瞬だけ驚愕を覗かせたが、佐伯はすぐにそれを隠した。彼の緊張を解く必要があると考え、バッグからバタフライナイフを取り出し、足首の結束バンドを切った。煙草に火を点けてから、私は続けた。

「犯人はアンナだった。働いていたデリヘルの従業員と結託して、店の金を盗んだの。そして、自分たちが疑われないように、メイさん、彩織さんを犯人に仕立て上げた」

佐伯の視線がアンナの方へと向けられる。

決して、睨んではいなかった。抱いて然るべき憎悪や殺意も込められていない。ただ彼女のことを恐れるような、悲しげな眼差し。

「ねえ、佐伯さん。『この人殺しが』って、どういう意味？」

「……なんであんたが知ってる。見たのか？」

「あのメッセージを送ったのは私よ。アンナのスマートフォンは私が預かってる」

状況が飲み込めないという面持ちで、アンナがこちらを振り返る。

「勝手に触ったの？　中は見ないし、何もしないって言ったのに」

「嘘をついていたのはお互い様でしょう」

非難するような口調で言ったアンナをはねつけ、再び佐伯に目を向ける。

彼の視線は、未だにアンナへと注がれていた。

「私には、あなたを解放する権限があるわ。そうなるかどうかは、あなた次第だけど」

「俺に何をさせたい？」

「全て話して。メイさん、……いえ、彩織さんが死んだ時、本当は何があったのか」

「どうして、そんなことを」

「彼女を弔いたい。……悪いけど、あまり時間がないの。私にも拷問の心得はあるわ」

そう返してやると、佐伯は伸び切っていた足を縮め、目蓋を閉じた。開かれたままの口で浅い呼吸を繰り返している。肋骨が折れている場合、口呼吸の方が痛みが少ない。ダクトテープを巻かれていた間は、激痛に耐えながら息をしていたはずだ。

「玲奈から連絡があって、『あるものを買って欲しい』と言われたのが始まりだ」

「闇デリをしていた証拠ね。全部知っているから、ぼかさずに続けて」

「……すぐに東京に行き、京王プラザホテルのラウンジに向かった。玲奈と彩織は、俺が持っている現金全てと引き換えに証拠を渡すと言った。できないと答えると、証拠を拈華会の人間に渡すと迫ってきた。俺には、そのどちらも選べなかった。組を抜けるわけにはいかないが、金も渡せない。理由を説明しようとした時、玲奈が突然逃げ出そうとした。だから咄嗟に、玲奈の腕を摑んでしまったんだ。ふたりが『殺される』と叫んだせいで、俺は警備員に追い掛けられることになった。新宿駅まで逃げてから、ようやくまずい状況になったと気付いた」

「拈華会の人間に闇デリのことが知られれば、あなたは殺される」

「ああ、そうだ。だから俺は、別の可能性に賭けることにした」

「可能性？」

「玲奈が聞く耳を持たないと分かった時点で、彩織のバッグに俺の連絡先を書いた紙を入れておいたんだ。あいつなら、理由を知りたがると思った」

　土地勘もなく、情報網も持っていないであろう佐伯がどうやってメイを探し出したのか、ずっと不可解だったが、佐伯の言葉で腑に落ちた。

　メイの方から接触を図ったのだ。

「それで、ふたりで会ったのね」

「彩織に、証拠を渡して欲しいと頼んだ。あれが少しでも世に出れば、俺は終わりだ。俺だけじゃなく、関わっていた全員の身が危ない。そう説明すると、彩織は、お金さえもらえれば返すつもりだと言ってきた。『あなたが独り占めした金なんだから、全部返して欲しい』と。だから俺は、はっきりと『違う』と答えた」

「何が違うって言うの？」

「……あれは、みんなでやり直すための金だ」

「嘘だ！」

　耳をつんざくような声でアンナが叫ぶ。

　私は立ち上がり、彼女の頬を張った。軽くやったが、一睡もしていないふらふらのアンナをぐらつかせるのには充分だったのか、コンテナの壁に思い切りぶつかると、彼女はその場にうずくまった。床に落とした吸い殻を携帯灰皿にしまってから、私はパイプ椅子に座り直した。

「どういう意味か説明して」

「事件のことは知ってるんだろ？」

「ええ。〈ホーム〉のことも、望美さんを殺して東谷山に棄てたことも」

　佐伯が頷くと、それに合わせて鎖の音が響いた。

「穏便に収めたかった。金を渡して終わりでよかったんだ。……けど、〈ホーム〉はそうじゃなかった。全員が望美を恨み始めた。だから、ガス抜きをさせるつもりだったんだ。少し痛い目に遭わせて、他の奴らを満足させてやれば、この件も手打ちにできると思った。だが……」

「歯止めが利かなかったのね？」

「全員が捕まるのは目に見えていた。あいつの家はごく普通の家庭だった。家出していた時でも、妹のお見舞いには必ず行っていた。来なければ連絡するだろうし、返事がなければ不審に思われる。捜索願が出されるのは時間の問題だ」

　佐伯がこの状況で嘘をつくとは考え難い。

となると、嘘をついていたのはアンナの方だろう。彼女は事実を捻じ曲げ、私が佐伯を悪人だと捉えるように誘導していた。自分を被害者にするために。

「だからあなたは、自首するよう勧めた」

「全員が初犯だ。裁判になれば、家庭環境を引き合いに情状酌量もあり得ると思った。それに、自首すれば捜査の手は闇デリにまでは伸びないと考えたんだ」

「でも、あなたたちがサービス業をしていたことは報道もされているわよ」

「全部隠すのが無理なことは分かっていた。犯罪収益は没収される可能性だってある。金を手元に残すためにはどうすればいいかを考えた末に、切っても問題ない顧客だけを売ったんだ。守るためには、それが最善の方法だった」

「……守る?」

「犯罪者になった奴に未来はない。出所してからも、同じ人間として扱われない。一度レールを外れてしまった人間は、やり直すチャンスさえ与えてもらえない。だから俺が、あの金を守らなきゃならなかった。そのために口裏を合わせたんだ。……俺ひとりは残れるように」

　血が混じった唾を吐いてから、佐伯は続けた。

「みんなが中に入っている間、闇デリで稼いだ金は俺が保管し続ける。そして、全員が出所したら均等に分配する。その金で、もう一度やり直す。俺たち〈ホーム〉はあの時そう誓ったんだ」

〈ホーム〉。

　その言葉を口にした時、それまでは霞がかっていた佐伯の瞳に強い光が灯るのが分かった。

　刑期を勤め上げたとしても、彼女たちには社会的な制裁が待っている。どこへ逃げても実名や住所、職場を特定され、加害者として糾弾され続ける。そこで佐伯は、自分が逮捕を逃れる代わりに、全員で稼いだ金を守ることを決めた。

〈ホーム〉全員で人生をやり直す、それが佐伯の計画だった。

「その場にはアンナもいたの？」

　彼から目を逸らし、私は質問を続ける。

「玲奈はいたが、彩織はいなかった。事件の後、何日か友人の家に泊まっていたそうだ。智子以外で望美と最も親しかったのは彩織だったから、自分たちが望美を死に追いやったことでショックを受けたんだと思った。玲奈には、彩織に会ったら伝えておいてくれと頼んだ。数日後に伝えたと言われたから、その言葉を信用して、彩織に確かめることもしなかった」

〈ホーム〉がバラバラになってもなお、佐伯は〈ホーム〉のために行動していた。しかし、メイはそのことを知らなかった。伝える役目を任されていたアンナが意図的に隠していたのだ。どうして教えなかったのだろう。当の本人は、壁に背中を付けてうずくまったままでいた。顔を伏せ、時が過ぎるのをじっと待っている。

「話を戻すわ。彩織さんと会って、それから？」

「みんなでやり直す金だと伝えたら、彩織は驚いていた。信じてもらえないだろうと思って、俺は彩織に『玲奈に電話して確かめてみろ』と言った。携帯を貸してやって、俺にも聞こえるようにスピーカーにして掛けさせたんだ。……彩織が問い詰めると、玲奈は伝え忘れただけだと答えた。『嘘はついてない。あなたに嘘をつくわけがない』ってな」

　メイとアンナは、親友以上に、まるで姉妹のように寄り添って生きていた。

　家族のいないアンナにとって、家族を捨てたメイにとって、ふたりという単位が、この世界の中で自分たちの居場所を作るために必要不可欠だったはずだ。そしてメイは、アンナのために生きることで、自分自身をも生き永らえさせていたのだろう。自分の人生に対して価値を見出せなかった彼女には、アンナこそが生きる意味だった。

「彩織は、俺が玲奈を優遇する理由を知りたがっていた。気持ち悪い客には付かせないようにして、給料も多く渡していた。美味いものを食いに行く時は、できる限り連れて行った。仲の良い彩織にならⅰ打ち明けていると思っていたから、驚いたよ」

縛られている両手を持ち上げると、佐伯は立てた爪で顔面を掻き毟った。

「どうしてだったの？」

「やめて、佐伯。……お願い」

身を乗り出した私の足元で、アンナが懇願するように呟く。心の底からの拒絶であるように感じられた。それを聞いた佐伯は、赤黒い血で濡れた顔を歪ませた。腰をずらして体勢を変え、壁にもたれかかると、佐伯はアンナを睨んだ。

「なんで逃げるんだよ。逃げたところで、事実は変わらないんだ」

「それはあんたの事実でしょ。あたしには関係ない」

「関係ない奴なんていない。だから、逃げられないんだよ」

アンナの弱々しい舌打ちが、湿り気を帯びた静寂に飲み込まれていった。

「俺は玲奈の兄だ」

苦しそうに息を吐き出してから、佐伯は告げた。

私はふと、太田から聞いたアンナの家族の話を思い出した。アンナの実母は家を出て行き、彼女は義父の元にひとりで残された。しばらく経って、義父の元には新しい女がやってきた。そして、その女にも連れ子がいた。アンナの境遇に気を取られて考えが及んでいなかったが、家出をするまでの期間、彼女には異母兄弟がいたことになる。それが佐伯だった。

「玲奈の義父と俺の母親が一緒にいたんだ。玲奈がいなくなった半年後に、義父は家を引き払い、別の場所で暮らし始めた。移り住んですぐに、俺は追い出された。これで当分は生活できると、三万円だけ渡されて。……戻る気は微塵もなかった。ろくでもない女だと思っていたからな」

佐伯の母親は、息子よりも新しい恋人を選び、彼を捨てた。家族がいない佐伯は、何の後ろ楯もないまま生きることの過酷さを知っている。だからこそ、〈ホーム〉が稼いだ金を守ることを思い付いたのだろう。

「万引きやスリで日銭を稼ぎながら、俺は玲奈を探した。地元の悪い連中と絡むようになって、ちょっとした仕事を回してもらっているうちに、拈華会の下っ端の弟分になっていた。ヤクザになれば、手っ取り早く金も稼げて、情報も集められると思った」

「あなたは闇デリを資金源にしようとして〈ホーム〉に目を付けたんじゃない。アンナを探し出す過程で〈ホーム〉のことを知ったのね？」

「ああ、そうだ。あの闇デリの中に手癖の悪い女がいて、そいつが財布を盗った相手が、運悪く拈華会の人間の知り合いだったんだ。俺は上の人間に命じられて、その調査を任されていた。玲奈を見付けたのは、その最中だ。カメラ越しだったが、間違いなく玲奈だった。未成年の子供だけで運営されている闇デリのグループがあって、そのグループの中では『アンナ』と名乗っていると、後になって知った」

煙草に火を点けた矢先、彼も喫煙者であるということに気付き、もう一本取って佐伯の口に咥えさせた。ライターを近付けてやると、佐伯はゆっくりと息を吸い込んだ。窮屈そうに持ち上げた手で煙草を退けると、濃い煙を吐き出した。

「西東純也という男が、拈華会の人間が経営している板金屋に出入りしていた。飯を奢りたいと言って、俺は純也に近付いた。純也が闇デリのドライバーをしていることは分かっていた。女を乗せて同じ部屋に帰って行くのを何度も見ていたからな。てっきりそこが待機所代わりなんだと思っていた。少し話をしてから、闇デリのことがヤクザにバレていると伝え、あの部屋まで連れて行かせた。そこで俺は、〈ホーム〉の存在を知った。玲奈が〈ホーム〉の一員であることも」

「バレていると教えたのはどうして？」

「あの時点で、あいつらはかなり危険な橋を渡っていたんだ。仕切らせてくれれば、尻尾を掴まれることもなく安全に大金を稼げる。そう提案することで、俺は〈ホーム〉に取り入った」

「おこぼれにありつくため？」

「充分な金が貯まったら、あんなことは辞めさせるつもりだった。玲奈には、まともに生きて欲しかったんだ」

「……思ってもないくせに」

苛立った声でアンナが口を挟んだ。

「あんたは暖かい部屋で寝て、ご飯も食べれた。あんたの母親に殴られる私を見て笑ってた。忘れたの？」

「そうしなきゃ、俺も同じ目に遭ってた。……あの時のことは後悔している。ずっと謝りたかった。あの時の償いをするために、お前を探した。お前を助けたかったんだよ」

「そうやって善人ぶれば、助けてもらえるとでも思ってんの？」

「兄妹喧嘩は後にして。あなたが兄だってことを、アンナはメイさんに黙っていたのね？」

言い争いを止めさせるべく、声を張り上げる。

まだ残っている煙草を床に押し付けると、佐伯は首を縦に振った。

「彩織はショックを受けていたよ。俺は彩織に代わって、どうして隠していたのかを訊ねた。玲奈は『知られたら、彩織に嫌われると思った』と答えた。それを聞いて、彩織は怒った。『そんなことで嫌いになるはずがない。どうして信じてくれなかったのか』と玲奈を責めた」

次第に荒くなっていく佐伯の息遣いは、ただ体の痛みによるものだけではないように感じられた。煙を吐き出しながら、私はアンナに視線を向ける。乱れている長い髪の隙間から覗く目元が、涙で濡れているように見えた。

「それで、アンナは何と答えたの？」

淡々と答え続けていた佐伯は、その問いにだけは、すぐには答えなかった。

ランタンから放たれる不自然に眩い光が、暗い室内に陰影を作り出している。座り込んでいる佐伯から伸びた影は、アンナのものと重なり、壁面に濃い影を落としていた。佐伯は項垂れると、眠りに落ちるような挙動で目蓋を閉じた。

「自分を下に見てる人間のことなんか信じられない。……玲奈はそう言った。あたしが自分より馬鹿で弱いから、守ってあげてる気分になれるんでしょう？　望美のことだってそう。なのに、あの時は見殺しにした。自分も標的になるのが怖かったから」

佐伯はアンナの言葉をそのままに繰り返しているようだった。

そこで一旦区切りを入れると、彼は大きく息を吸った。

「望美と一緒に殺されてればよかったのに。……そう言われた瞬間、彩織はビルから飛び降りた」

コツコツやるのが得意な子だった。夏休みの宿題も毎日やるタイプで、欲しいものがある時はお小遣いを貯める。幼い頃はディズニーランドに行くのが夢だったと、メイの母親が教えてくれた。東京に来て、アンナと一緒にディズニーシーを訪れた時、メイは本当に嬉しかっただろう。痛みも苦しみもないおとぎ話の世界は誰に対しても平等に優しくて、彼女はそこで永遠に遊んでいたいと思ったはずだ。

しかし、閉園時間が来れば現実に引き戻されてしまう。どこに行こうとも、どこへ逃げようとも、彼女には彼女の過去が付いて回る。だからこそ、彩織という名前を捨て、素性を隠すことができる夜の仕事に就くしかなかった。

彼女を責め立てていたのは外側の声だけではなかっただろう。友人を見殺しにしたという事実が、メイの心を内側から蝕み、苦しめていた。不起訴になった時、彼女は自由になったという喜びなど少しも感じなかったはずだ。そして、望美に償うことができない代わりに、アンナを守って生きていくことを自身に課したのだろう。やり直すことなどできないと悟り、この世界に絶望しながらも、アンナのために生きねばならないという理由だけで、壊れかけた心と体を必死に動かしてきた。

その絶望の先で、私に出会った。

メイもまた、あの門を開くことができたはずだ。

顔を覆うように頭を抱えたアンナが、視界に映り込む。メイを突き落としたのはアンナだ。アンナに、自分が生きていた意味に自分自身を否定されたことで、メイは発作的に死を選んだ。ふたりの親密さを知っていたからこそ、佐伯は「人殺し」という表現を使ったのだろう。

「現場から逃げた俺は、玲奈に繋がる手掛かりがあると思って、『プリズム』の待機所に向かった。……その後のことは知ってるだろ。松寿会の人間に追われ、身を隠しながら俺は玲奈を探し続けた」

そう言い終えると、佐伯は低い天井を見上げた。

「話はこれで全部だ。俺をどうするつもりか教えてくれ」

「そうね。あなたがどうなるかは、アンナが決めてくれるわ」

自分で新しく付けた名前を呼ばれた少女は、慈悲を求めるような表情でこちらを見返していた。被害者でいることを望む瞳。それは、この世界で生き抜いていくために彼女が選んだ道。

私は立ち上がり、パイプ椅子を畳んで壁に立て掛けた。煙草を咥えたまま、バッグからバタフライナイフを取り出す。弄ぶことはせず、最短の手順で刃を広げる。足元に座っているふたりの視線が、私の手元に注がれているのが分かった。

　これは、悪趣味な玩具だ。

　そして、明確な意思をもって死を与える凶器だ。

「自分のことを『人殺しだ』って言ったわよね？」

　左手に持っていた煙草を放り捨てる。後で回収すればいい。

　アンナが小さく頷いたので私は首を横に振った。

「ダメよ。これから先は、全て言葉にして」

「……言ったよ」

「私もそうなの。九年前、私は人を殺した。これと同じナイフで心臓を突き刺した」

　大きく見開かれていったアンナの眼を前に、右手で柄を強く握りしめる。

　あの頃、地元の不良の間でバタフライナイフが流行っていた。仲間に好かれるためには同じものを持つべきだと思い込んでいたあの男は、とびきり刃渡りの長いものを、使う勇気もないのに持ち歩いていた。それが後で自分を殺すことになるとも知らずに。

「あの男は私の妹を殺した。直接じゃなくて、あなたがメイさんにしたように、死に追いやったの」

　制止する警官を振り切って入った事件現場。鼻の曲がるような臭いを、今でも強く覚えている。アルコールと精液と、何かが焼かれたような臭い。どんな陵辱が繰り広げられたのか、想像するのに充分だった。

　妹は服が大好きだった。

　誰が教えたわけでもないのに裁縫が得意で、私が仕事で着ていたドレスを直してくれることもあった。手先が器用なのは、母親に似たのかも知れなかった。将来の夢は何かという小学校の作文に「デザイナーになりたい」と書いているのを知った時は、思わず抱き締めたくなった。

私と違って、妹には夢があった。彼女のために生きていた私は、その夢を叶えてあげるために、できる限りのことをしたいと考えた。こんな田舎町では、彼女の夢を叶えることはできない。ここを出て、ここではない場所に行かなくてはならない。そのためには、金が必要だった。

「あの男は、私の妹をあいつらに差し出した。そうしなければ自分が痛い目に遭わされていたという身勝手な理由でね。だから私は、あの男に復讐した」

アンナが唾を飲んだ。

その音さえ、必死に押し殺そうとしていた。

「妹は私にとって、唯一の生きる意味だった。それを奪われたことが、許せなかった。……この世界は壊れてる。何も悪くない妹が死んで、あの男はのうのうと生きている。私は奪われたものを取り戻したくて、あの男を殺すことにした。殺したら、それで終わるつもりだった。死のうと思っていたの。この世界に、これっぽっちも未練なんてなかったから」

左手に光の粒子が集まっていく。

その姿形は、燃え盛る炎から飛び散っていく火の粉によく似ている。白い輝きは、不規則な軌道を描いて舞い上がりながら小さな輪郭を獲得していき、鍵の形を象って私の手に馴染んだ。

「あの門は、そんな私の前に現れた。この世界に絶望しきった私に、〈ここではない何処か〉を見せた。全てのはじまりは、人を殺すことだったの。……つまり、誰かの命と引き換えにしても、この門は開く」

両側に刃が付いたナイフを床に向かって投げる。ピンの部分を中心にしてくるくると回転するナイフは、アンナが履いていたスニーカーの前でその動きを止めた。ラバーの貼られた握りやすい柄が、彼女の方へと向けられていた。

門を開くための第三の条件。

かつての私は、その例外な方法によって門を開けた。

「門の向こう側へと逃げたいのなら、そのナイフで佐伯を殺しなさい」

一字一句はっきりと告げた。

唇を動かす度に、心に深く刻み込まれている古傷が熱を帯びていく気がした。

「あなたには二日後を待つ余裕がない。あと十数分で久保寺が来る。馬場だけじゃなくてあなたも捕まるわ。運良く殺されなかったとしても、いっそ死んだ方がいいと思えるくらいには悲惨な人生が待っているでしょうね。強要はしないから、時間の許す限り考えるといいわ」

ランタンが照らしている範囲から抜け出て、ふたりのことが見える位置で壁に寄り掛かる。彼女の悪意は常に受動的だった。あとになって「仕方なかった」と言い聞かせることで被害者としての自分を守ってきた。だが、本当に消えることを望むのならば、自らの意思を示す必要がある。

ここは私の居場所ではない、と。

「説明してくれ、玲奈。向こう側に逃げるって、どういう意味だ？」

先に口を開いたのは佐伯だった。

彼はナイフには目もくれず、俯いているアンナと視線を合わせようとしていた。

「俺を殺したら、そいつがお前を逃してくれるってことか」

何を言われようとも、アンナは口を開く気がないようだった。彼女の沈黙を肯定と受け取ったのか、佐伯が微笑みの形に顔を歪める。

「……どうして、〈ホーム〉を捨てた？」

ひどく掠れた声だった。

初めて、佐伯は怒りを表出させていた。

「どうして彩織にあんなことを言った？」

心からの親友ではなく、孤独にならないための命綱であったとしても、それでも、ふたりは一緒に生きていた。メイさえいれば、アンナはやり直せたかも知れない。だが、メイを捨てた瞬間、アンナは引き返せなくなった。その選択の先に、今の彼女がいる。アンナの両手は、何も持っていないことを恥じ入るようにワンピースの裾を握り締めていた。

嘔吐のような咳をしたあとで、佐伯は続けた。

「……今でも俺は、〈ホーム〉といた時間が一番楽しかった。違う出会い方をしていればよかったと、そう思ってる。お前はどうなんだよ、玲奈。お前は何を考えてる？」

「あんたに分かるわけないでしょ」

「言わないから分からないんだろ。伝えないから、伝わらないんだ。甘えるな」

畳んでいた足を引き寄せながら、佐伯は立ち上がろうとする。痛みで顔が引き攣り、バランスが崩れる度に側頭部が壁にぶつかり、呻き声が漏れ出す。立ち上がった佐伯に恐怖を感じたのか、アンナはわずかに後ずさった。

「いい加減逃げるな。いつまでも子供ではいられない。お前にも、俺にも、子供の時期なんてなかった。嫌でも大人になるしかなかった。……でも、それはもう変えられないんだよ。俺たちは、自分の人生に自分で責任を持つしかないんだ、玲奈」

背中をべったりと壁に預けながら、佐伯は言った。

「俺はもう助からない。だが、お前は逃げるな」

「来ないで」

「あいつらのことを待ち続けろ、玲奈。十年経っても、加害者の烙印は消えない。この世界の誰も、あいつらのことを助けてくれない。だから、お前が守ってやれ。俺たちの家族を——」

言い終える寸前で、佐伯がつんのめるように倒れる。鎖が激しく揺れる音が響き渡り、佐伯の体は、離れようとして後ずさったアンナの前へと叩き付けられた。

「……〈ホーム〉は、家族なんかじゃない」

驚くほど静かな声でアンナがそう呟いた。

白い膝に爪を立てながら、彼女は目蓋を閉じた。

「結局はニセモノだった。真似はできても、あたしたちは本物の家族にはなれなかったんだよ。みんなが秘密を隠してて、嘘をついてるのに気付いてないふりして、へらへらしてた。お互いに嫉妬し合って、気にならないふりしながら見張ってた。つまらないことで怒って、泣いて、何度も息苦しいと思った。〈ホーム〉はみんな、ひとりじゃいられない寂しがりだから、他にどうしようもなくて集まってただけなんだ」

アンナにとっては、初めて口にする本心だったのだろう。

彼女たちは、多くの人間にとっての当たり前を手に入れることができなかった。その代わりに、自分たちに〈ホーム〉という名前を付けることで、喪失感を埋めようとした。一二歳で家を出たアンナにとって、誰かと一緒に暮らすことは、絶対に手に入らない夢に等しかったのだろう。それ自体が〈ここではない何処か〉だった。だからこそ、その生活が現実になった瞬間、彼女の世界は色褪せる。〈ホーム〉は彼女を満たしはしなかった。

「あたしは、本物が欲しかったんだ」

吐き捨てるようにアンナは言った。

壁に頭を預けた彼女は、天井を仰ぎながら右腕を宙に伸ばした。

「どこに行っても、あの事件のことがつきまとう。あたしとメイが東京で風俗嬢をやってるってネットに書かれて、店にバレる度に、適当な理由つけてクビにされた。『人殺しの女を犯したい』

っていう男にストーカーされたこともあった。……もう、うんざりなの。逃げるのも、隠れるのも、自分を嫌いになるのも。……これを最後にしたいの。あたしは、あたしをやり直したい」

「なかったことになんかできない。人は、自分がやったことの責任を取らなければならないんだ」

「できるんだよ。あたしは、ここから逃げられる」

「逃げたとして、それでどうなるんだ？　もう彩織はいない。お前が追い詰めて、死なせたんだ。お前は、お前のことを大切に思っている人間を裏切った。彩織は、お前の本物の――」

「どうだっていい！」

佐伯の言葉を塗り潰すようにして、アンナが叫ぶ。

「生まれてからずっとバカにされてて、ずっと惨めな気持ちで生きてて、死ぬまでそれが続くんだろうなって分かってる人間の気持ちが、あんたには分からないんだ。望美も、メイも、誰も分かってくれなかった。死んじゃって当然なんだ」

ふらふらと立ち上がった彼女は、よろめきながら佐伯に近付くと、足元のナイフを踏みつけた。

「もう苦しいのは嫌なの。……あたしは向こう側に行く。痛みも苦しみもない場所に」

「お前はその女に騙されてる。そんな場所がないことぐらい分かるだろ。いい加減大人になれ、玲奈」

「うるさい！」

吠えたアンナが床に膝をつく。

ナイフに触れようとした彼女は微かに躊躇いを見せたが、自身を鼓舞するように独り言を繰り返すと、小さな手で柄を握り締めた。

「血が繋がってなくても、妹だと思ってたよ。……できる限りのことを、してやりたかった。助けたいと思ってた。今更なのは分かってる。でも、それだけは信じてくれ」

「バカじゃないの。あんたはわたしの兄なんかじゃない」

冷徹に告げたアンナを見上げたまま、佐伯が唇を嚙み締める。

事実上は異母兄妹に近いものの、法律的にも血縁としても、アンナは佐伯の妹ではない。佐伯の方にも、アンナを妹として扱う義務はない。にもかかわらず、佐伯はアンナとの関係にこだわり続けている。

私は佐伯の動機を執着と捉えていた。

だが、実際は違った。

最も相応しい言葉を探すのなら、擬傷だ。

佐伯は、たったひとりの家族のために生きることによって、自分の人生に意味を与えようとしていた。だからこそ、佐伯にとってアンナは妹でなくてはならなかった。

やがて、アンナを見つめるのをやめると、佐伯は長い溜め息をついた。

「……お前も母親に言われたんだろ？　『お前は私の娘なんかじゃない』って――」

あまりにも早い反応だった。

きっと、理性よりも先に、心が苦痛の記憶を再生したのだろう。

アンナが、振り上げたバタフライナイフを佐伯の腹部に突き刺す。両刃のナイフは、いとも簡単に体の奥深くへと達する。足を激しくばたつかせながら、佐伯が絶叫した。先程までの低い声からは想像もつかない獣のような断末魔が耳をつんざく。逃げるために体を反転させようとしていたが、手が固定されているせいで、思ったように抵抗できないようだった。

「あたしは、ひとりでだって生きていける！」

咆哮と共に、アンナが再びナイフを振り下ろす。肺のあたりに鋭い刃が突き刺さる。佐伯の絶叫は次第に掠れ、まともな音にならない声が喉から噴き出していた。傷口からは、温かみを感じさせるねっとりとした血が溢れている。

片刃のナイフと違い、引き抜くのに力が要らない。加えて、血が潤滑油代わりになっている。するすると抜けていくナイフを握り直したアンナは、今度は体重を預けるように突き立てた。飛び散った鮮血が、離れているランタンにまで付着していた。

「いつかいなくなるなら、誰もいなくていい！」

何度も。

何度も何度も、アンナはナイフを振り下ろす。

自分を苦しめ続けた理不尽さに、刃を突き立てるように。

「……れ、れい」

「あたしは、アンナだ！」

滅多刺しと呼ぶしかない連打の一回が心臓を穿つのが見えた。

佐伯の足は弛緩したように伸び切り、靴の先端がゆっくりと外側に開いていった。呻き声は途絶え、ぴちゃぴちゃと水が跳ねる音だけが室内に響いていた。私はアンナに歩み寄り、背後から彼女の手首を握った。しかし、私の腕力では止め切れず、もう一度、佐伯の体にナイフが突き刺さる。か細い腕のものとは思えない強い力。撒き散らされた血が、白いワンピースを真っ赤に染め上げていた。アンナがナイフを引き抜く前に、私は両腕ごと包むようにして彼女の体を抱き締めた。

「あんたが――」

「もういいのよ、アンナ。……佐伯は、もう死んでるわ」

彼女の悪意が鎮火するまで、私は腕に力を込め続けた。

　やがて、夥しい量の血で元の色が分からなくなっている柄から手を離すと、彼女は気でも失ったように全体重を私に預けた。本当に息絶えているのかを確かめるべく、アンナの肩越しに佐伯の体を眺めようとしたが、久しぶりに訪れた予感によって、その必要がないことを悟った。

　門が開こうとしている。

　世界を壊してしまえるだけの力を持っていない限り、あるいは、死を選べる勇気もない限り、この世界に対する憎悪というのは、途方もなく無意味で矛盾した熱量だ。その感情には行き場がない。アンナも私も、崩れていく心を守るために、行き場のない憎悪を他人に向け、殺（あや）めた。

　あの門は、私たちが抱く軋んだ憎悪を受け容れてくれる。

　苦しみが生んだ怒りと、痛みが育んだ憎しみを掬い取るようにして現れる。

　アンナは代償を支払った。

　だからこそ、門は彼女を呼んでいる。

　半ば引っ張り上げるようにして、ゆっくりとアンナを立ち上がらせる。だらりと垂れ下がった両腕が、肘のところまで血に塗れていた。

「あなたはやるべきことを果たした。もう終わったことよ」

　注意を逸らそうとしたが、彼女は瞬きもせずに黒い瞳を足元に向けていた。

「……これで、あたしは行けるの？」

「ええ。行きましょう」

　アンナの腕を引き、背後に佇んでいた門と対面する。鍵を穴に挿し込むと、私の力を借りることなく回転していき、それに合わせて右側の戸がわずかに揺れ動いた。右手を伸ばして戸を押すと、内側から涼やかな空気が流れ込んできた。呼吸を整え、神経を集中させる。アンナの体を抱き寄せ、先に門をくぐらせる。

足を踏み入れる前に、私は後ろを振り返った。

バタフライナイフが突き刺さった佐伯の死体。

あの男の時と同じだった。沢渡幸になった私は、この越境を幾度となく繰り返してきた。次の瞬間には、美しい世界が私たちを迎え入れている。

4

鳴り響いている鐘は、夕方の五時を告げているようだった。放課後の教室には、大きな窓から穏やかな夕陽が差し込んでいる。私の右手は横開きのドアに触れていた。

アンナを探そうとして動かした視線を、すぐに止める。

彼女は教室を見渡すようにして、掃除用具が入っているロッカーの近くに立ち尽くしていた。室内には、数人の女生徒が残っていた。ひとつの机を囲み、お菓子を食べながら談笑している。彼女たちには、ふたりの侵入者を警戒する様子は欠片もなかった。しばらく席を外していた人間が戻ってきた時のような、空白が埋まっていく安心感が私たちを包んでいる。

「ねえ、玲奈も行こうよ？」

机に座っていた女生徒がアンナに声を掛ける。

中断されていた会話が再開するような自然さに、アンナは呆然としていた。見ず知らずの人間が親しげに話し掛けてきたというのもあるだろうが、それ以上に、ここが何処なのかを理解しかねているようだった。

「……あ、えっと」

「前から一緒に行こうって言ってたじゃん」

快活そうな喋り方をする女生徒は、教室の入り口に立っている私に気が付くと、友人に向けていた朗らかな笑顔のまま頭を下げた。会釈を返してみると、私より先に向こうが口を開いた。

「市の職員の方ですよね？　玲奈の担当の」

黙って頷いた。

ここでは、そういうことになっているのだろう。

「それなら仕方ないや。また今度にしよっか」

「玲奈、大変だったもんね」

彼女たちはみな、優しげな表情で玲奈を労っていた。もう一度会釈をしてから、ブレザーに身を包んでいる玲奈の肩を抱き寄せ、教室の外へと連れ出した。白い廊下をまっすぐ進み、階段を降りる。ここが三階ということは、さっきまでいたのは高校三年生の教室なのだろう。昇降口を抜けて、校舎を後にする。

「どういうこと？　ここが本当に門の向こう側なの？」

きょろきょろと周囲を見回しながら、玲奈は訝しげに訊ねた。すぐには答えず、並んで歩き続ける。不意に銀行の支店の前で足を止めると、彼女は窓に映っている自分の姿を食い入るように見つめた。肩口で切り揃えられたショートボブ。染めたことがないのが一目で分かる、さらさらとした黒髪。紺色のブレザーにグレーチェックのスカート、胸元には緑色のリボン。

「そうよ。現実と変わらない？」

彼女は高校生だった。

「……何か、おかしい。知ってる場所なんだけど、何か違う気がする。それに、あたしも変だよ」

「すぐに分かるわ」

私は先を急ぐ。しばらく自分の姿に見入っていた玲奈は、置いて行かれたことに気付くと、慌てて追い掛けてきた。アスファルトをコツコツと叩くローファーの音が、私の耳をくすぐる。

「ねえ、どこに向かって歩いてるの？」

「きっと、あなたの家だと思うわ」

私の言い回しはあきらかにおかしかったが、玲奈はそれ以上何も訊いてこなかった。

私たちが歩いているのは通学路のようで、多くの高校生たちが帰路についていた。歩道の反対側には部活のエナメルバッグを背負っている女生徒たちがいて、その中の数人が玲奈の友人だったらしく、こちらに向かって手を振っていた。歩道橋の手前にあるバス停で足を止め、時刻表通りにやって来たバスに乗り込む。椅子には座らず、吊り革に摑まって流れて行く街の景色を眺める。

四駅先で降りて、大通りとは反対方向に歩く。住宅地に入り、買い物帰りと思しき女性とすれ違う回数が増えていった。導かれるようにして道を曲がると、立ち並んでいるマンションのひとつの前で予感が途切れた。つまりは、ここがゴールだ。こちら側に来ると門番である私には、発生しているズレを調整するような感覚が植え付けられる。向かうべき場所のことが朧げに浮かんで来るのも、門番としての能力のひとつだった。

エントランスのある綺麗なマンション。

敷地の中の駐車場に、子供を乗せられる電動自転車が数台停まっているのが見えた。〈ホーム〉タイプのマンションなのかも知れない。入り口はオートロックだったが、私が近付くと、招き入れるように開いていった。

エレベーターに乗って五階に行き、五〇三号室のインターホンを鳴らす。ずり落ちそうになっていたバッグを肩に掛けていると、鍵の開く音が聞こえ、男性が顔を覗かせた。ボストンフレームの眼鏡を掛けた温和そうな顔付きの男性。歳は三十代後半、スーツ姿ということは、仕事が終わって帰ってきたところなのだろう。

「ああ、牧野さん。こんばんは」

男が微笑んだので、私も笑顔を作り、軽く頭を下げる。

どうやら私は、ここでは牧野という名前のようだった。

「送ってくださったんですね。……おかえり、玲奈。時間もあるし、着替えてきたら？　お母さんたちは直接行くみたいだから」

ドアを大きく開けると、男は私の背後に立っている玲奈を見た。事情が飲み込めておらず、彼女はあからさまに戸惑っていた。玄関は広く、靴はきっちりとシューズボックスにしまわれている。男が玲奈の靴を並べている隙に、私は彼女の耳元に顔を寄せ、自室は廊下の左側にある部屋だと教えた。

「あ、そうだ。牧野さんも一緒にどうですか？　みんな喜ぶと思いますよ。僕も来て欲しいな」

男は出し抜けにそう言った。

誘いを受けているのは確かだが、それが何なのかは見当もつかない。

「……ええ、ぜひお願いします」

「ありがとうございます。一席増えるくらい大丈夫だと思いますが、一応伝えておきますね」

嬉しそうに声を弾ませると、男はポケットからスマートフォンを取り出した。右手で画面を操作しながら、彼はラックからスリッパを抜き取って私の前に並べた。左手の薬指にゴールドの指輪をしているのが分かった。

「時間が掛かりそうだし、上がってください。お茶でも淹れますよ」

「いえ、お気遣いなく。ここで待ちますから」

そう返すと、男は頷き、玲奈の部屋がある方へと視線を向けた。

「最近の玲奈の様子はいかがですか？」

聞かれまいと思っているのか、男が声のボリュームを下げる。

女生徒は私のことを市の職員と認識していた。おそらくは、牧野という女性はケースワーカーなのだろう。ひとまずは、話を合わせるしかない。

「至って元気そうだと思います」

「よかった。これも全て、牧野さんのお陰です。……もう少しで、手遅れになっているところだった。今の僕たちがあるのは、牧野さんが助けてくださったからなんです」

「そんな、私は何も」

「ご謙遜なさらないでください。本当に、感謝してもしきれないんです」

わずかに声を震わせながら、男は深々と頭を下げた。慌てて、彼に頭を上げるよう頼んだ。

「ところで、これからどちらに行かれるんですか？」

空気を変えようとして訊ねると、男はきょとんとした顔を見せた。

「あれ、前にも言いませんでしたっけ？　矢野さんのところのお店ですよ。色々と落ち着いたので、みんなで会うことになっているんです」

矢野とは誰だろうと思いつつ、曖昧に頷いた。

それから当たり障りのない世間話を続けていると、廊下の左側にある部屋から玲奈が出てきた。無地の白いTシャツに花柄のロングスカート、いかにも高校生という出で立ちだった。黒髪も相まって、年相応に可愛らしく見える。

「早かったね。じゃあ、行こうか」

スリッパから革靴に履き替えると、男はドアを開けた。玲奈はシューズボックスを検分すると、コンバースのスニーカーを選んだ。今までの彼女の好みを考えれば、絶対に履かないタイプの靴だ。私と彼女は、男に先導されてマンションを後にした。私と男が横に並び、少し離れて玲奈が付いてくる。

「あの、すみません」

「どうかしましたか？」

「ちょっと、玲奈さんとふたりでお話したくて……。申し訳ないのですが、先に行っていてもらえませんか？」

　家を出てからというもの、玲奈はずっと不安そうに俯いている。さりげなく視線を後ろに向けると、男は私に半歩近付き、確認するように頷いてみせた。

「今日は少し様子がおかしいと思っていたんです。……すみません、牧野さん。玲奈をよろしくお願いします」

　店の住所を伝えると、男は歩く速度を上げ、私たちから遠ざかって行った。去っていく男の背中を怪訝そうに見つめている玲奈を余所に、私は近くのガードレールに腰掛けた。

「あれ、誰なの？　ていうか、何がどうなってるの？　さっきの部屋、確かに女の子の部屋だったけど、あそこには誰が住んでいるの？　この服だって……」

「あなたのお父さんよ」

　無論、実父ではない。

　あの男は玲奈にとって、義理の父親だ。

　ここではそう構成されている。

「は？　意味分かんない。ちゃんと説明してよ」

「それより、矢野さんって誰か分かる？　あなたの知ってる人？」

「あんた、本気で訊いてんの？　意地悪のつもり？」

現状を把握するための質問だったが、彼女は途端に顔を曇らせた。

「違うわ。本当に分からないの」

「……望美だよ。矢野望美」

ぶっきらぼうに答えると、彼女は視線を足元に落とした。

望美。〈ホーム〉にリンチされ、玲奈がとどめを刺した少女。

〈ホーム〉全員の名前は東谷山の事件の関係者を糾弾するブログ記事に載っていて、私も目を通している。だが、メイとアンナ以外の苗字までは覚えていなかった。

「どうしてそんなこと訊くの？」

「今から私たちは、矢野さんのお店に行くことになってる」

「望美のお母さん、昔は小さいレストランをやってたって言ってた。離婚がきっかけで閉めちゃったって言ってたけど」

「なるほどね。……でも、ここでは違うみたいよ」

玲奈の義父が言ったことを踏まえて考えると、徐々にではあるが、この世界の仕組みが掴めてきた気がした。

変わっている外見と、一度も足を踏み入れたことがない自分の部屋。

いないはずの父親と、死んだはずの友人。

玲奈は、得体の知れないこの状況をどうやって受け入れればいいのか分からずに困惑している。

澄んだ空を見上げると、穏やかな橙色の光が、私たちがいる場所を優しく照らしていた。

「それに、多分だけど、ここでは望美さんは生きている」

夕陽に見蕩れていたせいで、玲奈の反応を確かめることはできなかった。

「門の向こうには痛みも苦しみもない美しい世界が広がってるって言ったよね？　誰もあたしを傷付けないで、どんな過ちも無関係になって、全く新しい人生を送れる。……あたし、サチが言ったこと全部覚えてる」

自分なりに整理が付いたのか、私の隣に座ると玲奈は口を開いた。

「でも、これじゃまるで――」

「現実と変わらない？」

代わりに先を続けると、玲奈は首を縦に振った。

私たちは住宅街に面した歩道のガードレールに座っていて、ベビーカーを押した若い女性が向こうから歩いて来るのが見えた。何となく、私は彼女が通り過ぎるのを待った。

「美しい世界と聞いて、あなたは何を想像したの。動物が喋ったり、魔法で飛んだり、ダンジョンを探索して神秘の秘宝を手に入れる、ファンタジーの世界？　それとも、天国みたいな場所？白い空の下に一面の花畑が広がっていて、羽根の生えた天使たちに囲まれながら、穏やかに暮らす。……そういうのも悪くないかもね」

訊ねるまでもないし、答えを求めてなどいなかった。今までに逃してきた誰ひとりとして、美しい世界というものを具体的に想像していた人間はいなかった。

「でも、あなたはきっと、それでは満たされない。運悪く人間として生まれてしまった以上は、人間としての幸福を得られなければ、私たちは救われない。……美しい世界があるとすれば、それは、自分を満たしてくれる地続きの現実に他ならない。ファンタジーの世界での冒険も、天国での平穏な暮らしも、あなたが本当に欲しいものにはなってくれない」

剣と魔法の世界に飛ばされたら、果たして私は、どのくらい生きていられるだろう。多少ナイフは使えるが、屈強なモンスター相手には役に立たないはずだ。どこまでも白い天国を散歩したら、何日くらいで飽きてしまうだろう。天使が、永遠に私を飽きさせないほどの話術を持ち合わせているとは思えない。

「……難しくてよく分かんない。どうして望美が生きてるの？」

「ここはね、あり得たかも知れない可能性の世界なのよ」

首を傾げている玲奈を見つめながら、私は続ける。

「ここは、あなたが歩んだかも知れない人生の中で、あなたが最も幸福になったであろう選択が為された世界なの。この世界は、あなたが無意識に望んでいた幸福を読み取って、その形に再構成している」

「じゃあ、学校に通うことがあたしの幸せなわけ？　あたしは無意識にそう望んでるの？」

「少なくとも、それも一部なんだと思うわ」

〈ここではない何処か〉とは、何なのか。

選択が、選ばなかったものを切り捨てるという行為である以上、人間は、何らかの選択が行われた後の世界に対して完璧な満足を覚えることはあり得ない。選べなかった選択は自分の意思が及ばないからこそ、無限に広がっているように感じられて、美しく思えるからだ。

私たちは敗北感と諦念に苛まれながら〈ここ〉を歩き続ける。ならば、〈ここではない何処か〉とは、選べなかった選択肢の実装に他ならない。私たちの幸福は、私たちの想像力の内側にしかないのだから。

ここでどのような改変が為されているのかは、私にも分からない。大抵の場合は、過去の修正が行われ、その延長線上にある未来が用意されている。〈ここではない何処か〉への渇望は、後悔から始まる。たとえば、今までに逃した人間のうちの数人は、記録に残るような事件の関係者だった。

時間の遡行とやり直し。

それが、門が授けてくれる奇跡の正体だった。

「とりあえず、望美さんのところに行きましょう。詳しく分かるはずだわ」

ガードレールから降りて、住宅地と反対方向に歩き出す。私と離れることを危険と判断したのか、玲奈はぴったりと後ろを付いてきた。

彼女にとっての幸福とは、一体何なのだろう。

彼女が信用できないのは、他人ではなく自分だ。自分を信じられないからこそ、幸せになったとしても、自分が幸せであると認識できない。手に入れたとしても、どうして手に入ってしまったのかと疑念を抱き、いつ失ってしまうのかと怯え、最後には、奪われる前に自ら壊してしまう。失ってばかりだからこそ、玲奈の心は、失っている状態に空虚な安堵を覚える。

判然としない面持ちの玲奈を連れて、彼女の義父から教えられた住所を目指す。時折吹く風が心地良い。ほんのりと暖かく、夏の兆しを感じさせる。ハナミズキの花が咲いていることを考えれば、今は五月くらいだろう。

「ねえ、サチは後悔してる？」

不意に玲奈が尋ねる。

正しさではなく、本音を求めていることが伝わってくる素朴な声色だった。

「何を？」

「人を殺したこと」

「してないわ」

「少しも？　殺したとしても、妹さんは戻ってこないんだよ。いつか警察に捕まるんじゃないかってびくびくしながら、人殺しの犯罪者として生きないといけないんだよ」

「そうかもね。でも、自分の中で終わりにはできる」

「自分のために殺したってこと?」

「ええ、そうよ。人間は自分のためにしか生きられないの」

同じことを何度も言っていると自覚しながら、私はそう返した。

復讐は、擬傷からは最も遠い行為だ。他人のために生きたいと願っていた私は、結局のところ、自分が楽になるための行動を選んだ。あの門は私に門番としての役目を授けたが、こちら側で生きることは許してくれなかった。それはきっと、擬傷から逃げた私に下された罰だったのだろう。

商店街を抜けて、小道に入る。美容室の隣に、古民家をそのまま利用していると思しき店構えのビストロがあった。赤色に塗装された扉には、「本日貸し切り」の札が掛けられている。教えられた住所は、ここで間違いない。

玲奈と一緒に中に入る。調理場に面したカウンター席と、テーブル席が四つほどの、こぢんまりとした店内。すでに席は埋まっていて、玲奈の義父が私たちを出迎えた。

「お母さんたちはまだ掛かるみたいだよ。さあ、座って。牧野さんも」

テーブル席は左右に分かれていて、彼は私たちを左側へと案内してくれた。手前の三席が空いている。とりあえず腰を下ろそうと思ったが、椅子を引く寸前で止める。玲奈が硬直していた。

「どうしたの?」

「……なんで、ここにいるの」

咄嗟に伸びた彼女の手が、私のワンピースの腰のあたりを摑んだ。

発言しようという意思はなく、驚きのあまり口を飛び出てしまったのだろう。

「なんでって、ちょうど半年ぶりに集まろうって話だったじゃないか」

諫めるように言った玲奈の義父は、私に目配せをすると、玲奈の両肩をそっと押して椅子に座らせた。彼は玲奈の挙動不審さを精神的な不調と捉えているらしかった。

大人たちは右側のテーブルを囲っていて、こちら側には四人の子供が座っている。彼女たちが誰なのかは、想像が付いていた。

「久しぶり、玲奈。元気にしてた？」

「……智子」

玲奈が顔を上げると、その少女は嬉しそうに目を細めた。

水玉模様のブラウスに、ベージュのスカート。軽く茶色に染めた髪をポニーテールにしている。運動部のマネージャーでもしていそうな、明るく快活な雰囲気。智子は、東谷山の事件の主犯として逮捕された少女だ。向こうの世界では、今もなお服役している。彼女だけではなく、〈ホーム〉全員がそうだ。

「編入の試験、大変だったでしょ。すごいよ、玲奈は」

そう続けた智子の隣では、同い年くらいの少年がにこやかに微笑んでいる。短く切り揃えた黒髪と、整えられた眉。裏表のない誠実そうな見た目。フレッドペリーのポロシャツにスラックスという服装は、この場のための正装なのかも知れない。

〈ホーム〉全員の顔は、ブログに載っていた写真で把握していたつもりだったが、ここにいる四人は、誰ひとりとして私の記憶と一致しなかった。

「智子さんは元気そうね。最近はどう？」

黙り込んでいる玲奈に助け舟を出すべく、私は訊ねる。

彼女たちは私を知っている。私の存在は、牧野という名前の市の職員として、この世界に割り込んでいるようだった。笑顔を浮かべたまま、智子が背筋を伸ばす。

「看護の専門学校に通っています」

「すごいわ。学費は自分で払ってるの？」

「はい。正直きついと思う時もありますけど、ひとりじゃないから」

テーブルの下側で、智子と少年が手を繋いでいるのが分かった。

ブログには、智子は親の借金が原因で私立高校を退学し、親戚中をたらい回しにされていたと書かれていた。逃げるように家を出た彼女は、自分と似た境遇の少女たちを集め、闇デリの元締めをしていた。その彼女が今は、人を助ける職業に就こうとしている。

「……まだ、純也と付き合ってるの？」

伏し目がちに智子を見つめると、玲奈はゆっくりと口を開いた。

「一緒に住んでるの。純也は就職して、居酒屋で社員してる。仕事は大変そうだけど、繁忙期じゃなかったら休みはちゃんと取れるし、他の社員さんたちも良い人ばっかりで安心したよ」

「可愛がってくれる先輩がいるんだ。飲みに行くといっつも潰されるけど」

純也がその場で吐く真似をしてみせると、私と玲奈以外の全員が笑い声を上げた。雰囲気を壊さないために、私も笑顔を作る。

「玲奈と牧野さんが来る前に、みんなで近況報告してたところなの」

久しぶりに顔を合わせる玲奈と私に気を回しているのか、智子は順番に紹介してくれるようだった。私の右隣に玲奈が座っていて、その対面に智子がいる。彼女の隣は純也、その隣にもうふたり座っている。

「咲希は旅行会社で働いてる。旅行とか安くしてくれるって」

「入ったばっかだから無理だよ」

「でも、今度タイに行くんでしょ？　いいなあ」

「たまたま安く買えただけだよ。でも、ふたりのハネムーンの時は頑張って安くするね」

そう返した咲希が、意味ありげな視線を智子と純也に向ける。照れたように「まだ早いって」と言うと、智子は純也の背中越しに咲希の肩をぽんぽんと叩いた。

「それで、望美はお店の手伝いしながら資格の勉強してるんだよね？」

「カウンセラーのね。臨床心理士は無理だけど、他にもできることはあるから」

一番端の席に座っていた少女が智子の問いに答える。彼女は、間にいる純也を気にすることなくじゃれ合っている智子と咲希を微笑ましそうに眺めている。

私には無理でも、〈ホーム〉の一員である玲奈なら、この場に誰がいるのかが分かっているはずだった。だからこそ、意識的に見ないようにしていたのだろう。玲奈から最も遠い位置に座っている少女のことを。

「牧野さんのおかげなんです」

望美は続けた。

彼女が言葉を発した瞬間、玲奈は私の膝を摑むように手を置いた。

玲奈の体は震えていた。恐怖と動揺が否応なしに伝わってくる。自分が殺した人間が甦り、幸せそうに話をしている。そればかりか、自分が殺したという事実さえ消え去り、かつて幸せだった頃のように自分の傍にいる。

「私のおかげ？」

青ざめている玲奈を一瞥してから、私は口を開く。

「牧野さんが訪ねて来てくれなかったら、私たちはあのままおかしくなっていたと思うんです。いつまでも自立できなくて、お金のために自分を傷付けるしかなくて、明日に希望なんか持てなくて、このまま全部終わっちゃえばいいのにって思いながら、あの部屋に閉じ籠もって、おかしくなって、壊れていったんじゃないか、って」

辛い過去を振り返っているにもかかわらず、望美の声色は落ち着いていた。先程までの談笑から一転して、智子も純也も咲希も、全員が重々しい表情を湛えている。

何もかもがなかったことにはなっていない。

望美の言葉から察するに、援助交際をしていた過去は消えていないようだった。どの時点からやり直しを望むかによって、再構成される現在は大きく変わってくる。佐伯の前では否定してみせたが、玲奈の無意識は、〈ホーム〉で過ごした時間を大切に思っているのだろう。だからこそ、〈ホーム〉で共有した痛みの記憶はそのままになっている。

「だから私も、自分みたいな子の助けになりたいんです。いきなり、牧野さんみたいにケースワーカーになるのは難しいから、まずは資格を取って、できることから始めようと思ったんです」

「立派な考え方だと思うわ。きっと、あなたにしか聞いてあげられない声があるはずよ」

それらしいことを言ってあげると、望美は感銘を受けたように強く頷いた。

心に鈍い痛みが生じていく。

私は何もしていない。

彼女たちの悲劇は私にとって過去であり、助けることなど絶対に叶わない。〈ホーム〉のことを知れば知るほど、私は無力感に苛まれていった。それなのに、ここには助かったという現在が用意されている。悲劇は回避され、私がその一助になっている。

ふと、全員が揃っていないことに気が付いた。

これが〈ホーム〉の同窓会なら、あとふたり足りないはずだ。

「玲奈、大丈夫？　顔色悪いよ？」

異変に気付いたのか、智子が心配そうに玲奈を覗き込んだ。

望美が慌てて立ち上がる。

「お水、持ってこようか」

「大丈夫よ。玲奈さん、今日はちょっと体調が優れないみたいで……」

彼女を庇おうとした矢先、背後でドアベルの音が響いた。

視線を後ろに遣ると、見覚えのある女性が入って来ていた。

メイ、彩織の母親だった。

鮮やかな青色のワンピースに、エルメスの細いベルト。胸の下まで届く長い髪は艶やかで、私が会いに行った時の窶(やつ)れた様子は微塵も感じられない。血色の良い唇が、彼女の優美さを際立たせていた。

別人に思えるほどの変わりように驚いたせいで、彼女が人を連れていることに気付くのが遅れてしまった。紙袋を手にした小柄な女性がドアを後ろ手に閉めている。やがて、その顔が店内に向けられると、私は胸が張り裂けるような悲しみに襲われた。

「……メイ」

玲奈が呟くと、それを聞いた彩織は悪戯っぽい笑みを見せた。

「久しぶりにそれで呼ばれた。どうしちゃったの？」

こちらに近付いてきた彩織は、玲奈の隣にいる私を認めると目を丸くした。持っていた紙袋を母親に預けると、駆け寄ってきた彩織は椅子の背ごと私をハグした。

「来るなんて知らなかった！　会いたかったよ、牧野さん」

「私もよ。……急に決めたの。黙っててごめんなさい」

腕を伸ばし、彼女を抱き締める。

手のひらを介して、私の中に入り込んでくる温もり。本当なら、私はその温度に触れる資格などない。私は一度、彼女を見殺しにしている。たとえ、ここではその事実がなかったことになっているとしても。

「どうして謝るの？　嬉しいサプライズだよ」

　熱烈な抱擁を終えると、彩織は私の左隣に座った。智子たちは彩織の到着を喜び、バッグを降ろす暇さえ与えず質問攻めにし始めた。ただひとり会話の輪に加わっていない玲奈は、怯えたような表情で私越しに彩織を盗み見ていた。

　反対側のテーブルに目を遣ると、彩織の母親は玲奈の義父の隣に座っていた。彼女が皿の上のナプキンを取って膝に置こうとした時に、左手に嵌められている指輪が見えた。

　ゴールドの結婚指輪。

　玲奈の義父と同じもの。

　肩を叩かれて我に返ると、咲希がドリンクメニューを渡してくれていた。何も飲むつもりはなかったが、義務的にビールをお願いする。こちらの席は全員が未成年だ。あの部屋で暮らしていた頃は酒を飲んでいたはずだが、今日はジンジャーエールが用意されていた。ビストロの娘らしく、望美が慣れた手付きでシャンパングラスに注いでいる。

　左右のテーブルの全員に飲み物が行き渡ったところで、調理場からエプロンを付けた女性が少女を伴って出てきた。望美の母親だろう。少女の方は、おそらく望美の妹だ。病気がちで入院していたのが、今では店の手伝いが出来るほどに回復したのだろう。カウンターに置かれたシャンパングラスを手に取ると、望美の母親は頭を下げた。

「今日は来てくださってありがとうございます。……あの日から、今日でちょうど半年が経ちました。過ぎてしまえばあっという間に思えますが、この半年で多くのことが変わりました」

　望美の母親が喋り始めると、玲奈の義父はその場で立ち上がった。彩織の母親がそれに続き、保護者たちは全員が起立した。事情を察したのか、他の子供たちに目配せをすると智子と純也も席を立つ。少し遅れて、咲希と望美、そして彩織。固まっている玲奈の肩をそっと叩き、私は彼女と共に立ち上がる。

「私は今でも、あの頃の辛さを覚えています。きっと、皆さんもそうだと思います。……でも、あの頃があったからこそ、今が本当に楽しいんです。本当の意味で家族になれたような、そんな気がするんです。実際、おふたりはそうなりました」

そう言うと、望美の母親は彩織の母親と玲奈の義父を交互に見つめた。誰が始めたのかは分からないが、いつの間にか拍手が起こり、私もそれに倣った。

「彩織さんのお母さんは再婚して、ふたりはあなたを養子にしたのね」

戸惑っている玲奈に私は耳打ちした。

徐々に拍手が小さくなっていき、店内に静寂が戻る。

「……改めて、玲奈ちゃんにお礼を言わせてください」

名前を呼ばれた瞬間、玲奈の細い肩がぴくりと揺れ動いた。

視線をこちらに向け、望美の母親は続ける。

「あの時、玲奈ちゃんが勇気を出して『やり直そう』と言ってくれたから、全員が変わろうと思えたの。牧野さんも助けに来てくれて、私たちは少しずつ歩き出せた。……あなたがきっかけを作ってくれたから、こうして笑っていられる。あなたのおかげよ。みんな、感謝しているの」

瞳を潤ませながら、望美の母親は玲奈に優しく微笑みかけた。背後にいる私には、今の玲奈の表情は分からない。何となく、見えなくてよかったと思った。玲奈はまだ、この世界が与えてくれるものを受け入れる準備ができていない。

調理場からタイマーらしき電子音が鳴ると、望美の母親は慌てたようにグラスを高く掲げた。各々の手が一斉に、テーブルの上のグラスに伸びる。

「長くなってしまってごめんなさい。みなさん、今日は思う存分飲んで、食べていってください。それでは、乾杯！」

賑やかにグラスが触れ合う中、私は生ビールのジョッキを軽くぶつけ、口をつけるふりをしてからテーブルに置いた。喉が渇いていたのか、玲奈がジンジャーエールを飲もうとしていたので、手を伸ばして止めさせた。あからさまな抗議の視線を無視して、私は椅子に腰を下ろす。

「それで、彩織さんは最近どうしてた？」

彩織の方に体を向け、そう訊ねる。

不吉な予感が胸中に生まれていた。

「編入は間に合わなかったから、高卒認定試験の勉強をしてるの。大学に行きたくて」

「素敵ね。彩織さんなら絶対に受かるわ。どこの大学に行きたいとかはあるの？」

「まだ考え中だけど、東京の大学もいいかなって思ってる」

「ここを出たいから？」

我ながら意地悪な問いだったが、彩織は少しも迷うことなく首を横に振った。

「他の場所も見てみたいだけ。いつでもみんなに会えるからここは大好きだけど、せっかく広い世界に生まれたんだから、色々なところに行ってみたいの。……それにね」

そう前置きしてから、彩織は続けた。

「場所は関係ないの。だって、私たちはいつでも繋がってるから」

希望が、私を見据えていた。

彩織は、絶望を乗り越えて前に進む強さを持っている。その心を打ち砕くほどの深い絶望に出会わなければ、彼女は死を選ぶことなく、未来を手にできたのだろう。

〈ホーム〉の四人は、彩織の言葉を肯定するように力強く頷いた。

「玲奈が教えてくれたんだよ」

　暗い表情の玲奈を気遣っているのか、智子はあえて明るい声色を出した。

「あの部屋を出ても、別々の場所に行ったとしても、私たちはひとりじゃないって」

「自分が頑張ってる時は、みんなも頑張ってる。いつだって、傍にいる。玲奈がそう言ってくれたから、私は怖くなくなったの。辛くても、胸を張って生きてこうって思えたの」

　言葉を継ぐようにして、咲希が続けた。

　当の本人である玲奈は、皆の視線から逃げるように顔を伏せている。

「どうしたの？　今日は無口だね」

「……ごめん。ちょっと体調が悪くて」

　首を傾げた彩織に、玲奈が消え入りそうな声で答える。口を閉ざす理由がどうであれ、気分が悪いというのは事実だろう。そろそろ本格的な助け舟を出さねばならなかった。

「ごめんなさい。私、一服してくるわ。玲奈さん、よかったら付き合ってくれない？　夜風に当たれば、少しは気分も良くなるはずよ」

　意図が伝わったのか、玲奈はすぐに頷いた。彩織たちも納得したように外に出ることを勧めた。

私はライターと煙草を片手に、玲奈を連れて店の外に出た。

　風が吹いていて、左手で風防を作りながら火を点ける。吸い込んだ煙草は、どういうわけか酷く不味い。こちら側では、いつもそうだった。この不味さが、私を引き戻す。

「どうだった？」

　喉の渇きを意識しないように努めながら、そう訊ねる。

「……分からない。まだ、実感が湧かない」

「そういうものよ」

ゆっくりと煙を吐き出す。

新月と雨は、思ったほど重ならない。雨の日は月が見えないことも多いが、完璧に隠れている新月の夜でなければ条件は満たされないようだった。その日が来るまで身を隠していると、大抵の人間は待っている間に腹を括る。理性ではなく欲望が、この世界に飛び付く。しかし、予定を前倒しにした玲奈は、ここに身を浸す準備ができていない。もう一度煙を吐き出してから、私は彼女を見据えた。

「直感に頼りなさい、玲奈。この世界は気持ちいい?」

首が縦に振られたのを見て、私は目蓋を閉じた。

改変の内容は、大体分かってきていた。

この世界では、東谷山の事件は起きていない。事件が起きる前に〈ホーム〉はあの部屋を出て、別々の人生を歩み出している。そして、やり直そうと提案したのは玲奈、ということになっている。門が持つ再構成の能力には制約が存在し、実現可能性のない世界は絶対に作り出されない。つまり、もしも玲奈があの時に行動していれば、この未来があり得たかも知れないのだ。

玲奈の望み。

それは、必ずしも本当の家族がいることではない。彼女は、自分が何かをせずとも自分のことを承認してくれる相手を求めている。いわば、無条件の愛。そして、その象徴が家族であると信じていたのだ。

〈ホーム〉が彼女に無条件の愛を供給してくれる存在になるためには、こうして、各々が自立する必要があったのだろう。そうでなければ、承認を与えてくれる相手として相応しくはない。少なくとも、玲奈の無意識はそのように考えたはずだ。

ドアが突然開き、誰かがこちらに向かって歩いてきた。

彩織だった。

ようやく落ち着き始めていた玲奈の全身が、苦しみを伴った緊張に覆われていくのが感じられた。玲奈は彩織を死に追いやった。殺されてればよかった、そう切り捨てた。罪悪感が薄れるほど時間は経っていない。後悔を抱えた心はそのままに、世界だけが変わってしまっている。

「大丈夫？」

「……うん。大丈夫」

「みんなは遅くまでいると思うけど、私たちは早めに帰ろっか」

「気にしなくていいよ。せっかく久しぶりに会ったんだし」

「元気そうな顔を見られたから、それで充分だよ。私は玲奈が心配なの」

上目遣いに玲奈の顔を覗き込むと、彩織はもたれかかるように彼女の隣に立った。思えば、初めて会った時も、ふたりはこうして寄り添い、事務所の前に座り込んでいた。

「私もね、今でも夢に見ることがあるんだ」

思い切り伸びをしたあとで、彩織が口を開いた。

「何の夢？」

「あの頃のこと。多分、ずっと忘れないと思う。いい経験だったとは思わない。できればしたくなかった。自分に子供ができたら、絶対あんなことさせたくない」

「思い出さないようにすればいいんじゃないかな。そうしないと、辛いよ」

「でも、全部をなかったことにはしたくはないんだ。……だって、あの時間があったからこうしてみんなで一緒にいられるの。痛みも、苦しみも、全部合わさって幸せになってるんだよ」

そう言い終えると、彩織は空を見上げた。清らかな祈りのような所作だった。

痛みも苦しみもない世界。

そんなものがあるとしたら、それは、死以外にはあり得ない。

痛みと苦しみの先にある美しい世界。

それが〈ここではない何処か〉の正体なのだろう。

「……やっていけるのかな、あたし」

やがて、長い逡巡の末に玲奈は呟いた。

幼い少女のように不安げな声だった。

「大丈夫だよ。玲奈なら、絶対に大丈夫」

空を見上げるのをやめた彩織が、穏やかな顔を玲奈に向ける。

「どうして、そんな簡単に言えるの？　何の根拠があるの？」

「根拠はないけど、玲奈はやっていけるよ。……だって、ひとりじゃないから。ここにはあなたが守ってくれたみんながいる。だから、大丈夫だよ」

彩織が玲奈を抱き締めた。

差し出されていたのは、許しだった。ここにいていい。ここが、あなたの居場所。自分の温度を分かち合うことでそう諭す、最も尊い肯定。

「……それに、私と玲奈は家族だから」

背中へ回した腕にぎゅっと力を込めながら、彩織は言った。

姉と妹。

姉という立場を演じることで自分を保ったメイと、妹として庇護を受けることで自分を守ったアンナは、生きていくために、お互いに縋るしかなかった。しかし、この世界にいる彩織と玲奈は、本物の家族になっていた。

思えば、当然の結果だったのだろう。

見知らぬ他人からの承認など何の価値もない。たとえ世界が彼女を愛したとしても、彼女はきっと満たされない。玲奈は、彼女が出会ってきた人間たちが与えてくれる愛と慈しみを欲しているのだから。彩織の存在を自らの姉として迎え入れるというのは、その願望の到達点だ。

名残惜しそうに離れると、彩織は自分よりも背の高い玲奈の頭を優しく撫でた。

「先に戻るね。もう料理来てるから、すぐに来て」

彩織は軽やかな足取りで店内へと戻って行った。

吸わずに放置していたせいで、煙草はすっかり短くなってしまっていた。指で弾いて吸い殻を捨てると、セブンスターのフィルターは、アスファルトに着地する前に光の粒子になって消えて行った。向こうの世界から持ってきたものは、この世界には置いていけないのだ。

「……伝えておくわ」

ミュールに付いた白っぽい汚れに視線を落としながら、私は続ける。

「ここで生きて行くことを決めれば、あなたはもう二度と元の世界には帰れない」

「向こうはどうなるの？」

「あなたが消えるだけ。……ただ、それだけよ。向こうにいる人間は、あなたが消えたことを悲しむかも知れないけれど、もうあなたには関係ない。この世界は、全く別のところにある」

何となく、この世界では佐伯も生きているのかも知れないと思った。自立した玲奈を目にして、関わることを控えて遠ざかった。願わくば、そうあって欲しかった。

「ここにいるためには、何かしないといけないの？」

躊躇いを押し殺すようにして、玲奈は重々しく口を開いた。

門を開くために、彼女は佐伯を殺した。また似たようなことをさせられるのではないかと恐れているのだろう。彼女を安心させようと、私は努めて柔らかい表情を作る。

「大丈夫よ。ここに留まりたいのなら、あなたがやることはひとつ。ただ、ここの食べ物を口にすればいいの。そうすれば、あなたの体はここに同化して、門をくぐれなくなる」

それゆえに、意思を確認する前にジンジャーエールを飲まれるわけにはいかなかったのだ。私の場合は、飲んでも意味がない。この世界に拒絶されているせいか、口に含んだ瞬間、急激な吐き気に襲われる。水の一滴さえ、飲むことができない。

「分かった」

「それじゃあ、最後にもう一度だけ聞くわ。あなたは、ここで生きていきたい？」

私の心が、門との繋がりを意識し始める。

しっかりと視線を合わせたまま、彼女が大きく深呼吸をする。薄い唇が、しなやかに線を描いていく。

「……ここでなら、あたしはやっていける。ここで、もう一度人生をやり直したい」

初めて見る満面の笑みだった。

喜びと期待、希望によって彩られた自信が、彼女の全身を包み込んでいた。

彼女は文字通り、何もかも全てを捨てた。アンナには、もはや何も残されていない。しかし、ここでなら、玲奈は幸せを手に入れられる。この世界は、彼女のために用意されているのだから。

「……戻りましょうか。美味しい料理が待ってるわ」

「やった！　あたし、お腹空いてるんだよね。昨日から全然食べてないし」

声を弾ませた玲奈は、彩織を真似るようにスキップ混じりで店内に入って行った。右手に異物感を覚えながら、私は反対側の手でドアを開ける。どちらのテーブルでも話が盛り上がっているようで、心地良い笑い声が耳をくすぐった。こういう光景を見るのは久しぶりで、本当に少しだけ心が安らいだ。

椅子の背に掛けていたナプキンを手に取ってから、席に着く。すっと顔を寄せてきた彩織が、私の耳元で「ありがとうございます」と囁いた。

彼女は、何よりも玲奈のことを気にかけている。

門による改変の効果などではなかった。

世界がどのように変わろうとも、彩織が玲奈に向ける想いは同じだ。彼女は、自分より下の存在がいて安心しているのではない。彼女は、玲奈のことを心から愛していた。善意は、好意は、愛は、元の世界にも確かに存在している。ただ、そのことを認められない人間がいるだけだ。私がそのひとりであるように。

ナプキンで手のひらを拭ってから、私は彩織の頭をそっと撫でた。私はこの後、彼女が自殺した世界に帰らねばならない。せめて今だけは、取り返しのつかない過ちから目を逸らすことを許して欲しかった。

前菜は、パテ・アンクルートと野菜のピクルス。パテの外側のパイ生地はふんわりと焼き上がっていて、ジュレはつやつやと輝いている。パテやテリーヌは好物だったので、食べられないのが残念だ。智子たちはすでに食べ始めていたが、彩織は玲奈と私を待っていたらしく、まだ口を付けていない。

同化を見届けたら、私は門に呼ばれて元の世界へと帰ることになる。実際に目にする機会はないものの、私が消えた後は、また改変が行われるようだ。全く別の人間が、ケースワーカーである牧野として、ここに座ることになる。時間が経てば、玲奈はそのことに違和感を覚えなくなり、いつしか、あちら側の記憶も消えるはずだ。フォークを手に取った玲奈がパテを口に運んでいくのを、じっと見守る。

「んぐ……っ」

咀嚼してから数秒もしないうちに、玲奈が奇妙な声を出した。

耐え切れないといった様子でシャンパングラスに手を伸ばすと、彼女は一息にジンジャーエールを飲み干した。制止する間もなかった。

「うっ、おえっ……」

胃に辿り着く前に追い返されたかのように、玲奈はジンジャーエールをグラスの中に吐き戻した。形を保ったままのパテが、黄色の液体に浮かんでいる。何が起きたのかと、全員の視線が集中する。

「玲奈、どうした？　望美、お水とおしぼり持ってきてあげて」

「分かった。水はここにあるから」

純也の指示を受け、望美が手元にあったグラスを玲奈の前に置いた。

「ゆっくり飲むのよ」

智子がグラスを持ち上げ、玲奈の口元へと近付ける。玲奈がそれを飲もうとする前に、私は彼女の肩を抱いた。同じ結果になることは分かっている。

「水を飲ませるより、一度吐かせた方がいいわ。トイレはどこかしら？」

望美が調理場の左側を指差したので、私は玲奈を強引に立たせ、トイレに向かった。彩織が慌てて飛んできたので、「任せて欲しい」と追い返した。

えずくように咳き込んでいる玲奈を先に押し込み、扉に鍵を掛ける。洗面台に顔を近付けた玲奈は、パテの欠片を吐き出した。

「……何なの、これ」

全て出していくらか楽になったのか、玲奈は憎々しげに言った。

蛇口をひねると、彼女は両手をくっつけ、そこに水を貯めた。飲もうとしているようだったが、今度はあえて止めなかった。彼女は口をすすいだが、すぐに吐き出した。

「水が不味いの。腐ってるみたいな味がする」

指で口内の水分を掻き出すと、玲奈は唾で濡れた手をTシャツの裾で拭いた。

「ねえ、食べればここにいられるんでしょ？　でも、これじゃ食べられない。気持ち悪過ぎて飲み込めないの。なんでこうなってるの？　あたしの体がおかしいの？」

「あなたの体は正常よ。ただ、元の世界との同調が切れていないだけ」

「どういう意味？」

「……こちら側の世界は、あちら側の世界と無関係ではないの」

私は玲奈を指差す。

この世界を生じさせるのは、〈ここではない何処か〉を望んだ人間である。門も私も、彼女たちの決断を見届ける裁定者に過ぎない。彼女たちの意思が、完結しているべき世界に穴を開け、門によって別の世界と繋げるのだ。

「私は門番だから、ここに永住することはできない。そう言ったわよね？」

「言ってた気がする。それがどうしたの」

「嘘ではないの。多分、それもあるはず。……でも、他にも理由がある」

「教えてよ」

「罰が追い掛けてくる。……私はそう呼んでいるわ」

ゼラニウムの刺繍が施されたトイレカバーの上に腰掛ける。

同化を拒まれる理由。

ここにいることを許されない理由。

そんなもの、ひとつしか考えられなかった。

「ここは、あり得たかも知れない可能性の世界よ。私たちが歩んだかも知れない人生の中で、私たちが最も幸福になったであろう選択が為された世界。あの門は、それを与えてくれる。……けど、ひとつだけ禁忌があるの。それを犯すと、ここにはいられないという四つめのルールが」

「早く言って！」

「その可能性を、自らの手で壊してしまっている場合よ」

感情を持たない煌めきが集まり始めているのを感じながら、私は目蓋を閉じる。

もう、玲奈の顔を見ていたくなかった。

「ここで行われる改変は、元の世界の時の流れを踏み躙る行為よ。だからこそ、誰も彼もが門をくぐれるわけじゃない。あの世界を憎悪し、〈ここではない何処か〉を望んだ人間だけが、世界を変えることを許される。でも、あの世界は必死に追い掛けてくる。何とかして、世界を跨ぐことを阻止しようとする。そして、あり得たかも知れない可能性を自らの手で壊してしまっている場合にのみ、元の世界は私たちに干渉できる。門はくぐれても、ここに同化することはできないという罰を与えるのよ」

「あたしは何もしてないわ！　ちゃんと佐伯も殺した！」

玲奈が絶叫する。

こちらに来てからは一度も耳にしていない、怨嗟の声だった。

「分かりやすく言うわ。……たとえば、あなたが幸福になるのに必要不可欠なものがあったとする。もしもあなたが元の世界でそれを壊してしまっていると、門は、それを複製することができない。だから、ゼロから作り直すことになる。元の世界は、その行き過ぎた改変を察知して、私たちに干渉するの」

事件や事故に巻き込まれたなどの、自分の意思が介在し得ない喪失ならば何の問題もない。過去の例から分かっている。重要なのは、自分の手で行ったか否かだ。

　あり得たかも知れない可能性。最も幸福になったであろう選択。自ら進んで壊した人間が、再びそれを手にすることを絶対に許さない。それはまるで、一度は否定されたことに対するあの世界の怒りのように感じられた。

「でも、なんで……」

「もう分からないふりをするのは止めなさい、アンナ」

　彼女は、とっくに気付いている。

　ただ、許された気持ちになってしまっているだけだ。

　ここがあまりにも優しい世界だから。

「あなたは彩織さんを殺した。自分の意思で、彼女を死に追いやった。……でも、あなたは、自分の幸福に彼女が必要だと思っている。その矛盾が、あなたの道を閉ざしたのよ」

　狭い室内に、燃え盛るような光が広がっていく。無数の点が舞い踊り、輝きながら線で結ばれる。簾（すだれ）のような線のちらばりは次第に大きな長方形を描き、門の輪郭を象っていった。

「……嫌。嫌だ。あたしはここにいたい」

「無理よ」

「大丈夫だって、行けるって言ったのはサチじゃない。あの言葉は嘘だったの……」

「こんなこと、予想できるわけないでしょう」

　彩織の姿を目にした時、悪い予感はしていた。本当の姉妹になったと知った時から、こうなると思っていた。結末を予測できたからこそ、彼女たちの幸福を見ているのが堪らなく辛かった。

　私の動作とは無関係に、門が開いていく。生じていった隙間からは、きつい消臭剤の香りが漂ってくる。私は立ち上がり、アンナの腕を掴んだ。

「離して！　あたしは玲奈だよ！　絶対帰らない。ここでやり直すの！」

逃れようとして、アンナが暴れる。

佐伯を刺し殺した時と同じくらいの強い力。命懸けの抵抗だ。帰れば何が待っているのか、一番よく知っているのは彼女なのだから。

「無理なのよ。……あなたはここにはいられない。私がそうだったようにね」

「いられる。我慢して、食べてみせる」

埒が明かないと思い、掴んでいた腕を離す。

風向きが変わっていくのを悟った。

向こうから吹き込むのではなく、こちら側にあるものを吸い込むように。

「自分がしたことには自分で責任を取りなさい」

人間は、他人のためには生きられない。私たちは、自分のためにしか生きられない。ならば、全ては自分ひとりで償うしかない。

「あなたは〈ここ〉で生きるしかないのよ」

その言葉ごと、門が私の体を飲み込んでいく。足掻くように座り込んだアンナも、呆気なく引き摺り込まれていった。窒息させられるように呼吸が苦しくなり、視野が狭窄していく。手元にあったはずの光が段々と遠ざかっていき、足元の感覚は失われている。

気を失うことを覚悟した瞬間、全身を絞め上げていた圧力からぱっと解き放たれ、肺に空気が満ちていった。しかし、汚れた空気だった。おそるおそる目蓋を開けると、足元の床が赤黒く濡れているのが見えた。

アンナは私の隣に蹲(うずくま)っていた。

血に塗れた白色のワンピースを身にまとっている彼女は、黒い穴のような瞳で佐伯の死体を眺めている。門を開けた時から何も変わっていない。一秒の時間さえ、経っていなかった。

私は床に放り捨てていた煙草の吸殻を拾い、携帯灰皿に入れた。それから、コンテナの入り口まで歩き、やたらに重いドアをゆっくりと開けた。

目の前に、先程まではいなかったヴェルファイアが停まっている。

車の外には、荒井と久保寺、それに岡野がいた。

「お久しぶりですね、沢渡さん」

電子タバコを吹かしながら、岡野は言った。前回会った時とは打って変わって、上等そうなグレーのグレンチェックのスーツを着ている。

「何があったか、久保寺から全部聞きましたよ。金も取り返してくれたし、犯人も見付けてくれた。……あなた、本当に優秀な人だ。アリバイ会社なんかじゃなくて探偵をやった方がいい。きっと、引く手数多だ」

「運が良かっただけよ。それに、今回は久保寺さんも協力してくれたから」

顔を立てておいた方がいいと思ってそう付け加えたが、久保寺は我関せずという具合にコンテナの中を覗き込んでいる。久保寺に目配せをしてから、荒井が慎重な足取りで中へ入って行く。

「……さて、馬場くんと佐伯くんの処遇はどうするべきですかね。馬場くんは死にかけてるそうだし、佐伯くんは久保寺たちとたっぷり遊んだそうで。これ以上何をすればいいのかな」

電子タバコを充電ケースに戻しながら、岡野は嬉しそうに尋ねた。

馬場が死んでいないということは、私の予想通り、荒井は治療を施したのだろう。わざわざ助けたということは、簡単に殺しはしない。死は価値のある命にのみ、ペナルティとしての効果を持つ。馬場や佐伯のように何も持ち合わせていない人間には、死よりも重い罰が与えられる。

「佐伯なら死んだわ」

そう返すと、岡野は目を丸くした。

佐伯は他人のために生きようとしていた人間だった。〈ホーム〉のために擬傷を負うことを選んだ。私は、この死がせめてもの手向けになることを願った。

「……どういうことだ？」

「アンナが殺してしまったの。メイさんを殺された復讐よ」

憤慨するような表情を浮かべた岡野が、久保寺に視線を向ける。

久保寺が約束を守る男ならば、すでに話は通っているはずだ。

「ふざけんなよ。俺は何もしてねえぞ……なあ、どうだった？」

岡野がコンテナから戻ってきた荒井に声を掛ける。荒井はジップロックの袋を持っていて、中には刃が赤く染まっているバタフライナイフが入っていた。ゴム手袋を外すと、彼は肩を竦めた。

「滅多刺しですね」

「全く、たいしたガキだよ。おかげでこっちはやられ損じゃねえか！」

誰に向けるわけでもなく大声で言うと、岡野はコンテナを蹴りつけた。興を削がれたような表情で彼が車のドアに触れたので、私は急いで近付いた。

「お願いだから、アンナにはもう構わないであげて」

「イカれた人殺しなんか、こっちが関わりたくない。俺はクリーンな人間なんでね」

金を盗んだ犯人ではない以上、松寿会がアンナに関わる理由はない。鬱陶しそうに吐き捨てた岡野の言葉は、信じてもよさそうだった。

車の反対側では、久保寺が運転席のドアを開けていた。ここに来るまでは、彼が運転手をしていたのだろう。運転席に座ろうとした久保寺の横顔を、近付いて行った荒井が思い切り殴りつけた。体勢を崩した久保寺の首を摑むと、荒井は投げ捨てるような挙動で彼を押しのけ、車に乗り込んだ。地面に尻餅をついた久保寺の前で、運転席のドアが閉まる。

「……今回の件の責任は、一体誰にあると思う？」

シートに座ってはいるものの、岡野はドアを閉めずにいた。あからさまに名指しされている久保寺は、何も答えることなく座り込んでいた。立ち上がることもせず、目の前の地面を見つめている。

「使える奴だと言って馬場を前の店から引っ張ってきたのも、稼ぎ頭になると言ってあのガキふたりを働かせてたのも、全部お前の判断だよな。違うか？」

「違いません」

「半端者のお前を拾ったのは誰だった？　なあ？」

「岡野さんです」

久保寺がそう言うと、岡野は鼻を鳴らした。

「誰からも信用されないお前を拾って、庇って、面倒を見てやって、育ててやったのは俺だよな？　お前のことを全力で助けてやったよな？　なのに、お前はその恩を仇で返してくれた。結局、本当に半端者だったってわけだ」

「……すみません」

「すみませんじゃねえだろ、馬鹿。さっさとドア閉めろ」

ぜんまいを巻かれた人形のように、命令を受けて素早く立ち上がった久保寺は、私の前までやって来ると助手席のドアを閉めた。窓は開きっぱなしになっていて、岡野はそこから左腕を出した。電子タバコ独特の不快な甘い香りが、鼻をかすめる。

「安心しろ。これで終わりじゃねえ。これからも働いてもらうから心配すんな。ただ、『プリズム』は他の奴にやらせる。後で連絡させるから、それまで待機しろ」

「分かりました。ご配慮、ありがとうございます」

「ああ、それとな」

岡野はポケットから何かを取り出すと、窓の外に放り捨てた。

久保寺の視線が、それを追う。

「二度目はねえぞ」

そう言いながら、岡野は運転席の荒井の肩を何度も叩いた。

おそらく荒井は、久保寺を飛び越えて彼の雇い主である岡野と繋がっていて、意図的に報告を怠っていた久保寺に代わって進捗状況を報告していたのだろう。

「それと、沢渡さん。あなたには今後も仕事をお願いする。よろしく頼みますよ」

ヴェルファイアのエンジンが掛かると、岡野は私の返答を待つことなく窓を閉めた。一旦バックして進路を左に変えてから、車は走り去っていった。呆然と立ち尽くしている久保寺を横目に、岡野が捨てたものを見ようとして私は屈んだ。

革でできたバングル。

しかし、手首に付けるにしては直径が大き過ぎる。アンクレットかと思った時、留め具に黒色の長い毛が付着しているのが分かった。

犬の首輪だった。

ゆっくりと身を屈め、首輪を拾い上げると、久保寺はそれをポケットにしまった。

「久保寺さん」

「……俺は、佐伯の死体と馬場を運びます」

訊いてもいないのにそう答えると、久保寺は私の隣を通り抜けて、コンテナの入り口に足を掛けた。すれ違う時に、彼がゴム手袋をしているのに気が付いた。私が乗ってきたフードトラックの後ろには、黒のマジェスタが残されている。馬場はそちらに移されたのだろう。中に入ってしまう前に、久保寺を呼び止める。

「ひとつ、お願いしていい？」

「何ですか」

「アンナに服を着替えさせて、安全な場所で降ろしてあげて。あと、これも渡してあげて」

バッグからビニール製のポーチを取り出し、久保寺に手渡す。

事務所に来た時にメイが背負っていたリュック。その中には、ふたりが貯めた現金が入っていた。アンナが馬場をおんぶして階段を降りている隙に彼女のリュックを整理して、現金をポーチにまとめていた。ざっと五〇〇万円以上ある。彼女を無事に送り届けた暁には、報酬として頂こうと考えていた。これだけあれば、アンナは当面の間暮らしていけるだろう。

「服の処理が面倒なんで、いくらかもらいます」

「後で私が払うわ。だから、そのお金には手を付けないで」

有無を言わせない口調で言うと、久保寺は小さく頷いた。

そして、私に背を向けた。

「早く行って下さい。その車があると目立つ」

「……ねえ、久保寺さん」

もう一度呼び止める。

引き寄せられるかのようにゆっくりと、彼はこちらを振り返った。意外にも、煩わしそうではなかった。いつもの無表情でもない。悲壮感に満ちた顔が向けられていた。その絶望には、心当たりがあった。

「何かあったら連絡して。番号は分かるでしょう？」

口を閉ざしたまま、久保寺はコンテナのドアを閉めた。私の声が届いたのかは判然としなかった。まっすぐに歩を進めてフードトラックに乗り込み、エンジンを掛けた。

サイドポケットをまさぐると、アメリカンスピリットの箱が入っていた。カリムは喫煙者ではないので、彼の友人が置いていったものだろう。普段吸わない銘柄だが、今は何でもよかった。

ブレーキを緩め、車を発進させる。煙草に火を点けてから、窓を開けた。風に運ばれてきた下水のような臭いが、車内に満ちていく。私はアクセルを強く踏み、さらなる速度を求めた。

一秒でも早く、ここを離れたかった。

逃がせなかったのは、これが初めてだった。

5

灰皿代わりにした瓶から吸い殻が溢れている。冷蔵庫の中の缶ビールを飲み干し、宝焼酎のソーダ割りを飲んでいるうちに、いつの間にか眠りに落ちていたようだった。椅子から体を起こし、胸元の灰を手で払う。

引き出しの中をまさぐり、セブンスターのストックを探し出す。フィルムを剝がして箱を開け、取り出した煙草に火を点ける。数口吸ってから炭酸水を飲んだ。微温くて、気が抜けていた。時間を確かめようとしてスマートフォンを点けると、日付は次の日の午後になっていた。どうやら、丸一日寝てしまっていたようだ。

着信履歴が一件あった。

昨日の二三時過ぎ、久保寺からだった。

掛け直してみると、繋がるまでにひどく長い時間が掛かった。

「もしもし。出られなくてごめんなさい。どうしたの？」

応答したにもかかわらず、久保寺は喋り出さない。電話越しに、彼の吐息だけが聞こえてくる。

電波が悪いのだろうか。右耳にスマートフォンを押し当てながら、左耳を手のひらで覆ってみる。

「何かあったの？　久保寺さん？」

〈……逃がして欲しい〉

集中していたお陰で、聞き逃しはしなかった。だが、聞き間違いだと思った。

掠れた声で、久保寺は続ける。

〈沢渡さん、俺を逃がしてください〉

断章　Ⅲ

店で飲むのは金がもったいない。ツケにしてくれるところを何軒か知っていたが、そこの人間は皆、私のことを源氏名で知っている。そういう場所にミソラを連れて行きたくはなかった。勘付かれていてもいい。でも、彼が知らないふりをしてくれている限りは、水商売をしていることを自分から言いたくなかった。だから、私たちはいつも、昔から遊んでいた川沿いの公園で、コンビニで買った缶チューハイを飲んでいた。

私は、この時間が大好きだった。

ミソラと一緒にいる時だけは、私は普通の女の子でいられた。

家計を支えるために働く苦労人でも、妹を養うために頑張っている姉でも、金さえ積めば簡単に持ち帰れる商売女でもない。単なるひとりの少女として、この世界を感じることを許された。

「よく似合ってるよ、ゆーちゃん」

私の首元のネックレスを指差して、ミソラは言った。

「これ、高かったんじゃない？　やっぱり、返そうか？」

「いいよ。元々、ゆーちゃんにプレゼントしようと思ってたから」

「先輩から買ったの？」

「うん。特別に安くしてくれたんだ。友達割引だ、って」

誇らしげに言うと、ミソラはセブンスターに火を点けた。

しばらく会わないうちに、彼は煙草を吸うようになっていた。店では、嫌というほど煙を吸わされる。慣れつつあったが、それでも私は煙草が苦手だった。

「それ、流行ってるんだって。でも中々買えないみたいで、すごいラッキーだったんだ」

ミソラの細い指が、羽根の形をしたトップに触れる。

ゴローズのフェザー。

バタフライナイフと同じように、当時の若い男たちの間で流行っていた。出回らないのは、転売業者が買い占めているからだと聞いたことがあった。

私の予想が正しければ、ミソラは、その先輩から高く売り付けられたのだと思う。彼は裕福な家の子供で、誰もがそのことを知っている。疑うことを知らないおっとりとした性格が災いして、付け込まれているのは目に見えていた。しかし、友達という存在に飢えていたミソラは、利用されているとも知らずに彼らとつるんでばかりいた。

最近は高校にも行かなくなり、家にも帰らず遊び歩いているようだった。前に会った時は、「バイクの免許を取った」と言っていた。遠くまでバードウォッチングをしに行けると喜んでいたが、実際のところは、爆音を立てながら夜の街を徘徊する集団の仲間入りをしていたはずだ。

「ミソラ。その先輩のことなんだけどさ」

ブランコを軽く揺らしているミソラを横目に、私は口を開いた。

「危ない目に遭ったりしてない？」

「危ない目？」

「分かんないけど、お金を持ってこいとか、万引きしろとか、そういう話」

「……そんなこと、あるわけないよ。だって、友達なんだよ」

答えが返ってくるまでに、若干の間があった。

それだけで充分だった。

知られたくない秘密を抱えているのは、何も私だけではない。

「そっか。なら、いいんだけど」

缶チューハイを飲み干す。店に来る客たちは、酔えば嫌なことを忘れられると言っていたが、私には理解できなかった。生まれながらアルコールに強かったのも原因なのだろう。水商売をしている女の娘だったから、酒に耐性があったのかも知れない。

けたたましい鳴き声が聞こえ、咄嗟に視線を向ける。

水辺に二羽の鳥がいるのが見えた。

餌を探しているらしく、水中をせわしなく突いている。片方は一回り小さく、親子のようだった。こんな夜中にお腹を空かせているのだとしたら不憫だ。

「カラスかな」

「あれはゴイサギだよ。鳴き声はカラスに似てるけど」

「詳しいね。ミソラはすごいなあ」

即答したミソラに感心して、私は身を乗り出して彼の頭を撫でた。

空の缶を地面に置き、新しいものを開ける。これで三缶目だ。ひとり三缶のつもりで六缶買っていたが、ミソラはまだ一缶も飲み終えていない。お腹が空いていて酒が入らないのかも知れないと思って、コンビニの袋を手に取り、ポテトチップスの封を開ける。

「……ねえ、ゆーちゃん」

下を向いていたミソラは、改まったように切り出した。

「どうしたの？」

「先輩のひとりがさ、ゆーちゃんと遊びたいんだって。前に駅まで送ったことあったじゃん？

その時にゆーちゃんのことを見て、気に入ったみたいなんだよね」

遊びたい。

その言葉を男が女に向ける時、どのような意味で使われるのか、温室育ちのミソラでもさすがに理解しているはずだ。袋を持っている手に、不自然な力が入っていく。

「それってさ――」

「……何でもない。やっぱ、何でもないよ。聞かなかったことにして」

甲高い声で遮るように言うと、ミソラは煙草に火を点けた。まだ慣れていないのか、最初の一口でむせている。こちらに流れてくる煙に目を細めながら、私は缶チューハイを呷った。度数の高さを感じさせない酷く人工的な甘さ。酔うことだけを目的に作られた酒だ。人間は、嫌なことを忘れるために酒を飲む。忘れていられる時間に縋り付く。ならば、私たちにとって最上の幸福とは、永遠に続く忘却なのかも知れない。

「紹介しなかったら、先輩に怒られるの？」

地面を蹴りながら、そう尋ねた。

顔を横に向けると、ミソラはわずかに怒ったような顔を浮かべていた。

「だから、もういいんだって。ゆーちゃんには関係ないから気にしないで」

濃い煙を吐き出すと、ミソラは八つ当たりするように勢いよく缶を傾けた。多分、ミソラは酒も煙草も好きではなかった。一人前として扱われるために、嫌でもやらねばならなかったのだ。

私にとって、ミソラは大切な人だった。できることなら、彼らと付き合わないで欲しかった。

しかし、彼らに認められることで満足を覚えているのも知っていた。

最も重要なのは、ミソラも私を大切に思ってくれている、ということだった。

いつでも傍にいさせてくれた。大好きな羽根のネックレスをプレゼントしてくれた。そして、先輩に私を紹介しなかった。私の代わりに傷を負う覚悟を持ってくれた。

それは、擬傷だった。

私のための、擬傷。

「……あたしの妹」

無意識のうちに、そう口走っていた。

「妹がいるんだ。あたしなんかより頭が良くて、大人しくて、ずっと可愛いの。でも、昔から引っ込み思案で、小学校でいじめられたこともあって、友達が少ないの。だから、仲良くしてくれる人がいたら嬉しいと思う。……あたしじゃなくて、妹を先輩に会わせてあげたらどうかな？」

ミソラを家に呼んだことはなかった。彼に限らず、人様に見せられる家ではなかった。それに、彼が自分の家族を好いていないのは知っていたので、私も家族の話題を避けていた。

三歳下で、一五歳。妹とは昨日喧嘩をしたばかりだった。手芸部の先輩の家に遊びに行っていたらしい妹は、営業を終えて帰った私と顔を合わせるや否や、どうして自分の家はこうなのかとヒステリックに嘆いた。早く寝たかったこともあり、適当に宥めようとした私を睨みながら、妹は「お姉ちゃんは家にいなくていいから楽でいいよね」と悪態をついた。彼女が不満を漏らしながら食べているコンビニ弁当は、私が必死に働いて稼いだ金で買ったものだった。

それを聞いたミソラは、あからさまに驚いていた。

「いいの？」

「いいよ。だって、悪い人たちじゃないんでしょ？」

私はミソラの言葉を信じていた。

というのは、欺瞞が過ぎるだろう。

私は彼が嘘をついていると分かっていながら、信じているふりをしてみせた。

「……うん。もちろん大丈夫だよ。仲良くできると思う」

　早口に答えると、ミソラはゆっくりと煙草を吸い、薄い煙を吐き出した。漏れたのは安堵の吐息だった。安堵しているのは、私も同じだ。ミソラが先輩たちに暴力を振るわれることはないし、私が彼らと会う必要もない。私を巻き込みたくないミソラと、ミソラを助けたい私、ふたりにとって最も合理的な解決策だった。

　それに、妹が引き合わされるのは悪い人たちではないのだ。私たちは、何の問題もないと言い聞かせ合った。ならば、何の問題もないはずだ。

「ゆーちゃん」

「何、ミソラ」

「ありがとね。頼れるのは、ゆーちゃんだけだよ」

　優しい声でそう呟くと、ミソラはブランコから降りて私の足元に座った。そして、私の膝に頭を預け、目蓋を閉じた。缶を地面に捨て、彼の柔らかい髪をそっと撫でる。ゴイサギの親子のおしゃべりに耳を傾けながら、月の光を浴びて煌めいている川の流れをぼんやりと眺めた。


　その夜が、私とミソラが過ごす穏やかな時間の最後になった。

第4章　擬傷

1

スピーカーで音楽を掛けながら、ソファに座ってコーヒーを飲む。置き時計に目を遣ると、二二時半を過ぎていた。

昨日の昼に久保寺から電話を受けた私は、次の日の夜まで自力で身を隠すことを条件に彼の失踪を引き受けた。今日の二一時に事務所に来るよう伝えてあったが、あれ以来、久保寺からは何の連絡もない。

煙草の火を消し、ソファから立ち上がる。窓に近付いてブラインドを上げると、雨が降っているのが分かった。細く白い線が、窓越しに見える風景を掻き消している。とても強い雨だった。音楽のお陰で、雨音は聞こえない。風は吹いていないようで、細切れになった滝のような雨は、まっすぐに地面を目指している。

今日は新月だった。

ネオンの光は健在だが、夜の歌舞伎町は一時よりも遥かに暗くなった。客引きの女の子たちは店内に避難し始め、次の店を探していた酔客たちは、雨宿りできる場所を手近に求める。これだけの大雨なのだ、水捌けの悪いこの街なら、地下にある店は冠水の被害を受けるかも知れない。

窓に触れると、指先に仄かな冷たさが伝わってくる。エアコンを切っていたからか、室内は蒸し暑かった。私はブラウスの袖を捲り、三箇所のブラインドを閉め切った。蛍光灯は点けておらず、間接照明の光が視界を橙色に染めていた。

コーヒーの入った紙コップを片手に、部屋の奥まで歩く。

吊り下げられている鳥籠を軽く揺すった。もう遅い時間だ、眠っているのだろう。透明な夢を見ている子供をあやすように、布を被せてある鳥籠をそっと揺すり続ける。

扉を乱暴に叩く音が、私を現実へと引き戻した。

飲み干した紙コップをゴミ箱に投げ、ドアを開ける。倒れ込むようにして、久保寺が入ってきた。この前と同じチノパンに、ホットドッグの柄のアロハシャツ。着衣のまま海に飛び込んだかのように、全身がずぶ濡れだった。バスタオルを用意しようとした矢先、赤く染まっている彼の左手が目の端に映り込んだ。これだけの強い雨でも洗い流せなかった大量の血。

「大丈夫？」

「俺の血じゃないっすよ」

いつものように平坦な声が返ってきたものの、久保寺の足元は覚束なかった。私は扉に鍵を掛けてから、肩を押さえつけるようにして彼をソファに座らせた。

「何があったの？　岡野はあなたを見限らなかったでしょう。それに……」

そう言い掛けてしまったが、わざわざ口に出すべきではないと思い、慌てて言葉を切った。制裁は、久保寺本人ではなく彼の愛犬に下された。雨水を吸って額にぺったりと張り付いてしまっている前髪を搔き上げると、久保寺は天井を仰ぎ見た。

「……切られなかった代わりに、庇護もなくなった。俺を恨んでる連中は、岡野が怖くて手を出せなかったんです」

鈍い挙動で腰を持ち上げると、久保寺は左手を後ろに回し、ズボンと体の間に挟んでいたらしいクラッチバッグを取り出した。

「手持ちはこれで全部です。多分六〇〇万はある。これで、俺を逃がしてください」

「ひとまず落ち着いて。今、水とタオルを用意するから」

ウォーターサーバーの補充を失念していて、ミネラルウォーターのペットボトルは奥の部屋の冷蔵庫に入っていた。取りに行こうとした私の手首を、久保寺の右手が摑む。いとも容易く振り解いてしまえる、あまりにも弱々しい制止だった。

「時間がないんだ。……ここで待ち合わせたからには、あんたにも迷惑が掛かる」

自らが〈雨乳母〉であると明かしていたが、その他のことは何ひとつ教えていない。どこに逃がすのか、どうやって逃がすのか、逃げた先でどうなるのか。久保寺のようなリアリストが、詳細を尋ねる前から可能性だけに飛び付いたというのは予想外だった。

「まず説明をするわ。疑問だらけだと思うけど、とりあえず最後まで聞いて」

テーブルの上のセブンスターを取ってから、彼の対面に腰掛ける。

「私はあなたを、ここではない場所へと連れて行くことができる。誰もあなたを傷付けることのない、痛みも苦しみもない場所へ」

煙草を咥え、火を点ける。

虚空を睨んでいる久保寺を一瞥してから、私は続ける。

「あなたは、今とは違う人生を歩むことができる。誰にも追われず、あなたが犯した全ての過ちが、あなたと無関係になる。その代わりに、今の自分は捨てることになる。もう二度と、ここには戻って来られない。……荒唐無稽に聞こえるかしら？」

俺たちはどこにも行けない。

ここで生きるしかない。

過去を清算して、別の場所でやり直すことは可能だと答えた私に、久保寺はそう反論した。

「そんな与太話を信じろと？」

久保寺が顔を上げた。

水浸しの顔は、その瞳まで濡れているように見えた。

「……分かったわ」

唇から煙草を遠ざけ、肺の中の空気を追い出すように長い息を吐く。手のひらを久保寺の方へと向けながら、自分の眼では直接的に見ることのできない私の全身を想像する。肌と空気の境目をなぞるようにして、その輪郭を切り出そうとする。

光を奪われた夜に降る冷たい雨は、私たちの故郷を剝き出しにする。限りなく醜い、地獄のような世界。その内側で、私は美しい光を願う。

「ねえ、久保寺さん。これは夢だと思う？」

現れた光の鍵を親指と人差し指で挟みながら、そう問い掛ける。

驚かないわけがない。理性的な判断に身を委ねてきた人間なら、なおのことだ。現に久保寺の鋭い視線は私の手元に突き刺さっている。

「……どうしてアンナは逃げなかったんです？　それとも、逃がせなかったんですか？」

私の言葉を無視して、久保寺が尋ねる。

彼はもう、鍵を見ていなかった。顔を伏せ、膝の上で組み合わせた自分の手を眺めている。相変わらず勘のいい男だと思いながら、煙草を吸った。

「あの子はルールを破った。だから、逃げられなかった。それだけよ」

「俺は何をすればいいんすか」

「今から私は、この鍵で門を呼ぶ。その門は、この世界とは別の場所にある美しい世界に繫がっている。私は〈ここではない何処か〉と呼んでいるわ」

誰かを逃がす場所として事務所を選ぶのは初めてだった。天井の高さは問題ないし、室内には充分なスペースがある。理論上は、ここで全てを完結させられる。

「門番である私と一緒に門の向こう側へ行けるのは、この世界に絶望している人間だけ。この世界を生きていくことに一切の価値を見出せなくなった人間だけが、門を開く資格を得るの」

「俺も、そのひとりだと?」

「分からないわ。ただ、門はあなたの無意識の願望に応えてくれる」

鍵を握り締めると、手のひらを通して私の意識に光が流れ込んでくる。私が持っている中で最も美しい記憶たちが走馬灯のように浮かび上がり、目まぐるしく変化していく。万華鏡の中に立たされているような錯覚に襲われた私は、穏やかな思い出に触れたくて、必死に手を伸ばす。その儚い訴えを待ち焦がれていたかのように、幻視は瞬く間に砕け散り、眩い炎が燃え上がった。

広がっていく炎は空間に歪みを作り、そのずれから輝きが染み出す。放射状に伸びていく閃光は、炎と混ざり合いながら外枠を形成していき、内側の空白を満たすようにして光が注がれていった。

「あなたの絶望を確かめましょう」

吸い終えた煙草を灰皿に捨て、立ち上がる。足に力が入らないのか、久保寺はソファの肘掛けに手をついて体を起こそうとしていた。見兼ねて歩み寄ると、断られると思っていた私の予想に反して、彼は左腕を私の肩に回してきた。

久保寺に肩を貸しながら、門の手前までゆっくりと進む。軽く掲げると、掌中の鍵は私の手をすり抜けて、門の鍵穴に吸い込まれていった。光り輝く鍵は音を立てることなく回転していき、挿さった方向から垂直になって、その動きを止めた。右側の戸が軋んでいるのを肌が感じ取った。

開いていく。

門が、呼んでいる。

「おめでとう。向こうの世界は、あなたを待っているわ」

久保寺には資格があった。

彼は諦めることで、諦めた気になることで前に進んできた。ここで生きていくしかないのだと言い聞かせ、現実逃避をする人間を侮蔑してきた。だが、彼の無意識は、ここではない何処かを望んでいた。メイやアンナ、彼が見下していた少女たちと同じように。

「それで、どうするの？」

振り返って、そう尋ねる。必死に体勢を保ちながらも、久保寺は俯いたままでいた。血管が浮き出た手首には、首輪がブレスレットのように巻き付けられている。

「……行きます」

「分かった。あなたが先に入って」

久保寺を通すべく、一歩後ろに下がる。

顎を引いて肩を竦めている彼は、目を伏せながら門の方を向いた。対戦相手を牽制するボクサーのようだった。おそるおそる手を伸ばした彼は、戸に触れる寸前で何かを思い出したらしく、チノパンのポケットをまさぐった。

「これ、今のうちに返しておきます」

久保寺はくしゃくしゃに丸まった新聞紙を差し出した。開いてみると、中にはゴローズのフェザーが入っていた。信用してもらうための担保として、彼に預けていたものだ。

「ハンカチは失くしたんで、あとで金払います」

「安物だったし、別にいいよ」

「そのフェザー、コピー品ですよ。転売屋に知り合いがいて、俺も多少の知識は持ってます。造りは同じでも、刻印が丸っきり違う。店で買ったんなら、今からでも返金させた方がいい」

チェーンを首に掛けている私を横目に、久保寺が呟いた。

「知ってるわ。……さあ、急がないと」

服の内側にフェザーをしまい、新聞紙を足元に放り捨てる。私に促され、久保寺は戸を押した。開いていく門の隙間から、涼やかな風が流れ込んでくる。体ごと押し当てるようにして門をくぐっていった彼に続いて、向こう側に足を踏み入れた。

これから彼が目にする世界は、かつての彼が手放さざるを得なかった希望に他ならない。私は、久保寺がアンナと同じ過ちを犯していないことを祈った。誰かを逃がせないのなら、〈雨乳母〉になった意味がない。

久保寺には、必ず失踪を遂げさせる。

この世界で生きていくことを諦めた彼を救う方法は、これしかないのだから。

2

煙草を吸っていないのに、吐き出した息が白く伸びていく。

一歩踏み出すたびにブーツが雪に埋まり、足が絡め取られそうになる。幸い、今は止んでいるようだったが、雪国に馴染みがない私としては、再び降り出す前に屋根のある場所に身を寄せたかった。

私はマックスマーラのマニュエラを羽織っていた。冬になると必ず着ているお気に入りのコートだ。ここの環境に適応するために門が再現してくれたのだろう。

かじかむ手をポケットに入れて周囲を見回すと、信号を渡った先に大きな商店街が見えた。上方をアーケードに囲われた、由緒正しき佇まいの商店街。看板やのぼりが外に出ているものの、どの店もシャッターを降ろしている。陽は落ちつつあるが、明るさからしてまだ夕方の四時くらいだ。店仕舞いには早過ぎる。ふと、ここに来る途中も、誰ともすれ違わなかったことに気が付いた。買い物客はおろか、歩く人さえいない。数分も経っていないが、閑散とした街という印象を抱くのには充分な寂れ具合だった。

アーケードのおかげで商店街に雪はなく、途端に歩きやすくなった。吹き込んでいる風の冷たさは変わらないので、避難するように建物の側へと寄った。シャッターの前にはゴミが散乱していて、コードが抜けている看板にはスプレーで落書きがされている。その落書きも、敵意や好奇心からではなく、出口のない退屈ゆえに行われたものに思えた。誰も片付けず、誰も咎めず、ただ時間だけが過ぎているのだろう。

しばらく進むと、写真屋の前に何かの像が立っているのが見えた。大きなカメラを斜め掛けにして、走り出すようなポーズを取っている動物のキャラクターだった。塗装が剝がれ落ちているせいで、元々の色は分からない。ぴんと立った耳が付いているが、犬のようにも猫のようにも見える。像の隣にはベンチが置かれていて、そこに久保寺は座っていた。

「これ、犬と猫どっちだと思う？」

掠れた灰色の耳を撫でながら訊ねる。疲れ切ったように項垂れている久保寺は、一瞬こちらに顔を向けたものの、すぐに視線を足元へと戻した。

「狐ですよ」

「どうして分かるの？」

「そいつがぶら下げてるのはニコンのカメラです。狐は『コンコン』と鳴くから」

久保寺はつまらなさそうに答えた。あまりのくだらなさに、笑うべきタイミングを逃した。単なる駄洒落でマスコットに抜擢されていた狐の頭に肘を置き、アーケード越しの不透明な空を眺める。黒ずんだ雪が、溶けることなくアーチの両端にこびり付いていた。

この場所の正体には見当が付いている。

だからこそ、彼がこの店のことを知っていても驚くには値しない。

「沢渡さん、これのどこが美しい世界なんですか？」

「騙されたと思ってるの？」

「あの時、大人しくあなたに刺されていればよかった」

うんざりしたように言うと、久保寺はネクタイを緩めた。突然違う場所に移動させられたことで取り乱す人間は多かったが、彼は恐ろしいほどに落ち着いていた。服装が変わっていることさえ、すんなりと受け入れているようだった。

「座っていても仕方がないわ。少し歩きましょう」

「どこに行くんです？　ここがどこかも知らないすよね」

「分かるのよ」

久保寺が重い腰を上げるのを待って、私たちは歩き始めた。

死に絶えている商店街を足早に抜け、再び道路に出る。案の定、雪が降り出していて、久保寺はトレンチコートの襟を立てると、体の前を覆うようにして腕を組んだ。負っていたはずの怪我も消えていて、先導するはずだった私を追い越し、彼はきびきびと進んで行く。ブーツよりも雪道に適さない革靴で、積もった雪に足を絡め取られることなく歩いている。きっと、コツがあるのだろう。それは、長い間この街で暮らしていたことで彼の体に染み付いたものに違いなかった。

駅から遠ざかっているらしく、個人経営の小さな店ばかりを通り過ぎる。肩を寄せ合っているアパートの前には雪掻きの跡もなく、鉄棒だけがぽつんと置かれている公園は、ひとりの子供も遊んではいなかった。

点滅している信号に間に合わず、初めて足止めを食らった。私が遅いせいだったが、久保寺は気にも留めていない様子で白線を踏んでいる。もっとも、彼は急いでなどいないのだから当然かも知れない。門をくぐるまでの彼を突き動かしていたのは焦燥感だ。ここで終わりたくないという強い意思が、弱っている体に鞭を打っていた。その窮地から解放された今、彼の感情は行き場を失っているはずだ。

車側の信号が黄色になった時、一台のパトカーが交差点に差し掛かった。進んでも問題のない範囲だったが、律儀に停止線の手前でブレーキが踏まれた。歩道からはみ出していた久保寺に、助手席に座っている警察官が視線を向ける。場合によっては危険かも知れないが、特別法に触れるような行為ではない。にもかかわらず、警察官は食い入るように久保寺を見つめている。

歩道の信号が青に変わったので、早く立ち去るべく久保寺の肩を押そうとした。

そんな私の挙動に合わせたかのように、パワーウィンドウが開いていった。

「すみません。久保寺さんですよね？」

確信がある様子で、若い警察官が声を掛ける。ひょっとしたら顔見知りなのかも知れないと思った私を他所に、久保寺は怪訝そうに首を縦に振った。

「やっぱりそうだ。戻って来てるって聞いてたから、そうじゃないかって思ったんです」

心なしか、その声は弾んでいるように聞こえた。

私たちは渡る機会を逃し、車側の信号が青に変わる。声を掛けてきた男が運転席の警察官に何かを告げると、パトカーは急に左折のウインカーを出し、ゆっくりと交差点を曲がった。少し走り、停車する。

車を降りたふたりの警察官が、駆け足で近付いて来る。

ポケットから手を出した久保寺が拳を握り締めるのが、目の端に映り込んだ。

「呼び止めるような真似をしてしまって申し訳ありません。でも、どうしても挨拶をさせて頂きたくて。自分は小松署の杉原と申します。こいつは同じ署の福田です」

パトカーにいる時は分からなかったが、杉原はプロレスラーのように立派な体格をしていた。隣にいる福田は、改めて自分の名前を告げると、久保寺に向かって敬礼をしてみせた。慌てて、杉原もそれに続く。単に形式的なものではなく、心からの恭順を示しているように見えた。彼らが手を額に当てた瞬間、久保寺の顔には明確な嫌悪が浮かび上がっていた。

「どういうお知り合いなの？」

ふたりを早く立ち去らせるために、私は助け舟を出すことにした。

「この街で久保寺さんを知らない人はいませんよ。自分たちは特に」

「中学とか高校の先輩ってこと？」

「いえ、お会いするのは初めてです。お名前だけは、以前から存じ上げていました」

久保寺に訊いたつもりだったが、口を噤んでいる彼に代わって杉原が答えた。言葉の端々から、久保寺に対する敬意が伝わってくる。

ますます分からない。

「数日は滞在なさると伺いました。もし宜しければ、小松署に来て頂けませんか？　俺たちだけじゃなくて、みんな感激すると思います」

体に見合った野太い声で杉原は言った。

話の流れから察するに、久保寺は何かしらの用事で故郷に帰ってきていることになっているようだった。身動ぎひとつせず、返事はおろか、視線を送ることもしない久保寺を前に、ふたりは明らかに緊張していた。突然呼び止めたことで機嫌を害してしまったと思っているのだろう。若干の間を置いて、意を決したように福田が口を開いた。

「俺、ずっと久保寺さんと話がしたかったんです。俺にとって久保寺さんは、憧れの大先輩だったから。いつかは俺も本――」

一瞬だった。

あまりの速さに、目で追うこともできなかった。

久保寺に喉元を摑まれ、福田の声がぶつりと途切れる。何が引き金になったのかは定かではない。ただ、久保寺の昏い瞳の中で、憎悪の炎が燃え上がっているのが見えた。

「久保寺さん、何を……」

「当て付けのつもりか？」

慌てて杉原が止めに入ったが、体格では勝っているにもかかわらず、彼の太い腕は久保寺の右手を外すことができなかった。息もできず、苦悶の表情で口を大きく開けている福田を睨んだまま、なおも久保寺は首を絞め続ける。

「その制服で俺をコケにできるとでも思ったか？」

「久保寺さん、やめて」

「お前らが役目を果たしてさえいれば、遼輔は……」

狼狽(うろた)えている杉原の手が、腰に下げられている警棒へと伸びる。

その時、抵抗する福田の指が久保寺の手首に巻かれている首輪を引っ張った。バックルはするりと外れ、手首からすべり落ちていく。あっさりと福田を解放すると、久保寺は首輪を拾い上げようとした。

「一体どうしたっていうんですか？　いくら久保寺さんだからって、あんまりだ。気に入らないことがあったなら、口で言ってくれればいいでしょう」

咳き込んでいる福田の背中を撫でながら、杉原が咎めるような視線を向ける。

「ごめんなさい。久保寺さんは今、精神的な問題を抱えているの。だから、代わりに私が謝るわ。怒って当然だと思うけど、どうか許してもらえないかしら」

正面から強く抗議しようとした杉原と久保寺の間に立って、私は言った。

彼は私と久保寺を交互に見つめると、困ったように顔を掻いた。

「でも、これは立派な暴行ですよ。自分たちとしては――」

「いいんだ、杉。俺は何ともない。突然動悸がして咳き込んだだけだよ。そうだろ？」

ようやく息が整ったらしい福田が口を挟んだ。答えあぐねている杉原の肩を軽く叩くと、彼は私の背後に視線を向けた。

「すみません、久保寺さん。俺が初対面なのに変なことを言ったから」

制帽を脱いだ福田が頭を下げる。ここまでされているというのに、久保寺の口から謝罪の言葉は出てこない。汚れた首輪を握りしめたまま、誰のことも直視せずに虚空を睨んでいる。その様子が余計気に障ったのか、杉原はあからさまに溜め息をついた。

「まったく、弟さんは穏やかな人だっていうのに」

杉原が独り言のように呟く。

おそらく彼はその手の機微に疎いのだろうけれど、弟という言葉が出た刹那、久保寺の周囲の空気がぴりぴりと張り詰めていったのが分かった。

次は確実に血が流れる。

私は素早く腕を伸ばし、彼の手首を摑んだ。ほとんど何も知らずにいた久保寺という男の脆さが、少しだけ垣間見えた気がした。

「行きましょう、久保寺さん」

「弟がどうした」

「喧嘩とは無縁の人でしょう。一昨日も犬を連れて近所の子と遊んでましたよ」

「……一昨日？　お前、一昨日遼輔と話をしたのか？」

声は平静を装っているものの、久保寺の体は抑え切れない激情に震えていた。どうしてそんなことを訊くのか分からないという面持ちで杉原は続ける。

「ええ、そうですよ。その時に、久保寺さんが帰って来るって聞いたんですから」

「ふざけるな。そうまでして俺たちを……」

「疲れてるのね、久保寺さん。早く家に戻って休みましょう」

久保寺の手をさらに強く引きながら、わざと大きな声を上げた。

杉原よりも物分かりがいいと判断し、私は福田に視線を送る。目を合わせて軽く頷いてみると、彼は何かを悟ったように頷き返してくれた。

「そろそろ巡回に戻らないと。もしよければ、また後日お話しさせてください」

福田は再び敬礼をすると、不服そうに佇んでいる杉原の背中を押して、パトカーの方へと歩いて行った。エンジンが始動し、車が走り出すのを待って、久保寺から手を離す。力を入れ続けていたせいで、右手が肘までびりびりと痺れていた。

首輪を右手に付け直すと、久保寺は空を仰いだ。七三に分けられ、丁寧に撫で付けられている黒髪。髭もなくなっていて、初めて、彼の顔をはっきりと眺めることができた。

「……どういうことか説明しろ」

舞い散る雪を浴びながら、久保寺は言った。

言葉に反して、強制力の伴わない弱々しい訴えだった。

「沢渡さん、あんたには説明の義務がある」

「分かってる。私もそのつもりだったわ」

今までと違い、私は何も聞き出さないまま、久保寺をここに連れて来ている。

アンナの場合は、周囲の人間や本人の口から、彼女の過去について聞いていた。それゆえに、彼女がどのような世界を望んでいるのか、おおよその見当は付いていた。その点において、今回は異例と言えるだろう。

「先にひとつ訊いてもいいかしら」

「わざわざ聞くな。答えるしかないって分かってるだろ」

ぶっきらぼうに言った久保寺を横目に、私は続ける。

彼の心に踏み込もうとしていた。

「弟さんの名前が出た時、どうして取り乱したの？」

久保寺は二度、彼らに敵意を向けた。

一度目は、彼に敬意を表した福田に対して。暴力を伴う強い怒りだったが、そちらの理由については後回しだ。私の家族について尋ねた時、久保寺は自分には兄弟がいないと口にしていた。思い返せば、あの嘘はあまりにも自然だった。

「今の話とは無関係だ」

「いいえ、関係あるわ。久保寺さん、あなたは『一昨日弟さんと話をした』と言った杉原さんに向かって『ふざけるな』と怒鳴った。それはどういう意味なの？　ここがあなたの故郷で、あなたの家族が住んでいるなら、杉原さんが弟さんと話をしていても、何もおかしいことなんてないでしょう」

あの時、弟の名前を聞いた久保寺の顔には、怒りよりも先に驚きが浮かんだように見えた。その反応に違和感を覚えていた。

「説明になっていない。俺をここに連れて来たことと、一体何の関係がある？」

「遼輔さんは故人なんでしょう。だから、一昨日話をしたと言われて、馬鹿にされたと思った。違う？」

　こちらに向き直った久保寺が、私の襟首を摑む。

　ただでさえ不安定な足元がぐらつき、薄手のブラウス越しに彼の固い拳を感じた。

「あいつは死んでない」

「なら、どうして彼がここにいることに驚くの？」

　私を睨みつけながらも、彼の瞳は、奥深くへと埋めた何かを掘り起こされることを恐れていた。

「この街にあいつはいない。戻ってもいない。……戻れるわけがないんだ、絶対に」

「それが福田さんの首を絞めたことに繫がっているのね？」

　答えは返ってこなかったが、その沈黙は今の読みが正解であることを示唆していた。久保寺はこの街の人間を憎んでいる。そこには彼の弟が密接に関係しているはずだ。

「いつもは、もっと穏やかで分かりやすい変化を最初に見せるの。だから、大きな抵抗感もなく自然に受け入れてもらえる。……久保寺さん。あなたに、この世界の正体を教えるわ」

　目を逸らせずにいる久保寺を見つめ返したまま、静かに告げる。

「ここは、私たちがさっきまでいた世界を元にして再構成された別の世界なの」

「どういう意味だ？」

「この世界は、あなたが歩んだかも知れない人生の中で、あなたが最も幸福になったであろう選択が為された世界。あなたが手に入れられなかった可能性が実現した世界よ」

　聡明な久保寺でも、理解するのに時間が掛かるだろう。

　私は説明を続けた。

「アンナの場合は、あの事件がなかったことになっていた。事件が起きる前に、〈ホーム〉があの部屋から抜け出すという選択が行われた世界になっていたの。もしも、彼女が何かしらの行動を取っていれば、それは実現していたのかも知れない。門は、そういったあり得たかも知れない可能性を抽出して、それらが達成された世界を作り出してくれる。だから、アンナが開いた門の向こう側では、〈ホーム〉の子たちは全員生きていたわ」

「過去が帳消しになっていると？」

「仮にあなたが、誰かを助けなかったことを後悔しているのだとすれば、ここには、あなたが誰かを助けたあとの世界が広がっている。助けなかったことで生じた軋轢や後悔は全てなかったことになっている。門は、あなたの無意識の願望を掬い取って、完璧に実装するの」

喉元に掛けられていた圧力がなくなった。

腕を降ろした久保寺は、振り払うように首を横に振った。

「……悪いが、やはり信じられない」

「確かめてみればいいわ。この先に、あなたの実家があるんでしょう？」

信号は青になっていた。

雪が強まっていて、鼻先と頬に火傷のような痛みを覚える。一応はコートを着ているとはいえ、ブラウス一枚で耐えられる寒さではなかった。幸い、雪道を歩くのに少しずつだが慣れてきていた。どの道を行けばいいのかは、分岐点が近付くたびに漠然と浮かんでくる。久保寺が何も言わないということは、これで合っているのだろう。

周囲に背の高い建物はなく、一軒家が軒を連ねている。相変わらず、誰かとすれ違うことはなかったが、道を行き交う車の数は多い。ライトも点けずに走っている軽トラックは荷台のカバーが雪に覆われてしまっていた。

幹線道路を抜けて細い道に入ると、雪囲いの板を窓に取り付けている平屋が目立つようになった。風が向かい風になり、睫毛に貼り付こうとする雪を手のひらで拭う。吹き荒ぶ風のせいで音が聞こえず、ただでさえ良好とは言えない視界だけが頼りだった。時折、久保寺が付いてきているかを確認しつつ、彼が二度と歩むつもりのなかった帰路を辿る。

掛けるべき言葉はない。

この場所は、ただ彼のためだけに作られた世界。

震えのせいで、雪に埋もれた足を引き抜くのも辛くなっていた。息を吸うと肺がきゅっと冷え、咳き込みそうになる。私は、念のために持ってきていた煙草を吸おうと、バッグに手を伸ばした。箱を取り出し、ポケットに移す。かじかむ指先では上手く摑めず、ライターを落としてしまった。

拾おうとして身を屈めた時、目の端に何かが動くのが映り込んだ。それが、突然駆け出した久保寺だと分かっても、とっさに声を出すことができなかった。私を追い越した久保寺は、数メートル先のブロック塀に囲まれた一軒家の前で足を止めた。

左手で風防を作り、セブンスターに火を点ける。一口吸って煙を吐き出すと、暖かい安堵が訪れた。不味さがやって来る前に、もう一口だけ吸ってから投げ捨てる。ゴールが見えたおかげか、先程よりも足が軽い気がした。久保寺が踏み固めた道を進み、やっとの思いで追い付く。久保寺は不思議そうな眼差しで、ブロック塀に触れていた。

「……なんで、これがあるんだ」

目を凝らすと、最上段のブロックのひとつに亀裂が走っているのが分かった。ひびは根元まで伸びていて、揺らせば片側が取れてしまいそうなほどだった。しかし、これといった補修もされていないにもかかわらず、崩れることなく収まっている。

「どうしたの？」

「ガキの頃、俺はこれで弟を殴った」

静かに呟いたものの、久保寺の顔は苦悩に歪んでいた。

「何があったの？」

「部屋から引き摺り出して、あいつをこの壁に叩き付けた。その時に崩れたんだ」

続けるのを拒むように、久保寺は口を噤んだ。向かい合うことはせず、奥深くへと封じ込めることによって、彼はこの思い出から逃げてきたのだろう。

「話してみて。私には、あなたを知る義務がある」

「……落ちたブロックを拾って、あいつに持たせようとした。俺を殴らせようとした。今やり返さなかったら、お前はこれからも一生、虐げられる側のままだと言った。だが、あいつは絶対に持とうとしなかった。女みたいにふにゃふにゃの手を必死に固めて、持つのを拒んだ」

拳の底でブロックを殴り付けると、久保寺は大きく息を吸った。

「俺は、これであいつの頭を殴った。それ以来、この塀はずっと欠けていた」

改変されている事実に自らの手で触れながら、久保寺は絞り出すように言った。これだけ雪が積もっていると、遠目には亀裂が走っていることも分からないだろう。欠けることなく、本来の姿を保っている何の変哲もないブロック塀だ。

不意に敷地の中から引き戸を開く音が聞こえてきた。

私の足元を何かが横切り、思わず転びそうになる。目を遣ると、大きな黒い犬が久保寺に飛び付いていた。毛並みからして老犬に違いなかったが、嬉しさのあまり子犬のようにはしゃいだのだろう。久保寺の膝に前足を乗せる形で立ち上がると、犬は尻尾をぶんぶんと振り回し、彼の帰宅を喜んでいる。一方の久保寺は、眼下の犬を撫でることもせず、その場に立ち尽くしていた。

彼の右手には首輪が巻かれていたが、目の前にいる老犬は、それとは違う首輪を付けている。

「フィーゴ！　勝手に出ちゃダメだって言ってるでしょう！」

咎めるような口調で叫びながら、フリースを着た女性が敷地から出てきた。飛び出した犬を探そうと左右を見た女性は、私たちの姿を認めると顔を綻ばせた。

「あら、えらく早かったじゃないの、隼輔（しゅんすけ）」

重そうな犬を慣れた手付きで抱き上げると、彼女は私に視線を向けた。

「同僚の女性って聞いてたから、てっきり厳つい方だと思ったら、こんな華奢な美人さんだったのね。言っておいてくれれば、もっと家も片付けておいたのに。相変わらず気が利かないんだから」

久保寺に向かって甘えるような声を出しているフィーゴを撫でながら、彼女は楽しそうに言った。久保寺の母親に違いなかった。どうやら私は、久保寺の同僚ということになっているようだ。

「どうしたのよ。突っ立ってないで入ったら？」

怪訝そうな表情を浮かべた久保寺の母親が、抱きかかえているフィーゴを久保寺に近付ける。フィーゴは嬉しそうに久保寺の口元をぺろぺろと舐めた。

「すみません。久保寺さんにこの辺を案内してもらっていたんです。長く歩かせてしまったから、疲れているみたいで」

割って入るようにそう言ってから、私は頭を下げた。久保寺の顔色は変わらない。ひとりだけ時間が止まってしまっているかのように呆然と佇んでいる。

「申し遅れました。同僚の沢渡幸です」

「こんな格好でごめんなさいね。隼輔の母です。……ここは東京じゃないんだから、車で行けって言ったのに。何の見所もない街だったでしょう？」

中に入るよう促されたので、彼女の後に続く。手招きをしたが、久保寺は頑なに動こうとしなかったので、腕を引っ張って無理やりに家の中へと連れ込んだ。

久保寺の実家は昔ながらの平屋で、雪国の暮らしを象徴するかのように、どこからか灯油の匂いがしている。床に降ろされたフィーゴは家の中をのそのそと歩き回っている。私たちを客間と思しき和室に案内すると、久保寺の母親はお茶を淹れてくれた。

八畳の和室には座卓と座布団が置かれていて、部屋の奥には立派な桐簞笥が鎮座していた。床の間と床脇には、封のされていない段ボールが積み上げられている。普段は物置部屋として使っているのだろう。もしかしたら、昔はここが久保寺の自室だったのかも知れない。

「こんなに早いと思ってなかったから、まだ用事が済んでないの。外に出てくるから、沢渡さんはゆっくりしていってくださいね」

石油ストーブの電源を入れると、久保寺の母親は立ち上がり、襖に手を掛けた。久保寺は数日前に帰ってきていて、今日は私を迎えに行くことになっていた。おそらくは、宿がない私を泊めてくれるという話になっているのだろう。

「あの、遼輔さんはどちらに？」

出ていこうとする久保寺の母親を呼び止め、私は尋ねる。

襖が開いているのに気付いたフィーゴが客間に入ってきた。

「今日は非番日だったけど、呼び出されちゃったのよ。せっかく隼輔が帰って来てるのにまだ顔も合わせてないんだから。運が良ければ、夜には帰れるかも知れないそうよ」

こともなげに言うと、彼女は玄関の方へ消えて行った。暖かい場所を求めて彷徨っていたらしいフィーゴは、ストーブの前に陣取ると体を丸めて寝転んだ。

長押（なげし）に掛けられているフックからハンガーを外して、脱いだコートを吊るす。久保寺は座卓に向き合うようにして座っていた。座布団を使わず、畳の上に正座している。目蓋は開いていて、その視線は一点に注がれているものの、彼がここにある何かを見ているようには思えなかった。彼がお茶を飲んでしまわないように、彼の前にあった湯飲みをこちら側に寄せる。

「ジジのことは、いつから飼ってたの？」

背中が焦げるのではないかと心配になるほどストーブに近いフィーゴを眺めながら、私は口を開いた。久保寺のような徹底した個人主義者が、手間の掛かる動物を飼育し、愛着を抱いていたというのが意外だった。

「前の店、歌舞伎に移ってからです」

「誰かと一緒に飼ってたの？」

彼が自発的に犬を飼ったとは思えなかった。過去の恋人が気紛れで飼いたいと言い出し、別れる際にそのまま置いていった。私はそう予測していたが、久保寺は首を横に振った。

「……引き取ったんです。あいつは八歳だった」

「捨て犬にしては随分と大きかったのね」

「人間の歳で言えば四十代です。中年になって突然、今までずっと一緒に暮らしてきた家族に捨てられた。あと数日で処分されると聞いて、不憫に思って連れて帰ったんです」

立ち上がった久保寺が、ストーブの前まで歩く。畳に片膝を付き、久保寺はフィーゴの耳の付け根を掻くように撫でた。優しそうな瞳で久保寺を見上げると、フィーゴは満足そうに尻尾を振った。重量のある尻尾が畳を打つ音が、静かな室内に響く。

向こうの世界にジジはもういない。久保寺が犯した失態に対するペナルティとして、岡野に殺されている。暴力に慣れ親しんでいる人間のそれとは思えないほど優しげな手付きでフィーゴを撫でている久保寺だったが、その表情が晴れることはなかった。

「……良く似てるけど、こいつは違う。あれは、こんなに毛艶が良くなかった」

そう呟くと、久保寺はフィーゴを持ち上げ、ストーブから少し離れた場所に下ろした。

彼は私に、自らの意思でこの仕事を選んだと言っていたが、その虚勢は、少しも望まないものを、それでも選ばざるを得ない状況で自分を守る為に掲げるしかなかった欺瞞に他ならない。その証拠に、失ったはずの願望が成就しているこの世界では、彼は歌舞伎町の住人になっていない。

だからこそ、ジジを引き取らない人生を送っている。

「久保寺さん、弟さんの話を聞かせてもらえる?」

頃合いだと思い、そう切り出す。

久保寺は座ろうとはせず、何も飾られていない床の間の壁に視線を向けていた。

「あいつは人殺しです」

長く続いた沈黙の先で、いつにも増して淡々と彼は言った。

感情を殺さなければ、過去を振り返ることができないのだろう。

彼の苦痛は、まだ終わっていない。

「駅前で子供を大勢殺して、灯油を被って自殺しようとしたところを逮捕された。しばらくの間、ニュースはあの事件で持ちきりだった。あなたも知っているはずです」

私は頷く。

かなり前、多分、私が東京に出てきてすぐに起きた事件だった。犠牲者の大半が通学バスを待っていた小学生で、刺殺された子供たちの血が飛び散った道路の惨状が空撮映像で放送されていて、衝撃を受けたのを薄らと覚えている。

記憶が正しければ、犯人は精神鑑定の末に責任能力がないと判断され、減刑になっている。ネットを通じて怒りの炎が燃え広がり、鑑定のやり直しと厳罰を求める署名運動が行われていた。この世界にいるほとんどの人間が、犯人の死を望んでいたはずだ。

「事件の後、お袋は遺族への謝罪の言葉を書き連ねてから練炭を焚いたそうです。葬式には親戚ひとり来なかったと、後になって聞きました」

この狭い街で、彼女にどのような処遇が待っていたかなど、考えるまでもない。向こうの世界では、久保寺の母親は既に亡くなっている。その事実を知ると、彼の不可解な反応も納得がいった。母親が生きている姿を目にして言葉を失ったのだろう。

「弟さんはどうして事件を？」

ただ事実だけを辿るべく、私は尋ねる。

隠すような所作で手をポケットに入れると、久保寺は首を横に振った。

「取り調べでも黙秘を貫き通していたそうです。いじめに遭って不登校になってから、あいつはずっと引きこもっていた。自分の人生がままならないのを他人や社会のせいにして、復讐でもしたつもりなんでしょう」

久保寺は吐き捨てるように言った。やられてもやり返そうとしない姿に腹が立った。ブロックの破片で弟を殴った理由について、彼はそう説明していた。

「……弱い弟が嫌いだったのね」

「自分の力で何かを変えられない人間には、生きている資格がないんです」

その言葉からは、どこまでも現実的な憎悪が感じられた。世界そのものを憎んだところで、私たちは何も変えられない。それゆえに、触れることができるものに憎しみを向ける。

久保寺は加害者家族だ。

メイの母親の家を訪れた時に、晒されている個人情報の出所に詳しかったのは、彼女たちと同じ経験をしているからに他ならない。そして、彼がメイとアンナを絶対に哀れまなかったのは、そこに生まれる憐憫が、自分をも包み込むことになると分かっていたのだろう。強さを求めて生きようとする限り、自分と地続きの弱さは蔑むしかない。

「事件がきっかけで、あなたの人生も影響を受けたのね？」

「弟がいるってことは、ここでは事件もなかったことになってるんですか？」

私の問いを無視して、久保寺は尋ねた。

あるいは、それこそが彼の答えだったのだろう。

「あなたが望んでいた未来にその改変が必要なら、そうなるわ」

久保寺の人生における可能性の喪失は、重大な事件の加害者家族となったことが一因と見て間違いない。つまり、弟が殺人者にならないことで、久保寺の未来は変化する。彼は分からないと一蹴したが、そこには必ず、弟が凶行に至った動機が関係している。他人の命を奪うことでしか解消できなかった苦痛と混沌を取り除かなければ、悲劇を回避することは叶わない。

ならば、門は一体どのような祝福を与えたのだろう。

とぐろを巻いた蛇のように丸まっているフィーゴは、やけに人間じみたいびきをかき始めていた。部屋が暖まってきていて、薄手のブラウスでも汗がじんわりと出てくる。シャワーを浴びて、できることなら着替えたかった。

「……沢渡さん、外に出ていいすか」

トレンチコートを羽織ったままでいた久保寺が、そう切り出した。

「いいけど、どこへ？」

「遠出じゃない。隣の家です」

反対する理由はなかった。

ただ、私に許可を求めたというのが意外だった。

「私も行った方がいい？」

「それがあなたの仕事なんじゃないんですか？」

久保寺は視線を合わせることなくこちらを見た。正論だったので頷いておいたが、何となく、彼は私が帯同することを望んでいるような気がした。これから出会うものにひとりで相対することを怖がっているように感じられた。

座布団から立ち上がり、ハンガーに掛けたコートを手に取る。袖を通すのは、汗ばんだ体を少し冷やしてからでいい。安心しきったように眠りこけているフィーゴを置いて、久保寺と私は客間を後にした。靴べらを使わず革靴に爪先を突っ込み、床をどんどんと蹴ると、彼は立て付けの悪い玄関の引き戸を開けた。

3

陽は落ちていて、門灯に照らされている雪がやけに青白く見える。

久保寺の実家を出てすぐ左に、同じような平屋の一軒家が建っていた。外観は周囲の家と変わらないものの、敷地はかなり広い印象を受けた。久保寺は躊躇うことなく敷地に足を踏み入れると、玄関へは行かずに左手へと回った。勝手口があるらしい。

二世帯住宅なのか、平屋が縦にふたつ並んでいるような造りをしていて、庭に面している横側に、唐門を模したと思しき立派な門が拵えてあった。門の横には「和敬舘道場」と書かれた看板が出ている。自宅兼道場、といったところか。

「……やっぱり、そうか」

年季の入った看板を見つめながら、久保寺が呟く。彼が何に納得しているのかは、おおよそ見当が付いた。門を押し開けてくれたので、先に道場へ入った。雨戸が閉め切られていて真っ暗なうえに、外とさほど変わらない寒さが室内を満たしている。久保寺が勝手知ったるという様子で床面のスイッチに触れると、天井の蛍光灯が一斉に点いた。

向かって正面に、国旗と額縁に入った書、数本の竹刀が飾られている。

どうやらここは剣道場のようだった。

久保寺は奥へと進んでいくと、私たちが入ってきた側の壁を見上げた。何を見ているのか確かめようとして彼の隣に行くと、名前の書かれた木札が掛けられている木製の額が見えた。段位ごとに分かれているようで、その横に木札が並んでいる。目を凝らして順に読んでいくと、五段のところに「久保寺隼輔」の名札が掛かっているのが分かった。道場主を除けば、五段以上の人間はひとりしかいない。

「あなた、ここの門下生だったの」

「ガキの頃から通ってました。高校も大学も、剣道のおかげで行けたんです」

意外だった。ヤクザの使い走りとして暴力を振るう男が、かつては、五段まで登り詰めるほど剣道に打ち込んでいたスポーツ少年だったのだ。

「思い出の場所、ってことね」

「剣だけじゃない。俺はここで多くを学んだ」

そう返しながらも、久保寺は依然として木札を眺めている。もしかしたら、かつての練習仲間の名前を見て、珍しく感傷に浸っているのかも知れない。

私は木製の額に向けていた視線を、道場の奥に飾られている書へと移した。二メートルはあろう大きな書には、辛うじて判読できる字体で「無所得無所悟」と書かれている。

「どうしてこの道場はなくなったの？」

「俺の弟もここに通っていたんです。事件の後、責任を感じて閉めたと聞きました」

視線を戻して再び木札を確認すると、下の方に「遼輔」と書かれた名札を見付けた。苗字がなかったので、さっきは読み飛ばしていた。兄と区別するために名前だけにしたのだろう。思い出すことを止めるように顔を伏せると、久保寺は絞り出すように息を吐いた。

たまたま家が隣だったからなのか、親にやらされていたのか、それとも、自分の意思で通い出したのかは知る由もない。確かなのは、彼はここで強さを求め、磨き続けたということ。

だが、彼の手元に残ったのが力だけなのだとしたら、あまりに悲し過ぎる。始まりがどうであれ、彼が剣を握り続けたのには、身体的な強さに対する信仰だけではない、何か別の理由があったはずだ。

「勝手に入るのは感心しないぞ」

咎めるというよりも、諭すような厳かさを帯びた声で我に返る。私たちが通ったのとは別の入り口から老齢の男性が顔を覗かせていた。

七十歳は越えているだろう。タートルネックのセーターに、きちんとプレスされているグレーのスラックス。服装にこだわりはないが、清潔感を大切にしているという印象を受けた。男は長身痩軀で、老いを感じさせない姿勢の良さが、元来の背の高さを際立たせていた。眼鏡を掛けているにもかかわらず、彼は目をぐっと細めて、私の方を見つめている。

「ここは道場だ。見学するなら靴を脱ぎなさい」

ふたりの侵入者を前にしても、彼は堂々としていた。よく見ると、靴はおろか靴下さえ履いておらず、冷え切っているであろうヒノキの床に裸足で立っている。

頭を下げ、脱いだ靴を手に持つ。久保寺にも脱ぐよう促そうとした矢先、彼の視線が男に釘付けになっているのに気が付いた。

「……寒河江先生」

久保寺が名前を呼ぶと、男は眼鏡を外して、訝しむような表情を久保寺に向けた。

「お前、隼坊か？」

「はい。お久しぶりです、寒河江先生」

視線が交差しても、久保寺が男から目を逸らすことはなかった。

寒河江がこちらに向かって歩いてくる。動き始めると、わずかに姿勢が崩れた。膝を痛めている人間特有の、片足を庇うような歩き方だった。

「何年ぶりだ？」

久保寺の前に立つと、寒河江はそう尋ねた。

前と言っても、ふたりの間には若干の距離がある。まるで剣道の試合を思わせる間合いだった。寒河江は細身だが、抜き身の刀のような、鋭い線になった威圧感を張り巡らせている。どことなく、久保寺が醸し出す緊張感に似ているような気がした。彼がここで学び取ったもののひとつなのかも知れない。

「十年は経っていると思います」

久保寺が答えると、寒河江は静かに頷いてみせた。

「最後に会った時は、まだ学生だったな」

「……はい」

「休暇を取って帰ってくると聞いていたが、本当だったんだな」

「挨拶が遅れて申し訳ありません」

言い終えないうちに、久保寺は深々と頭を下げた。

長年に渡って顔を合わせていないのは、向こうの世界でも同じだ。デリヘルの店長は多忙だが、その気になりさえすれば、休みを作って帰省することは難しくない。だが、彼はそうしなかった。

「よさないか、隼坊」

寒河江が制止しているにもかかわらず、久保寺は頭を上げようとはしなかった。

挨拶が遅れたことに対してではない。もっと大きな何かを、取り返しのつかない過ちを詫びるように、じっと顔を伏せている。

「……俺は間違えたんです、先生。俺は、あなたから教わった道から外れてしまった。何もかも間違えてしまった」

「顔を上げてくれ」

「やっぱり、戻って来るべきじゃなかったんだ。俺はあの時に――」

「目を見せてくれないか、隼坊」

老眼鏡を外した寒河江が久保寺に近付いた。

それでも久保寺は、頑なに自身の足元を睨んでいる。

「便りがないのは良い便りってやつだな。それに、こっちにいてもお前さんの活躍は耳に入ってくる。……お前さんの名前を聞く度に、あの厄介な引き面を思い出したよ。鍔迫り合いからの別れ際、どんぴしゃりに飛んで来る表からの引き面を」

久保寺の肩に手を乗せながら、寒河江は続ける。

「俺が一番恐れていたのは、お前さんの目だった。全身を抜け目なく観察しながらも、俺の目の奥をしっかりと見据えているんだ。引き面が下手な奴は、上手く隠してるつもりでも『裏を掻いてやろう』て魂胆が見え見えなんだよ。途端に目を合わせなくなるんだ。……だがな、隼輔。お前は違った。お前は隠さなかった。決して、隠そうとしなかった」

嘘をつかなければ、生きていけなかった。

嘘をつくことで、守れるものがあった。

沢渡幸という存在は初めから嘘で築き上げられていて、これから先も嘘を積み上げていく。久保寺隼輔も同じだ。苦しみの記憶から遠ざかり、本来の自分を隠している。闇の中を生きていくために身に纏った幻影が、彼の手に新しい力を与えている。

だが、寒河江の知っている久保寺は、そうではなかったのだろう。寒河江の追憶に佇んでいるのは、抱え切れない真実の痛みに潰れる前の久保寺だ。彼もまた、その頃を覚えている。だからこそ、その目を再び寒河江に向けられないでいる。

剣道場の冷たい空気で肺を清めるかのように、寒河江は大きく息を吸った。

「お前はこの街の誇りだよ、隼輔」

「違う。俺は遼輔を助けなかった。あいつは俺のせいで……」

否定することを望んだ久保寺が、反射的に顔を上げる。

それを待ち構えていたのか、寒河江は筋張った大きな手で久保寺の頭を摑んだ。

「このこんじょしが！　刑事が弱音を吐いてどうする！」

顔を突き合わせたまま、寒河江が一喝する。

横で聞いているだけの私が、思わず姿勢を正してしまいそうになる苛烈な叱声。

「一番弟子が塞いでたら、門下生に示しが付かんだろ？」

目尻を下げた寒河江は、ひどく不器用な手付きで久保寺の頭を撫でた。

ここにいる久保寺は、寒河江が把握しているのとは全く違う人生を歩んでいる。ならば、かつての師は、久保寺の目に何を見出したのだろう。

「実は、今日まで休館だったんだ。小学校でインフルエンザが流行っているらしくてね」

老眼鏡をかけ直すと、寒河江は思い出したように言った。

乱れた髪を直すこともせず、久保寺は戸惑ったように立ち尽くしている。

「久しぶりに稽古していくか？　そのために来たんだろう」

「……いえ、今日はやめておきます。ご挨拶がしたくて伺っただけです」

「そうか。なら、ゆっくり休みなさい。明日の朝稽古、みんな喜ぶから来てくれ」

帰る時は電気を消していってくれと言い残すと、体の後ろ側で手を組み、寒河江は引き戸の方へと歩いて行った。十年越しの再会だというのに、ふたりの会話は、やけにあっさりしているように思えた。

身動ぎひとつせず、久保寺は閉められた引き戸に視線を向けている。どう切り出せばいいか悩んでいた私は、脱いだ靴を持ったまま、再び書に目を向けた。

「……ねえ、久保寺さん。『無所得無所悟』って、どういう意味？」

「俺たちは、何も得られず、何も悟れない。仏教の坐禅の考え方らしいです」

先生の受け売りですが、と付け加えると、久保寺は私と同じものに目を遣った。

「何かを得ようとしたり、悟ろうという思い自体が邪念となって、坐禅を妨げる。本来の坐禅は、何も得られず、何も悟れない、ほとんど無に等しい行いなんだそうです」

「剣の道場には似つかわしくない言葉ね。強さを得よう、戦い方を悟ろうと思って、みんなここに通うんでしょう？」

「最初はそうでも、いずれは分かる。幾らか強くなれた人間ほど、早く理解できる。剣の腕が強くなったところで、魂まで剣になるわけじゃない」

掌上の空白を磨り潰すように拳を握り締めながら、久保寺は続ける。

「……何も得られず、何も悟れない。それは、俺たちの人生そのものです。人間は永遠に満たされることがない。追い求め続けてしまう限りは、満足に到達することは、永遠にない。この世界には安らぎなんてないという真実を受け入れて、苦痛と共に生きるしかないんです」

独り言を語り聞かせるように呟くと、久保寺はゆっくりと目蓋を閉じた。

手に入らないからこそ、すでに失われているからこそ、私たちは夢を見る。願望し、羨望し、渇望し、最後に絶望する。永遠に到達することの叶わない場所を望みながら、朽ちていく。この世界は、目が潰れそうなほどに美しい景色を映し出す万華鏡と、狭く汚い部屋だけで作られている。


しかし、私はあの日、指一本触れることさえ許されないはずの、この世界のルールそのものを変えてしまった。ここでなら、久保寺は何かを得ることができる。

「あなた、刑事になりたかったのね」

穏やかな闇の湖面に、そっと雫を落とす。

わざわざ車を停めてまで話し掛けてきたふたりの警察官とのやり取りが、ずっと引っ掛かっていた。そして、寒河江の一言によって、疑念は確信に変わった。

「……だったよ。少しの間だけは」

そう返した久保寺が、目蓋を開けて私を見つめた。

「大学を出て、俺は警察学校に入った。人生の中で、あの頃が一番楽しかった。断言できる。俺には理想があって、周りには同じ理想を持つ仲間がいた。……弟があの事件を起こしたのは、卒業する直前だった」

「それがきっかけで、あなたは退学させられた」

「同情はあった。多少はな。だが、あれだけの事件を起こした身内の人間が、警察官になれるわけがない。毎晩のように教官から呼び出されて、自主退学を勧められた。……辞めたくなかった。本当に、あともう少しだった。理不尽なしごきに耐えてきたんだ、どんなに罵倒されても乗り切れると思っていた。……俺を変えたのは、同じ釜の飯を食ってきた同期の連中だった。直接何かを言われたわけじゃない。ただ、目が変わっていたんだ。俺を見る目が、仲間を見る目ではなくなっていた。その視線に、挫けてしまった」
　剝き出しになった彼の心が、私を引き寄せる。
「それからは？」
「警察学校を辞めて警備会社に入ったが、長続きしなかった。何年か、クラブのセキュリティで
日銭を稼いだ。ある時、個人警備にスカウトされて、そこで揉め事を起こした相手が松寿会の連
中だった。俺はたまたま岡野に気に入られて、仲裁と身の安全と引き換えに、あいつの手駒にな
った。……警察官の成り損ないだってことは知られている。岡野の言う通り、俺は半端者だ」
　その経歴を知った今となっては、彼の行動の手際の良さも説明が付く。皮肉にも、警察官にな
るべく培った知見が彼を救ってきたはずだ。
　折られた剣と、捻じ曲がった正義。
　それが、今の久保寺の元に残されたものの正体なのだろう。
「もしかして、さっきの人も刑事だったの？」
「そうだ。俺は、先生に憧れて警察官になろうとした」
　久保寺は淡々と言い放ったが、おそらくは、今まで誰にも、そのことを明かしていないはずだ
った。故郷に帰らなかった理由。母親は命を絶ち、師匠は自責の念から道場を畳んだ。そして、
久保寺は未来を諦めた。
「先生みたいに、他人を救うことができる人間になりたかった。……でも結局、俺は一番近くに
いる人間ひとり救えなかった。全ては、その報いだ。だから、後悔はしてない。後悔するべきじ
ゃないんだ」
　スラックスのポケットに手を差し入れると、久保寺は顔を伏せた。重い何かを背負っているよ

うなその立ち姿を、私は幾度も目にしていた。

「そろそろ家に戻る？　ここは暖房もないし」

「……先生は、俺のことを刑事だと言った。あれはどういうことだ？」

　私の提案を無視して、久保寺が尋ねる。

　本人に訊き返すことをしなかったのは、その異変が彼個人ではなく、この世界に属するものだと気付いていたからなのだろう。

「ここでは、弟さんは事件を起こしていない。だから、あなたは刑事になっている。今は休暇で帰省している、ということになっているみたいね」

「夢を叶えたってわけだ」

「あの門は、あなたの願望を完全に理解している。意識的なものであれ、無意識であれ、たとえそれが、とうの昔に諦めて捨ててしまったものだとしても。……あなたは後悔しているのよ」

　街の誇り。

　一番弟子。

　寒河江が口にしたのは、紛れもなく、久保寺が心の底から与えられたいと思っていた言葉に他ならない。母親の存在もそうだ。帰れる場所があって、そこに家族がいる。たったそれだけの事実が、彼の空白を満たしてくれる。裏を返せば、彼が経験した喪失は、他の何かでは絶対に埋められない。喪失の苦痛は、永遠に癒せない。

「……ここにいたら、俺はどうなる？」

「休暇が終われば、当然、仕事に戻ることになる。あなたは刑事として生きていく」

　若い警察官のひとりは、久保寺は憧れの大先輩であり、いつかは自分も久保寺のようになりたいと言っていた。彼の瞳は、一点の曇りもない敬意に満ちていた。

「今までのことは？　俺を追っている連中は？」

「ここでのあなたは、岡野みたいな連中と関わりを持っていない。彼らは誰ひとりとしてあなたのことを知らない。全ては、なかったことになっているわ」

「そこまでお膳立てされてるなんて、魔法みたいだな」

「魔法には違いないかも知れないけれど、もしあの事件が起きていなかったら、あなたはこうなれていたのよ。門が再現するのは、あくまでも、あり得た可能性に他ならないの」

もう少しで手が届くはずだった夢。

門が行うのは、無限の創造ではなく、有限の再構成である。だが、その再構成に時間遡行が伴う以上、充分に奇跡と呼べる代物だ。そして、久保寺はその恩寵と機会を与えられるべき人間だった。

「想像できないな。……俺が刑事か」

「私は驚かないわ。佐伯を見付け出せたのは、あなたのおかげよ。論理的な思考と洞察力、根気強さ。あなたにとって、天職だと思う。刑事になったあなたは、きっと、多くの人を助けているはずだわ」

掛け値なしの本心だった。

不安なら、東京に帰って職場に戻るまで見届けてもいいと、私は付け加えた。

改変が為された世界で生きていくことに戸惑いを覚える人間は、決して少なくない。特に久保寺のように努力が実らなかった人生に折り合いをつけて生きてきた人間にとって、敗北を覆されることは、必ずしも喜びに転じない。やり直しの分岐点から新たな人生を進むためには、一度、これまでの人生を否定しなければならない。

道場の外から鳴き声が響いていた。

間隔の短い咆哮は、徐々に私たちが入ってきた門の方へと近付いている。声量と低音からして大型犬のもの。フィーゴの声だと直感した。用事を済ませた久保寺の母親が、私たちを探しに来たのだろうか。

私は冷たいヒノキの床を進み、彼女を迎え入れるべく内側から門を開けた。

吹き荒ぶ雪を背後に、まさに今門に手を掛けようとしていた男と視線が合った。

モンクレールのダウンジャケットを着ている男の足元には、やはりフィーゴがいた。私に気付いて嬉しそうに尻尾を振っているものの、ここがどういう空間なのかを弁えているのか、剣道場には上がろうとしない。

男は丁寧な手付きでシューレースを緩めてブーツを脱ぐと、私に向かって会釈した。真面目そうな顔付き。下がり気味の眉と優しげな目元が、穏やかさを印象付けている。年齢よりも若く見られることが多いだろう。それゆえに貫禄が欲しいのか、顎と口周りに髭を生やしている。きちんと手入れされているようだったが、お世辞にも似合っているとは言い難い。

門の脇でお座りをしているフィーゴを他所に、男が剣道場に足を踏み入れる。降雪の中に放置するのは気の毒だったが、本人が待つ気なのだから仕方ない。フィーゴの頭を撫でてから、門を閉めた。背中を丸めて佇んでいる久保寺が、険しい表情でこちらを睨んでいる。この男は誰なのだろう。尋ねようとした私が口を開く前に、彼は歩き出した。

「久しぶりだな、兄貴」

「……遼輔」

久保寺の元まで辿り着くと、遼輔は久保寺を抱き締めた。弟の方が背が高く、久保寺の顔が私からは見えなくなる。思えば、髭を生やしている遼輔の顔は、こちら側に来る前の久保寺に似ていた。

「帰ってくるのは殉職した時だと思ってた。会いたかったよ」

体を離すと、遼輔は久保寺の肩に手を置いた。

爽やかで健康的な男。

久保寺の話から想起された弟の人物像とは、遠くかけ離れている。

「それにしても、よく休みが取れたな。捜一って忙しいんだろ？　寒河江さんも言ってたぜ。おれも割と……」

突然喋るのを止めると、遼輔は苦笑を浮かべた。

「どうしたんだよ、兄貴。幽霊でも見たような顔して、おれを忘れちまったのか？」

久保寺は放心したように目を見開いていた。

彼らの時間は、十年以上前に止まってしまっている。成長した弟の顔を目にするのは、これが初めてだろう。すぐには一致してくれないし、何よりも、心が追い付かない。

「すまない。……驚いたんだ。お前が大人になってたから」

「年寄りみたいなこと言うなよ。たかが三歳差だろ」

遼輔は声を上げて笑った。久保寺の硬直が徐々に解けていくのが傍からも分かった。

ようやく安心したのか、遼輔は肩に乗せていた手を降ろした。

「それで、元気だったか。兄貴、ちょっと太ったんじゃないか」

「少しな。それより、お前はどうしてた？　今、何をしてるんだ？」

「何だよ、お袋から聞いてないのか」

久保寺が首を横に振る。

すると遼輔は、かしこまるように姿勢を正した。

「消防士だよ」

「消防士？」

いじめが原因で不登校になり、引きこもった部屋の中で、自分を蔑ろにした人間たちを憎み続けた。その憤怒は、虐めの首謀者たちではなく、未来への希望に満ち溢れている子供たちに向けられた。久保寺は、大量殺戮という凶行に及ぶことでしか自分の人生を整理できなかった弟しか知らない。

「あのお前が？」

「みんなと同じ反応をどうも。高校を卒業して、土木の仕事をしながら勉強したんだ。体力検査が厳しいって聞いてたから、一から鍛えようと思ってさ」

眉を顰めている久保寺の前で、遼輔はダウンジャケットを脱ぎ出した。下は半袖のTシャツ一枚で、白色の袖口から太い腕が覗いている。

「もう六年目になる。何度も現場に出たし、後輩もいる。見違えただろ？」

「……正直、お前が遼輔だって、すぐには分からなかった」

「そう言う兄貴は変わらないな。どこにいても、すぐに分かる」

しみじみとした口調で言うと、遼輔は満足げに唇を舐めた。

久保寺は片時も顔を伏せることなく、遼輔のことを見つめている。

「体を動かすのは好きじゃなかっただろ。体育の授業も、運動部の連中も苦手だった。暑苦しいチームワークみたいなのも嫌いだっただろ。……俺もそうだった。だから、剣道が性に合ってた。火の中に飛び込むなんて危ない目に遭わなくても、お前には、もっと向いていることがあったはずだ。……他に、やりたいことがあったんじゃないのか」

咳払いをしてから、久保寺は続ける。

「どうして、消防士なんかになったんだ？」

ただでさえ掠れている声が、次第に小さくなっていった。久保寺の中では、彼が知っている幼い頃の遼輔と目の前にいる男が重なっていない。遠回しに向いているとは思えないと言われた遼輔は、口元の髭を撫でながら目を細めた。

「答える前に、おれも訊いてもいいかな」

「何だ？」

「兄貴こそ、どうして刑事に？」

久保寺は途端に押し黙った。答えられるわけがない。この世界においてはどうであれ、実際の彼は刑事になれなかったのだから。

重たい沈黙に包まれながらも、ふたりの視線は結び合わさったままで、言葉にならない何かを読み取ったかのように、遼輔が首を横に振る。

「そんなに難しい話じゃない。多分、同じなんだよ。兄貴は、おれを助けてくれた。だからおれも、誰かにとってそうありたかった。それだけだ」

「……俺がお前を助けた？」

「ああ」

「嘘はよせ。俺は何もしてないだろ」

「嘘じゃない。何の意地だよ」

なぜ否定するのか分からないという面持ちの遼輔を、久保寺が強く睨み付ける。

「俺は何もしてやれなかった。……当て付けのつもりなら、やめろ」

「だから、何の話だって――」

「お前は俺を恨んでるだろ！」

怒号が遮蔽物のない空間に反響していった。

それは、嘘偽りのない久保寺の本心だったのだろう。彼は、弟を追い込んだのは自分だと思っている。弟が及んだ凶行の責任は、自分にもあると後悔している。だからこそ、警察学校を辞めたことに関しても、弟を責めるような言い方はしていなかった。

唾が掛かるほど近くに立っている遼輔は呆気に取られていた。

「どうしたんだよ、兄貴」

狼狽えている遼輔は、助けを求めるように私を一瞥した。今の久保寺を深く理解できるのは、長期間の断絶がある自分ではなく私の方だと考えたのだろう。間違った判断ではないものの、私が出る幕ではないように思えた。

「なかったふりなんかするな。……俺はお前を捨てたんだ」

苦しそうに息を吸うと、久保寺は再び口を開いた。そして、違うと言いたげに首を振ろうとした遼輔の胸倉を摑んだ。

「俺はお前に何もしなかった。立ち向かおうとしないお前が、心底嫌いだった。お前を見ていると、自分の弱い部分を見せられているみたいで、イライラして仕方なかった。だから、俺はお前を——」

殴った。

弱さを否定して前に進むために、自分の弟さえも否定した。

その時に欠けた塀が元に戻ることはなかった。弟は心を閉ざし、彼の中に渦巻いていた怒りは、未来ある子供たちに向けられた。

途中で言葉を飲み込むと、久保寺は顔を背けた。加害者の家族として、彼が弟にどのような思いを抱いているのか、私はずっと気になっていた。

久保寺は弟に、自分を恨んでいて欲しかったのだろう。

彼が望んでいたのは、罰だった。

凶行へと駆り立てた原因が存在する限り、弟は罪悪感から少しでも逃れられる。弟の罪をわずかでも背負うことが、久保寺にとっての償いの方法だった。それは、正義になることを願った人間としての、最後の矜持だったのかも知れない。

「……何だよ。そっちこそ、忘れちまったのかよ」

遼輔は国旗の下に飾られている書に目を遣った。

胸倉を摑んでいる久保寺の視線は動かない。

「どこにも行けないのかも知れない。誰とも分かり合えないのかも知れない。でも、自分から逃げなければ、自分のことは許せるのかも知れない」

そう言うと、遼輔は腕を持ち上げ、自分の胸を力強く叩いた。

「ここが剣になるんじゃない。ここで、剣を握るんだ。……兄貴が、そう教えてくれたんだろ」

魂まで剣にはなれなかったと口にしていた久保寺がかつて求めた強さとは、強さそのものと同一化することだったのだろう。それゆえに、一切の弱さを拒絶するしかなかった。

しかし、遼輔の知っている久保寺は違う。この世界の彼は、魂で剣を握ることを目指した。強くあろうとする剣を握ったまま、自分の中にある弱さと向き合い続けようとした。

「本当を言うとさ、剣道を始めて強くなっていく兄貴が怖かったんだ」

唇を嚙み締めている久保寺を見つめたまま、遼輔は続ける。

声の震えを押し殺し切れていなかった。

「ガキの頃から、おれたちは奪われる側だった。力さえあれば、奪う側になれた。同じ目に遭わせてやれた。でも兄貴は、そうしなかった。守る側になろうとしたんだ。奪われることの苦しみと痛みを忘れなかった。……おれにとって、兄貴はヒーローだったんだ。昔も今も、それだけは変わらねえよ」

自身に向けられた怒りを受け止めたまま、遼輔は再び兄を抱き締めた。

弱さを憎むことで強くなった人間は、弱い人間をも憎まずにはいられない。だからこそ、久保寺は弟を殴りつけた。久保寺は弟を否定し、弟は自分の居場所にならなかった世界を否定した。

だが、この世界では違う。

胸倉を摑んでいた久保寺の手が、遼輔の背中へと伸びていった。

久保寺は、弟が抱えている苦痛の理解者になった。弱さを忘れて進むのではなく、受け容れて生きた。怒りに囚われることなく、光に向かって歩いた。その改変は、久保寺を苛んでいる後悔に対する救済に他ならなかった。もしも彼が、弟を受け入れようと努力していれば、望んでいた未来が手に入っていたかも知れないのだ。

「今日も泊まるんだろ？　一杯やろうと思って、買ってきたんだ」

ゆっくりと腕を降ろすと、遼輔は足元に置いていた紙袋を拾い上げた。

「兄貴と飲むのは初めてだから楽しみにしてんだ。今、お袋が鍋の準備してる。よかったら、沢渡さんも一緒に飲みましょうよ」

紙袋から日本酒の瓶を覗かせると、遼輔は初めて私の方を向いた。

名前を知られているとは思わず、驚きが顔に出てしまった。おそらくは、久保寺の母親が教えたのだろう。

「……兄弟水入らずの方がいいんじゃないですか」

「とんでもないです。兄貴の話、聞かせてください」

「そういうことなら、お言葉に甘えて」

「よし、決まりだ」

丸めた紙袋を脇に抱え、遼輔が歩き出す。縁側に敷かれている茣蓙の上のブーツを手に取ると、彼は床面の電気パネルに爪先を乗せた。横着して足で消そうとしているようだったが、久保寺がその場に留まっているのを見て、遼輔は首を傾げた。

「兄貴、来ないのか？」

「すぐに行くよ。電気も、俺が消しておく」

「分かった。ああ、そうだ。言い忘れてたけど、香織ちゃん帰って来てるぞ」

パネルから足を退けた遼輔が、思い出したように言った。彼にとっては、後回しにして構わない用件だったのだろうけれど、その女性の名前が出た瞬間、久保寺の顔が引き攣ったのが分かった。

「……どうして香織が？　関西にいるはずだ」

「そりゃ、帰省だろ」

「こんな時期にか？」

「分かんねえけど、兄貴が戻って来てること知ってるらしいぞ。……香織ちゃん、随分前に良い縁談を蹴ったって、武井の姉貴から聞いたんだ。案外そういうことかも知れねえんだ、後で会いに行ってやれよ」

含みのある言い方をすると、遼輔は剣道場の門を開けた。シューレースを結ぼうとした彼が縁側に腰を下ろすと、律儀に外で待っていたらしいフィーゴが近付いて来て、寂しそうな声で鳴いてみせた。持っていた靴を履き、私も外に出る。

室内にいる久保寺の方を見ながら悲しそうにしているフィーゴを撫でてやると、もっと撫でて欲しいとでも言いたげに鼻をくっ付けてきた。門を閉めると、遼輔はダウンジャケットのポケットから電子タバコを取り出した。

「沢渡さん。兄貴は、隼輔は職場ではどんな感じですか」

「少し変だと思ったんでしょう？」

そう返すと、遼輔は素直に頷いた。私が剣道場を出たのは、久保寺がひとりになることを望んでいるような気がしたからだった。

「何ていうか、心ここに有らずっていうか……」

「疲れているのよ」

「仕事、大変すよね。兄貴も沢渡さんも眼が殺伐としてます。堅気じゃないっていうか」

口元を舐めようとしてくるフィーゴを押さえながら、遼輔の方へと振り返る。彼は六年間も消防隊員として働いている。美談だけでは語れない仕事だ。これまでに様々なものを目にしてきたのだろう。決意が揺らぎそうになる瞬間もあったはずだ。

しかし、それでも今日まで歩き続けることができたのは、かつての思い出が支えになっているからなのだと思う。久保寺の言葉は、遼輔の人生を救っていた。

「遼輔さんは、お兄さんのことが好きなのね」

「……好きとかじゃないっすよ」

電子タバコを吹かしながら、遼輔は目を細めた。

「嫌いな時もありましたよ。顔も見たくない時もあった。怖いと思う時だって、一度や二度じゃなかった。……でも、隼輔はおれの兄貴なんです。あいつは、自分以外の誰かのために戦う人間だった。おれは、兄貴を尊敬してる」

「でも、いつかは折れてしまうこともあるはずよ」

「別にいいんです。疲れたなら、剣を置いてもいい。正義の味方なんか、やめていい。それでも、ヒーローだったってことは変わらないんすよ」

穏やかな口調でそう告げると、遼輔は私から視線を外した。

降り続く雪によって視界は閉ざされている。

彼らは、この街で生まれ育った。

ある選択の先では、目の前にいる青年は殺人者になり、多くの無辜の命を奪った。光のない街で、闇に沈んでいった。この世界では、彼は希望の一員となり、人々を救おうとしている。自らが光になろうとしていた。

フィーゴを自由にしてやり、前髪に張り付いていた雪を手の甲で払い除ける。

電子タバコをケースに戻すと、遼輔は口を開いた。

「……兄貴は、兄貴自身を許せないのかも知れない。自分がなりたかったものになれていないと思っているのかも知れない。でも、たとえ兄貴が何に絶望したとしても、おれたちは兄貴のことを大切に思ってる。いつだって、あいつの幸せを願ってる。どんな形でもいいんだ」

久保寺が願う幸福。

それは、紛れもなくここにあるはずだ。

あの門は常に、私たちが最も満たされるであろう世界を作り出す。ここでなら、久保寺は彼自身を許すことができるかも知れない。この世界では、彼の罪は消えている。

「先に戻ります」と早口に言うと、遼輔は敷地の外へと走って行った。コートの前を閉めてから、私は雪の上に座った。体を暖めてくれるかのように、フィーゴが身を寄せてくれた。彼に火の粉が掛からないよう気を付けながら、煙草に火を付ける。舞い散る粉雪は私が門番として垣間見たあらゆる美しい思い出たちのように、私の頰をそっと撫で、通り過ぎていく。酷く不味い煙を吐き出しながら、寒さに身を委ねる。

剣道場から雄叫びが聞こえた。

反応して動き出そうとしたフィーゴを、片手で強く抱き締める。煙草を持つ手が震えているのは、寒さのせいではなかった。吐き気を催す煙草の味で喉の奥を満たす。咆哮は断続的に聞こえ、フィーゴは腕の中で死に物狂いに暴れている。沈黙が訪れるまで、私はひたすらに待った。雪上に投げ捨てた吸い殻は、瞬く間に消えていった。

門の軋む音と共に、久保寺が現れる。

乱れた髪は、こちら側に来る前の雨に濡れていた姿を彷彿させた。

「……これが俺の幸福なのか」

逡巡の末に久保寺は言った。

もしかしたら、私に問い掛けたのではなかったのかも知れない。

「前にも言ったけど、ここは、あなたが歩んだかも知れない人生の中で、あなたが最も幸福になったであろう選択が為された世界よ」

「こうなっているのが正解だったってわけだ」

「人生に正解はない。あなたのこれまでが間違っているとは思わない」

誰もが過去を悔いている。

誰もがやり直すことを望んでいる。

どう足掻いても戻らないものがある。

私たちは罪と後悔を背負って生きている。

時間を巻き戻したいと願っている。

「……でも、最良はある。私には、この世界が綺麗に見えるわ」

奇跡だけが、それを可能にする。

彼の街には今、その奇跡が降っている。

腕が緩むのを見計らって逃げ出したフィーゴが、久保寺の元へと駆けて行った。甘えるような声で鳴いていたが、久保寺は足元に視線を向けることなく、どこか遠くを眺めていた。雪で濡れてしまった太腿と膝を意識しながら、私は立ち上がる。対面する形になったが、彼と視線が交わることはなかった。

「……どうして俺があの犬を引き取ったか、あんたには分かるか」

出し抜けに久保寺が尋ねた。

ジジを引き取った時、彼はすでに夜の世界の住人だった。

「捨てられていた成犬に自分を重ねて、いたたまれなくなったんでしょう？」

「それもあるかもな。でも、もっと単純な理由だ」

久保寺の左手が、右手に巻いている首輪へと伸びる。バックルに触れると、彼は手首からジジの首輪を外し、庭へと放り投げた。俊敏に反応したフィーゴが追い掛け、雪上に落ちた首輪をくんくんと嗅いだ。他の犬の匂いがするからか、咥えようとはしない。

「家に犬がいれば、死にたくなっても躊躇えると思ったんだ」

他人事のようにあっさりと久保寺は言った。

ジジが殺されたと知った時の彼の絶望を、私は鮮明に記憶していた。

「もう二度と夢が叶わないと分かった時、俺の心は折れた。生きていても仕方がない、そう思った。……だが、死ねなかった。死ねば、これまでの人生の全てが無意味だったと認めることになる。俺は、それが怖かった。生きる意味もないのに、死ねない。だから、生きるための理由が欲しかったんだ。捨て犬を拾うのは、一番楽な方法だった」

親友のために生きようとしたメイのように。

血の繋がっていない妹のために生きようとした佐伯のように。

妹のために生きようとした私のように。

人間の命は、私たちの体には途方もなく大き過ぎて、何かしらの意味を持たなければ息をするのも辛かった。だからこそ、妹を失った私は門番としての使命に縋り付いた。そうしなければ、生きていることを正当化できないと思った。

「何年も岡野の犬として働いた。ほんの端金で、喜んで人を傷付けた。気が咎めたのは、最初の数ヶ月だけだった。俺は、救えない人間というのを何人も見せられた。俺の力ではどうすることもできない人間、救われることを少しも望んでいない人間、救うに値しない人間。助けるべき人間を前にして、身ぐるみを剝ぎ取ろうとする人間もいた。……心が折れた俺には、ちょうど良かった」

何よりも信じていたものに裏切られた時、私たちの心は死ぬ。だが、体が在る限り、私たちの生は無慈悲に続く。その苦しみから遠ざかるために、私は私自身の心を手放した。沢渡幸という人間に為り変わることで、新しい人生を歩もうとした。

「この世界は苦しいだけだ。……こうしてあんたに出会う前から、もしもを考えたことはあったよ。だが、今の俺は、その先を考えることができなかった。俺の心は、とっくの昔に折れているんだ」

両手を頭上へ持っていくと、久保寺は七三に分けられていた前髪をぐしゃぐしゃに崩した。下りた前髪で額が隠れ、見慣れた容貌に戻っていく。

彼は自分の夢を奪ったこの世界を憎んだ。そして、二度と叶うことのない夢に対する憧憬を捨て去るために、他人を助けられる人間になりたいという望みを断ち切り、悪意の一部になることを受け容れた。

「他人を助けられる人間になりたかったのなら、あなたは尚更、この世界を選ぶべきよ。ここでは、殺戮は起きない。悲劇を食い止めて、多くの命を救うことができる。弟さんのことも、あなたのお母さんのことも」

厳しい口調で私はそう返す。

彼が求めていたものは紛れもなくここにある。永遠に失ってしまったはずのものを、今度こそ手放さずに済む。

「これが他人のためだと？」

「私は、人間は自分のためにしか生きられないと思っている。あの門も、開く資格を持っている人間のためだけに世界を作り変える。……でも、あなたがここでする選択は、確実に他人を救うはずだわ」

「この世界を選ぶことは、元の世界を捨てることと同じだ。かつて俺がいた場所と、そこに生きている人間を全て否定して、それでも他人を救えると言えるのか？」

「詭弁ね。そもそもあなたは、元の世界を一度捨てたのよ。捨てていいと思ったから、門をくぐった。そうでしょう？　この世界には、奇跡によって救われる命があるの。あなたが躊躇う理由が分からない」

諦念を受け容れたからこそ、久保寺は理想が現実になってしまうことに耐えられない。今の私がすべきなのは、彼の懸念を払拭し、安心させることに他ならなかった。

「この世界の俺は、弟を正しく変えた。あいつの運命を捻じ曲げてしまった」

久保寺が拳を握り締める。

この世界の遼輔は陽の当たる場所にいて、誰にでも誇れるような人生を歩んでいる。そして、おそらくそれは、久保寺が知っている彼の弟の延長線上には存在し得ない。

「違うわ。悲劇に繋がる運命から彼を救ったのよ」

「人間は、辿るべき運命を変えられないんだ」

「変えられるのよ。その力が、あなたには与えられている」

「俺の力じゃない。奇跡とやらが勝手に捻じ曲げるだけだろ」

語気を強めながら、久保寺は続ける。

「ガキだった俺は、刑事になれば人を救えると思っていた。そして、それがふいになっただけで、他人を救うことを諦めた。……その程度の、ちっぽけな願いだったんだ。こうして見せ付けられて、ようやく分かったんだよ」

過去が人間を定義する。たったひとつの間違った選択が、私たちの未来を打ち砕く。しかし久保寺は、過去の事象ではなく、過去の自身を否定しようとしている。

「……自分の夢を否定するのはやめて」

「そうだ。夢だ。俺の夢は憧れから始まった。ああなりたいと思ったんだ」

何故だか、鼓動が早くなる。

息が苦しく、浅い呼吸を何度も繰り返す。

「何も定まっていなかった。だからこそ、先生と同じ道を歩むという考え方に託した。何もかも、おぼろげな理想だった」

白く染まっている視界に、ここにないはずのものが映り込んだ気がした。

二羽のゴイサギ。

降り積もった雪の上で羽根を休めて寛ぎ、言葉を交わしている。気ままに空を舞う彼らは、幼い頃の私にとって自由の象徴だった。この地獄に足を絡め取られていた私たちの憧れだった。

「先生に助けられた時、生まれて初めて、生きていて良かったと思った。だから、守りたいと思った。同じ思いをしている人間を助けたいと、強く願ったんだ。……その思いを、俺は失った」

長く伸びた沈黙の後で、久保寺は私を見つめた。

闇よりも黒く濁った瞳が向けられていた。

「教えてくれ。あんたを頼ってきた他の連中は、戻らないことを選んだのか？」

「ええ、ひとり残らず全員が、彼女たちの理想を手に入れたわ」

私が答えると、久保寺は小さく頷いた。

何かに納得したように首肯を繰り返した。

「元の世界を捨てて、この美しい世界を選んだわけだ」

「誰だってそうする。誰しもが、〈ここではない何処か〉を夢見るのだから」

「あんたはどう思った？」

「関係ないでしょう。私は一介の門番に過ぎない」

「自分がいる世界を、いるに値しない掃き溜めだと言われて、何も感じなかったのか？」

思わず目を逸らす。

私はただ見送るだけだ。彼女たちをこの天国へと送り届けた後は、自分の足で地獄へ戻る。そこには私の幸福など存在しないと分かっていながら、彼女たちが否定した世界へ帰る。それが私に与えられた役目の本質だった。

「……あなたたちが幸福になれるのなら、構わない。私はそのためにここにいるの」

逃げたと思われないようにゆっくりと視線を持ち上げ、私は久保寺を睨む。

「あの門が与えるのは、幸福なんかじゃない」

「じゃあ、何なの」

「復讐だ。世界から見放された仕返しに、世界を見放す。そういうことなんだろう？」

「少なくとも、彼女たちにはその権利があったわ。自分たちに居場所を与えなかった世界を憎悪して、あの世界を捨て去る資格があった。もちろん、あなたにもね。せっかくのチャンスを捨ててまで、弟さんを卑劣な人殺しに戻したいの？」

「そんなことは分かってる！」

久保寺が怒鳴り声を上げる。

足元にいたフィーゴが怯えたように尻尾を丸め、久保寺から離れていく。

「分かってる。大人になったあいつを見れて、嬉しかった。このまま帰って、一緒に酒を飲みたい。話をしたい。聞きたいことがある。聞いて欲しいことがある。謝りたいことがある。……でも、俺はあいつを見捨てたんだよ」

「あなたはまだ子供で、他人の人生に責任を取れはしなかった。弟さんの罪を背負う必要なんて、どこにもない。……それでも、あなたが贖罪を望むのなら、やり直す以外に手立てはないわ。今度こそ正しく在ればいい。逵輔さんだって、それを望んでいるはずよ。あなたが救った逵輔さんの笑顔が嘘だとでも言うの？」

「俺はあいつを救えなかった。俺が刑事になれなかったのは、自分のせいだ。俺が向きあわなくちゃいけないのは、卑劣な人殺しの弟なんだよ。ここにいる逵輔は、俺が見たい逵輔だ。もしそうだったら楽になれる、俺の罪悪感が作り出した偽物だ」

厚く積もった雪に、黒い革靴が埋まっていくのが見えた。

長らく屋根の下にいた久保寺の体は、あっという間に白さで煤けていく。私の前を通り過ぎると、彼は崩れ落ちるように両膝をついた。

「……偽物だとしても、嬉しかったんだ」

そう呟くと、久保寺は地面に頭を擦り付けた。

手に入れたかったものがあり、失いたくなかったものがあり、守りたかったものがあった。彼の世界を作り上げていた全ては、とうの昔に彼の手から零れ落ちていた。

「認めるよ。ここにいれば幸せだ」

驚くほど優しげな声だった。

私の方を見上げながら、久保寺はそう告げた。

「きっと、俺は幸せなんだ」

傷口から滲んでいく膿のような涙が、彼の目尻に留まっていた。

煙草を咥え、火を点ける。凍えるような寒さで感覚が麻痺していて、もはや不味さすらも感じられない。伸びていく煙も、吐息と区別が付かなかった。

「……だが、この幸福は、全てをなかったことにして成り立つ幸福だ」

下を向いていた久保寺が、地面についている両手を強く握り締める。その指先で手元の雪を巻き込んでいくと、彼は雪に塗れた手で顔を拭った。冷え切った礫（つぶて）を擦り込むように、何度も。

「悲劇の先にある記憶を消すことが、思い出を蹂躙することになるとは思わないわ」

あの日々に戻れるのなら、沢渡幸として生きた時間を捨てても構わないだろうか。

自らの手で可能性を壊していた私は、やり直すことを初めから許されていない。それゆえに、想像することは無意味だった。いや、分かり切っているからこそ、あえて考える必要がなかったのだろう。

なかったことにしてでも、手に入れたいはずだ。

私の幸福が〈ここ〉にはないことを、私は知っているのだから。

「……こっちの世界に俺を送り届けた後、あんたはどうなる？」

久保寺が出し抜けに尋ねる。

今更そんなことを知って、どうすると言うのだ。

「元いた場所に帰るだけよ」

「ひとり残らず全員が、元の世界ではなくこの世界を選んだ。そしてあんたは、目が眩むような幸福を目にしながら、誰もが選ばなかった世界へと帰るんだ」

ふらふらとよろめきながら、久保寺が立ち上がる。

体の痛む箇所を庇っているような動きをしているのが気になった。この世界の彼は、怪我などしていない。本来は、門をくぐった時点で元の世界との同調が切れ、体の状態はこちらの世界のものへと切り替わる。

「もしも、選ばないと言ったら、あんたはどうする？」

絞り出すように言った久保寺が、私を見つめる。

いつの間にか、雪が止んでいた。

「……私は関係ない。これはあなたの問題よ」

「誰も無関係じゃない。無関係じゃいられないんだ」

即座に否定し、久保寺は続ける。

彼の唇は切れていて、滴っていく血が白い地面に赤色を落とした。

「選んできた全てが間違いで、もっと良い選択があったのかも知れない。最良の選択の先で、もっと良い人生を送れたのかも知れない。……だが、たとえ全てが間違いだったとしても、それを取り消すことが正しさだとは思えない」

後悔を消す方法は、過去を消す以外にはない。

あり得たかも知れない可能性だけが、後悔を浄化し、絶望を希望へと変えてくれる。

「自分の言っていることがどれだけ愚かなことか、分かっているの？　欲しかったものが全て手に入る楽園に行けるのに、あなたはその権利を捨ててまで、地獄で砂粒を拾おうとしているのよ。

「……冷静になって、久保寺さん。今度こそ、間違えないで」

半ば懇願するように私は言った。

門番である私にできるのは、門をくぐってこちら側の世界を歩くことだけで、永住することは禁じられている。あの幸福は、永遠に私のものになってはくれない。失踪を依頼してきた人間たちを逃がす度に、私は決して手が届かない奇跡を幾度となく見せ付けられてきた。

どうして自分がここまで必死になっているのか、ようやく気付いた。

私は彼に、こちらの世界を選んで欲しいのだ。

これまで連れて来た人々と同じように。

久保寺が〈ここではない何処か〉を選べば、私は元の世界が選ぶに値しない地獄だと再確認できる。諦められたままでいられる。

口を開こうとした久保寺が、体を折り曲げながら咳き込む。寒さによるものではないと直感した。おそらくは、殴打の痛みが体の内側からじわじわと彼を苦しめている。私の推測が正しければ、同調が復活しているのだろう。

久保寺の体は、門をくぐる前の状態になっている。

彼は自らの意思の力で、元の世界と結び合わさろうとしている。

「誰だって、〈ここ〉が地獄だと思ってる。幸せになれる何処かを望んでる。……でも、そんな都合のいい場所は存在しない。理想なんて、所詮は妄想だ。それに、俺が憧れたのは楽園なんかじゃなかった。地獄で手を差し伸べてくれる人間だ。俺も、そうなりたかったんだ。……遼輔に」

久保寺が固く閉ざしていた拳をわずかに緩める。

まるで、剣を握っているかのように。

「……今からでも、そうなりたいんだよ」

そのやり直しは、過去の改変を意味してはいない。

彼は過ちと後悔を背負ったまま、現在からやり直そうとしている。

「俺は元の世界を選ぶ。地獄に戻る。……でも、その地獄とやらは、どこかの馬鹿が楽園を手放してでも選んだ地獄だ。そう知ってれば、少しは気が楽になる人間がいるんじゃないか」

振り返った久保寺が、穏やかに微笑む。

ただ私を安堵させようとして、不格好な笑みを浮かべていた。

透き通った眼差しにほだされるように、私は頰を緩める。誰かの表情を覚えていたいと心の底から思ったのは、本当に久しぶりだった。

再び降り始めた粉雪の下で、私は彼を、彼は私を見つめた。と言っても、決してロマンチックなものではなかった。お互いの瞳の中で、私たちは別々の答えを探していた。

足元にやって来たフィーゴの吠え声に遮られ、ようやく我に返る。

尻尾を立てているフィーゴは、構われずに放置されていたことを怒るように野太い声を上げていた。腰を屈めて頭を撫でようとしたが、彼は顔を背けて私の手を逃れた。

「退屈してたんじゃないの？」

「腹が減ってるんだよ」

フィーゴを一瞥し、久保寺は言った。家では久保寺の母が食事を用意している。飼い犬にとっても、ちょうど夕食の時間なのだろう。

「どうして分かるの？」

「顔を見れば分かる。遼輔と一緒に帰ればいいのに、律儀に俺たちを待つなんて」

こちらに来ると、久保寺は地面に座ってフィーゴを撫でた。傍から見れば同じような手付きなのに、フィーゴは久保寺の手から逃れようとはせず、その愛撫に身を委ねていた。寝転がって腹を見せているフィーゴをひとしきり可愛がると、久保寺は立ち上がった。

「……鍋なんて、もう十何年も食べてないな」

しみじみと呟くと、久保寺は肩を竦めた。

団欒を象徴するその料理は、今の私にも縁のない代物だった。

「せっかくなんだし、食べていけば？」

「いい歳だ。食いたかったら、自分で作る」

騙し討ちの通用しない相手だと痛感しつつ、私は頷く。

ここから先は、連れて来た人間を残してひとりで帰るのが通例だった。選ばないという答えを告げられるのは、門番になってから初めてだ。前例がないものの、やるべきことはひとつしかない。鍵は、私の手の中にある。

「……いつか必ず、この選択が間違いだったと後悔する日が来るわ。あなたは、あり得たかも知れない幸福を知ってしまった。そして、今度こそ本当に失うのよ」

最後にもう一度だけ問い掛ける。

これは、私に必要な儀式であった。

もう一度資格が与えられるのかは、私にも分からない。過去に運んだ全員が戻らなかった以上、試したこともなかった。

きっと、できないと思う。

あの門は、私たちが抱く世界への憎悪と絶望を汲み取って、〈ここではない何処か〉を作り出す。ならば、自らの意思で元の世界へと帰ることは、憎悪ではない感情を認めることに他ならない。絶望ではない何かを持った人間の前に、あの門が現れることはないはずだから。

「本当にいいのね？」

「……なら、明日からは朝早く起きて、散歩でもするかな」

そう言うと、久保寺はスラックスのポケットに両手を突っ込んだ。

いつもなら、曖昧な言葉は認めなかった。

しかし、今だけは、その答えが最も相応しいように感じられた。

彼はあの世界の息苦しさを誰よりも知っている。そして、それでも生きたいと願っている。あの世界は、〈ここではない何処か〉が存在しない、痛みと苦しみに満ち溢れた地獄だ。でも、そこにはかつて、彼に希望を与えてくれたものがあった。

「それで、どうやったら帰れるんだ？」

しびれを切らしたような口調で久保寺が尋ねる。

寒さを堪え切れなくなったのか、全身が大きく震えていた。

「行きと同じ、ただ門をくぐるだけよ。そうすれば私の事務所に出るわ」

「あんたは一緒じゃないのか？」

首を横に振る。

本来なら、最後まで付き添わなければならない。

しかし、門番としての義務を放棄してでも、この機会を逃すわけにはいかなかった。何よりも、そう思わせたのは他ならぬ彼なのだ。

「やることができてしまったの。先に戻ってて」

「悪いが、俺はすぐに逃げる。携帯も捨てるし、東京には二度と戻れないかも知れない」

「分かってる」

コートの内側に隠していたクラッチバッグを取り出し、久保寺に返す。キャンセルされた以上、代金を受け取ることはできない。それに、このお金はこれからの彼の人生に必要なものだ。

「アンナは知り合いの保護司に預けた」

スラックスとシャツの間にクラッチバッグをねじ込みながら、久保寺は言った。

「ちゃんと信頼できる奴だし、金も無事だ」

「ありがとう」

門は既に、私たちの傍に現れていた。

掌中の鍵を放り投げると、光の粒子は重力に従うことなく宙を漂い、やがて、白い鍵穴へと吸い込まれていった。戸の軋む音が冷え切った空気を震わせ、門の左側がゆっくりと開いていく。

「……沢渡幸」

戸に触れながら、久保寺が私の名前を呼んだ。

それは、私の本当の名前ではない。自分の人生から逃げ出すために作り出した偽称だった。しかし、今の私の生き方を指し示してくれる大切な勲章でもあった。

「あんたには世話になった。巻き込んで悪かった」

「いいの。久保寺さんも、元気でね」

「……会社は畳むな。あんたの嘘を必要としている人間がいる」

言おうかどうか迷ったかのような口調だった。

返答も相槌も求められていない気がして、代わりに薄く笑い返す。

「じゃあな」

背中越しに呟くと、久保寺は大きく踏み出し、門の向こう側に消えていった。背後で寂しそうな声で唸っていたフィーゴは、戸が閉まった瞬間に急に静かになり、先程まで自分が寝転がっていた地面に黒い瞳を向けた。どうして自分が鳴いていたのか分からない、そう言っているように見えた。久保寺が投げ捨てたジジの首輪も、いつの間にか消えていた。

久保寺は門が与えてくれる理想を拒んだ。

苦しみと痛みを受け容れた先で、失った思いを取り戻すことを望んだ。そして、かつて抱いた理想を、自らの手で現実にすることを選んだ。

「……敵わないな」

そう言った後で、私は溜め息をついた。

最後の最後に、彼は私を救おうとした。自らの存在を賭してでも、他人を救おうとしていた。

煙草を咥える。

久保寺という触媒がいなくなった今、門は〈ここではない何処か〉を維持することができない。蜃気楼のように広がっていく空間の歪みを感じながら、火を点けた。徐々に本来の味を取り戻していく煙草を数口吸い、足元に投げ捨ててから戸に触れる。

元の場所、事務所に出ることも可能だった。

だが、そうはしない。

門の内側に足を踏み入れると、地震で崩落した聖堂のような建物の中に出た。硝子の割れている窓からは柔らかい日光が差し込んでいる。何もかもが白く、何もかもが中途半端に壊れている空間。ここは、門番にとっての中継地点であった。誰かがそう説明してくれたわけではなかったが、おそらくは、私の前に門番をしていた人間たちも、この聖堂を経由してあそこに向かうのだと思う。

長く続いている通路の奥に、一本の折れた柱が見える。その先に、私のために作られた世界が広がっている。〈ここではない何処か〉が私を待っている。元より、私には資格がある。ただ、永住を許されていないだけだ。

目の前に門が現れて以来、私は幾度となくそこに足を踏み入れた。

私の逃げ場所だった。

門番である私は、望めば何度でも〈ここではない何処か〉を訪れることができる。永住できない代わりに、同じ日を何度も繰り返すことができる。

だからこそ、なんとか生き続けられた。潰れてしまわずに済んだ。

この先にあるのは、私にとっての究極的な幸福。

そして、そこにありながらも、決して手に入れられないもの。

いつもなら絶対に身に着けているサングラスもイヤホンも持ち合わせていなかった。柱の方へと進む度に、剝き出しになっている心が、向こう側から染み出している思い出の温度に侵食されていく。

待っているのは、万華鏡を叩き付け、中に詰まっていた煌めきが舞い散った部屋。

苦しみも痛みもない、美しい世界。


透き通った青空が、私の傷を優しく包み込んでいく。

終章

1

足の長い大きな鳥が近付いてくる。

頭頂部からは、逆さまにした箒のような毛が生えている。立派な王冠のように見えるその頭部は、まさしく見た目通りに冠羽(かんう)と言うのだと随分前に聞いたことがあった。目の前まで来た鳥は、私の手元を一瞥すると、踵を返して離れて行った。どうやら、餌を持っている来場客を物色しているようだった。周囲では、放し飼いになっている数種類の鳥が気ままに闊歩していて、奥の水辺には鮮やかな色のフラミンゴがいた。

誰かが餌を撒いたらしく、散らばっていた鳥たちが一斉に飛び立った。瞬時に競争が始まり、我先にと集った鶴たちが落ちている乾燥餌をつつき出す。せっかくの機会にもかかわらず、餌に気付いていない数羽のクロトキが、笑い声を上げながら走り回る子供を追い掛けているのが見えた。

私は順路に沿って歩き出す。

緩やかな坂道を抜けると、狭く暗い通路が現れる。その通路は天井と左右が透明な水槽になっていて、大きな魚が群れをなして泳いでいる。水は緑色を帯びて濁っているが、心地良さそうに泳いでいる彼らを眺めていると、私たちにとっての綺麗さが、必ずしも彼らにも適したものではないということを思い知らされる。通路を抜けると、再び開けた場所に出た。

顔の青い鳥が、ひとりで歩いている私のことを睨み付けた。図鑑でしか見たことがなかったが、ヒクイドリだと分かった。口笛を吹いてみると、ヒクイドリは首を傾げ、その角度を保ったまま去っていった。首元までの高さのフェンスで囲われた草むらには、三羽のエミューがいる。隅の方で寝ている一羽だけ体が小さく、彼女たちは親子なのだろうと思った。睫毛の長いエミューは、餌を与えようとしている男性のことを大きな瞳で覗き込んでいる。

ここは動物園だった。

今いる場所は、入ってすぐの水辺よりも遥かに広く、放し飼いにされている動物の種類も多かった。整地されている通路を進んでいくと、左右で響いている鳴き声の重なりが徐々に遠ざかっていき、やがて、休憩所と思しきスペースが見えてきた。と言っても、自販機はおろか水道もなく、腰を下ろすための円柱形の石が数個置かれているだけの簡易的なものだった。

砂を払ってから、椅子としては少し固そうなそれに腰掛ける。陽射しは強く気温も高かったが、生い茂っている木々が作る影に守られ、私のいる一角は比較的涼しかった。喉が渇いていたが、水さえ飲むこともできないので我慢するしかなかった。

つばを飲むのを意識しないように努めながら、園内を散策している家族連れやカップルをぼんやりと眺める。服装の感じからして、観光客が多い。鳥に餌をあげながら、もう片方の手で熱心に写真を撮っている。せっかく行楽地に来ているにもかかわらず、手元のスマートフォンに視線を落としている大人が多いのが印象的だった。画面や写真ではなく、目の前にある今の光景を見て欲しいと思う。私たちの人生は、後になって見返すことのできないものばかりを見逃している。

額に浮かんでいた汗を拭う。

左腕を降ろすと、手の甲が柔らかい何かに触れた。

咄嗟に左を向くと、いつの間にか私の傍に鳥が佇んでいた。座っている私の肩口ぐらいまでの大きさで、喉からは袋のようなものが垂れ下がっている。頭には毛が生えておらず冬場は寒い思いをしてそうだ。

人懐っこい性格なのか、その鳥は何をするわけでもなく、ただ私の隣に立っていた。あげられる餌がないので、右手を伸ばし、白い毛で覆われている腹部をそっと撫でた。ふかふかしていて、とても気持ちがいい。本人も撫でられるのが嬉しいようで、落ち着いたように目を細めている。お世辞にも可愛らしいとは言い難い外見に反して、その鳥は犬や猫のように表情が豊かで愛嬌たっぷりだった。

「——アフリカハゲコウ、って言うんだ」

背後から聞こえた声が、そう説明してくれた。

大切にしていた秘密を教えてくれるかのような、穏やかな囁きだった。安直で残酷な名前を与えられたその鳥を撫で続けながら、私は異国の地の暑さに思いを馳せる。

「アフリカハゲコウは屍肉を食べるんだ。だから、血で汚れないように首の周りに毛がないんだよ。フラミンゴを食べることもあるって聞いたけど、ここでは大丈夫なのかな」

冗談めかして言うと、彼は私に向かってペットボトルを差し出した。聞いたことのない銘柄のミネラルウォーターだった。園内には飲み物が売っていなかったので、わざわざ外に出て買ってきてくれたのだろう。私が水を受け取ると、彼は隣の石に座った。

「付き合わせちゃってごめんね。前から知ってて、ずっと来たかったんだ。整備局の同期も、遠いけど絶対に行った方がいいって言っててさ……」

「いいよ。私も鳥好きだから楽しいよ」

免許を持っているのは私だけだった。ホテルからは片道三時間以上で、長時間の運転を任せてしまっていることを申し訳なく感じているのだろう。別に苦にはならないし、いざとなれば代行を呼べばいい。私としては、せっかく遊びに来ているのだから、申し訳なさそうな顔をされる方が嫌だった。

ペットボトルを足の間に挟むと、ジーンズの生地越しに冷たさが伝わって来た。この涼しさで、わずかながら喉の渇きを忘れられそうだった。撫でるのを止めると、アフリカハゲコウは一礼するように頭を前後に振ってから、どこかへと羽ばたいて行った。

「……ねえ、覚えてる？」

彼を見ずに、そう切り出す。

鼓膜に残っている羽根の音に合わせて、私の体は揺れていた。

「ちっちゃい時も、こうやって並んで川辺の鳥を見たの。何をするでもなく、あなたの門限が来るまで」

「もちろん、覚えてるよ」

彼の言葉を聞いて、私は小さく頷く。

本当は、鳥など好きではなかった。犬も猫も、動物全般がさほど好きではなかった。怖いとさえ思っていた。ただ、彼に向けていた好意が、彼が好いているものにまで拡大していたに過ぎなかった。幼い頃、私たちはふたりで、空を舞うことを許された鳥たちが、その羽根を休めて地面を歩いている光景を眺めていた。

「お腹は空いてる？」

彼がそう尋ねる。

さっきのヒクイドリが、少し離れたところから私たちを見つめていた。

「ううん。そんなには」

「分かった。夜まで時間あるし、もう少し回ったらお茶にしようか」

再び頷いた私は、彼の視線がヒクイドリへと向けられていることに気付き、声に出して肯定の意思を伝える。

この休憩スペースは順路から横に逸れた場所にあり、そのまま進んで行った先には、モルモットやうさぎ、犬と遊ぶことができるコーナーが設けられている。大型犬を連れ出して近くの丘を散歩することもできると、入り口のパンフレットに書かれていた。

脱走防止のために二重になっている柵の中では、小さな子供や若いカップルがポメラニアンと戯れている。数匹いるらしく、積極的に遊ぶ犬もいれば、ベンチを陣取って昼寝をしている犬もいた。犬たちがいるケージの手前では、幼稚園に入るかくらいの男の子が飼育員にやり方を教えてもらいながら、おっかなびっくりの手付きでうさぎを抱っこしようとしている。誰かが急ぐことも、急ごうとすることもない、穏やかでゆっくりとした時間が流れていた。

柔らかい木漏れ日の下で、彼は静かに腕を伸ばすと、私の膝の上に左手を乗せた。細長く筋張っている薬指には、シンプルな銀色の指輪が付けられている。軽く息を吸ってから私は彼の手に自分の右手を重ねた。

この温もりを、片時も忘れたことはなかった。

彼の外側の温度が、指先を通して私の肌を撫でていく。

「……あなたは私に、擬傷のことを教えてくれたの」

「ギショウ？」

こちらを向いた彼が、間髪を入れずに訊き返した。

まるで、その言葉を初めて聞いたかのような反応だった。

「子供が外敵に襲われそうな時、親鳥が傷付いて弱っているふりをして、身代わりになって子供を逃してあげること。幼い頃、あなたは擬傷に憧れていた。大人になったら、傷付いている誰かのことを逃してあげられるような優しい人間になりたいって言っていた」

「そんな話したっけ。……ごめんね、それは覚えてないや」

「いいの、気にしないで。私の勘違いかも」

所在なさげに下を向いた彼を安心させようと、できる限り明るい声色で、本で読んだ話とごっちゃになってるんだと思うと付け加えた。

「……この数年でいろんなところに旅行したね、おれたち」

右手で指折り数えをしながら、彼は次々と地名を挙げていった。生真面目な彼らしく、きちんと北から始まり、私の頭の中に日本列島の地図が書き込まれていく。何度か行ったり戻ったりしたせいで、発した言葉と折った指の数が合わなくなっている。私には、彼が話を忘れてしまったことに対する気まずさと必死に格闘しているように見えた。

思わず笑ってしまうと、彼は唇を開けたまま固まった。カウントは止まり、彼は立てられている三本の指を前に目を細めていた。

「おれひとりじゃ、何処にも行けなかった。……連れ出してくれたから、行けたんだ。ゆーちゃんは、おれに羽根をくれたんだ」

あの町を出て、遠くへ行こう。

ここではない何処かを見せてあげる。

悪夢の中で、何度も彼にそう告げた。自身の手で過去を捻じ曲げて、罪悪感から逃れようとした。その約束は、本物の彼には届かなかった。そう約束できるだけの勇気を、あの時の私は持つことができなかった。

「どこが一番楽しかった？」

「順番なんか付けられないよ。ゆーちゃんと一緒だったから、どこでも楽しいんだ」

膝に乗せていた左手を裏返すと、彼は私の手をぎゅっと握った。込められている強い力は、私の存在をここに留めようという祈りのように感じられた。

「おれはさ、結局は兄貴たちみたいになれなかった。……頑張ったよ。頑張ったんだ。でも、無理だった。どうせ無理だって分かってたけど、頑張るのを止めるわけにはいかなかった。もう期待されてもないのに、期待に応えなきゃって必死だったんだ」

最初の他人である家族と繋がれなかった彼は、人との繋がり方が分からなかった。

私も同じだった。

私たちは、傷付いて飛ぶことができずに仲間からはぐれた二羽の弱い鳥だった。だからこそ、ふたりでいる時だけはこの世界に居場所を持てる気がした。

「物心ついた時には、自分には何の価値もないんだ、って思ってた。家族が嫌いだったけど、それ以上に、自分が大嫌いだった。だから、ずっと何処か遠くに行きたいと思ってたんだ。違う場所でなら上手くいくかも知れないとか、そんなポジティブな気持ちじゃないよ。……ただ、消えてしまいたかった」

そこで言葉を区切った彼は、一瞬だけ私に目を遣ると、顔を上げて空を見つめた。その視線を追い掛けると、私の瞳を雲ひとつない澄み切った青が染めていった。遊んでいる子供たちの笑い声が、ここまで届いていた。

「……でも、そうしないことも分かってた。価値がないことと、それを簡単に捨てられるかどうかは別問題なんだ。価値のない人間は、他人に誇れるようなものを何ひとつ持っていないからこそ、せめて、自分自身を大事にするしかないんだよ」

アフリカハゲコウの群れが飛んで行くのが、青い視界に映り込んだ。

私が右腕を降ろそうとすると、彼の手は抗うことなく力を弱めた。温もりから離れた手で、私は顔を覆う。その内側で、目蓋を閉じる。久しぶりのこの場所は、今の私には明る過ぎた。

「……ねえ、ミソラ。人間は他人のために生きられると思う？」

見えなくなってから初めて、私は彼の名前を呼んだ。

自らの手で作り出した暗闇の中から、ミソラに問い掛ける。

「どうしたの、突然」

「いいから答えて」

「急に言われても難しいよ。よく考えないと……」

「考えなくていい。あなたが今持っている答えが知りたいの」

私の言葉を最後に、重々しい沈黙が伸びていった。

固く閉ざした目蓋を中指で押さえながら、私はふと、困っているであろうミソラの顔を見ずに済んで良かったと思った。もし目にしていれば、きっと、問うことを取り下げていたかも知れないから。

私は、誰かのために生きられる人間になりたかった。

人間にも擬傷があると信じたかった。

そして、私がそう思うようになったきっかけをくれたミソラは、私の妹を殺した。自分が傷付かないために、私の妹を犠牲にした。擬傷の存在を教えてくれた彼は、自身の生き方によって、それを否定した。

あの時から、私は生き方を見失った。人間は自分のためにしか生きられない。そう分かっていながらも、他人のために生きようとしていた。絶対にほどくことのできない矛盾に絡め取られたまま、無様な傷を抱いて、今日まで生き続けた。

爪先で地面を擦る音が足元から聞こえてきた。

それは、何かに悩んでいる時のミソラの癖だった。

「種の存続という観点で考えると、擬傷は、必ずしも完璧に利他的な行動とは言えないんだ。子に受け継がれた自分の形質を守るというのは、優しさではなく自然選択だよ。鳥たちの擬傷には、少なからず利己的な側面がある。おれたちが考えるような自己犠牲とは少し違うんだ」

やがて、ミソラは喋り始めた。

得意分野の話をする時は早口になるのも、子供の頃から変わっていない。その声は、穏やかな川のせせらぎのようで、隣で聞いている私を安心させる。

「もしも、おれたち人間に擬傷があるとすれば、それは特定の行為じゃなくて、自分はどうなってもいいから誰かを幸せにしたいという思いの発露なんだと思う。……でも、その意思には、擬傷よりもっと素敵な名前が付いてるはずだよ」

そこにいる男は、私が知っている彼の延長なのか。それとも、門が無から作り出した何かなのか、私には判別する術がなかった。

分かるのは、私が殺していなければ、ミソラはこういう大人に成長していたのだろうということだけ。ずるさや計算高さとは無縁の、やや眠たげな表情。くせのない直毛の黒髪。怖がりながら付けているコンタクトレンズ。これと言ったこだわりがないので、私が選んでいた服。何かに集中すると自然と開いてしまう唇。女性のように綺麗な指先。

私は、ミソラにまつわる何もかも全てを覚えている。

その全てが、目の前にいる男に備わっている。

手のひらを口元からずらして、私はゆっくりと深呼吸をする。明確な答えを避けるというのも、極めてミソラらしい仕草だった。答えなど出せないのは分かっている。しかし私たちは、答えのない問いに無理にでも答えを出さなければいけない。私たちの世界は、私たちに曖昧を許さない。

捨てたくないものを捨てなければ、選びたくないものを選ばなければ、生きてはいけない。

だが、この世界だけは違う。この場所には、美しく曖昧な時間が流れている。暖かい日差しは、閉じた目蓋をすり抜けて、私の暗闇に光を落としている。

誰かが私の名前を呼んでいることに、少し遅れて気が付いた。

九年前に捨てた本当の名前。

遠ざかっていく過去へと置き去りにした、私の一部。

顔を上げて声のした方に視線を向けると、そこには妹がいた。

「ここ、めっちゃ広いね。トイレ行くだけなのに、すごい時間掛かっちゃった」

首筋の汗をタオルで拭いながら、妹は言った。

かつては長く伸ばしていた髪は、肩に届かないくらいのボブになっていた。小動物のように小さかったのが、すっかり背が伸びて、今では私より少し低いくらいに見える。バケットハットを被り、Tシャツにショートパンツというラフな格好は、常夏の動物園にマッチしていた。

私より三歳下で、いつまでも子供のままだと思っていたが、ここではとうに成人している。くっきりとした目鼻立ちの中に残っている、儚いあどけなさ。妹の顔は、若かった頃の私の母親に瓜二つだった。

「ふたりとも何してたの？　回らないの？」

「座ってぼーっとしてたんだ」

「何それ、ウケる。ミソラくん、相変わらずだね」

妹が楽しそうにそう言うと、ミソラもつられて微笑みを浮かべた。私は自然に反応することができず、不出来な愛想笑いを作りながら顔を伏せた。

ここでは、なかったことになっている。

ミソラは、彼の先輩たちに私の妹を献上した。

どんな結果が待っているか知っていて、それでも差し出した。

分かっている。他人事のような責め方は、欺瞞以外の何物でもない。

私も知っていた。そこまで酷いとは考えていなかっただけで、彼女が何をされるかなど分かり切っていた。

私は妹を疎ましく思っていた。彼女は私にとって、生きる意味であると同時に、縛るものでもあった。彼女がいるから、私はここにいられた。そして、彼女がいるせいで、私はここから消えてしまうことを許されなかった。私が鳥なら、妹は檻だった。

彼女は、私にありがとうの一言さえ口にしてくれたことがなかった。心を病み、育児を放棄した母に代わって、私が妹を育てた。私には子供の時間がなかった。他の選択肢など存在しなかった。しかし妹は、私の決意などお構いなしに、私に親の役目を求めた。遅れれば怒り、足りなければ不満を漏らし、涙と共に自らの人生を嘆いた。私よりも多くのことが許されている人生を。

今なら、はっきりと言い切れる。

私は彼女を懲らしめたくて、ミソラの先輩たちに差し出した。

「ふたりとも、暑いでしょ？　おれのだけど、まだ口付けてないから、ほら」

エミューがいるケージの近くに立っている妹に向けて、ミソラはペットボトルを高く掲げた。

妹の右手は下がっている。隣にいる少女の手を握っている。

私と目が合うと、少女はにっこりと笑い、妹の手を振りほどいて駆け出した。一瞬驚いた妹が、すぐに頬を緩める。

「ママ！」

座っている私の胸元に、少女が飛び込んでくる。

小さな輪郭。

同じ生物とは思えないほどに繊細で、何かの拍子に壊れてしまうのではないかと不安になる。

だが、その脆い線に反して、しっかりとした重さが私の体に預けられていた。伝わってくる体温も、腕が感じている重みも、その全てが、瑞々しい命を証明していた。

「さっきね、頭がぴょぴょしてる鳥に追い掛けられたの。それでね……」

彼女を抱き締める。

そうしなければ、次の瞬間には消えてしまいそうな気がして、縋り付くように腕を背中に回した。

偽物の娘。

私の弱さが作り出した、私が欲しい家族。

そんなものは何処にもいないはずなのに、私はこの腕の中に命の温もりを感じている。

「ママ、どうしたの？　苦しいよ」

少女は困ったような声を出した。

無垢な子供の声。

殴らないで欲しいと訴えたことも、食事を与えて欲しいと媚びたこともないであろう無邪気なさえずり。その声を、永遠に聞いていたいと思ってしまう。きっと彼女は、痛みも苦しみも、まだ知らない。優しさの中で生まれ、幸せと共に生きている。

この理想は、私の人生をどこからやり直したのだろう。

アパートにやって来て、大事にしていたはずのインコを私に預けてから、ミソラは失踪した。すぐに彼の家を訪ねたが、彼の兄弟も、両親も、ミソラがどこに消えたのかを知らなかった。母親の財布から現金とキャッシュカードを盗んでいたと教えてもらった。身内の恥ということもあり、しばらくは捜索願を出さないとも言われた。案内してもらったミソラの部屋は、私たち家族が住んでいたアパートの一室よりも広かった。

　進展があったのは、二ヶ月以上後だった。加害者グループのひとりと思しき男が、少し前に地元の飲み屋で事件の自慢話をしていたと知った。教えてくれたのは、キャバクラに来ていた私を好いている客だった。

　その男の名前と住所を突き止めた私は、男が住んでいたマンションのエントランスで待ち伏せ、気持ち良さそうに酔って帰ってきた彼の背中を刺した。ミソラの部屋から持ち出したバタフライナイフを使った。赤ら顔のまま命乞いを始めた彼を脅し、ミソラに電話をさせ、地元へと呼び出させた。証拠がなく、捜査は打ち切りになったと嘘をつかせた。

　男の話を信用した無邪気なミソラは、時間きっかりに、彼らが溜まり場にしていた廃工場に現れた。酷く暗い、乾いた夜だった。隠れていた柱の陰から飛び出し、私はミソラの胸にナイフを突き刺した。

　私はミソラを愛していた。

　彼となら、幸せになれると思った。

　その男を、私は殺した。

　妹を奪われたことへの復讐。そんなものは、小綺麗な建前だった。本当の理由は、私を裏切り、私の前からいなくなったことへの復讐だった。擬傷でもなんでもない。

　私は、私のためにミソラを殺めた。

「……ママ、泣いてるの？」

　身を捩らせて抱擁から逃れた娘が、私の目尻に指を伸ばす。

　世界への興味に満ちている大きな瞳に、悲しみの影が差している。涙を拭き取ろうとして懸命に動く小さな指が、時折、私の眼を突いた。痛くもないのに余計に涙が溢れた。一向に、止まってはくれなかった。

こんな未来があり得たのだ。

妹は生きていて、ミソラも生きている。

私とミソラは家庭を築き、そこに子供が生まれた。

私たちはきっと、この娘を幸せにしたいと思ったのだ。

かけがえのない幸福を、家族で分かち合いたいと思ったのだ。

他人のために、自分を犠牲にしてもいいと思ったのだ。

その意思は決して、鳥たちが行う擬傷ではない。

「どこか痛いの？」

「ううん。違うの。……あなたがいて、ほっとしてるの。嬉しいの」

偽物だと分かっていても、こんなにも愛おしいのはどうしてなのだろう。

娘の頭を撫でながら、私はゆっくりと言葉を紡いだ。

あの門は何なのか。

どうして私の前に現れたのか。

何のために理想の世界を作り上げるのか。

他の人間を出入りさせることができる『門番の能力』を与えたのは何故か。

九年経った今でもなお、何ひとつ分からない。

だが、分かっていることもある。

門番の能力は、人智を超えた奇跡を可能にする。そんな強大な力が、おいそれと簡単に与えられるわけがない。初めてここを訪れ、元の世界に帰ってから、私はその異変に気付いた。私の体は、子供を宿すことができなくなっていた。得た能力と引き換えになったかのように、その機能が失われていた。

もう二度と、私が命を生むことはない。

それ自体を特別悲しいとは思わない。ただ、元の世界にいる本当の私は、こういう形で愛した相手と自分の子供を持てないのだという事実を再確認させられるのが苦しかった。選ぶかどうかさえ、選ぶことはできない。その選択肢が、その選択の先で生まれるであろう未来ごと、私の中から消え失せている。

私はもう二度と、新たに続いていく繋がりを持つことができない。

「……ねえ、美希」

娘の名前を呼ぶ。

存在しないはずの私の娘が、私の腕の中で私を見つめる。

ミソラと私は、最後まで家族という単位が持つ価値を知ることができなかった。家族に幸福を見出せなかった私たちは、それでも家族になった。

どうして繋がろうとしたのか。

門が作り出す世界は、ここに至るまでの過程を飛ばし、結果だけを与えてくれる。あらゆる葛藤や苦悩の先で手に入る美しい嘘だけを見せてくれる。しかし、それでも私には、私たちが繋がろうとした理由が分かっていた。

決して、自分が経験した不幸を連鎖させるためではない。

私は、きっと――。

「美希は、ママとパパのこと好き？」

そう尋ねると、美希は満面の笑みと共に首を縦に振った。

私が望む答えを告げているのではない。心の底からそう思ってくれているのだろう。

「これからも、ずっと一緒にいてくれる？」

「……心配なの？」

そう返した美希は、体ごとミソラの方へと向き直った。彼女は曇り始めた顔で、私とミソラを交互に見つめた。幾度となく、その往復を繰り返した。まるで、そうすることによって、ここにいる三人を永遠に繋ぎ止めようとするかのように、彼女が中心となって、彼女の視線が私とミソラを結び合わせていた。

何かを察したようにミソラは私に体を寄せ、美希の頭をそっと撫でた。

「美希はどこも行かないよ。ママが好きで、パパが好きで、みんな一緒が大好きだから！」

小さな両腕を懸命に伸ばすと、美希は私とミソラの頬を優しく撫でた。

知らない温度だった。

けれど、何故だか懐かしく感じた。

懐かしくて、愛おしくて、胸が張り裂けそうだった。

許されるのなら、この体温をいつまでも感じていたいと、そう願わずにはいられなかった。一度は堪えられたはずの涙が、再び溢れていった。もう、耐えられなかった。

今の私の目の前に広がっている光景を、本当に手に入れることは許されない。

私はミソラを、この手で殺した。

この可能性を、この手で損ねた。

だからこそ、この幸せは、門が一時的に再生する白昼夢に過ぎない。門をくぐる限りは永遠に繰り返され、永遠に続いてくれる、ただただ穏やかな一日。

一日だけの、私の幸福。

「――ゆーちゃん、大丈夫か？」

どのくらい無言のまま俯いていたのだろう。

真っ青な顔をしたミソラが私を覗き込んでいた。いつの間にか近くに来ていた妹が、私の背中をさすってくれていた。

「お姉ちゃん、暑いの苦手だもんね。熱中症かな」

「車の中も暑かったから、そのせいかもな。水飲んで」

「それより塩分だよ。ここ出たら何か食べようよ」

「さっきゆーちゃんにも話した。途中にカフェがあったから、そこに行こう。歩けそう？」

「……うん、平気。なんか、急に。……何でもないから、気にしないで」

抱いていた美希の体をゆっくりと地面に降ろし、私は立ち上がる。お手洗いに行ってくると告げると、慌てて立ち上がったミソラが「付いていく」と言ってくれた。「本当に大丈夫だから」と断り、私は小走りで、今まで歩いてきた道を戻った。

水槽がある区画の手前で足元が整備されている順路から外れ、生い茂っている木を掻き分ける。枝を踏む音に驚いた鳥たちが、鳴き声も上げずに逃げ出していく。歩くことだけに神経を集中させ、入場者も飼育員も誰もいない林の奥へと進む。右側に見えていたフェンスが消えたことが、動物たちが歩き回っている区域を離れたことを意味していた。

私は立ち止まり、ひときわ細い木に額を付けて深呼吸をしようとした。難しくも何ともないはずなのに、どういうわけか、呼吸が上手くできない。息を吸う度に、息苦しさが強くなっていく。足に力が入らず、その場に蹲る。

少しの我慢もできなかった。溢れ出る涙を押し戻すことができず、抑えようと思っても、喉の奥から嗚咽が漏れ出してしまった。

あの無慈悲な門は、私の過去を正しく改変して、その延長線上にあったであろう最も美しいものを見せてくれる。

本当に他愛ない、驚くほどちっぽけな幸福。

それが、私の理想。

笑ってしまうほどにありふれていて、奇跡の無駄遣いと言われても仕方のない、叶わなかった私の夢。こんなにも小さな願望が、私の人生の全てなのかと思うと、あまりの惨めさに頭が痛くなってくる。

でも、温かいのだ。

こんなにも簡単に温められてしまうのだ。

ならば、これまでの私の人生は一体何だったのだろう。

ミソラを殺してから必死に過ごした日々は何だったのだろう。

門番になり、世界に絶望した人々を門の向こう側へと送り届けてきた。アリバイ会社を作り、嘘を必要とする人々を助けてきた。誰かのために生きようとした。やり直そうと思った。人間が自分のためにしか生きられない動物などでないと思いたかった。私たちの擬傷を信じたかった。

私は妹を裏切った。彼女のために生きているふりをして、その責任が次第に重荷へと変わっていき、辛くなって、最後には捨てた。

私はミソラを殺した。二人分の罪悪感を彼ひとりに押し付けることで、楽になろうとした。

私の過ちが、かつての私が願って止まなかった幸福を壊してしまった。

不意に肩が重くなる。

後ろから加わる優しい圧力は、隠れようとした私を見付け出していた。

「大丈夫だよ、ゆーちゃん」

低くなった声。

反対に、私よりも高くなった背丈。

何もかもが、あの頃と違って見える。この世界にいるのは、ミソラを媒介にして作られた偽物。そんな偽物との逢瀬が、今日までの私を支えていた。永住することが許されないのなら、何度でも訪れればいい。そうやって私は、この幸福に浸り続けた。

「……なんでもないの。すぐ戻るから、美希を見ていて」

ちゃんと言えたか分からなかった。

鼻と喉が詰まり、視界はぼやけている。きっと、ひどい顔をしているはずだ。

ふれあいコーナーで犬と戯れた後、私たちはカフェに行き、昨日までに撮った写真を見返しながらおしゃべりをする。夜になったら、レストランへ行く。

店内は潜水艦をモチーフにしていて、水夫の格好をした店員が目の前の鉄板で肉や海老を焼いてくれる。塩や胡椒のミルをジャグリングしながら味付けしてくれて、家に帰ってから美希が真似しないか心配になる。ミソラは胃が強くないのに調子に乗ってたくさん食べ過ぎるし、妹はひとりでハイペースに飲みまくり、悪酔いして格好良い店員を口説き始める。デザートを待っていると、オーナーと思しき初老の男性がやって来て、美希に水夫の帽子を被せてくれる。私は、お腹いっぱいになってすやすやと眠ってしまった彼女を抱いて、代行の運転する車でホテルへと戻る。

それが今日という一日。

私はこの思い出を、気が狂うほどに見ている。

「落ち着くまで傍にいるから」

背後から私を抱き締めたまま、ミソラはささやいた。

気が狂うほどに、私はこの思い出を忠実に演じた。

そうしている限り、私は幸せだった。

幸せを感じられると、分かり切っていた。

だからこそ、こうした逸脱は初めてだった。

「……ねえ、ミソラ」

「なに、ゆーちゃん」

「ミソラはさ、この世界が美しいと思う?」

「どうしたの、急に」

けたたましい声で鳴く鳥が、私たちの頭上を通過して行った。羽根を持つ生き物だけはフェンスで支配することができない。動物園という限定的な自由の中で、彼らだけは、私たち人間には決して制御することのできない空を謳歌している。

咄嗟に胸元を探ったが、そこにネックレスはなかった。この世界では、ミソラは地元の先輩たちと交流を持っていない。だからこそ、私にゴローズのフェザーをくれることもなかった。その代わり、私の左手の薬指には指輪が光っている。

「人間は自分を捨てて誰かのために生きられるのかな。それとも、自分のためにしか生きられないのかな」

さっきと同じことを尋ねていた。

彼が答えられないことは知っている。

彼だけではなく、誰もが答えられない。いや、答えたくなどない。その答えを口にしてはいけないと分かっているからだ。

「……進化の歴史は、選択の歴史なんだ」

思ったよりも早くミソラが口を開いた。

さっきから考えていたことが、ようやくまとまったのかも知れなかった。

「人間は進化の過程で、無数の選択を繰り返してきた。おれたちの体には水掻きがないし羽根もない。それは、おれたちの祖先が海や空ではなく、この大地で生きていくことを選んだからだよ。選んだからこそ、捨てたんだ。……きっと、擬傷もそうだったんだ。おれたち人間は、傷付いたふりをして子供を逃がすという生存戦略を選ばなかった」

得意分野の話であるにもかかわらず、ミソラは早口にならなかった。あえて、ゆっくりと喋っていた。一字一句はっきりと、彼が語る言葉の全てを私に届けようとしていた。少なくとも、私にはそう感じられた。

「それでも、美しいと思う気持ちまで捨ててしまったわけじゃない。選ばなかったからと言って、そこに価値を見出さなくなったわけじゃない。たとえば、おれたちは、空を美しいと思う。羽根がなくても、あの透き通った青色の美しさを、胸いっぱいに感じることができる。だから、そこに向かうための手段を作り出したんだ。飛行機も、船も、あるいは泳ぐことも、一度は捨てたものを取り戻そうとする行いなんじゃないかと思うんだ」

彼の心臓の音が、彼が着ているポロシャツ越しに私の背中を優しく叩いている。

時を刻み続ける命の証。

望む限りは何度でも永遠に繰り返されるこの一日の中で、その鼓動は私の感覚を狂わせる。この時間は、この場所は、この平穏は、本当に私のものなのではないかと錯覚してしまう。

「そう願いさえすれば、おれたちは失ったものを取り戻すことができる。もしかしたらそれは、以前とは違う形かも知れない。でも、それならそれでいいんだ。おれは、取り戻そうとして一生懸命頑張ったこと自体を、何よりも美しいと思うんだ。……だからね、ゆーちゃん」

その呼び方は、昔から彼だけのものだった。

深く呼吸をしてから、ミソラは続けた。

「……誰かのために生きるのに、自分を捨てなくてもいいんだ。誰かのために生きたいと願う自分のために生きてもいいと思う。だって、おれはそう在りたいんだ」

私は吸い寄せられるように振り返った。折り重なった枝葉に遮られ、一切の陽光が掻き消された暗い林の中で、私は初めて、彼の顔をしっかりと見つめた。

その表情は、彼の表情だった。

その瞳は、彼の瞳だった。

私の理想によって作られたものではない、彼の魂がそこに映っていた。

ミソラは私の妹を犠牲にした最低の人間だった。擁護する気はないし、余地もない。しかし、彼があの場所で生き残っていくために、そうする他なかったということは理解できる。悪意が必要な状況になったから、悪意に頼った。その悪意が、私の妹を死に追いやった。ただ、それだけの話だった。

もしも、ミソラが完璧な悪人であってくれたら、きっと、こんなに悩みはしなかったはずだ。この世界の全てが悪意ではないからこそ、私たちは苦しみ、さまよい、救われることがない。誰しもが善意を抱えながら地獄を歩いている。

私は、彼と同じ罪を背負っている。

私は、私の妹を殺した。

「飲みなよ。疲れたでしょ？」

脇で挟んでいたペットボトルを手に持ったミソラは、その蓋を捻って開けると、私に向けて差し出してくれた。

その水を飲むことはできない。

その冷たさで私の渇きを癒すことは許されない。

門をくぐった人間は、この世界のものを口にすることで、〈ここではない何処か〉と同化し、永住できるようになる。だが、私は違った。理想へと続く選択肢を自らの手で壊してしまった私からは、その資格が失われていた。

受け取ったペットボトルを地面に置き、ゆっくりと息を吸う。

この場所に流れている時間を体内の器官で味わうように、長い時間を掛けてゆっくりと呼吸する。澄んだ空気とはここ数年無縁で、肺が動く度に、私の中を瑞々しいそよ風が吹き抜けていくようだった。

「息、苦しい？　やっぱり熱中症かな」

「……大丈夫。私は何ともないから」

悲しそうな声で言ったミソラを見返して、私は微笑む。

手を伸ばし、彼の頬に触れる。

顔を寄せ、私は唇を重ねた。

彼の温度が私の内側へと流れ込んでくる。優しくて、穏やかで、その温もりは抱擁となって、暗闇を漂い続けている私の魂に輪郭を与えようとしていた。

偽りの楽園の中で私たちは唇を重ね続けた。ミソラの方がやめようとすることはなかった。私たちはお互いに、この繋がりが永遠に続くことを望んでいる。だからこそ、やめるのは私の役目だった。

ミソラの両肩を押しながら、ゆっくりと身を後ろに引いた。そして、最後にもう一度だけ、彼の頭をそっと撫でた。あの鳥の胸の毛のように柔らかい、さらさらとした黒髪。私の指先は、忘れるために、その手ざわりを覚えようとしていた。

「――愛してたよ、ミソラ」

初めて、ちゃんと言えたと思う。

彼の反応を見たからではない。言葉が喉を通っていった瞬間、何かが崩れ落ちていく音が聞こえた気がしたからだ。あるいは、もしかしたらその音は、私の中で眠っていた卵が孵り、朝の光を求めて上げた産声だったのかも知れなかった。

柔らかい地面を蹴って立ち上がり、私は全速力で走り出した。背後から私を呼ぶ叫び声を聞きながら、全力で走った。ただひたすらに、足を動かした。

視界がぼやけていて、前が見えなかった。気を抜けば、挫けてしまいそうになる。同じ夢を繰り返したいと思ってしまう。だから、何度も首を横に振った。思涵と交わした言葉を、アンナの涙を、地獄を選びたいと言った久保寺の笑顔を何度も思い浮かべた。

左足のミュールが脱げたが、気にせずに走り続ける。バランスが悪く、右足も脱ぎ捨てた。あらゆる未練を振り払うために、ただ、私が思う前に向かって進んだ。限界を越えても、気力だけで足を動かした。速度など出ておらず、ほとんど歩いているのに近かった。

とうとう息ができなくなり、電池が切れたように止まる。全身の毛穴から吹き出ている汗の代わりに、視界を覆っていた涙が乾いていた。膝に手を置いて呼吸を整えながら、周囲を見回した。いつの間に通り越したのか、私の後ろ側には折れた柱があった。聖堂に辿り着いていた。

乱れている鼓動が落ち着くのを待っていると、私はふと、幾度となく目にしてきた光景が変化していることに気が付いた。

窓が割れていない。

ひびひとつない廊下が、奥の祭壇まで続いている。

荒廃した聖堂は門番にとって駅のようなものであり、門と世界との間に位置するこの空間は、〈ここではない何処か〉を望んだ人間たちの心象を映し出しているかのように、初めて訪れた時から至るところが壊れ、朽ちていた。

月の光で幽かに輝いている石畳を裸足で踏みしめながら、私は彼女へと近付いていく。あの世界の光を拒み、冷たく濡れた夜の下で決別を迎えさせようとする、残酷な奇跡へと。

眩い光に包まれている門が、そこにあった。

掌中の鍵を鍵穴へと差し込み、ゆっくりと回す。確かな手応えの後で、左側の戸が静かに開いていった。内側からは、激しく降り続ける雨の音が聞こえてくる。いつもなら挿しっぱなしにしている鍵を抜き、私は右足から門をくぐる。そして、両足が門を跨いだのと同時に振り返り、首元から下がっているネックレスを引き千切った。

聖堂は駅であり、境界であり、〈ここではない何処か〉とは切り離されている。つまり、本来の私が身に付けていたものが、しっかりと手元にある。偽物のフェザーは、確かにここにある。

戸が閉まっていく瞬間。

私は握り締めていた光の鍵とネックレスを門の向こう側へと投げた。

誰かのために生きていると嘯(うそぶ)くことで、私は自分の命が背負うべき負担を軽くしてきた。生きる意味を他人に見出し、誰かのためになら責任を持って生きられるという無責任な期待をしていた。

あの場所には確かに、私が求めていた幸福があった。

しかし、その幸福の中では、私は再び、最も大きな過ちを私の娘に重ねていた。

——誰かのために生きたいと願う自分のために生きてもいい。

私は初めて、私自身が幸せになるために生きていたいと思っていた。

だって、〈ここではない何処か〉に行けば消えてなくなってしまう、「沢渡幸」として〈ここ〉で生きてきた九年は、決して無意味ではなかったのだ。楽しいこともあったのだから。

そう望む限り、私たちは失ったものを取り戻せる。

ならば私は、かつての私が願いを託そうとしていた擬傷を望みたかった。

今でもまだ、傷付いている誰かを逃してあげられるような人間になりたいと思っている。それがどんなに過酷でも、どんなに惨めでも、実際には誰ひとり救えないかも知れないとしても、いつかまた誰かに裏切られるとしても、それでも私は、私の擬傷を信じたいと思っている。

今度は、誰かに約束する必要などない。私の魂が、他の誰でもない私のために、その在り方を願っていた。

靴の裏で、事務所のカーペットを踏み締める。

門は消えていて、部屋の中央から入り口まで水の跡が続いていた。

こちら側では、さほど時間は経過していない。久保寺が出て行ったのは、ついさっきのことなのだろう。再生の止まっているスピーカーの電源を切ってから、テーブルの上に置いてあるセブンスターを見つめた。ミソラが吸っていた銘柄。私が過去から持ってきたもの。決別しようと思って銘柄を変え、またすぐに戻したこともある。

ソフトパッケージを手に取った私は、私の意思で一本を引き抜き、ありったけの力を込めて握り潰した。目蓋を開けたまま、先程までいた動物園に思いを馳せる。もう一度そこに行き、ミソラや美希と一緒に園内で遊ぶ自分を想像しながら、おそるおそる右手を開いていく。今までずっとそうしてきたように、じっと待った。

だが、何も現れなかった。

くしゃくしゃになった煙草の残骸が乗っているだけだった。

私はそれを床に落とし、手のひらに残っている茶色の葉を払った。あの光と私の同調は切れていた。いつまで待っても、私の手の上に鍵が現れることはなかった。空っぽの右手は、空っぽのままだった。

それでいいと思った。

空っぽの手だからこそ、何かを握ることができる。

2

声に合わせて作った笑顔のまま、受話器を置いた。

不動産屋からの在籍確認の電話だった。これで問題なく部屋を借りられる。デスクの上に置いていた運転免許証と戸籍謄本のコピーをクリアファイルに収める。後で奥の部屋のダムウェーターの中にしまわなければならない。

明日は新規のアポが四件ある。

午前中は、協力してくれている会社への挨拶回り。ほとんどが零細の企業であり、ペーパーカンパニーを使えないと判断した場合に、架空の社員として名義を貸してもらっていた。実態がある会社なので、保険証も発行できる。クレジットカードを持ったり、ローンを組みたい顧客には、この方法しかなかった。ある程度の法的なリスクが伴う以上、単なる善意で手助けしてはもらえない。挨拶回りの際に相応の謝礼を収めることで、私たちの完璧な嘘は成立していた。

顧客の個人的な問題を解決するために奔走させられたおかげで、一昨日の夜から今朝まで休みなしに動いていた。そこに在籍確認の電話が立て続けに鳴り、その度に人物設定を切り替えなければならず、すっかり疲れ切っていた。明日の業務も中々に重いので、それに備えるために今日はいつもよりも早く眠りたかった。幸い、今日の午後は、もう何の仕事もない。

ソファに腰を下ろし、コーヒーに口をつける。

保温効果のあるマグカップを買ったので、淹れてから大分経っているのに、まだ温かい。今までは、冷めている方が飲みやすくて美味しいと考えていたが、実際のところは、冷めてしまっている状態が当たり前になっていたからこそ、それが自分にとって最も相応しい形であると思い込んでいたのだろう。マルジェラのブーツを脱ぎ、アームレストに足を乗せた。

一三時になろうとしている。昨日の夕方から何も食べていない。寝ていないのもあって空腹感はなかったが、少しは胃に何かを入れなければ、体が回復しない気がした。とはいえ、お昼時はどこに行っても混んでいそうだ。今日は火曜なので、カリムはケバブを売りに来ていない。コンビニに行くくらいなら出前でも取った方がましかと悩み始めていた矢先、私用のスマートフォンが鳴った。ガラステーブルへと手を伸ばし、掛けてきた相手を確かめる。

登録されておらず、これといった覚えもない番号。

何かを期待してしまう自分を感じた。

「もしもし」

〈……久しぶり〉

その女性は私の名前を呼んだ。

サチではない、私の本当の名前。知っているのは、故人を除けばふたりだけだ。

「陽子」

〈出てくれてよかった。事件に巻き込まれたって、噂で聞いたの。ねえ、何ともない？〉

「心配してくれてありがとう。色々あったけど、無事に生きてるよ」

陽子は、私が起こしたアリバイ会社の初めての顧客だった。

あの頃は全てが手探りで、分からないことや不手際が多く、顧客に相談しながら仕事を進めることが多々あった。そして、彼女がその相手だった。私たちは自然と親しくなっていった。友達と言ってもいい関係にまでなった。

今にして思えば、プロとしては失格だった。心を許して、つい本当の名前を教えてしまったのだから。顧客と一線を越えたのは、後にも先にもその一度しかない。陽子が特別だったのか、それとも私が見出さなくなったのか、あるいは、両方とも正しかったのかも知れない。

「それで、どうしたの。……何かあったの？」

顧客から電話が掛かってくる時は、何かしらのトラブル以外にはあり得ない。それは陽子といえども例外ではないはずだった。私の口調がよほど緊迫していたのか、彼女は即座に「危ないことじゃないよ」と告げた。

〈契約の解除をお願いしたいの〉

「お店、辞めるの？」

〈そう、今月でね。この仕事も〉

「そっか」

言い終えてから、素っ気ない相槌であったと思い、「おめでとう」と付け加えた。

彼女がどんな人間だったのか、咄嗟に思い出せなかった。この数年間で、私は人間を見過ぎた。あまりにも多くの人間と会い、話をし、彼女たちの嘘を手伝った。あんなに親しかったはずの陽子が、何のために生きていて、何を叶えるために私の元を訪れたのか、それさえも分からなかった。咳払いをして声を整え、私は続ける。

「本当におめでとう。手続きは何もしなくていいから大丈夫だよ。全部、こっちでできるから。保険の切り替えだけ……」

〈私ね、結婚するの〉

説明を他所に、陽子はそう告げた。その単語は、「契約の解除」と同じように淡々と発せられていた。どう反応すればいいのか、やはり分からなかった。

「やったじゃん。おめでとう、陽子。……あのね」

私はアリバイ会社の人間だ。そう決めたのは、他ならぬ私自身だ。

伝えるべきことは、はっきりしている。

「預かってたデポジットは、退職金として戻すわ。社員として登録していた会社から、花束とお祝いの品をお家に送る。式をやるなら式場にも送るし、上司や同僚として何人か出席させることもできる。お金は掛かっちゃうけど、給与明細だけ出しておいて、デポジットと相殺することもできるから――」

〈彼は知ってるの〉

遮られたのではなく、私が喋るのを止めていた。

彼女に何があったのかを察するのに、充分な一言だった。私は、断片的に知っている陽子の人生を思い出し始めていた。彼女が何を捨てて、何を選んできたのかを。

「……知られたの？」

〈いいえ、私が話したの〉

「仕事のことも？」

〈そう。仕事のことも、家族のことも、私の身体のことも、何もかも全て。……それでも、一緒になりたいと言われた〉

　私も彼女も、真実が科す痛みを知っていて、生き延びるために嘘に縋った。再び真実を選ぼうとするのは、いわば自傷行為に等しい。それに多かれ少なかれ、人間は嘘を抱えたまま、傍から見れば平然と生きている。

　死ぬまで騙し続けるという道もあったはずだ。

　しかし、陽子は自らの足で外側へと抜け出た。彼女は呆気なく言ったが、それが簡単ではないことは私が誰よりも良く知っている。

　彼女はもう、アリバイを必要としていなかった。

「よかった。……すごいね。なんか、私まで幸せな気持ち。教えてくれて嬉しかった」

〈あなたのおかげだよ〉

　そっと手を重ねるように言うと、陽子は鼻を啜った。

〈あなたが、明日を生きるための嘘を用意してくれた。だから、生きてこられたの。もう少しだけ生きてみてもいいかなって思えたの。……私の命には、あなたがいる。一番辛いことをあなたが肩代わりしてくれたから、私は今も生きている。この八年間は色々なことが嘘だった。でも、嘘だったけど、嘘じゃなかったの。……あなたは必死で、私も必死だった。だから、誇れるの。これが私の人生なんだって、胸を張れる〉

　息をすることさえ忘れて、陽子の声に耳を傾けていた。

　私は彼女と多くを分かち合ったと思う。

　彼女は、誰にも打ち明けたことのない秘密を。私は、捨てたはずの本当の名前を。お互いの最も醜い部分を共有することによって、私たちは親しくなった。けれど、私と陽子の関係性は、あくまでも与える側と与えられる側に過ぎなかった。それゆえに、彼女の本心を聞いたのは、これが初めてだった。

きっと、私と陽子は、もう二度と会うことはないのだと思う。

私は嘘の仕立て屋で、脱ぎ捨てることを選んだ人間には縁のない商売だ。

〈最後に、それだけは伝えたかったの。……ありがとう〉

「元気でね、陽子」

彼女の横顔を思い浮かべながら、電話を切った。すぐさまデスクへと向かい、パソコンのブラウザから引き落としサービスを開き、陽子の引き落としを停止する。ついでに、沢渡幸の個人名義の口座から彼女の口座に、ご祝儀として幾らか振り込んでおいた。

降ろしっぱなしにしていたブラインドを上げながら、部屋の奥へと歩く。壁一面の窓から差し込んでいく陽光が、夜のような室内をたちまちに明るくしていった。

腕をそっと伸ばし、スタンドに吊るされていた鳥籠に触れる。

夜でも明るい部屋の中でも眠れるように、鳥籠にはキルトの布を被せてあった。人差し指で押すと、鳥籠は私の動きに合わせて力なく揺れる。

布の一端を摑み、剝ぎ取るように引っ張った。

中は、空っぽだった。

餌と水の容器は、どちらも頻繁に交換しているおかげで新品のように綺麗だった。

ミソラから強引に託されたホオミドリウロコインコは、私が彼を殺した三週間後に死んでしまった。死因は、今でも分かっていない。餌も水もきちんと与えていたし、日に二度は外に出して遊ばせていた。健康そのものだった。具合が悪い兆候など微塵も見せず、ある朝突然、冷たくなっていた。私の元に来てから一ヶ月も生きてはくれなかった。

亡骸は、川に流した。羽根を持って生まれてきた生き物は、地面へ埋められることを望まないと思ったからだった。私は、まだ雛鳥だったインコが死んでしまったという事実を受け容れることができず、亡骸を処分したあとも餌を購入し続けた。飼っているふりを続け、この部屋の片隅に、彼が託していった命が在ると思い込もうとしていた。

底部に敷き詰めているシュレッダーの紙屑の上に、一枚の写真が置いてあった。

留め具を外し、正面の扉を開け、それを手に取る。

私とミソラ、ふたりで撮った写真。

私は中学生になったばかりで、ミソラはまだ小学生の頃。地元の夏祭りに行った時、彼が持ってきた使い捨てのカメラで妹が撮ってくれたものだった。ふたりとも浴衣を着ている。おそらく私は、誰かに借りたのだろう。裏返してみると、日付と場所、私たちの名前が書かれていた。

「美壮良」

「有希」

か細く綺麗な字。

私ではなく、ミソラが書いたものだった。

今にして思えば、たいした皮肉だ。あんなにも鳥を愛し、憧れていたミソラは、同じ読み方ながらも、空という字を与えられはしなかった。そして私は、後になって失うことになるものを与えられていた。あるいは、予言されていたのは失うことではなく、失った先でどのように生きるべきかだったのだろうか。

私の中にある、有り得たかも知れない希望。

写真を手に、再びデスクへと歩いた。

煙草の隣にあるガラスの灰皿を摑み、デスクの端へと動かす。そして、ラークの箱に入れていたライターで写真に火を点けた。私の人生には、もう必要のないものだった。私は自分が何を愛していたのかを覚えている。何を壊してしまったのかを覚えている。それでも、この壊れた世界で生きていく意味を探すことを諦めてはいなかった。

だから、もう必要なかった。白く縁取られた思い出が黒い燃え滓へと変わるのに、さほど時間は掛からなかった。私はそのままラークを一本吸い、吸い殻を強く擦り付け、残った燃え滓を粉々にすり潰した。

何となく外に出たくなり、バッグから財布だけ抜き取って事務所を後にした。階段を降りていると、ちょうどチャイナパブから出てきた思涵に声を掛けられた。

「サチ姐姐、どこ行くの?」

「お昼。あなたは買い出し?」

「私もお昼。今日ね、ママがお店を休みにしてるの」

声を弾ませながら思涵は言った。ママの親戚が日本を訪れていて、朝から一緒に東京観光をしているのだそうだ。ママは、私が知る中で五指に入る酒豪だったが、その彼女が店を開けないと決めたということは、今晩はどこかで壮絶な酒宴が行われるのだろう。

ともあれ、思涵にとっては久しぶりの休日のはずだ。

ママは私の仕事を知っている。だからこそ、追求はしないものの、私が紹介した思涵が後ろ暗い事情を抱えていることも分かっている。全て承知の上で、素性の知れない少女に住む所と仕事を保証している。

その見返りとして、ママは思涵を私的な用事にも付き合わせていた。思涵は、店にいる他の子たちよりも遥かに長い時間働いている。彼女をここに連れて来たことが正しかったのか、私には分からない。

「よかったじゃない。羽根を伸ばすといいわ」

「うん、そうする。それでね、サチ姐姐がよかったら、一緒に遊ばない？」

スキップでもするように、サンダルの踵のストラップをリズミカルに踏みながら、思涵はそう提案した。マルニのフスベット。クロックスを履いて接客しているのを見かねた私がプレゼントしたものだ。いつもそうされているのか、すっかりへたれてしまっているストラップを見て、思わず苦笑が漏れる。

「お店の子たちは？」

「休みだから、今日は新宿に来てない」

彼女は人柄が良く、誰からも可愛がられる類の人間だった。チャイナパブの同僚たちは皆、彼女を好いていた。その事実は私にとって、ささやかな救いだった。

「他にも友達がいるでしょう？　何も、私じゃなくても」

小柄な思涵を見下ろし、私は続ける。

せっかくの休みなのだから、貴重な時間を分かち合える相手を選んだ方がいい。しかし思涵は、食い入るように私を見つめたまま、ぶんぶんと首を横に振った。

「今日はサチ姐姐がいいの。私といるのは嫌？」

「……悪いけど、私はあなたの友達にはなれないわ」

冷たくて酷なことを言っている。

透き通った彼女の瞳が、私の心に爪を立てていた。

だが、言わなくてはならなかった。今ここで、はっきりとさせておくべきだった。

「あなたは私から身分証を買った。あの頃のあなたには到底払えない額で、あなたは今でも、分割した代金を支払っている。そして、あなたを店に斡旋したお陰で、ママは私のために口利きしてくれて、ここを借りることができた。……私は、骨の髄まであなたを利用している。そんな人間と親しくしない方がいいわ」

言い終えてすぐに、彼女から目を逸らした。

思涵は素敵な子だ。

彼女には、幸せを手に入れる権利がある。

やり直して欲しいと、心の底から願っている。そして、それを可能にするために、アリバイ会社は存在している。私は思涵に、できる限りのことをしてあげたい。だが、あくまでもアリバイ会社の人間としてだ。これ以上、踏み込んではならない。同じ失敗を、もう二度としたくはなかった。

「……私ね、少しだけ昔のこと覚えてるの」

壁に背を預けると、思涵は不意に呟いた。

「お母さんもお父さんもいなかったけど、私のことを助けてくれた人がいたの。あの時は大きく見えたけど、多分、大人じゃなかった。今の私と同じくらいの歳だったと思う。その人が、私が六歳になるまで育ててくれたんだ。私だけじゃなくて、親のいない子供たち何人かを。このくらいの部屋に何人かで住んでたの。すごいでしょ？」

そう言うと、彼女は腕を大きく広げて四角形を描いた。

わずか二畳ほどしかない。

彼女が店の床やソファでも寝られるのは、その頃があったからなのだろう。

「その人とは、どうなったの？」

「食事を買いに行くって言って、それっきり帰って来なかった。みんなは、面倒になったから逃げたんだ、って言ってたけど、私は違うと思う。サチ姐姐はどう思う?」

「申し訳ないけれど、分からないわ」

「そうだよね。分からない方がいいんだよ、終わったことだから」

寂しそうに下を向いていた思涵は、私の視線に気付くと、すぐに優しい笑みを作ってみせた。そういう技術に長けていくことが本当に彼女のためになっているのか、やはり、私には答えが出せなかった。

「その人が言ったの」

続きを口にしようとした思涵が、突然に押し黙った。

迷っているのではなく、耐えているように感じられた。

記憶を遡ることは、かつて抱いた感情を取り戻すことと同義だ。彼女の足は今、苦痛を踏みしめている。だが、そうしてでも取り戻したい言葉があったからこそ、遠ざかったはずの過去を巻き戻そうとしている。

私は待った。

してあげられることは何もなかった。

ただ、彼女が仮初(かりそめ)の安らぎに辿り着くのを待った。

「私たちの中に、サチ姐姐と同じことを言っている子がいたの。……自分たちは故郷にも親にも見捨てられて、どこにも行けない。誰も信じられないけど、ひとりじゃ生きられないから、仕方なく一緒にいるだけ。家族じゃないし、友達にもなれない、って。そうしたら、その人が言ったの」

息を吐いたあとで、思涵は続けた。

「この世界は悲しくて、辛いことだらけで、生きていても仕方ないのかも知れない。死んでしまった方が幸せなのかも知れない。でも、こうして生きているからには、戦わなくちゃいけない。戦って、少しでも幸せにならなくちゃいけない。それが、戦える人間の義務だ、って。戦おうとする人間が残っている限りは、この世界は完全に悲しくなってしまわない、って」

白い壁から離れると、思涵は私に背を向け、階段に足を掛けた。

大切なことを忘れていた。

思涵は前に進もうとしている。そのために私を頼ったのだ。

救われたいという強い意思が、彼女と私を引き合わせた。彼女は、未来を切り開いていく力を持っている。価値をもたらす偽りの笑顔を作れるとしても、それでも、彼女の笑みには常に、未来への期待が込められていた。

「私たちは同じものと戦っている。だから、私たちは全員が戦友なんだ、って。あの人は戦友の意味は教えてくれなかったけど、戦友って、要は友達って意味でしょ。ねえ、サチ姐姐？」

「……そうね。その通りだと思うわ」

脳裏に浮かんだのは、これまでに私がすれ違って来た全ての人々の顔だった。

それから私は、後ろにいる人間がついてくると信じて、振り返ることなく駆け降りて行く思涵を追い掛けた。ママの使い走りで動き回っているからか、思涵は恐ろしく早いペースで階段を飛ばして行った。ただでさえ急勾配なのだ、エントランスに着いた時には、すっかり息が上がっていた。

何でもないような顔でこちらを見つめている思涵を前にして私は、来月からジムに通うことを検討し始めていた。思えば、ヒールやサンダルは何十足も持っているが、ランニングシューズは一足も持っていなかった。せっかくだから、昼食を済ませたら買いに行ってみようか。

「サチ姐姐は、何か食べたいものある？」

「……火鍋が食べたいわ」

「本当？　美味しい店知ってるから連れて行くよ」

喜びをあらわにした思涵は、びっくりするくらい辛いから日本人は寄り付かないのだと付け加えた。彼女たちが言うところの辛いは、私たちの想像を遥かに越えている。きっと、麻辣は一口で終わり、ほとんど白湯の方で食べることになるのだろうと思いながら、私は思涵を追い越して扉を開けた。


その向こう側に、私たちの世界が広がっていた。

本作は、第七回新潮ミステリー大賞受賞作
荻堂顕「私たちの擬傷」を単行本化したものです。
刊行に際して、応募作に加筆・修正を施しました。

擬傷（ぎしょう）の鳥（とり）はつかまらない

著 者

荻堂（おぎどう）　顕（あきら）

発 行

2021 年 1 月 25 日

発行者 佐藤隆信

発行所 株式会社新潮社

〒162-8711 東京都新宿区矢来町 71

電話 編集部 03-3266-5411

読者係 03-3266-5111

https://www.shinchosha.co.jp

印刷所

錦明印刷株式会社

製本所

大口製本印刷株式会社

乱丁・落丁本は、ご面倒ですが小社読者係宛お送り下さい。

送料小社負担にてお取替えいたします。

価格はカバーに表示してあります。

ISBN978-4-10-353821-9　C0093

ノースライト 横山秀夫

望まれて設計した新築の家。しかし、そこに越してきたはずの家族の姿はなく、ただ一脚の椅子だけが残されていた。一家はどこに消えたのか。待望の長編ミステリー。

罪の轍 奥田英朗

東京オリンピック前年の昭和38年。男が東京へたどり着いた時、犯罪史上最悪の悲劇が幕を開ける。驚愕の展開と緊迫の追跡劇——これぞ、犯罪ミステリの最高峰。

欺す衆生 月村了衛

戦後最大の詐欺集団〈横田商事〉の残党である隠岐は、次第に逃れられぬ詐欺の快楽に取り憑かれていく——。人間の業と欲を徹底的に炙り出す、規格外の犯罪巨編！

火のないところに煙は 芦沢央

「神楽坂を舞台に怪談を書きませんか」。作家がある体験を小説にした時、予測不能な恐怖の連鎖が始まる。戦慄とどんでん返しの波状攻撃が癖になる暗黒ミステリ。

名探偵のはらわた 白井智之

犯罪史に残る最凶殺人鬼たちが、また殺戮を繰り返し始めたら。悲劇を止められるのはそう、名探偵だけ！　覚醒した鬼才が贈る圧倒的なカタルシス。長編ミステリー。

約束の果て 黒と紫の国 高丘哲次

二つの虚構が交わる時、世界の果てに絢爛たる真実が顕れる。溢れる詩情と弩級の想像力で綴られた、「日本ファンタジーノベル大賞２０１９」、圧巻のデビュー作。

ボダ子　赤松利市

愛する娘はボーダーだった！　事業が破綻し、土木作業員へと転身。破滅の道へと突き進むなか、震災ビジネスに縋った男の末路とは。最注目作家が放つ、圧倒的問題作！

死神の棋譜　奥泉光

名人戦の日に不詰めの図式を拾った男が姿を消した。幻の棋道会、地下神殿の対局、美しい女流二段、盤上の磐、そして死神の棋譜とは――。前代未聞の将棋ミステリ。

首里の馬　高山羽根子

この島のできる限りの情報が、いつか全世界の真実と接続するように――。世界が変貌し続ける今、しずかな祈りが切実に胸にせまる感動作。第一六三回芥川賞受賞。

湖の女たち　吉田修一

百歳の男が殺された。謎が広がり深まる中、刑事と容疑者だった男と女は離れられなくなっていく――。吉田修一史上「最悪の罪」と対峙する、衝撃の犯罪ミステリ。

鏡影劇場　逢坂剛

古本屋で手に入れた文豪ホフマンにまつわる謎めいた報告書。その解読を進めると、現代の日本にまで繋がる奇妙な因縁が浮かび上がる。ビブリオ・ミステリー巨編。

迷子のままで　天童荒太

津波で失われたはずのノート。行方不明だった少年からの伝言。そこからは強いメッセージが発信されていた。僕たちは迷子のままではいられないんだ――。心に沁みる再生の歌二編。